DUMONT

Als Kinder lernen sich Guido und Costantino in Rom kennen. Sie wachsen im selben Palazzo auf, stammen jedoch aus völlig unterschiedlichen Milieus. Guido ist ein einsames Kind des Bildungsbürgertums, das, der Obhut wechselnder Hausmädchen überlassen, jeden Abend sehnsüchtig die eigene Mutter erwartet. Costantino lebt als Sohn des Hausmeisters im Souterrain. Widerwillig beobachtet Guido Costantinos Anstrengungen, die Schule zu meistern, und zugleich bewundert er heimlich dessen Entwicklung zu einer kräftigen männlichen Erscheinung. Auf der Abiturfahrt erleben die beiden eine rauschhafte und intensive Zeit und gestehen einander und sich selbst ihre wahren Gefühle. Kurz danach verlieren sie sich zunächst aus den Augen. Guido geht nach London, heiratet und hat bald eine Familie. Costantino bleibt in Rom und betreibt ein Restaurant. Doch immer wieder kreuzen sich ihre Wege, flammen ihre Gefühle wieder auf. Können die beiden die sein, die sie sein wollen?
»Margaret Mazzantini erzählt so intensiv schmerzhaft und schön von der großen Liebe, dass einem dann und wann der Atem stockt.« *Cosmopolitan*

Margaret Mazzantini wurde 1961 in Dublin als Tochter eines italienischen Vaters und einer irischen Mutter geboren. Ihre Karriere begann sie als Theaterschauspielerin. Ihre Romane ›Die Zinkwanne‹ und ›Geh nicht fort‹ wurden zu internationalen Bestsellern. ›Das schönste Wort der Welt‹ wurde mit dem Premio Campiello 2009 ausgezeichnet. Margaret Mazzantini lebt mit ihrer Familie in Rom. *www.margaretmazzantini.com*

Margaret Mazzantini

Herrlichkeit

Roman

Aus dem Italienischen
von Karin Krieger

DUMONT

Von Margaret Mazzantini sind bei DuMont außerdem erschienen:

Das schönste Wort der Welt
Das Meer am Morgen
Niemand rettet sich allein

FSC
www.fsc.org
MIX
Papier aus verantwortungsvollen Quellen
FSC® C083411

Juni 2016
DuMont Buchverlag, Köln

Die italienische Originalausgabe erschien 2013 unter dem Titel
›Splendore‹ bei Arnoldo Mondadori Editore S.p.A., Mailand

Umschlaggestaltung: Lübbeke Naumann Thoben, Köln
Umschlagabbildung: © plainpicture/Gallery Stock/Andric
Gesetzt aus der Dante und der Nexus
Druck und Verarbeitung: CPI books GmbH, Leck
Gedruckt auf säurefreiem und chlorfrei gebleichtem Papier
Printed in Germany
ISBN 978-3-8321-6368-6

www.dumont-buchverlag.de

Für Sergio, noch einmal

I was born like this, I had no choice
I was born with the gift of a golden voice

Leonard Cohen, *Tower of Song*

Er war der Sohn des Portiers. Sein Vater hatte die Schlüssel zu unserer Wohnung, und wenn wir verreist waren, goss er die Blumen meiner Mutter. Eine Zeit lang hingen zwei hellblaue Schleifen am Hauseingang, seine verblichener als meine, denn er war ein paar Monate älter. Wir begegneten uns in unserer Kindheit immer wieder, er ging runter, ich hoch. Es war verboten, auf dem Hof zu spielen, wo eine große Palme den Frieden der alten Bewohner striegelte. Ein Wohnhaus am Tiber, aus der Zeit des Faschismus. Ich sah ihn vom Fenster aus, wenn er mit dem Ball unterm Arm ins Schilf am Fluss schlüpfte.

Seine Mutter putzte frühmorgens Büros. Er war sehr selbstständig, stellte sich den Wecker, öffnete den Kühlschrank und goss sich Milch in die Tasse. Sorgfältig setzte er seine Mütze auf, knöpfte den Mantel zu. Wir sahen uns jeden Tag ungefähr an derselben Stelle. Ich war viel verschlafener als er. Meine Mutter hielt mich an der Hand, er hingegen war stets auf sich allein gestellt. *Ciao.* Ein Geruch nach Keller begleitete ihn, nach städtischem Untergrund. Er machte drei Schritte und einen Hüpfer. Drei Schritte und einen Hüpfer.

Ich hatte keine Geschwister, verbrachte meine Stunden allein. Auf dem Teppich liegend mit einer Puppe in der Hand, die ich kämpfen ließ, die ich schießen ließ. Samstagnachmittags nahm meine Mutter mich mit in die Buchhandlung oder ins Theater.

Nur sonntags hatte ich beide Eltern. Mein Vater kaufte sich Zeitungen und las sie auf einem Ledersofa des Klubs, in dem wir zu Mittag aßen. Manchmal fuhren wir auch Rad, er hielt am Fluss an und machte mich auf die Vögel aufmerksam, die mit der Strömung Richtung Meer trieben.

Ich aß in der Küche, ungewürzte Mahlzeiten ohne jeden Gehalt, in Gesellschaft einer abgewandten Haushaltshilfe, die das Geschirr spülte. Sie wechselte oft, aber für mich war es immer dieselbe, eine duldsame, doch feindselige Gestalt, die es meiner Mutter ermöglichte, mich meine ganze Kindheit über allein zu lassen. Georgette war Architektin, übte ihren Beruf aber nicht aus. Sie engagierte sich bei *Italia Nostra* und war einer krampfhaften Leidenschaft für jede Art von kulturellen Ehrenämtern verfallen, weshalb sie keinen festen Tagesablauf hatte.

Wenn sie nach Hause kam, zog sie sich die Schuhe aus und erzählte meinem Vater von ihren großartigen Treffen, von ihren Kämpfen gegen den Abriss des historischen Stadtkerns. Sie war Belgierin, Tochter italienischer Auswanderer, und stammte aus bescheidenen Verhältnissen. Also richtete sich ihr ganzer Hunger, als sie erwachsen war, auf das exquisite, intellektuelle Brot, das ihr als Kind zu Hause, in der Familie eines einfachen Bahnwärters, so gefehlt hatte.

Mein Vater war dagegen ein stiller und in seinen Beschäftigungen eintöniger Mann. Für mich ein reizloser Rivale mit stumpfem Schwert. Er liebte meine Mutter abgöttisch und betrachtete sie, wie auch ich, voller Qual: als einen Paradiesvogel, der sich in diese Wohnung verirrt hatte, nur kurz in unseren vier Wänden herumflatterte und uns den Atem raubte.

Der Treppenabsatz war oval, mit Marmorrauten in Grün und Schwarz, die Brüstung aus ziselierter Bronze und der Fahrstuhl eine elegante Kabine aus Kirschbaum und Glas, die frei sichtbar im Treppenhaus hinauffuhr. Die schwarzen Drähte des Räderwerks liefen langsam und geschmiert. In der ehrwürdigen Kabine, die mit ihrem Geruch nach Holzwachs und mit ihrem Schummerlicht an einen Beichtstuhl erinnerte, besahen sich die Gäste im Spiegel und rückten während des Aufstiegs, der sie von der Welt abhob und sie für eine kurze Zeit sich selbst überließ, einen Kragen oder ihren Gesichtsausdruck zurecht. Nur ein paar Häuser weiter lag der Justizpalast, auf unserem Absatz befand sich die Kanzlei eines Notars und, ein Stockwerk höher, die eines angesehenen Rechtsanwalts. Während meiner ganzen Kindheit dachte ich über die nach oben fahrenden Leute nach, über ihre Gesichter, ihre Kleidung, ihre Gefühle.

Ich verweile bei diesem Aufzug, weil er das mechanische Element war, das unten und oben verband, die Straße mit unserer Wohnung, den Lärm mit der Stille leerer Orte. Die Portiersfamilie hatte keine Veranlassung, ihn zu benutzen. Sie waren die einzigen Mieter im Souterrain. Eine dunkle Treppe führte ins Kellergeschoss, dorthin, wo die Tür zu ihrer Wohnung lag. Ich sah sie nie kommen oder gehen. Nur selten, samstagsnachmittags, konnte man sie auf dem Rückweg vom Großmarkt treffen, wo sie für den ganzen Monat einkauften. Der Vater trug Packungen mit geschälten Tomaten und Pflanzenöl auf den Schultern. Die Kinder waren bescheiden gekleidet, wegen der Kälte mit zugeknöpften Jacken, das ältere Mädchen trug Ohrwärmer aus weißem Fell. Im Gegensatz zu seinem Bruder hob es die Augen und schaute mich an, und es sah wirklich so aus, als wollte es einer anderen Welt die Stirn bieten. Ein neugieriges Kaninchen, das eine Zukunft jenseits seines Stalls wittert. Nicht so Costantino. Ich kann mich nicht erinnern, damals je sein Gesicht gesehen zu haben. Immer nur diesen gebeugten, nachgiebigen, kräftigen Rücken. Er verschwand. Hatte es eilig, zu verschwinden. Es schien ihr Festtag zu sein, ihre Freude.

Ich stellte mir ihre feuchte Wohnung vor, das billige Essen, verstreut auf dem Plastiktischtuch vor dem blau flackernden Fernseher. Der Vater Raucher, mit einer Schuppenflechte auf der Stirn, die Mutter klein wie ein Stöpsel. Der hartnäckige Geruch nach der Lauge, mit der sie die Treppen putzte, war ihr wohl schon in die Haut gedrungen, die Hände rot bis hoch zu den rissigen Ellbogen. Und jeden Abend um sechs, wenn die Portiersloge schloss, verkrochen sie sich alle unter derselben Neonlampe, die Schulaufgaben auf dem Küchentisch.

Ich lernte auf dem Fußboden, mit dem Rücken an der Wand neben der Wohnungstür. An dieser Wand habe ich bestimmt einen Abdruck hinterlassen, wie ein anstoßender Pferdehintern im Stall. Es war ganz einfach der Ort, der der Welt, dem Lärm des Lebens am nächsten war. Die Wohnung leer, nur hinten Licht in einem Zimmer, wo die Haushaltshilfe bügelte. Die Gestalt einer Frau, die nicht meine Mutter war. Wie eine dieser Vogelscheuchen, die Weinberge bewachen. Ich wäre lieber allein gewesen, hätte die Grausamkeit der Vernachlässigung lieber hingenommen als diesen Betrug. Das Auswandererland Italien begann in jenen Jahren die ersten Migrantenströme aufzunehmen. Als unsere alte, sardische Putzfrau in ihre Heimat zurückkehrte, öffnete Georgette den Frauen aus Somalia, dem Maghreb und Eritrea die Tür. Sie überließ mich ihrem Geruch und ihrem Lächeln, dem Lächeln afrikanischer Masken. Für ausländische Putzfrauen war ich das ideale Kind, ein stiller, beinahe unsichtbarer Körper. Gequält von ihrer düsteren Sehnsucht verschwanden sie Richtung Waschküche. Es war meine erste menschliche Übung, bis über beide Ohren unter all diesen karierten Schürzen zu stecken und in Gesellschaft dieser ganze Zivilisationen entfernten Existenzen auf Distanz zu bleiben. Ich lernte, dass das magische Reich dieser Existenzen das Bügelbrett war. Die Hitze in Verbindung mit einer immerfort wiederholten Bewegung ermöglichte ihnen die völlige Entsagung von der Wirklichkeit, sie knüpften an ihr unterbrochenes Schicksal an, an einen Pfahlbau, an einen dreckigen Markt mit Saatgut und Ziegen. Manchmal zeigten sie mir Fotos von ihren Kindern, und ich betrachtete sie, diese posierenden, von Armut verhärteten Schnäuzchen.

Wie festgeleimt, unverrückbar, ließ ich mich auf dem Boden neben der Tür von der Dunkelheit durchdringen, von der Finsternis zudecken. Ich wartete auf meine Mutter, auf ihre schlanken Waden, auf die Zipfel ihres Mantels, auf die Stimme der einzigen Frau, die in dieser Wohnung wohnen durfte und die mein ganzes Herz beanspruchte. Und obgleich ich wütend war, ließen mich die Sehnsucht nach ihr und allein schon die Vorstellung, sie wiederzusehen, in Tränen zerfließen, im zärtlichsten, trostlosesten Kummer tiefer Zuneigung. Ich lag neben dieser Tür wie ein leeres Gehäuse, ausgehöhlt durch grauenhafte Vermutungen, mit der fixen Idee, ihr könnte etwas zustoßen. Jedes Anrucken des Fahrstuhls war eine lange Pause, ein schmerzliches Zusammenzucken, gefolgt von einem Luftanhalten, während ich betete und zu einer fügsamen Maus wurde, die auf ihren Käse wartet. Oh, wie gut kenne ich den Klang von bremsendem Eisen, von sanft schließendem Holz! Bis ans Ende meiner Tage wird er mich begleiten, dieser sehnsuchtsvolle Klang des Wartens, dessen Berechtigung so oft verweigert und durchkreuzt wurde. Schritte, die näher zu kommen scheinen, sich dann jedoch unaufhaltsam entfernen, die woandershin gehen, zu einer anderen Familie.

In dieser zusammengekauerten Haltung fand mich mein Vater. Er glaubte, meine Angewohnheit, auf dem Fußboden zu lernen, mit den Büchern auf den angewinkelten Beinen, sei eine Denkmethode. Er war Hautarzt, kam blass nach Hause, grau geworden wie ein Stück leer gekochtes Suppenfleisch, er zog durch die Soße bekannter Orte, schaltete das Licht ein und legte seinen Regenmantel ab.

»Na, Guido, was hast du heute gemacht?«

Dass ich nicht antwortete, spielte keine Rolle. Von seiner Gegenwart ermuntert, folgte ich ihm, doch es war, als folgten wir gemeinsam einem Trauerzug, denn unseren Leben voran schritt Georgettes Abwesenheit. Häufig aßen wir allein, wenn ihre Verpflichtungen sich bis spät in den Abend zogen.

Ich kämpfte gegen den Schlaf, und wenn ich nicht mehr konnte, fiel ich um wie ein erschossener Kämpfer. Ich wusste, dass sie es auch spätnachts nie versäumte, sich über mein Bett zu beugen, mich zu küssen, ihre Nase in mein Haar zu wuscheln und die Finger meiner geöffneten Hand zu zählen. Im Schlaf lebendig begraben, träumte ich von ihrer Liebe, die zu spät kam, die erst kam, wenn ich nicht mehr aufwachen konnte, und ich weinte, weil ich mich nicht im wachen Zustand an ihr erfreuen konnte, nicht in der Wirklichkeit.

Ihr Bruder Zeno wohnte zwei Stockwerke über uns in einem Penthouse, das an einen goldenen Sumpf erinnerte, an ein spätrömisches Kaiserreich.

Er war Kunstkritiker, ein hochgewachsener, kräftiger und leidenschaftlicher, jedoch düsterer Mann, seine Augen blank wie zwei Stahlkugeln, sein Blick brennend. Seine Wohnung mit den stets zugezogenen Vorhängen war ein Reliquiar alter Kataloge und angehäufter Gemälde, das außer ihm nur von Skulpturen und ihren Schatten bewohnt war. Er empfing Kunsthändler, irr blickende Künstler, lakustrische Kirchengestalten. Der Vatikan war gleich um die Ecke, nur wenige Meter Luftlinie entfernt. Von der Terrasse seines Arbeitszimmers aus sah man die Kuppel des Petersdoms, die Rundfenster im hellen Dach, den Flug der Vögel ringsumher.

Dort gab er mir eine der ersten Lektionen in Kunst. An einem frostkalten, windigen Tag, sodass ich mir einen Schnupfen holte. Ein Rückzug nach drinnen in die Wärme war nicht möglich. Mit den Händen vor dem fahlen Himmel fuchtelnd erzählte er mir von Bramantes ursprünglichem Bauplan, dann von Sangallos miserablem Entwurf mit seinen albernen Pendentifs, den Michelangelo danach ausgehebelt hatte, um zum Zentralbau der Basilika zurückzukehren. Er war Junggeselle und konnte Kinder nicht ausstehen, doch an jenem Tag – ich war ungefähr acht – schien ich ihm wohl alt genug für ein intellektuelles Gespräch. Er wollte mich formen, das hatte meine Mutter sich immer gewünscht.

Mein Onkel hatte eine Lebensgefährtin, lang und klapperdürr, die um ihn herumstakste wie eine verwundete Giraffe und die er nie zu den Familienessen mitbrachte. Georgette war es, die sich um ihn kümmerte. Über die Geschichte der Geschwister weiß ich kaum etwas. Mein Zuhause war keines, in dem je viel gesprochen worden wäre. Ich weiß nur, dass die beiden sehr früh Waisen wurden, dass Zeno ein glänzendes Geschäft gemacht hatte, als er ein Bild verkaufte, das aus einem wallonischen Pfarrhaus stammte, und dass er bei seiner Schwester in einem Porsche 550 Spyder vorgefahren war, derselben Marke, mit der James Dean tödlich verunglückte. Dass sie Belgien schließlich verlassen hatten und nach Italien zurückgekehrt waren. Auch als meine Mutter heiratete, standen sie sich weiterhin nahe, es war eine jener unauflöslichen Verbindungen, die sich aus dem Dunkel der Erinnerungen speisen. Georgette erledigte seine Korrespondenz, kümmerte sich um seine Termine und begleitete ihn zu Vorträgen, die er in Hochschulen, Auktionshäusern und in Hotels in den Bergen oder am Meer hielt. Seine Tür stand ruinierten Adligen offen, die unter Zeitungspapier verborgene Werke aus ihrer Familiensammlung unterm Arm trugen, und auch Galeristen aus dem Zentrum, die wegen einer Expertise kamen. Zeno nahm seine Brille ab und besah sich die Arbeiten mit bloßem Auge aus nächster Nähe. Er umkreiste sie, ja er beschnupperte sie buchstäblich. Dabei achtete er stets auf eine Stelle am Rand, auf ein nebensächliches Detail, auf einen im Hintergrund verlorenen Pinselstrich. Schönheit rührte ihn an, doch er war auch leicht reizbar. Er verabscheute Fontanas Schnitte in die Leinwand und sämtliche Anhänger der Raumkunst. Manchmal gab es herrische Schreie in diesen ölhaltigen Räumen, dazu Leute, die im Zurückweichen auf der Treppe stolperten.

Abgesehen von einer harten Hand auf meinem Kopf am Ende eines Weihnachtsfests erinnere ich mich an keine zärtliche Geste, die er für mich, seinen einzigen Neffen, übrig gehabt hätte. Dass meine Mutter ihn sehr liebte, löste eine ängstliche Faszination bei mir aus und stumme Eifersucht. Auch mein Vater hatte einen Bruder gehabt, doch der war früh gestorben. Nur eine Schwester war ihm geblieben, Eugenia, kurzes, graumeliertes Haar, männlich gekleidet, verheiratet, keine Kinder. Unsere Familie bestand aus steifen, verschrobenen Erwachsenen und unzähligen Greisen. Ich, das einzige Kind weit und breit, wurde wie der Käfer bei Kafka mit Scheu betrachtet, als könnte ich sie, riesengroß geworden, verschlingen. Ich bekam deprimierende Geschenke, Dominosteine, Regenschirme.

Einmal schenkte mir Onkel Zeno ein Steinmosaik zum Zusammensetzen. Auf dem Höhepunkt eines freudlosen Nachmittags nahm ich die bleischwere Schachtel und warf sie aus dem Fenster. Durch die Lamellen des Fensterladens beobachtete ich ihren Flug und sah, wie sie aufsprang, wie die Steine herausfielen und sich auf dem Hof verteilten. An den Beeten entdeckte ich den heraufschauenden Portier und wich zurück. In jenen Jahren träumte ich oft von Selbstmord. Nie hatte ich mir so sehr gewünscht, mich umzubringen, wie in meiner Kindheit. Das Mosaik hinauszuwerfen war eine Art Generalprobe für den tödlichen Aufprall. Es klingelte.

Vor der Tür stand der Sohn des Portiers, sein kantiges, träges Gesicht tauchte hinter der wieder zusammengesetzten Schachtel meines Mosaiks auf.

»Mein Vater sagt, das ist bei euch aus dem Fenster gefallen.«

Der schwarze Fahrstuhlkäfig hinter ihm war leer, die Kabine stand nicht auf unserer Etage. Er war zu Fuß heraufgekommen. Sein Atem ging schwer. Er schaute mich an, sichtlich erfreut über diesen Auftrag. Wahrscheinlich war er eins dieser emsigen, gelehrigen Kinder. Hängende Schultern, stramme Schenkel, staubige Schuhe. Ein kleiner Portier. Ich selbst war spindeldürr. In jenen Jahren sezierte ich mein Essen, durchsiebte ich die Speisen, um feinste Fettäderchen zu entfernen und immer noch kleinere Häppchen abzutrennen. Ich stand da, wach, aufgewühlt. Er war der am weitesten von mir entfernte Mensch auf Erden, ein Kind ohne jeden Reiz. Aus einem groben Material geschnitzt, mit der Atmung eines Frosches, hektisch, aber nach innen. Er spähte durch die Tür, auf den schwarzen Ausschnitt der Wohnung hinter mir. Ich entdeckte seine Schamröte. Am liebsten hätte ich ihn zu mir in die Küche gezogen und die Milchtassen heruntergeholt. Er war immerhin ein Kind, wenn auch fade und wenig anziehend. Eine Abwechslung an diesem bleiernen Nachmittag. Ich hätte ihm einen meiner Soldaten in die Hand drücken können, hätte ihn unzählige Male besiegen können, mit Fausthieben, mit Bajonettstichen. Ich betrachtete das Mosaik, das er für mich zusammengesetzt hatte und an sich presste wie einen Schatz.

»Es ist mir nicht runtergefallen, ich hab's weggeworfen.«

Sein Blick war dämlich, entgeistert.

»... Wieso denn?«

Ich stemmte mich gegen die Tür, um ihn wegzudrängen.

»Ich kann es nicht gebrauchen, ich muss Platz schaffen. Wenn du willst, kannst du es behalten.«

Er schien nicht zu wissen, ob er verzweifelt weinen oder glücklich jubeln sollte. Ich sah, wie er an diesem Meer, das sich da auftat, entlanglief, doch ich sah auch, wie er sich hastig wieder verschloss, anständig und brav. Er bedankte sich und sagte, falls ich es mir anders überlegte, würde er mir das Mosaik jederzeit zurückgeben. Genau in dem Moment, als ich mir vorstellte, ihm einen Fußtritt zu verpassen, stolperte er auf der Treppe, und es war, als hätte ich ihn tatsächlich getreten.

»Warum nimmst du denn nicht den Fahrstuhl?«

Er schüttelte den Kopf und wich im zeitgeschalteten Treppenlicht zurück. Ich hätte ihn gern um Hilfe gebeten.

Auf dem Rückweg vom Klavierunterricht erlaubte ich dem Hausmädchen nicht mehr, mich an die Hand zu nehmen, sondern lief stattdessen einige Schritte vor ihr her (und wie dicht war mir diese erbärmliche Gefängniswärterin auf den Fersen!). Ich blieb stehen und spähte durch das von der Straße und vom Blütenstaub pelzige Gitter in das Fenster der Portierswohnung, das knapp über dem Bürgersteig lag. Dieses Erdloch neben den schwarzen Kellerlüftungen und neben dem Lager des Schreibbüros trieb mir eine Gänsehaut über den Rücken. Ich wusste, dass von dort die Mäuse kamen, die der Portier mit den Mausefallen köpfte.

Durch das Gitter sah ich Costantino, der auf einer Holzplatte die Marmorsteinchen meines Mosaiks zusammensetzte. Ich kniete mich hin, um ihn besser zu sehen. Er hatte eine Pinzette und eine Art Bausch, mit dem er den überschüssigen Leim abwischte. Er war gewissenhaft, probierte die Teile mehrmals aus, bevor er sie anklebte, wusch sie in einer kleinen Schüssel und trocknete sie ab. Es ärgerte mich, dass er derart viel Spaß an diesem sinnlosen Spiel hatte. Ich wollte runtergehen und es ihm aus der Hand reißen. Mit dem Fuß trat ich gegen das Gitter.

Er hob den Kopf, richtete sich abrupt auf und kletterte auf einen Stuhl, um das Fenster zu öffnen. Jetzt war nur noch das dreckige Eisengitter zwischen uns, an dem die Hunde ihr Bein hoben. Er schrie, um den Straßenlärm zu übertönen.

»Willst du dein Mosaik wiederhaben?«

Ich schüttelte den Kopf und zuckte zurück.

»Wenn du willst, können wir es zusammen machen, komm …«

Er war nicht so schüchtern wie sonst. Vielleicht fühlte er sich durch die Tatsache geschützt, dass er mit den Füßen fest in seinem Zuhause verankert war. Hinter ihm erspähte ich seine Mutter, die mich zu ihnen hereinwinkte. Sie frittierte gerade Kartoffeln und schüttete sie auf braunes Backpapier.

»Willst du mit uns essen?«

Ein köstlicher Duft zog herauf, bei dem sich meine Eingeweide und mein Herz zusammenkrampften. Fast hätte ich losgeheult. Ich zog mich hoch, stand noch ein Weilchen mit reglosen Füßen vor ihren Gesichtern und ging dann weg.

Er trug das Mosaik zum Trocknen auf den Hof und legte es auf einen rissigen Stuhl, genau in die Ecke, wo für einige Stunden die Wintersonne hinkam. Vielleicht wollte er, dass ich es sah. Es zeigte einen achäischen Krieger. Ein Stück des Gesichts und des Schildes fehlte. Einige Teile mussten durch den Wurf abhandengekommen oder kaputtgegangen sein. Ich betrachtete das eine Auge, betrachtete den leeren Fleck des anderen. Da kam mir ein aus der Zeitbahn geschleudertes Bild in den Sinn, eine Vorahnung, die verflog, noch bevor ich sie greifen und entschlüsseln konnte. Zurück blieb nur Leere, das Gefühl eines Kopfsprungs ohne Arme, ein Wind, der mich durchfuhr und verschwand, um ungestüm in der Ferne weiterzuwehen.

Zwei Tage später warf ich das Zelt runter. Es war das einzige Geschenk, das mir je etwas bedeutet hatte. Der x-te Bluff. Kein Mensch wäre mit mir zum Camping gefahren. Ich hatte das Zelt in meinem Schlafzimmer aufgebaut, und dort hatte es monatelang gestanden. Es wurde zu einer Wohnung in der Wohnung. Das Hausmädchen bückte sich, um mir mein Essen reinzustellen. Ich machte meine Schulaufgaben darin, spielte Pianola darin, schlief darin. Erwachte schweißgebadet in diesem Plastikbauch mit den geschlossenen Reißverschlüssen und zog mich unter diesem Himmel in Dunkelorange nackt aus. Eines Abends beschloss ich, es mir vom Hals zu schaffen, und warf es runter in den Hof. Ich weiß nicht, wieso. Es war das Liebste, was ich hatte.

Costantino hob es auf und schaute nach oben. Ich wartete darauf, dass er heraufkam, um es mir zurückzubringen, doch das tat er nicht. Ich ging in den Hof hinunter. Das Zelt war weg, ich stellte keine Fragen.

Wahrscheinlich hatte er es mit an den Tiber genommen, an das schlammige Flussufer, wo er und seine Freunde immer spielten, die Söhne von anderen Portiers, von Garagenbesitzern, von kleinen Händlern aus der Gegend. Mein Zelt sollte ein Stützpunkt ihrer Vergnügungen werden, die im Sommer bis nach Sonnenuntergang dauerten. Sie bauten Blasrohre und angelten Plötzen. Einmal sah ich, wie er Esel spielte, die Beine gebeugt, die Hände auf den Knien. Die anderen sprangen ihm auf den Rücken, ein Turm aus verschwitztem Fleisch, der unter dem Gewicht ihres Gelächters wankte.

Dann kam die Pubertät, kam diese Krankheit. Für mich bedeutete das, eine Maus in einer Dinosaurierwelt zu bleiben. Die Mädchen waren als Erste dran. In der letzten Klasse der Mittelstufe wirkten sie wie lauter Lehrerinnen in einer Klasse voller kleiner Jungs. Sie fingen an, über ihre Periode zu sprechen, und ihr Blick wurde zu dem von Seen und Feen, zu jenen wunderbaren Fältchen, die die Hölle verbergen.

Es wurde Sommer. Das Haus leerte sich. Zurück blieben die Alten und die geschlossenen Geschäfte. Der Sohn des Portiers trug ein khakifarbenes T-Shirt und spritzte mit einem Schlauch den Hof ab. Seine Schwester Eleonora saß auf der Treppe und spielte mit Klick-Klack-Kugeln. Sie war gewachsen, trug niedrige

Absätze und enge Gürtel, um ihren neuen Busen besser zur Geltung zu bringen.

Am Meer genoss ich eine größere Freiheit. Meine Großmutter hatte ein Hausmädchen, das sie bei der Haus- und Gartenarbeit ausbeutete. Mich ließ sie am Strand allein. Es war eine alte, eingezäunte Badestelle, lauter Familien, die sich seit ewigen Zeiten kannten. Der Bademeister hatte die dicke Haut eines Elefanten und wandte den Blick nie vom Wasser ab.

Ich wartete auf die großen Wellen, diese Ohrfeigen des Meeres, auf seine gierigen Strudel. Die Badehose voller Sand, mein Glied von der Kälte mikroskopisch zusammengeschrumpft. Es war der erste Sommer, in dem ich keinen Spaß hatte. Die Jungen trafen sich alle unter demselben Sonnenschirm, spielten mit den Mädchen Volleyball und auf der Strandterrasse Flipper. Noch ein Jahr zuvor hatten wir einen von uns mit dem Hintern über den Sand geschleift, um eine Murmelbahn zu bauen, doch davon wollte jetzt keiner mehr etwas wissen. Sie hatten Sonnenbrillen auf der Nase und hielten, an der Jukebox klebend, ihre Hände über ihre Speedo-Badehosen. Die ersten Frisbees kamen auf, und ich vertrieb mir die Zeit damit, so eine Plastikscheibe zu werfen. Von Sonnenaufgang bis Sonnenuntergang, als wäre es eine Pflicht.

Dann kam es zu einem sexuellen Zwischenfall. Eines Tages, als ich so lange am Wasser entlanggelaufen war, dass ich behaupten konnte, ich hätte zu Fuß schon ein anderes Meer erreicht, geriet ich in einen Strandabschnitt mit verlassenen Booten, auf das Gelände einer Segelschule. Die Rümpfe ragten aus dem Sand wie große, in der Sonne vergilbte Tintenfischknochen. Seit einer Weile hatte ich schon keine Menschenseele mehr getroffen. Nur ein Typ mit einem Bernhardiner war vorbeigekommen, der nun aber schon weit weg war. Hinter dem Bootsschuppen sah ich Sanddünen und hohe Stechginsterbüsche. Ich schaute in die Ferne, zur

Linie des Abendrots, wo die Bucht in hohen, dunklen Felsen auslief. Das Licht glich dem eines Sonnenuntergangs im Paradies, die ausgehöhlten Baumstämme waren aus Silber. Ich zog mein T-Shirt aus und ging ins Wasser, ich ließ mich mitreißen, unter Wasser ziehen, sterben und leben. Ich spielte toter Mann und einen wütenden Idioten, der das Meer ohrfeigt. Dort, halb drinnen und halb draußen, hörte ich, dass mich jemand rief. Am Wasser stand einer und wedelte mit dem Arm wie ein Bademeister, der dich zurückruft. Er schien mich vor einer Gefahr warnen zu wollen. Ich drehte mich um und suchte das Wasser nach wer weiß was ab, womöglich nach einer Haiflosse. Orientierungslos hastete ich zum Ufer, wobei ich die Beine im Wasser hastig hochzog. Der Mann stand im Gegenlicht, und die Spritzer nahmen mir die Sicht, sodass es mir erst auffiel, als ich ihm schon zu nahe war. Und selbst dann brauchte ich noch einen Schritt, ehe ich begriff. Ich kann nicht sagen, was es eigentlich war. Nicht mal eine Qualle, die beim Schwimmen dein Gesicht erwischt, kann dich so verbrennen.

Ich hatte nicht bemerkt, dass er nackt war, dorthin hatte ich nicht geschaut. Ich sah das Rubbeln seiner Hand und dieses blaurote, dicke Etwas in der Mitte. Er richtete es auf mich, die Zunge an die Lippen gepresst, den Blick starr auf mich geheftet. Die sexuelle Gewalt war bei mir angekommen, der Szenenwechsel, die Umkehrung des Paradieses in die Hölle. Ich erfasste das Grauen mit nur einem Wimpernschlag. Wie sein Gesicht aussah oder der Rest von ihm, könnte ich nicht sagen. Er rieb sich weiter, keuchte. Wir standen dicht voreinander, er hätte nur seinen Arm ausstrecken müssen. Ich schaute weg, zum Strand und nach hinten zu den Büschen, um zu sehen, ob dort noch jemand war. Erst jetzt wurde mir die Menschenleere bewusst, die späte Stunde, das Eis an mir und der Schweiß über diesem Eis. Ich rührte mich nicht. Ich sah mich dem Tod gegenüber, regungslos, und taxierte das Schlachtfeld ringsumher.

Er war ein Kerl wie ein Schrank, dunkelhäutig, um den kahlen Schädel hatte er einen Stofffetzen gebunden. Er stand wie angewurzelt da, der große Schwanz erigiert. Was ich nicht wusste, am Tag dieser brutalen Lektion aber entdeckte, war, dass ich Mut habe, einen Mut, der durch den Wahnsinn geht und dann zurückkehrt. Den Mut der Masochisten. Der stillhaltenden Brutalos.

Vielleicht war er gar kein Vergewaltiger, vielleicht war er ja nur ein Exhibitionist, jedenfalls gab ich ihm keine Chance, das klarzustellen. Ich reizte ihn nicht mit den unüberlegten Reaktionen eines Opfers. Ich fiel nicht hin, schrie nicht, wich nicht zurück ins Wasser. Ich ging an ihm vorbei, als hätte ich ihn gar nicht gesehen, als wäre er gar nicht da. Ich rechnete damit, dass er mich packte. Still wie ein Stein hätte ich mich vergewaltigen und umbringen lassen. Als ich an ihm vorbeiging, tat er mir geradezu leid. Mein Mitleid erwuchs aus jener Gefühlsübertragung, zu der ein vom Tod erleuchtetes Opfer seinem Mörder gegenüber fähig ist. Hinter mir spürte ich den Hauch pornografischer Einsamkeit.

Am Strand kam der Mann mit dem Bernhardiner zurück. Vielleicht hat mich das gerettet. Der Exhibitionist warf sich ins Wasser und schwamm eine Weile aufs offene Meer hinaus, ohne aufzutauchen.

Später erfuhr ich, dass sich an diesem Strand Nudisten und Homosexuelle in den Dünen zum Sex unter freiem Himmel trafen.

Wie betäubt kehrte ich nach Hause zurück. Ich sagte niemandem ein Sterbenswort. Die Angst hielt mich gepackt und kroch an mir hoch wie Krabben nach der Flut. Das Bild dieses riesigen, umklammerten Schwanzes, dieser violetten Spitze, kehrte immer wieder. Ich fragte mich, warum gerade mir das passiert war. Vielleicht sah ich ja irgendwie schräg aus, offenbar konnte man mich für einen Jungen halten, der irgendwie anders war. Für ein ideales Missbrauchsopfer. Ich kam mir vor, als wäre ich der Verführer gewesen.

Nun hatte ich Angst, dass andere mich ansahen und ihr Ding vor mir auspackten, weil sie mich irgendwie schräg fanden. Ich fing an, mit kleinen Kindern Burgen zu bauen und mich in Sandgruben zu verkriechen.

Einmal guckte ich mir einen Jungen aus, einen von denen, die am Meer weißblond werden, mit gelbem Flaum, der sich über ihren dunklen Rücken zieht. Ich begann ihn anzustarren, ohne den Blick von ihm zu wenden, zunächst nur aus Spaß, dann als Experiment. Ich fixierte ihn mit glasigen Augen. Diese Dominanz, diese untergründige, brutale Fessel, entschädigte mich für alle meine verdeckten Frustrationen. Er wollte weinen, weinte aber nicht. Er kratzte weiter mit seinem Schippchen im Sand herum, doch ich spürte, dass er mutlos geworden war. Er hatte sich von der Schar der anderen Kinder abgesondert, war in meiner Gewalt. Er wusste, dass er in der Falle saß. Wäre ich aufgestanden, wäre er mir widerstandslos gefolgt. Eine halbe Stunde lang behielt ich ihn als Geisel. Dieses kleine, wehrlose Geschöpf zu unterwerfen, ohne mich ihm auch nur zu nähern, bereitete mir eine tiefe Genugtuung. Dann senkte ich den Blick und ließ ihn gehen. Er rannte weg, zu seiner Mutter im Liegestuhl und klammerte sich ohne ein Wort an ihre eingeölten Beine. Er hätte sowieso nicht gewusst, was er sagen sollte. Dabei war ihm Gewalt angetan worden, dabei war er weit weg geschleudert worden. Dieses subkutane Entsetzen kannte ich nur zu gut. Ich schaute aufs Meer, ich war dabei, ein schräger Typ zu werden.

Der Sohn des Portiers verreiste im Sommer immer nur für wenige Tage in sein Heimatdorf in Apulien. Dort hatte er ein Fahrrad und Freunde, mit denen er ungehemmt seinem Dialekt frönen konnte. Auf unseren Hof zurückgekehrt, machte er einen verwilderten Eindruck, und seine Augen wirkten verschwiegener, als hätte er dort unten zwischen den Oliven etwas Verbotenes gelernt.

Ich entdeckte ihn in dem kleinen Verschlag auf dem Platz seines Vaters. Ich sah eine Gestalt im Dunkel des Hauseingangs, einen Jungen, der ins Septemberlicht hinaustrat. *Ciao*. Fast hätte ich ihn nicht wiedererkannt. Während des Sommers war er gigantisch gewachsen. Seine Mutter kam ihm entgegen und drückte ihm zwei Teller in die Hand, die mit einem verknoteten Wischtuch zusammengebunden waren. Es war ein Uhr und Mittwoch. Die Trattoria an der Ecke hatte Ruhetag, und die Portiersfrau schickte Onkel Zeno das Mittagessen hinauf, ihm, der die Hitze und die nackten Fleischmassen hasste und die Stadt im Sommer daher niemals verließ. Stattdessen blieb er oben in seinem Penthouse, mit dem Ventilator und mit seinem Morgenrock aus Damast, rotgesäumt wie die Toga eines Königs im antiken Rom. Er trug ihn auch, wenn er angekleidet war.

Ich rief den Fahrstuhl, der oben stand. Costantino kam zu mir, um mir Gesellschaft zu leisten. Wir unterhielten uns ein wenig, und zwar anders als sonst, ohne uns gegenseitig zu verachten, wie es in den Vorjahren häufig der Fall gewesen war, aus Schüchternheit und aus einer Einsamkeit heraus, die für uns nicht die gleiche war. Wirklich befreundet gewesen waren wir nie. Der Gedanke, dass er im Sommer in Begleitung seines Vaters ungestört in mein Zimmer gehen konnte, war mir unangenehm, und jedes Mal, wenn ich im Laufe des Jahres etwas nicht finden konnte, gab ich ihm die Schuld dafür. Bei meiner Mutter konnte ich mich darüber natürlich nicht beklagen. *Diese Leute sind eben bodenständiger,* würde sie sagen und mir damit den Wind aus den Segeln nehmen.

»Fährst du mit hoch?«

Er schüttelte den Kopf und betrat dann trotzdem den Fahrstuhl. Wir standen eng nebeneinander, während die Seile surrten. Ich sah ihn im Spiegel an, ein verstörter Riese, und ich neben ihm, ein kleiner Junge, der seine Unschuld verloren hatte. Zwischen uns dieser zugedeckte Teller, dieses Aroma einer guten Soße.

»Was bringst du ihm denn?«

»Gnocchi.«

»Der hat's gut.«

Er setzte ein trauriges Lächeln auf sein kindliches, nunmehr von seinem Körper getrenntes Gesicht. Offenbar war er mindestens so aufgewühlt wie ich. Er hob den Kopf und spähte durch das Gitter nach oben. Ich sah, wie sich der Adamsapfel in seiner Kehle bewegte, als wollte er schlucken.

Im Oktober fanden wir uns unverhofft in derselben Klasse wieder. Es war ein Gymnasium in der Nachbarschaft, groß und demokratisch. Ein achteckiges, durch Korridore gegliedertes Gebäude, das von Leben nur so wimmelte. Costantino saß ein paar Bänke vor mir in der Fensterreihe. Ich konnte seinen Rücken sehen, seinen Ellbogen, der sich bewegte, wenn er schrieb, und seine Füße, die er stets einwärts gedreht hielt. In dieser Position verharrte er mehr oder weniger das ganze Jahr lang. Wir ignorierten uns weiter. Dass wir uns kannten, machte uns einigermaßen verlegen, warum, kann ich nicht genau sagen.

Er hatte sich in einen massigen Kerl verwandelt, der nicht länger so hochgeschossen wirkte wie vorher. In einen ganz normalen Typ eben. Seine Garderobe war nicht gerade umwerfend, keine Markenhosen und grobe Pullover, aus denen er schon herausgewachsen war. So blieb ein Stück seines Rückens immer frei, der viel zu weiß war und Dehnungsstreifen aufwies, als wäre er einmal dick gewesen. Auch seine Stimme war nicht mehr die alte, sie war kräftig, metallisch, mit seltsamen Eunuchenquieksern, die im Laufe der Monate einem warmen, eher dunklen Klang wichen. Bei Leistungskontrollen sprach er mit gesenktem Blick, die reglosen Hände gefaltet, die Beine gespreizt. Er war keine große Leuchte, er folgte nur redlich dem Pfad der Lehrbücher. Egal, wie seine Zensur ausfiel, immer bedankte er sich beim Lehrer und kehrte leicht taumelnd auf seinen Platz zurück, den Kopf ein wenig gesenkt.

In jenem Jahr lebten wir in zwei sehr verschiedenen Welten. Doch gerade in dieser Zeit makroskopischer Andersartigkeit lernten wir, uns zu wittern. Als versuchte jeder von uns, sich im Reich des anderen bemerkbar zu machen.

Eines Tages begann meine Gesichtshaut zu spannen. Mein Gesicht wurde von Akne heimgesucht, ein rosa Planet voller Beulen. Auf diesem verwüsteten Gelände wuchs mein spärlicher Bart nur mühsam. Ich machte meine Hausaufgaben mit einem stinkenden Tonerde-Präparat auf dem Gesicht. Um den Blick meiner Gesprächspartner abzulenken, ließ ich mir die Haare wachsen, warf sie ständig nach hinten und sorgte dafür, dass sie immer sauber waren. Innerhalb weniger Monate änderte ich meinen Kleidungsstil komplett. Ich entschied mich für einen Hippielook, eng anliegende Hosen und eine kleine Brille mit hellblauen Gläsern. Ich war klein und dünn, eine als John Lennon verkleidete Mücke. Costantino trug seine Haare kurz rasiert und rieb sich oft heftig den Nacken, als wollte er etwas Lästiges loswerden. Er spielte Wasserball in einer lauten Schwimmhalle, aus der ich nach dem dritten Schwimmabzeichen geflüchtet war. Seine Tasche mit dem Bademantel und der Badehose lag oft unter der Bank. Auf dem Weg zum Training kaute er ein Brötchen, das in Stanniol eingewickelt war. Er sei stark, hieß es. Einer, dem man den Kopf nicht lange herunterdrücken könne.

Bis zur Kreuzung, an der er zum Stadtbad abbog, hatten wir denselben Weg. Dann sah ich ihm nach, und das Bild dieses kräftigen, noch unfertigen Körpers werde ich für immer in mir tragen – der Kopf schief, die freie Hand reglos wie eine vergessene Harke an einem Heuhaufen. Erspäht man die Menschen von hinten, sieht man sie die Last ihres Schicksals tragen, als würden sich auf dieser Seite, die sie selbst nicht sehen können, alle Schmerzen verdichten, alle Gedanken, alle individuellen Hoffnungen und auch die Hoffnungen aller vorherigen Generationen, die sich über diesen letzten Zeugen aufzuregen scheinen, ihn vorwärtstreiben und sich zugleich auch über ihn und die Niederlage, die er wiederholen wird, lustig machen.

In der Klasse zogen sie ihn auf. Auch ich hätte fast losgelacht, wenn ich ihm so nachsah. Sein Gang war ziemlich forsch und gleichzeitig doch verhalten. Hätte ich das Zentrum bestimmen müssen, wo der Pflug in den Schollen dieses unreifen Körpers feststeckte, wäre ich die Furche zwischen seinen Schulterblättern hinuntergefahren und hätte es im Steißbein ausgemacht, in jenem spitzen Knöchelchen, an dem früher ein Schwanz gesessen hatte, bevor die Evolution den Menschen glatt poliert hatte. Der Sohn des Portiers kam mir vor wie der im Labyrinth von Knossos gefangene Minotaurus.

Dass wir in derselben Klasse gelandet waren, ärgerte mich. Ich ignorierte ihn, und er ignorierte mich. Er blieb immer für sich und hatte nur außerhalb der Schule Kontakte, alte Freunde aus der Mittelschule, die eine Berufsausbildung machten, und andere, die bereits arbeiten gingen. Er war ein methodischer Schüler, sich seiner Grenzen bewusst, einer dieser zähen Menschen, die nicht darauf hoffen aufzusteigen, sondern nur darauf, keine Tiefschläge einzustecken. Es gelang ihm, in der Menge zu verschwinden, im Gewühl des Klassenzimmers sang- und klanglos abzutauchen. Es war eine lebhafte Klasse, eine Traube heranwachsender Kreaturen, selbstbewusst und gemein. Es gab schon ein paar Spitzen, ein paar von denen, die ihren Weg in der Gesellschaft machen würden und das auch schon wussten. Das war das Tolle, man bewegte sich mit Löwensprüngen vorwärts, und jede Form von Unschuld war bereits fern. Die meisten dieser Kids legten zwar ein schwärmerisches, rebellisches Verhalten an den Tag, waren aber längst in der Erwachsenenwelt angekommen.

Wenn ich Costantino auf dem Flur oder an der Tür zum Klassenraum begegnete, wurde er langsamer und ließ mir den Vortritt. Er behielt sein unterwürfiges Verhalten bei, diese Ehrfurcht eines Dieners und diesen schweigenden Kontrollblick, genau wie einer, der mit einem einzigen Blick die vielen Fenster unseres Mehrfamilienhauses abcheckt. Er war angespannt. Über seine Bank gebeugt registrierte er aus den Augenwinkeln jede Bewegung in der Klasse. Er sog etwas Luft ein und gab kleine Seufzer von sich, die ihm vermutlich halfen, die Spannung abzubauen.

Warum hatte er sich dieses humanistische Gymnasium ausgesucht, anstatt wie seine Freunde auf eine Berufsschule zu gehen? Er strampelte sich ab, das sah doch ein Blinder. Er konnte sein Denken nicht weiterentwickeln, konnte es nicht mit prägnanten Sätzen durchlöchern. Sein Wortschatz war beschränkt und seine Argumentationen angelernt. Ganze auswendig gelernte Absätze und danach Schweigen und Stottern. Er gehörte zu denen, die das Gymnasium nicht schaffen würden.

Doch im Frühling, als unter dem Druck der Hormone die Aufmerksamkeit und die körperlichen Kräfte der anderen nachließen, konnte er seine mittelschlechten Noten von fünf und fünfeinhalb halten. Zum Jahresende hatte der plumpe Costantino schließlich etwas Zuversicht zusammengekratzt und wurde mit einer sechseinhalb belohnt. Anfang September sah ich ihn auf der Straße am Tiberufer an einem dieser Busse für gebrauchte Schulbücher stehen. Ich wusste noch nicht mal, welche Texte wir im kommenden Jahr überhaupt brauchen würden. Doch er hatte schon eine Liste, blätterte die Bücher durch, prüfte ihren Zustand und sah nach, ob die Benutzungskärtchen schon voll waren. Er war so darin vertieft, dass er mich nicht bemerkte. Er hatte einen dicken Radiergummi dabei. Über die Palette gebeugt, tilgte er energisch alte Unterstreichungen. In seinem Übereifer lag etwas Abstoßendes. Das war keine Frage des Kleingelds, nein, es ging um mehr. Ich folgte einem feurigen Weg, verstieg mich haltlos in den verlockenden Wolken des Denkens. In jenem Sommer hatte ich Dostojewski gelesen. Der Sohn des Portiers gehörte zu den armen Schluckern, die die Erde mit ihrem Gewicht belasteten und sie zu einem trostlosen, für Feiglinge geeigneten Ort machten. So wie manche Mikroorganismen, die sich fröhlich in stehenden Gewässern reproduzieren, würde auch er seinen Schatten niemals von den Sümpfen lösen.

Einmal stellte Aldo ihm ein Bein. Aldo war nicht gemein, er war eine Seele von Mensch, auch wenn sich bereits ankündigte, dass er schmelzen würde, zart wie eine Wachskerze im Dunkeln, doch war es gerade dieses wacklige Licht, diese unfruchtbare Materie, die ihn so liebenswürdig machte. Da er nicht einen markanten Charakterzug besaß, wartete er darauf, seine Kräfte messen zu können, und provozierte ohne besondere Absicht bestimmte Situationen, einfach nur so, um zu sehen, wie das Leben funktionierte, denn er wusste, dass er ihm fern war.

Als der Sohn des Portiers vorbeikam, stellte Aldo ihm zwischen zwei Bänken ein Bein, hart wie ein Stück Holz, und brachte ihn so zu Fall. Wir lachten alle. Ich hatte zwar Mitleid, doch um nichts auf der Welt hätte ich auf diesen Augenblick reinster Freude verzichten wollen, auf dieses gefundene Fressen im schulischen Trübsinn. Und wer es servierte, war der absolute King.

Der arme Costantino hatte sich am Mund verletzt. Aldo eilte ihm mit seinem parfümierten Dandy-Taschentuch zu Hilfe. Costantino wünschte ihn zum Teufel, stand auf und ging Richtung Klassenzimmer davon. Wir warteten auf seine Anklage, auf den Klassenverweis wegen gemeinschaftlicher Bosheit. Doch der Sohn des Portiers versank edelmütig in seiner Bank und sagte kein Sterbenswort.

Er begann, mit uns auszugehen und über unsere Witze zu lachen, doch eigentlich war er nie wirklich dabei. Nicht seine soziale Stellung hielt ihn zurück, sondern ein natürliches Widerstreben gegen jeden Leichtsinn, ganz so, als sähe er jenseits seiner Jugend ein Erwachsenenleben voller Pflichterfüllung. Heute weiß ich, dass er Angst davor hatte, mit Jungen zusammen zu sein.

Einmal, auf einer Geburtstagsfeier, verleiteten wir ihn zum Trinken. Er trank viel weniger als wir, war aber völlig neben der Spur. Sein gleichmütiges Gesicht geriet aus den Fugen, und er verfiel in hemmungsloses Gelächter. Und wir lachten über ihn, genauso wie man an einem Wintermorgen im Zoo vor dem traurigsten aller Tiere lacht. Er übergab sich. Auf dem ganzen Rückweg entschuldigte er sich pausenlos. Wir schafften ihn uns vom Hals wie einen toten Hund.

Ich baute mich mit heruntergelassenen Hosen vor dem Spiegel auf, aber viel war da wirklich nicht. Ich hätte mit keinem mithalten können. Ich sah aus wie die Parodie eines Hänflings, wie einer, an dem jede Entwicklung spurlos vorübergegangen war. Mein Pimmel war nicht mehr als ein Finger ohne Knochen. Immerhin hatte ich einen gewissen Sinn für Ironie. Wenn ich mit den Schulterblättern wackelte, traten zwei knöcherne Flügel aus meinem Rücken. Meine Hässlichkeit war umwerfend. Durch meinen Hippielook getröstet, bewegte ich mich ohne größere Komplexe. Ich war weder Narziss noch Goldmund, doch das war mir scheißegal. Ich setzte auf Unruhe, mit schlaksigen Bewegungen und mit witzigen Sprüchen, die andere in Verlegenheit brachten. In der Schule war ich es, der entschied, wann etwas in Ordnung war, wann ein Punkt Beifall verdiente. Als Meister der Improvisation hatte ich mir mit wenigen Bartstoppeln und unter Zuhilfenahme meiner Haare Koteletten wachsen lassen.

Die erste Stufe des Gymnasiums lag hinter uns. Ringsumher fand ein Erdbeben statt. Die Schritte meiner Freunde klangen wie Hufe auf der Flucht aus einem Gehege. Sie wirbelten Staub auf, wuchteten ihr Gewicht von hier nach da. Viele saßen jetzt mit einem Sturzhelm und mit dicken Ketten auf der Bank, die gut für die Sicherheit waren oder für eine Schlägerei. Die Stimmen und Sprüche waren nun gröber. Sie hatten sich eine Männchen-Pose angewöhnt, mit der sie die vollzogene Verwandlung besiegelten. Sie hielten die Hände in Form einer Haube vor ihren Unterleib und wiegten sich hin und her. An manchen Vormittagen war der Gestank unerträglich, streng und männlich. Die Mädchen schwärmten in den Pausen zu den benachbarten Bänken aus und ließen sich darauf nieder, eine auf der anderen wie lauter Enten an einem Teich. Sie sprachen ihre eigene Sprache, bekamen unergründliche Lachanfälle und waren allesamt stärker geschminkt als früher. Ich beobachtete die langsame Bewegung der Jungen hin zu diesem Teich. Die geschlechtliche Trennung war vollzogen. Voller Neugier beteiligte ich mich an den Diskussionen meiner Freunde über Sex, doch ohne Handwerkszeug, wie ein Behinderter bei einem Geländelauf.

Es gibt einen Moment, in dem du spürst, dass ein Schmerz wie eine Wand auf dich zukommt. Das ist der Moment, in dem du auf die Bremse trittst, bis es qualmt. Manchmal suchte ich nach Pornobildern, sie lösten eine wirre Erregung bei mir aus und ein Gefühl von Unbehagen und Tod. Mein Geruch erinnerte mich an den von Friedhofsblumen. Ich duschte endlos. Die Flut der freien Radiosender hatte eingesetzt. Ich verbrachte meine Nachmittage am Telefon, um mir verkannte Musiktitel zu wünschen und mich mit irgendeinem Freak am Mikrofon zu unterhalten, wobei ich Gedanken von Marcuse zitierte, die ich mir in einem Heft notiert hatte. Ich litt durchaus nicht, ja, es war sogar ein angenehmer Schwebezustand. Ich hatte ein recht dehnbares Bild von mir, borgte mir Lebensweisen und Idole aus.

Andere interessierten mich eigentlich nicht, ich beobachtete höchstens die, die ich am faszinierendsten fand, klaute hier einen

Haarschnitt und da einen Tick. Ich war zu allen freundlich, lebte jedoch eingeschlossen in einer kümmerlichen Andersartigkeit, die mich weder zu Großzügigkeit noch zu Unbeschwertheit noch zu einem jener Gefühle befähigte, die für eine wahre Jugendfreundschaft unabdingbar sind. An der Kreuzung wandte ich mich zu unserem Haus, der Hunger tief in meinem Bauch war ein schwarzes Gedankenknäuel. Jetzt gefiel mir die Ödnis unseres Palazzos, es gefiel mir, allein vor dem offenen Kühlschrank zu essen.

Der Albtraum, der meine Teilnahme an der Welt lange Zeit bremste, hatte begonnen. Auf einem billigen Karnevalsfest unter einem Zeltdach draußen in Prima Porta knallte nach einer Stromschwankung ein Verstärker durch. Ich hatte gerade gehen wollen, denn ich tanzte nicht und hatte mich auch nicht verkleidet, weil ich Angst hatte, kindisch auszusehen. Alles, was ich dabeihatte, waren ein Plastikknüppel, den ich in der Hand hielt, und ein Vampirgebiss in meiner Tasche. Draußen schüttete es aus Kannen und Eimern. Als es den entsetzlichen Knall gab, stand ich gerade neben dem Verstärker. Ich dachte, der Blitz hätte mich getroffen. Ich sprang mit einem Satz weg und krümmte mich. Ich taumelte, taub, wie vom Donner gerührt, die Hände auf den brennenden Ohren. Donna Summer blökte weiter, der DJ trug Kopfhörer, die Hexen und Cowboys tanzten trotz des kaputten Verstärkers unbeirrt weiter.

Ein graues, eitriges Zombiegesicht kam auf mich zu, sagte etwas, das ich nicht hören konnte, und stützte meinen Arm. Unter der tropfenden Zeltplane kämpften wir uns zum Ausgang durch. Der Zombie schob seine Maske hoch, und im Regen stand der Sohn des Portiers mit seinem unregelmäßigen Gesicht vor mir.

»Guido … Alles in Ordnung? Guido …«

Ich presste mir die Fäuste auf die Ohren. Unablässig schüttelte ich den Kopf, um das quälende Echo der Explosion loszuwerden. Ich wollte weinen, und vielleicht weinte ich auch. Ich rief nach meiner Mutter wie damals als kleiner Junge, *Mama*. Ich stürzte auf den Asphalt, Costantino hockte sich neben mich. Ich hatte solche Angst, bis an mein Lebensende taub zu bleiben, dass ich ihn gar nicht beachtete. Er legte mir seinen Arm um die Schulter und sprach immer noch auf mich ein, und ich konnte ihn immer noch nicht hören. Der Schock hatte mich in die schwarze Dimension des Entsetzens katapultiert. Ich hielt Costantinos Arm fest wie den eines Fremden, der nach einem Verkehrsunfall zu Hilfe kommt.

Ich fand mich auf dem Boden wieder, an diesen Freund geklammert, der sich neben mir vom Regen durchweichen ließ. Er bewegte immer noch die Lippen, und da hörte ich ihn. Meine Ohren nahmen die Geräusche ringsumher wieder wahr, zusammen mit dem Echo des Knalls, das wie eine tief tönende Stimmgabel weiterdröhnte. Übelkeit stieg in großen Wellen in mir auf, und im Regen pulsierte alles wie mit einem sonderbaren, beschleunigten und vergrößerten Herzschlag. Ich war ein sterbender Fisch, einer, der mit dem Rücken gegen die Brandung schlägt, ich hing in den Armen dieses Zombies, dem das Unwetter nichts auszumachen schien. In dem leeren Licht sah ich Costantinos Gesicht, sah seinen Mund, der sich öffnete, sich schloss, sich bewegte. Die Maske auf seinem Kopf war hinüber. Der Regen drückte ihm die Haare platt und wusch sein kräftiges Gesicht. Aus seinem Mund kam ein angenehmer Atem, der Duft von frischem Gras. Eine eisige Hand hielt mein Gesicht umschlossen, streichelte mich. Ich sah, wie er sich über mich beugte, als wollte er mich mit seinem Atem wiederbeleben. Sein Bild kam näher, dann verschwamm es, verlor seine Konturen. Plötzlich schien er nur noch ein Auge zu haben, wie der achäische Krieger auf dem Mosaik, und gleich darauf viele Augen, die umeinander kreisten und sich vervielfältigten.

Dann wurde alles wieder klar, und ich sah eine lebendige Gestalt wie aus dem flüssigen Hintergrund geschnitten, in dem schlampige, grölende Schatten herumliefen. Es war Costantino, robust und reglos, noch nie waren wir uns so nahe gewesen. Sein Blick wirkte weich und offen, mütterlich und männlich. Das war kein fremder Helfer mehr, das war er selbst. Ich wollte ihn wegjagen. Das tat ich aber erst später, als ich abrupt aufstand. Davor war eine Pause, eine Zeitspanne, in der ich mich kein bisschen bewegte und dieses verdutzte Gesicht anstrahlte, mit einer schüchternen Freude, als hätte ich mein ganzes Leben auf diesen Augenblick voller Vertrauen und Freundlichkeit gewartet. Ungläubig hörte ich eine Stimme aus der Tiefe, die mich drängte, zu gehen, während ich doch Lust bekam, zu bleiben. War das meine Stimme? Oder seine, die sich während des alles vernichtenden Pfeifens, das die Stille zerrissen hatte, meiner bemächtigt hatte? Sein Gesicht erschien mir auf eine brutale Weise schön und vertraut. Unzählige Male sollte ich an diese schmerzhafte, in die Tiefe eines Ultraschalls getauchte Erscheinung zurückdenken.

Schweigend gingen wir zu unserem Haus zurück, zum ersten Mal als Paar, glaube ich. Ich hielt mir mit einer Hand mein Ohr, überzeugt davon, dass das Trommelfell hinüber war. Der Regen war feiner geworden, ein glänzender Schleier frischte den Asphalt auf. Verkleidete Gestalten gingen vorüber, Perücken, Gummiknüppel, Männer mit Wollzöpfen. Als sie auf unserer Höhe waren, rempelten sie uns an, teilten sich krakeelend und schlossen sich dann wieder zusammen wie bunte Fischschwärme. Es war noch früh, alle strömten in dieselbe Richtung, ins Zentrum, wir schienen die Einzigen zu sein, die sich gegen den Strom bewegten. Es war ein anstrengender Weg, nur von meinem Wunsch geprägt, mich schleunigst von allem zu entfernen. Costantino hatte seine Zombiemaske wieder aufgesetzt. An der Treppe, dort, wo Moos auf dem Putz wuchs, ließ ich ihn stehen, mit diesem absurden Gesicht.

Die Angst, taub zu bleiben, beherrschte meine Gedanken und dämpfte meine Bewegungen. Allmählich konnte ich alle Frequenzen wieder hören, doch das Pfeifen blieb. Mein Gehör hatte sich ausgedehnt, als hätte der Zwischenfall eine Tür herausgerissen, deren verrostete Angeln fest an meinem Ohr verankert gewesen waren. Und hinter dieser quietschenden Tür öffnete sich ein hyperboreischer Raum, aus dem sämtliche Töne unverfälscht, schrill und schrecklich herüberklangen. Diese Beschwerden entfernten mich allmählich von der Welt. Meine Mutter brachte mich zu einem Hals-Nasen-Ohren-Arzt und dann zu einem Freund meines Vaters, einer Koryphäe auf seinem Gebiet. Es gab keine Verletzungen, mein Trommelfell war intakt. Als man mir den Pfropfen Ohrenschmalz entfernte, lief ein schwarzes, klumpiges Gerinnsel an meinem Hals herunter. Ein paar Stunden ging es mir gut. Doch der nun weniger versperrte Eingang schien das Pfeifen noch zu begünstigen, das wie ein Krankenwagen klang, der mit voll tönenden Sirenen in einen Tunnel fährt.

Ich ging seltener aus dem Haus und mied laute Orte. Ich befürchtete eine innere Explosion. Der Bruder meines Vaters war an einem Aneurysma gestorben. Still wartete ich auf eine entsprechende Wiederholung. Ich war erst sechzehn, aber durchaus schon imstande, mir Fragen zum tieferen Sinn meines Lebens zu stellen. Ich betrachtete mich im Spiegel und akzeptierte die Verurteilung, betrachtete als Lebender meinen Leichnam und den langen Fluss der Dinge, die mich erwarteten und die ich nie erreichen würde. Nie würde ich eine Familie haben, ein eigenes Zuhause, nie würde ich mein Projekt in die Welt werfen. In nur wenigen Monaten war ich gewaltig gewachsen. Der abgetrennte Kopf meines Schicksals rollte hinter mir, in einer Einöde von Gesichtern und Orten. Ich hob eine zerbrochene Lanze auf und ließ sie weit zurück in jener Ewigkeit, wo alle Dinge sich wiederholen, jedes mit seinem eigenen Wert, mit seinem eigenen Labyrinth des Schmerzes. Die Tage zogen an mir vorbei. Ich war wie eine griechische Statue, ein junger Apoll, der sich über die Leiden der Sterblichen erhebt, ich umarmte die kalte Materie, die meine Lebenstheorie besiegelte.

Wir hatten mit dem Philosophieunterricht begonnen. Mit dem Ursprung der Dinge, Wasser, Luft, Werden. Mit Wesen und Zweck. Das Denken war eine Heilkur, ich konnte mich ablenken. Heraklit ließ sich von Hunden zerfleischen, ich mich von einer sterbenden Languste. Dieses für den Menschen unhörbare Zirpen war nun umso wahrer, als es ja in mir existierte. Ich verschnürte meine Bücher mit einem Gummiband, zog mich an und ging zum Unterricht. Ein Schattenkegel fiel auf meine Bank. Weich wie Sand in einer Sanduhr rann das Pfeifen aus meinem Kopf. Meine Nerven schnippten auseinander wie zerrissene Gummibänder. Ich war bald voller Ticks, zog die Nase kraus, blinzelte. Mein Äußeres veränderte sich. Ich ging halb angezogen ins Bett und verließ das Haus mit einer Weste über dem zerknitterten T-Shirt. Ich war abweisender geworden. In diesem Grenzalter hatte jeder seine Macken, weshalb niemand in der Klasse Notiz von meinem Verfall nahm. Es waren die terroristischen Jahre der Schüsse in die Beine und der sogar glücklichen Zigeuner. Ich blieb immer einen Schritt zurück und fürchtete mich vor akustischen Extremen, vor Sirenen und Lautsprechern.

Im April wurde ich in Griechisch noch schlechter, der Englischlehrerin war ich unsympathisch, und in Physik geriet ich ins Schwimmen. So ein Dreibund war eine gewaltige Gefahr. Meine Mutter erzählte meinen Lehrern in der Elternsprechstunde, ich sei ein Spätentwickler. Es war mir peinlich, dass sie mit ihrem schleierweißen Gesicht meine Minderwertigkeit ausposaunte. Ich war vulgärer geworden. An einem Spätnachmittag ging ich in eine Kirche und baute mich nur deshalb vor dem Altar auf, um zu fluchen, die Hände an meinem Schwanz. Ein ganzer Rosenkranz.

In dieser Unausgeglichenheit vollzog sich meine hormonelle Umstellung. Mein Körper schoss ins Kraut, meine Nase wuchs, sodass meine Augen versanken. Aus meinen Haaren wurde ein glanzloses Gestrüpp. Ich sah zum ersten Mal mein Sperma und fand keinen großen Unterschied zu flüssigem Kerzenwachs. Ich begann zu trinken. Wein, den ich meinem Vater gestohlen hatte und den ich auf meinem Bett mit einem Schweizer Taschenmesser öffnete. Ich betäubte mich, und die Brandung des Alkohols mahlte alles zusammen, inneres Lärmen und rot glühende Gesellschaft. Am Ende schlief ich ein. Mitten in der Nacht schreckte ich hoch, mit dem sicheren Gefühl, zu fallen, die Languste folgte mir in den Abgrund. Das Lernen machte mir Mühe, meine Blässe schien von innen hervorzubrechen, aus einem Herzen, das immer lustloser und blutleerer wurde. Auch meine Augen hatten an Glanz verloren. Ich lernte wahren Trübsinn kennen. Lernte meinen Körper als einen Feind kennen, der Feinde beherbergen konnte, Horden von Kriegern, die in meiner Ohrmuschel ihre Waffen schärften. Das alles dauerte sechs Monate, danach war ich ein Penner von sechzehn Jahren.

Gab es Vorboten, Ahnungen, Anzeichen? Ich kann mich an nichts Konkretes erinnern. Der Tinnitus entfernte mich von der Welt, ich trieb durch einen intimen, schmerzvollen Raum. Heute könnte ich sagen, dass dieses Symptom etwas anderes verdrängte. Heute könnte ich vieles sagen, was ich damals nicht dachte, als ich einfach nur lebte.

An jenem Tag hatte es eine politische Versammlung gegeben, ich ging nach Hause. Costantino verlangsamte seinen Schritt, er wartete auf mich. Außerhalb der Schule hatte ich ihn nicht mehr gesehen. Er nervte mich. Seine Gegenwart rief einen Widerwillen in mir hervor, der nunmehr an mir hing wie ein Chor von Klappern an einem Aussätzigen. Sein dummes Gesicht fixierte mich.

»Ich habe heute ein Spiel.«

Er aß ein Brötchen mit Rührei, brach ein Stück ab und hielt es mir hin.

»Ich habe es nicht angeleckt.«

Seine Hand zitterte. Ich biss in das Brötchen, aß von dem Rührei, schlang es herunter, um mich zu ersticken. Er lächelte.

»Du hattest Hunger.«

Ich hatte keinen Hunger. Zu Hause hätte ich nichts gegessen.

»Kommst du mit?«

»Wohin denn?«

»Wir brauchen Fans.«

Ohne zu wissen, wie und warum, fand ich mich unter einer Plastikblase wieder, in der Schwüle von warmem Wasserdampf und Chlor. Ich schwitzte in meinem Pullover. Costantino hatte seinen Bademantel ausgezogen und hüpfte in Badehosen herum, um seine Muskeln zu lockern. Er setzte die Kappe mit den Ohrschützern und seine Brille auf, sprang ohne einen Spritzer ins Wasser, schwamm eine Bahn im Schmetterlingsstil und hob den Arm, um mir zu winken. Die Spieler bildeten einen Halbkreis, die Partie begann. Costantino war Mittelstürmer und wirklich stark, er kraulte durchs Wasser, sein massiger Körper schien zu schweben, und fast niemand konnte ihn runterdrücken. Es herrschte ein Höllenlärm. Neben mir kreischten zwei Mädchen wie nicht ganz bei Trost. Bei jedem Angriff klatschten sie und trampelten mit den Füßen. Eine Weile hielt ich mir die Ohren zu, doch dann ließ ich es bleiben und begann das Spiel zu verfolgen. Die Regeln kannte ich nicht. Ich begriff, dass man nicht mit beiden Händen werfen und den Ball auch nicht unter Wasser halten durfte. Ich zog meinen Pullover aus, streckte die Beine vor. Ich begann Spaß zu haben, mitzufiebern.

Die Herausforderer gehörten zu einem Vorstadtverein, stämmige Kerle, regelrechte Wassergladiatoren, mit geschmacklosen Tattoos auf Armen und Rücken. Wie Alligatoren bewegten sie sich an der Wasseroberfläche. Ihre öligen Körper glitten beiseite, schnellten mit einem Hüftstoß heraus, ohrfeigten das Wasser, um sich freizuspielen, und unter Wasser alle nur möglichen Fouls. Der Schiedsrichter pfiff, das Mädchen neben mir forderte den Ausschluss des Mittelfeldspielers wegen brutalen Verhaltens. Costantino netzte zwei Mal ein, doch seine Mannschaft verlor. Die enorme Tordifferenz war beschämend. Ich hatte angefangen, mich wie ein Fan zu benehmen. Hatte Lust, den tätowierten Arschlöchern auf den Kopf zu spucken, war voller Wut. Plötzlich fand ich mich stehend neben den Mädchen wieder, mit zwei Fingern im Mund, ich pfiff. Für zwei Stunden hatte ich meine Probleme vergessen.

Costantino war aus dem Wasser geklettert und hatte sich, ohne sich abzutrocknen, auf einen Plastikstuhl gesetzt, den gesenkten Kopf zwischen den Händen. Die anderen zogen sich Bademäntel und Latschen an und steuerten auf die Umkleidekabinen zu. Er rührte sich nicht. Ich ging zu ihm, um mich zu verabschieden.

»Also, ich geh dann mal.«

Er blieb reglos sitzen, schaute nicht auf. Er war wie eine Wand.

»Was hast du?«

Er saß einfach nur da, ein dicker, pulsierender Frosch. Kurz darauf sprang er auf und umklammerte zwei haarige Beine, die ihm zu nahe gekommen waren. Der Typ, der ihn im Wasser gedeckt hatte, war außerhalb des Beckens noch furchteinflößender. Er hatte die Badekappe abgenommen und entblößte einen äderigen Schädel, aus den Nasenlöchern schnaubte er Schleim und Wasser. Costantino warf ihn zu Boden. Sie begannen mit unglaublicher Brutalität zu kämpfen, wie zwei Alligatoren auf dem Kiesbett eines Flusses. Costantino war geschmeidiger, er schien tausend Tentakel zu haben, er brüllte.

»Sag das noch mal!«

»Einen Scheiß hab ich gesagt …«

»Dein Glück.«

Costantino lockerte den Griff, der tätowierte Riese angelte sich seinen Latschen, der im Becken schwamm, ging ein paar Schritte, spuckte aus. Er sagte etwas, das ich nicht hören konnte, und lachte gleich darauf herablassend. Costantino ging auf ihn zu, die Hände kapitulierend erhoben, und flachste ein bisschen mit ihm herum. Dann, aus heiterem Himmel, spannte er den Hals an und versetzte diesem Goliath einen rabiaten Hieb mit dem Kopf. Der Deckungsspieler wankte, taumelte zurück, fiel ins Wasser. Er tauchte wieder auf und hielt sich die Nase, aus der jetzt Blut floss.

»Sag mal, hast du sie noch alle?«

Verzagt blinzelte er in die Runde, ein angeschlagener Kegel.

»Der hat sie ja nicht mehr alle, der spinnt doch …«

Ich wartete draußen auf ihn. Nach Dusche und Chlor duftend kam Costantino aus der Schwimmhalle, mit nassen Haaren, die Tropfen rannen ihm ins Hemd. Es war kalt. Ich sagte, er werde sich den Tod holen, er zuckte mit den Schultern.

»Ich bin nie krank.«

Das stimmte, ich konnte mich nicht erinnern, seine Bank je leer gesehen zu haben. Wir sprachen über die Schlägerei, ich war erregt, nie hätte ich gedacht, dass er so brutal sein könnte. In seinen Augen glomm etwas Wildes, die Reste dieser Blutorgie.

»Du hättest ihn umbringen können.«

»Ja, hätte ich.«

Ich ging neben ihm her. Seine Gewalttätigkeit hatte eine Welle der Lust in mir ausgelöst.

»Was hat der Typ denn zu dir gesagt?«

»Vergiss es.«

Ich stellte mir etwas Rohes vor.

»Na komm schon …«

»Er hat gesagt, ich soll seinen Schwanz lutschen.«

Wir prusteten los, krümmten uns vor Lachen. Gingen eine Weile weiter, dann blieb er stehen. Er zog sein Zippo aus der Tasche, zündete es an und blies die Flamme kräftig wieder aus.

»Ich habe heute Geburtstag.«

Ich öffnete die Arme und klopfte ihm kräftig auf den Rücken. Schwerfällig wie ein Kartoffelsack ließ er sich die Umarmung gefallen.

»Herzlichen Glückwunsch.«

Wir beschlossen, ins Kino zu gehen. Wollten uns den *Weißen Hai* ansehen, doch nicht mal in der ersten Reihe war noch etwas frei. Also schlenderten wir zum nächsten Kino, sahen uns die Plakate an und gingen nur rein, weil es so kalt war. Ein schäbiger Saal mit knarrenden Holzsitzen und mit wenigen Leuten, die alle rauchten. Wir wussten nichts über den Film. Anfangs kam er uns zu langsam vor, und der Hauptdarsteller irritierte uns. Doch dann stemmten wir unsere Knie gegen die Vordersitze und ließen uns darauf ein. Schweigend gingen wir raus, innerlich aufgewühlt. Eine Weile gelang es uns nicht, unsere vielen Gedanken zu sortieren, die unkonventionell waren wie nach einer Revolution. Andersartigkeit, die Verurteilung durch die Gesellschaft, Rebellion … über all das redeten wir. Es war unser erstes Gespräch über Kunst und Kultur. In diesem *Kuckucksnest* steckte etwas von uns, ein Leben, das wir nicht gelebt hatten, das aber dennoch unseres zu sein schien. Es war der reinste Elektroschock. Ich hörte gar nicht mehr auf zu reden, von uns beiden war ja ich der Intellektuelle. Doch alle meine Worte reichten nicht an das heran, was ich fühlte. Ich dachte über diesen Mann nach, der eine Lobotomie hinter sich hatte … über meinen Schädel … über Costantinos Kopfstoß im Schwimmbad. Es war wie eine Erweckung meiner Gefühle.

Costantino schwieg, ein scheinbar Stummer, versunken in Empfindsamkeit und Schmerz. Ich war McMurphy, er der Häuptling. Er hatte diese Kraft, die Kraft eines Menschen, der im Waschraum einen schweren Sockel herausreißen und damit ein Fenster zertrümmern kann, um vor der Lüge zu fliehen.

Ein neuer Winter brach an. Wir waren zu Teenagern herangewachsen, die nach dem bisschen Glamour suchten, den die Stadt zu bieten hatte. Statt eines Zeugnisses erhielten wir unsere erste Leistungseinschätzung. Überall auf der Welt behaupteten plötzlich Leute, sie hätten Ufos gesichtet. Auch John Lennon hatte Besuch von humanoiden Außerirdischen erhalten. Ich lief in der Erwartung herum, dass eine fliegende Untertasse vor meinen Füßen landete und mich in eine höhere, schrecklich-schöne Welt mitnahm, eine Welt ohne Gefühle, ohne das sinnlose Getöse der Emotionen. Costantino hatte sich das Rauchen angewöhnt. Mit seinen großen Lungen eines Wasserballspielers sog er das Nikotin ein.

Ich hatte mir ein Moped zugelegt, und manchmal brachte ich ein Mädchen nach Hause, ich setzte es am Ziel ab wie ein Eilpaket.

Irgendwann merkte ich, dass ich ziemlich hoch im Kurs stand, dass Geringschätzigkeit die Leute Schlange stehen ließ. Ich hatte den Gefühlsautismus meiner männlichen Verwandten geerbt. Diese Sprödigkeit machte eine Art Lokalmatador aus mir, was ich mit effektvollen Zitaten und einem Napoleonmantel, der meinem Onkel gehört hatte, noch schürte. In meinem zigsten Vitt-Tagebuch zeichnete ich mich als Jakobiner, die Haare am Gesicht klebend, schwarze Schicksalsfiguren. Ich stank. Meine Körperhygiene war inzwischen das Letzte. Ich hatte Zahnfleischbluten, und der Tinnitus nahm mich hinterrücks noch immer unter Beschuss.

So entwickelte ich mich. Ein Mischmasch aus Antrieb und Ablehnung. Von einer unwesentlich höheren Warte aus, kaum ein paar Jahre entfernt von jenem Alter, sehe ich einen sentimentalen Jungen, einen unauffindbaren Mann.

Als Moro entführt wurde, erhob sich in den von Marihuanaschwaden durchzogenen Toiletten ein ohrenbetäubender Jubel. Dann der Telefonmitschnitt, den sich mein Vater wer weiß wie oft mit einem mehr und mehr gebeugten Rücken anhörte, die dumpfe Formulierung, *mit Vollstreckung des Urteils*. Unsere Literaturlehrerin teilte die Blätter für unsere Aufsätze aus. Einige Tage später gingen wir zum Schuljahresende auf Klassenfahrt.

Wir waren nun eine gestandene Gruppe, mit ihren Psychopathen, ihren Anführern und ihren Herdentieren, eine Clique komischer Gestalten, die sich innerlich schützten. Robertino war vom anderen Ufer, das wussten alle. Er hatte sich reihum in fast jeden Jungen der Klasse verliebt. Er wurde einigermaßen schlecht behandelt, allerdings nur, weil er so aufdringlich war. An eine richtige Gemeinheit kann ich mich nicht erinnern. Wir waren grob und unverblümt. Ein Fausthieb kam, und man heulte, ein Furz ertönte, und man lachte. Eine nette Klasse, lebendig und gebildet. Mit System.

Ein surreales Griechenland, verregnet und dreckig. Athen tropfte. Der Aufstieg zur Akropolis unter Regenschirmen, die Fotos vor dem Tempel der Athena Parthenos, darauf die Mädchen Arm in Arm und die Hasenohren der hirnlosen Jungs hinter ihren Köpfen. Die Kunstlehrerin, die versucht, ihre Lektion über das Gestein des Berges Pentelikon an den Mann zu bringen, während wir vor den winzigen Pimmeln der dorischen Klassik mit schweinischen Sprüchen punkten. Wir rücken geschlossen vor, wie das Heer der Athener.

Doch dann sucht sich jeder einen Platz im Licht vor dem triefenden Tempel, und schließlich führen wir sogar ernsthafte Gespräche, philosophieren zwischen den Säulen. Mein Onkel hatte mir einen seiner Vorträge gehalten, über die Metopen des Phidias, und ich bringe ein paar meiner überraschenden Offenbarungen über die hervortretenden Adern auf den Kentauromachien der Reliefs an.

Der Abend beginnt beim Essen mit einer Trommel auf dem Tisch, dann geht es die Nacht über von Zimmer zu Zimmer weiter. Tänze in Unterhosen, an Simsen hängende nackte Typen, Joints wie Altarkerzen. Ich spiele Gitarre, hundsmiserabel, doch unter dem Gegröle des Chors mache ich einen auf göttlich, *extraterrestre portami via, voglio una stella che sia tutta mia, extraterrestre vienimi a cercare, voglio un pianeta su cui ricominciare*. Auch die Mädchen in festen Händen ließen sich flachlegen.

Doch das Beste waren die Jungswitze, furzen, rülpsen, einen Warmwasserboiler aus den Angeln heben. Ich kann mich nicht erinnern, schon mal so gelacht zu haben. Am nächsten Morgen hatten wir Muskelkater von den vielen Lachkrämpfen. Niemals müde, erst gar nicht der Versuch zu schlafen, Gel im Haar, verwechselte T-Shirts, Sonnenbrillen und los ging's, raus ins ungewöhnlichste Gewitter der griechischen Geschichte, in ein unablässiges Strömen. Genau dort habe ich gelernt, dass das Wetter nicht den geringsten Einfluss auf die Stimmung glücklicher Teenager hat. Die Hände in den Taschen, die Schultern in der Jacke. Jungs von siebzehn, achtzehn Jahren. Eine unschlagbare Truppe, nicht, weil wir das ohnehin gewesen wären, sondern weil wir dort entdeckten, dass wir es waren. Eine Übertreibung, die uns auf Schritt und Tritt erstaunte. Alles Trostlose hatte sich verpisst, alles Herrliche war emporgestiegen. In jener Woche, die die schönste unseres Lebens war.

Am letzten Tag kam die Sonne. Sie trieb die Wolken auseinander, verjagte die Regenschauer. Wir sprangen ins kalte Meer, nackt oder wie es gerade kam, mancher noch mit Jeans und Gürtel. Am Strand stand ein Kiosk, ein geschlossener Imbiss. Blaue, ausgeblichene Tische in jenem Mai mit Blick auf den Sommer. An einer kleinen Kette hing ein mit rostigen Beulen gesprenkeltes Schild, das als Zielscheibe für Steinwürfe hergehalten hatte. Auch wir zielten bei Sonnenuntergang um die Wette auf das Blech mit der griechischen Aufschrift, unter der auch auf Deutsch zu lesen war: ZU VERKAUFEN. Aldo ließ einen Joint herumgehen, doch Costantino zog nicht daran, er baute aus Steinen so etwas wie eine Skulptur.

Wir lagen am Strand, die Haare vom Salz geronnen, mit atmendem Bauch. Es herrschte ein Nachregenlicht, ein orangefarbenes Jenseits voller Maserungen. Costantino sah aus wie aus glänzender Bronze.

»Den würde ich kaufen.«

Ich antwortete nicht, pff, ich wusste ja nicht mal, was er meinte.

»Ich würde gern hier leben.«

»Um was zu tun?«

»Um für Touristen zu kochen, um zu angeln, um einen Scheiß zu tun.«

Wir hätten diesen Kiosk spottbillig kaufen und aufpeppen können, hätten dort bleiben können, um Tomaten und Feta zu schneiden, um Oregano auf die Teller der Deutschen zu streuen. Wir und die anderen, eben alle, die dableiben wollten … eine Art Kommune. Er sagte, Rom kotze ihn an, unser Palazzo sei ein Gefängnis, ein Leichenhaus, er sagte Dinge, die er noch nie gesagt hatte. Er hatte Augen, die er noch nie gehabt hatte.

Später lief er mit Marmelade im Gesicht herum, mit Marmelade vom Frühstück. Er hatte sich damit eingeschmiert wie mit Rasierschaum, und als Robertino ihn ablecken wollte, sagte Costantino: *Ach, leck mich doch,* und alle lachten wie die Bekloppten. Als wir am nächsten Tag abfahren sollten, war da schon dieser dunkle Schmerz, der Wunsch, jeden Gedanken an die Rückreise abzuschmettern, an das Schiff nach Hause. Allein schon bei dem Gedanken entsetzt, die Waffen strecken zu müssen, hörten wir nicht auf, uns mit nassen Handtüchern zu prügeln. Dann schien es plötzlich, als hätten wir die Schlacht verloren. Ausgefranste Taschen, Schmutzwäscheklumpen, helle Jeans schwarz verfärbt, Schuhgestank wie nach Jauchegrube. Wir waren viele in unserem Fünf-Mann-Zimmer, vor der Dusche standen wir Schlange, alles war nass. Costantino trug einen alten Bademantel mit dem Emblem der Schwimmhalle, um Jahre zu kurz und ohne Gürtel. Zusammenstoßende Körper … Fußtapser und feuchte Köpfe auf den Kissen. Aus einem Rekorder auf dem Bett tönte Ivan Graziani: *E sei così scema che più scema non c'è, ma sei così bella che per te morirò …* Wir sangen alle gegen alle. Und tanzten einen langsamen Tanz unter Männern. Wir bewegten uns wie Schwuchteln und reichten einen Ständer weiter, der eigentlich eine Gardinenstange war. Von Costantinos Kopf tropfte es auf meine Schulter, er lachte pausenlos und grunzte dabei mit seiner platten, ständig verstopften Nase eines Wasserballspielers. Wir ließen uns auf die Betten plumpsen und fielen der Reihe nach lachend herunter. Francone Bormia gab die Parole aus: *Los, holen wir uns vor dem Abendessen alle zusammen einen runter, mal sehen, wer den Leuchter trifft*. Er klammerte sich an Costantinos Frotteemantel, der vom Chlor rosa verfärbt war, und zog daran. Der Bademantel öffnete sich. Ich wusste nicht, wie mir geschah, und starrte auf den Knüppel zwischen den Schamhaaren. Alle hatten ihren Schwanz schon in der Hand, ausgeflippt vor Übermut. *Was hast du denn für eine Krücke?* und: *Deiner ist ja pflaumenweich,* und: *Hol mal einer Robertino.* Irrsinniges Gejohle und übersprudelnde Schweinereien in einem fort. Costantino wälzte sich aus dem Haufen heraus und bedeckte sich vorn.

»Jetzt reicht's aber, raus aus unserem Zimmer, ich hab die Schnauze voll, das ist ja zum Kotzen!«

Und so gingen wir zum Abendbrot hinunter, aßen mit Sodbrennen in der Kehle das letzte Moussaka und verspritzten die letzten verbalen Sauereien. Doch schon stieg, zusammen mit dem Meer, die Traurigkeit hoch. Am nächsten Tag auf dem Schiff würden wir alle reihern. Die Mädchen hatten ihre Schenkel wieder geschlossen, hatten alle Fieber und saßen einfach nur da, in ihre Pullover gezwängt, etwas reuevoll und manche halb verliebt. Der Geruch nach Zuhause, nach Rückkehr, nach unglückseligen Gedanken an die Zukunft. Wir waren wie ein nasses Feuerwerk, ein Niesen von aufgeweichtem Schwefel.

Wir machten eine Nachtwanderung. Einige verliefen sich. Die Lehrer wirkten wie Kriegsheimkehrer, das Haar der Griechischlehrerin sah aus wie ein auf ihrem Kopf verendeter Geier. Sie waren schon wieder wie vorher, kleinmütig und deprimierend.

Wir zogen uns auf unser Zimmer zurück, noch hatte keiner von uns irgendwas zusammengesucht. Wir stapften durch eine Müllkippe von Kleidungsstücken. Wir warfen einen Fön aus dem Fenster, der letzte Jux. Und in eben diesem nass gewordenen Feuer ließen wir die letzte Flasche Ouzo kreisen. Im Nachbarzimmer fuhrwerkte jemand herum. Wahrscheinlich Veronica, die Sportjournalistin werden wollte, eine von denen, die mit dem Mikro in der Hand vor den Fußballstadien in der Kälte stehen. Sie hatte ein martialisches Durchhaltevermögen. Sonst war da nur noch das gewaltige Tosen des Meeres. Es schien direkt im Zimmer zu rumoren, das Meer. Dazu nur ein einziges Licht, das eines Leuchtturms, das von einer fernen Klippe aus über die Schaumkronen schlingerte. Costantino hatte als Einziger seine Tasche gepackt.

»Schläfst du nicht?«

Er bewegte sich langsam, wie eine in der Dunkelheit gefangene Hornisse. Etwas fiel herunter, irgendein Wecker, der jetzt losklingelte. Wir stießen auf allen vieren zusammen, mit leisem Gekicher, das wir einfach nicht unterdrücken konnten. Wir legten uns aufs Bett, ringsumher der Schlafraum, der warme Geruch schwerer Atemzüge und widerspenstiger Träume. Die nackten Körper in den Betttüchern sahen wie Kreuzabnahmen aus. Wer von uns würde das Leben wohl meistern? Unter dem Fenster erneuerte das Meer unaufhörlich die Melancholie dieses Ferienendes, an dem die Dinge, alle Dinge, sich von dir zu verabschieden schienen und sagten: *So wie heute wirst du hier nie wieder sein, mit diesen menschlichen Skulpturen ringsumher und mit diesem speziellen Gefühl in der Brust.*

In der Dunkelheit wurde Costantino redselig, mit seiner vollen Stimme, die so gar nicht zum Flüstern taugte, reihte er Gedanken an Gedanken. Sein nackter Bauch bewegte sich im Rhythmus dieser fieberhaften Mitteilsamkeit. Er erzählte mir, wie er als kleiner Junge zu den Nonnen ins Ferienlager geschickt worden war, wie diese ihn geschlagen hatten und ihn auf dem Weg zum Meer *Schwarzes Gesichtchen, schöne Abessinierin* hatten singen lassen. Er schien mir das ganze Leben erzählen zu wollen, das ich nicht gesehen hatte. Er befürchtete, ich könnte nicht mehr zuhören, könnte einschlafen. Doch auch ich war nun hellwach und teilte schon bald seine Angst, allein zu bleiben, der Einzige zu sein, der in diesem Meer träumender Körper nicht schlief. Auf der Schwelle zum Schlaf fürchteten wir, vom jeweils anderen verlassen zu werden. Doch je mehr Zeit verging, umso klarer wurde, dass wir die Nacht durchmachen würden. Wir planten eine lange Reise mit Interrail, Berlin, Amsterdam …

Kurz vor Sonnenaufgang schlossen wir die Augen. Kühlere Luft kam nun durch die Fenster.

Auf der Fähre sprachen wir nicht miteinander, einer auf der einen Seite, der andere auf der anderen. Ich hörte mit Aldos Rekorder Pink Floyd, und er sah sich mit den Mädchen Polaroids an. Schon am Morgen hatten wir uns ignoriert, erst im Zimmer und später im Gepäckchaos im Vestibül. Vielleicht beobachtete er mich, suchte meinen Rücken in der Erwartung, dass ich mich umdrehte. Ich suchte ihn garantiert nicht. Was, zum Teufel, wollte der von mir?

Auf der Brücke sang jemand. Die anderen wollten, dass ich zur Gitarre griff, doch mein Magen saß mir in den Ohren. Ich schüttelte ablehnend den Kopf. Wir waren wie Vieh, das zur Schlachtbank geführt wird, ein finales Schwanzwedeln, um die letzten Fliegen zu vertreiben. Der Humor lau, wie Kamillentee. Sprüche flatterten durch die Gegend wie kranke Vögel, die niemand einfing. Dunkle Sonnenbrillen, Seekrankheit von Wellen wie dunkle, windgeblähte Vorhänge, eine absurde Mischung aus Wut und Unbehagen, die nicht verging.

Mein Zuhause fand ich schrecklich, ich hatte von der Freiheit gekostet und wollte nur weg, ich war nun ein Mann. Ich kippte meine Tasche auf dem Boden aus, die Putzfrau füllte die Waschmaschine, ich warf mich aufs Bett. Den ganzen nächsten Tag über war ich in einer merkwürdigen Stimmung, in der Schwebe, doch hochkonzentriert wie ein Seiltänzer, der auf die andere Seite muss. Aufleuchtende Teile dieser großartigen Woche bildeten immer neue Muster wie in diesen Papprohren mit bunten Glasstückchen. Meine Freunde fehlten mir, alle fehlten mir, doch ich rief niemanden an. Ich blieb liegen, zusammengerollt wie ein Embryo, in einem unumschränkten Schmerz versunken. Welchen Sinn sollte es haben, sich durch einen Draht zu unterhalten und sich so an das Paradies zu erinnern? Seit damals fürchte ich mich vor Erinnerungen. Ich bin unzählige Male geflüchtet, nahm keine lieb gewordenen Gewohnheiten an, damit ich ihnen nicht nachtrauern musste.

Denn seit jenem Tag scheint mir nichts grausamer als eine wundervolle Erinnerung.

Ich starrte an die Decke meiner Kindheit und fühlte mich innerlich angegriffen, an den Nerven, an den Muskeln. Unsere Unternehmungen zogen erneut an mir vorüber, die ständige Harmonie, unser gemeinschaftlicher Orgasmus, ein einziger erogener Körper. Ich hatte einen Sprung gemacht, war jetzt ein anderer. Wie hätte ich da in mein früheres Leben zurückgekonnt?

Meine Mutter kam und streichelte mich, doch zum ersten Mal spürte ich keinen Trost. Ich hatte vom Leben gekostet, von seiner Fülle, von seinem Drunter und Drüber. Nun hatte ich einen Vergleich, einen erreichten Gipfel. Ich hätte alles gegeben, um in diesen Taumel zurückzukehren.

Costantino hatte mir einen runtergeholt. Die anderen schliefen schon eine Weile, und wir überschritten die Schwelle. Unsere Gruppenspiele schäumten noch in meinem Kopf … alle Jungen auf den Betten, lachend und rubbelnd. Unser ganzes Gerede und Getuschel war nichts als Unruhe, ein In-die-Länge-Ziehen der Nacht, damit die Dinge so, wie sie geregelt waren, verschwanden und auf der Schwelle zum Morgen eine neue Ordnung kam, ein Ort, den man nur heimlich betrat. Ich schloss die Augen zu jenem Spalt zwischen Dunkel und Licht, ein weicher, stiller Sack, in dem jede Materie reglos wirkte. Seine Hand neben mir. Seine warme, plumpe Sklavenhand. Die Nacht ging zur Neige. Unsere letzte Nacht als Piraten.

Seine Hand legte sich auf meinen angespannten Bauch. Eine pulsierende Steinplatte aus Muskeln und Blut. Wir redeten nicht mehr. Ich stellte mich schlafend. Atmete ein, atmete aus, und das war das Zeichen. Er glitt zu meinem Penis. Ich spürte die Wärme seiner Hand. Das hier tat ich sonst allein, wenn ich nicht schlafen konnte. Seine Hand war mehlglatt. Und nicht schüchtern. Das war nicht meine Hand, das war etwas anderes. Die gleiche Zärtlichkeit, die gleiche Kraft, wie wenn er im Hof den Wasserschlauch aufrollte. Ich hatte Mühe, nicht zu husten, nicht zu keuchen.

Ich spürte die Bewegung, als würde sie von oben herabfallen, aus dem Mosaik, das ich weggeworfen hatte und das er aufgehoben und für mich zusammengesetzt hatte. Den einäugigen Achäer. Die leere Augenhöhle, die uns nun aus weiter Ferne zusah. Ich hörte, wie er mit einem unterdrückten Rülpser die Luft anhielt. Er war langsamer als ich, und er brachte mir etwas bei, als hätten wir die Schwänze getauscht, er schien mich zu kennen. Ich japste und bebte. Mein Herz zwischen den Lungen zusammengepresst. Durch die Wimpern sah ich seine Erektion. Den ganzen Abend lang hatte ich unaufhörlich an seinen geöffneten Bademantel gedacht.

So blieben wir liegen, schussbereit im Dunkel, wie zwei gequälte Krieger. Dann zog ich mich auf meine Hälfte zurück, mit einem tiefen Atemzug, dem eines Steins, der fallen musste. Als die Sonne aufging, betrachtete ich seinen Nacken und die daran klebenden Haare. Ich dachte, dass ich gern so weitergelebt hätte, mit geschlossenen Augen und mit seiner Hand, die sich bewegte, während ich mich schlafend stellte.

Ich würdigte ihn keines Blickes, warf ihm einen seiner Schuhe hin, der noch unter meinem Bett gelegen hatte, setzte meine Sonnenbrille auf und drehte ihm den Rücken zu. Als sich unsere Blicke doch kurz streiften, stieß mich sein von Zärtlichkeit gekämmter Blick ab wie der einer Geliebten am Tag danach. Er hatte mir einen von der Palme gewedelt, na und? Ich hatte eine andere Hand probiert, na und? Viele Männer nahmen zusammen mit anderen ihren Schwanz in die Hand und fotografierten ihn dick und dreckig mit der Polaroid-Kamera.

Am Montag ging ich nicht in die Schule. Trotzdem stand ich um sieben auf und wartete darauf, dass Costantino den Hof überquerte. Ich sah ihn, pünktlich auf die Minute, mit seinen Büchern und seiner Schwimmtasche. Er schaute nicht hoch, folgte unbeirrt seinem Weg.

Seine Freundlichkeit ging mir nun auf die Nerven. Wenn ich an ihm vorbeikam, hatte ich Lust, ihn wegzustoßen, ihn anzurempeln. Außer Grobheiten sagte ich kein Wort mehr zu ihm. Und natürlich merkte er, dass ich etwas gegen ihn hatte. Er blieb, wo er war, auf seinem üblichen Platz, mit diesem Stückchen freien Rücken und den Dehnungsstreifen, reglos wie ein getarntes Insekt. Das höchste der Gefühle war eine leichte Drehung seines Halses, so als hätte er nicht den Mut, sich umzuwenden und meinem Blick zu begegnen. Ich stapelte meine Bücher auf der Bank, um mir den Anblick seines rasierten Bockskopfes zu ersparen.

Er war bei den Priestern aufgewachsen, in ihrem Freizeitzentrum. Kein Sonntag verging, an dem er nicht vor dem Mittagessen zusammen mit seiner Familie die geweihte Hostie gelutscht hätte. Mir kam es so vor, als klebte dieses scheinheilige Mehl an ihm, dieser matte Schein ängstlicher Freundlichkeit. Am liebsten hätte ich ihn runtergemacht und überall herumerzählt, dass sich hinter diesem massigen Körper und diesem männlichen Gehabe eine wichsende Tunte verbarg, eine im Schatten der Pfaffen aufgewachsene Schwuchtel. Bestimmt hatte er das dort gelernt, in der Sakristei. Meine Familie war atheistisch, mein Onkel ein überzeugter Pfaffenfeind. Klardenkende, aufgeklärte Leute. Warum hatte ich ihm das nur erlaubt? Die Wichsnummer bohrte den alten Hass wieder auf. Ich konnte ihn nicht ausstehen, hatte ihn nie ausstehen können, er war einer von denen, die dir ständig in die Quere kommen, die dich irgendwie verfolgen.

Vor der Schule wartete ein dickes Mädchen auf ihn, krauses Haar, rosa T-Shirt mit Glitzersteinchen. Sie war von der handgreiflichen Sorte, schubste ihn und riss ihm die Kippen vom Mund. Er lachte, doch man merkte, dass er genervt war. Eines Abends sah ich die beiden an einer Wand im Tunnel am Gemüsemarkt, zwischen Schmierereien und unerlaubt angeklebten Plakaten. Anfangs hatte ich nicht begriffen, dass ich sie kannte, dass er es war. Costantino hielt sie an den Hüften, er hing an ihr wie ein Sack. Kaum anders als zwei Hunde sahen sie aus.

Ich schaffte mir einen Hund an. Ich kaufte ihn nicht, er lief mir zu. Ich nahm ihn mit hoch in unsere Wohnung. Niemand traute sich, was dagegen zu sagen. Mein Vater hatte mal einen Labrador gehabt, doch der war schon alt gewesen, als ich geboren wurde. Als Kind hatte ich mir immer einen kleinen Hund gewünscht, und nun, da ich ohne die geringste Freude das Schnäuzchen dieser Promenadenmischung von Jagdhund vor mir sah, hatte ich auf einmal einen. Ich kümmerte mich wie besessen um ihn. An einem Sommertag, als ich ihn am Flussufer Gassi führte, gesellte sich Costantino zu uns. Er hockte sich hin, streichelte ihn und ließ sich Hände und Gesicht ablecken. Der Hund schien das zu schätzen. Wir kamen ins Gespräch. Er sei ein Hundenarr, erzählte er, sein Großvater auf dem Dorf habe sieben Stück, alles Jagdhunde. Ich dachte an die Zwinger, in denen die Hunde auf dem Land gehalten wurden, an das ewige Gebell, an die heulenden Fluchten im Frühnebel. Ich dachte, dass wir uns voneinander unterschieden, dass er mich in Ruhe lassen sollte. Wir lehnten uns an die kleine Mauer. Er erzählte mir von dem Mädchen, erzählte, dass er sie gevögelt hatte. Wir starrten in die schwefelfarbenen Fluten, in den Schutt aus Brettern und Blech. Aus dem Schlamm ragte eine Waschmaschine, ein rostiges Auge, vor einigen Neujahrsfesten dort unten gelandet.

»Aber es ist aus.«

»Warum denn?«

»Sie war eine Schlampe.«

Ich spürte ein Feuer in mir, es tropfte mir wie brodelnde Lava vom Kopf bis in die Füße. Ich drehte mich um und sah ihn verwirrt an, voller Freude. Und hingerissen von dieser unflätigen, erregenden Bemerkung. Ich hatte Lust, mir noch viel mehr erzählen zu lassen. Wieder fühlte ich mich ihm nah, eingeweiht in diesen männlichen, anstößigen, wunderbaren Kodex. Das Durcheinander in meinem Innersten stöhnte tief befriedigt auf. Ich sah Costantino an wie in einem erotischen Rausch.

»Eine Schlampe?«

»Eine Riesenschlampe.«

Wir gingen durch einen weiteren Winter, den letzten in dieser Klasse. Der Hund verschwand, die Putzfrau hatte die Tür offen gelassen. Tagelang suchte ich ihn, dann gab ich auf. Ich befürchtete das Schlimmste. Ich wusste, dass sich die Jungs am Kanalisationsgraben einen Spaß daraus machten, Tiere zu quälen. Einmal hatte ich den Sohn des Garagenbesitzers mit einer Nylontasche voll Wasser gesehen, in der gerade eine Katze krepierte.

Wir bewarfen uns auf der Straße mit Wassertüten und mit Unmengen von Eiern. Organisierten in einer Garage eine Silvesterparty. Ich war niedergeschlagen und hätte nicht sagen können, warum. Mir war klar geworden, dass ich zu den Menschen gehörte, die der Erdanziehungskraft leicht entgleiten. Nichts und niemand kann sie aufhalten. Sie ziehen den Stecker, und das war's. Als ich auf die U-Bahn wartete, bekam ich Angst vor mir selbst. Ich trat von den Gleisen zurück. Ich war gestresst wie ein Hund, der ständig das Bein hebt, um ein zu offenes, von zu vielen Artgenossen heimgesuchtes Gelände zu markieren. Ich hatte geduscht, mich in Schale geworfen: ein rotes T-Shirt unter einer bleichfleckigen Samtjacke. Ich ließ mich volllaufen, bis ich weich in der Birne war. Tobte mich bei einer halben Stunde Rock aus. Ich tanzte gern allein, drückte mich gern auf diese Weise aus. Betrunken und halb taub war ich ein Knüller. Wenn ich ein Mädchen aufriss, dann nur, um sie ein bisschen mitzuschleifen. Es machte mir Spaß, mich vor mir selbst zu produzieren. Die anderen waren bloß ein Spiegel.

Costantino sah an dem Abend wie ein alter Knilch aus. Er trug einen Blazer wie ein Schnulzensänger. An irgendein Mädchen geklammert kam er während eines langsamen Tanzes an mir vorbei. Obwohl er sich kaum bewegte, hatte er Rhythmus, er verlagerte sein Gewicht weich von einer Hinterbacke auf die andere. Ich sah ihn herumblödeln und rauchen.

»Hast du vielleicht auch eine für mich?«

Ich setzte mich neben ihn und rauchte. Ich schwitzte, hatte die glasigen Augen eines Kiffers, eines verdammten Säufers. Ich riss den Mund auf, um meinen Kiefer aus einem Schraubstock zu befreien.

Ein Mädchen kam vorbei, Delfina, sie wuschelte in meinen Haaren herum, nahm mein Gesicht in ihre Hände und küsste mich auf den Mund, wobei sie mir fast den Hals verrenkte.

»Na, Süßer, wie gehts?«

»Bin fix und fertig.«

Inzwischen hatte sie sich auf meine Knie gesetzt und nippte an meinem Glas. Sie gefiel mir. Sie hatte eins dieser schneeweißen, verzweifelten Gesichter, die mich nicht kaltlassen. Ich hatte gesehen, wie sie tanzte, die Arme lang ausgestreckt wie Winterzweige. Ich begann, mit ihr rumzumachen, schob einen ihrer BH-Träger zur Seite und küsste ihre weißen Knochen unter der bläulichen Haut.

Costantino schien keine Notiz davon zu nehmen, er starrte in sein Glas. Er dachte nach, oder vielleicht starb er auch wie einer dieser großen Fische, die aus fernen Meeren auftauchen und an einem überfüllten Strand landen. Fische, die auf ihrer Reise irgendwas falsch gemacht haben, die, von einem Licht oder von einer

Seeanemone auf dem Grund angelockt, ihren Schwarm verlassen haben, und wenn sie dann zurückwollen, ist es zu spät. Dem Echo einer fernen Bewegung folgend irren sie durch Stille und Dunkel.

Er hatte angefangen, sein Bein zappeln zu lassen, wahrscheinlich merkte er es nicht mal. Sein harter Oberschenkel zitterte an meinem. Es war ein Tick. In der Schule machte er das auch, es verbreitete Unruhe, nervte.

Ich ließ Delfinas Gummiträger zurückschnalzen. Ich wusste, dass ich ihr damit wehtat. Ihr Hals bog sich, ihre gepeitschte Haut erschauerte. Sie fand das klasse, dieses Wechselspiel aus kleinen Zärtlichkeiten und verführerischen Blessuren. Ihr offener Mund glitt an mein Ohr. Es passte mir nicht, dass sie mich dort biss, wo ich empfindlich war. Ich presste ihre wirklich schmale, wirklich knochige Taille zusammen, fuhr mit dem Daumen an ihrer Wirbelsäule entlang, strich ihr die Haare von der Schulter, streckte die Zunge heraus und leckte die Narbe ihrer Pockenimpfung. Wie auch immer es aussah, wie der Anfang von irgendwas, eigentlich war ich bloß ein erotischer Bittsteller ohne die geringste Lust, über die Simulation hinauszugehen. Costantinos Bein zappelte, als wollte es den Takt halten, komplett losgelöst von ihm, von allem.

Ich ließ Delfina los, gab ihr einen Klaps auf den Hintern und holte mir mein Glas zurück, *bis nachher,* sie stand auf und tauchte ab.

Costantino betrachtete diesen Sumpf von Körpern und Bewegungen, die Party, die jetzt weit weg von ihm zu sein schien … der Fisch, der den nächtlichen Strand sieht, das Licht an der Wasseroberfläche, und zu spät erkennt, dass das Wasser flach ist und das Meer nicht unendlich.

Ich starrte auf dieses nervös zuckende Bein, das Ventil all seiner Ängste, seines ganzen halbstarken Frusts. Ich streckte den Arm aus und legte meine Hand darauf, hielt es mit Gewalt fest.

»Stop.«

Ich umklammerte es, rammte meine Finger in seine angespannten Muskeln.

»Hör auf damit.«

Ich spürte diesen Muskeln nach, die sich unter meiner Hand langsam beruhigten wie eine gebändigte Kruppe, bewegte meine Finger, ein Reiben fast wie ein Streicheln. Ich atmete schwer, bis auf den Grund. Um ihm etwas zu sagen, keine Ahnung, was.

Also gut, wollte ich ihm sagen, *du wirst sehen, es wird für uns beide in Ordnung sein, wir werden heranwachsen, und irgendwann sind wir groß und selbstsicher. Wir werden unseren Leuten ähneln, du deinen und ich meinen, und wir werden es nicht mehr so schwer haben. Denn nur die Jugend wirbelt das Meer so durcheinander, danach zieht sich jeder wieder auf seine Seite zurück. Wir werden uns freundlich voneinander verabschieden und uns irgendwann wiedersehen, uns mit schweren Händen auf die Schulter klopfen wie zwei entfernte Cousins: Wie geht's? Gut, siehst du doch, schließlich bin ich nicht aus dem Fenster gesprungen.*

Costantinos Hand legte sich auf meine, deckte sie zu.

Eine Weile blieben wir so und starrten ins Nichts, auf die verschwommene, menschliche Szenerie. In einem Fernseher lief Rugby. Wir sahen uns die Bilder an, vom ersten Malfeld und vom zweiten. In diesem Zustand der Gnade. Seine Hand auf meiner war schon ein nackter Körper.

Ich machte eine Bewegung, von der ich wusste, dass sie bei den Mädchen gut ankam: Ich strich mir die Haare aus dem Gesicht und klemmte sie mir hinters Ohr, wohl wissend, dass sie gleich wieder zurückfallen würden. Ich lächelte, neigte den Kopf, und auch Costantino sackte in sich zusammen. Wir schielten von unten auf die Welt ringsumher, verstohlen, mit wachsamen Augen wie die von Hunden unter ihrem Zottelfell.

»Armselige Gestalten«, sagte ich.

»Wer?«

»Die da, allesamt ...«

Costantino lachte, nickte. Streichelte meine Hand, drückte sie.

»Guido.«

Aus seinem Mund klang mein hässlicher Name hell und klar.

»Ich hab dich sehr gern, weißt du?«

Glühende Hitze stieg in mir auf, wie eine große Wohltat. Ich ließ einige Gedanken und einige Zeit verstreichen. Seine Hand schwitzte auf meiner. Er wartete, doch ich sagte nichts. Er drehte den Kopf zu mir und sah mich fest an, von sehr nah.

»Gehen wir?«

»Wohin denn?«

»Wohin du willst, raus hier.«

Ich suchte seine Augen. Sein Blick hatte sich verändert, war plötzlich heiß und flehend. Vollkommen ergeben. Er machte mir Angst.

»Hör mal, ich bin nicht so ...«, sagte ich.

Er lächelte, seine Lippen waren so feucht wie seine Augen.

»Wie ... so?«

Robertino war vorbeigekommen, ich hatte seinen vielsagenden Blick aufgefangen. Ich hob das Kinn zu diesem mageren, nun wackelnden Arsch. Mir kam er vor wie der schlimmste Anblick der Welt.

»Wie der da.«

Wie hätte ich nicht auf solche Gedanken kommen sollen? Nach jener Nacht war ich besessen von solchen Gedanken. Jungs, die sich besprangen ... Der nackte Mann am Strand, der mich gerufen hatte, kam mir wieder in den Sinn.

Ich zog meine Hand zurück, entriss sie ihm hektisch, weg von seinen Jeans. Ich verschränkte die Arme. Hörte sein Rülpsen, das er in der Kehle zurückhielt. Er legte die Hände aneinander, verknotete sie, als wüsste er nichts mehr mit ihnen anzufangen, knackte mit den Fingern.

An einem Abend vor einem Jahr hatte er seine Hand auf meinen Schwanz gelegt und mich besser als jede Nutte kommen lassen. Und ich hatte es ihm erlaubt. Mit geschlossenen Augen hatte ich mich von seiner Hand nehmen lassen, dieser Hand, die ich so oft gesehen hatte, wenn sie ölverschmiert die Fahrradkette wieder aufzog, dieses schwarze Eisenteil, das er mit so viel Liebe anfasste. Den Gedanken an diese Hand war ich nicht mehr losgeworden. Jedes Mal wenn … jedes Mal, obgleich ich unmenschliche Anstrengungen unternahm … jedes Mal musste ich wieder an diese Hand denken, dann blieb mir augenblicklich die Luft weg und ich starb. Seit einem Jahr hasste ich ihn, und jetzt wusste ich es, ich merkte, wie dieser Hass Gestalt annahm. Manchmal nehmen die Worte, die wir unzählige Male im Kopf gewälzt haben, aus unserem Innersten gerissen plötzlich Gestalt an.

»Ich bin nicht schwul.«

Na also, es war heraus. Er steckte den Schlag ein. Ich sah, wie alles, was ich kannte, aus seinem Blick verschwand und dieser gläsern brach wie der eines Verrückten. In mir preschte ein Impuls von Freude und Grausamkeit los. Auf diesen Blick hatte ich gewartet. Er konnte nicht ahnen, wie sehr mir dieser Blick ähnelte, wie sehr er uns verband. Hatte ich in all den Monaten etwa keine Angst davor gehabt, verrückt zu werden? Es waren die gleichen Augen, die er nach der Niederlage im Wasserball gehabt hatte, als er dem tätowierten Koloss an die Gurgel gesprungen war und ihn mit einem Kopfstoß ins Wasser befördert hatte, fast platzend vor jähem, schrecklichem Zorn. Ich war darauf gefasst, dass er mich angriff. Seit einem Jahr schon wollte ich mich mit ihm schlagen.

Rasch fuhr er mit seiner Faust erst zu dem einen, dann zu dem anderen Auge, um die Tränen loszuwerden, bevor sie hervorquollen. Eine Selbstmördervisage wie meine kurz zuvor. Ich sah die Tritte des Todes auf seinem Gesicht.

Einmal hatten wir eine aus dem Fluss gefischte Leiche gesehen. Wir waren lange dort geblieben, es gab viele Schaulustige, Leute, die aus ihren Autos gestiegen und aus ihren Wohnungen gekommen waren. Sie umstanden die Schlauchboote der Wasserschutzpolizei, die den Leichnam wie den prächtigsten aller Fische für uns hochzog. Wir konnten alles sehen, die Füße ohne Schuhe, den Marmorbauch, das zerfressene Gesicht.

Vielleicht sah auch er jetzt diesen Leichnam vor sich.

»Ich steh auf Mädchen.«

Und wie andersgeartet meine Verlegenheit gewesen wäre, wenn er doch nur geahnt hätte …

»Ich weiß.«

Was wusste er denn, er, von mir, der rein gar nichts mehr wusste? Nichts mehr! Er war weit weg, abgestürzt in jene Leicheneinsamkeit. Leblos trieb er dahin. Ich berührte seine Schulter, doch er regte sich nicht. Ich war vernichtet. Hätte ich doch nur ein paar Augenblicke zurückgekonnt, zurück zu seiner heißen Hand auf meiner. Warum war ich nicht mit ihm auf einen Spaziergang raus in die Nacht gegangen? Was wäre denn dabei gewesen? Was wäre schlimmer gewesen als das, was ich jetzt empfand? Ich atmete tief durch, bis in den Bauch, in meinen dunklen Leib. Etwas Unaussprechliches fehlte mir. Costantino zündete sich eine Zigarette an, er lächelte.

»Ich steh auch auf Mädchen.«

Er kam mit der gewohnten Freundlichkeit in die Klasse zurück. Wir unterhielten uns über alles Mögliche. An seinem Mund war ein großer Herpes gesprossen, wie eine böse Blume. Er verdeckte ihn mit einem Pflaster, doch er schien ihm ziemlich wehzutun, denn manchmal verzog er den Mund zu einem stummen Schrei. Damals begann er, diese Grimasse zu ziehen, die ihm dann über die Jahre erhalten blieb, wie von einem, der etwas unterdrückt und dabei plötzlich den Kiefer anspannt. Ich hätte ihn gern um

Verzeihung gebeten, doch er schien gar nicht verärgert zu sein. Allerdings wandte er den Kopf nicht mehr in meine Richtung. Auch wenn ich zur Leistungskontrolle dran war, schaute er nicht von seiner Bank auf, er bekritzelte sein Aufgabenheft.

Jedenfalls war es jetzt vorbei, fünf Jahre verraucht und gewesen. Die Hitze war unser letztes Opiat, wir gingen alle kurzärmelig.

Unser einziges Gesprächsthema waren die Abschlussexamen und die Themen, die drankommen würden. Wir schrieben Seminararbeiten und bildeten Studiengruppen, wir taten so, als wären wir schon an der Uni. Wir waren bereit für den Abschied. In einem Monat würden wir uns trennen, und jeder hatte schon seinen eigenen Weg im Blick. Vorbei die Zeit der Objektträger, der Keimlinge auf nasser Watte, vorbei die Zeit von *Laudabamus* und *Singe den Zorn, o Göttin,* vorbei die Wettläufe in der Turnhalle an Regentagen, die Schwänze auf der Tafel, der strenge Duft des Herzens unter den Jogginganzügen. Irgendwann würden wir sagen: *Wir waren jung, allesamt.*

Mein Onkel gab mir Instruktionen für meine Zukunft.

»Wenn sie mit einer durchschnittlichen, miserablen Fälschung ankommen, haue ich sie ihnen um die Ohren! Wenn die Fälschung aber so echt ist, dass sie mich täuschen kann … dann ist sie einzigartig! Was kümmert mich da noch das blöde Original? Ich würde anstandslos behaupten: *Ja, das ist ein Vermeer.*«

Ich saß neben ihm auf der Terrasse vor seinem Arbeitszimmer, an diesen Frühsommerabenden, wenn die Vögel verrücktspielten an dem von roten Wolken überquellenden Himmel. Ich sollte ein außergewöhnlicher Kunstfälscher werden, war das die Botschaft?

»Guido, alles auf der Welt war schon mal da. Es gibt nichts zu erfinden. Kopiere, so gut es geht, kopiere ein Leben für dich, eines, das dich befriedigt.«

»Würdest du seine Echtheit bescheinigen?«

»Aber ja doch! Mit meiner Unterschrift. Die gefälscht ist.«

»Und du hättest nicht das Gefühl, ein Betrüger zu sein?«

»Wo denkst du hin!«

Er brach in sein typisches Gelächter aus, hemmungslos und tief wie sein Denken, das allerdings in ein Loch zu blicken schien, in dem sich nichts mehr bewegte.

»Sieh dir die Vögel an, wie sie fliegen … Die sind der Betrug.«

Costantino verlobte sich. Mit einer Rossana, die aus dem Nichts aufgetaucht war, aus der Lehrerbildungsanstalt, aus einem anderen Viertel. Ich sah die beiden abends heimkommen, sah, wie sie Hand in Hand über den Hof schlenderten. Sie war weder hässlich noch hübsch. Und hatte garantiert keine Ähnlichkeit mit einem Mann. Sie war üppig und schmachtend, eine von denen, die so langsam gehen, als hielte sie ein geheimnisvolles Gewicht zurück. Costantino blieb stehen, wartete auf sie, schaltete das Treppenlicht ein, und beide gingen in seine Wohnung runter. Dorthin, von wo die Fernsehgeräusche heraufklangen und das Gurren der Tauben, die nachts zwischen den Eisengittern nisteten.

Sie schlüpfen in diese Bude. Costantinos Freundin begrüßt seine Mutter, schnuppert am Abendessen, flachst mit seiner Schwester herum und küsst den Portier auf die Wange, den sie schon wie einen Schwiegervater behandelt, der mit Schmollmündchen und ihren jungen, fleischigen Schultern verführt werden muss. Dieses Kribbeln will sie ihm gönnen. Denn jungen Frauen gefällt es, die alten Männer der Familie zu umschmeicheln, für die sie eines Tages die Krankenschwester spielen werden. An dem Tag, da sie alles in der Hand haben werden, Pflege und Zorn, und unabkömmlich für die Familie sein werden, in der sie sich jetzt kaum blicken lassen. Rossana gefällt der Gedanke, dass die Welt sich haargenau wiederholt, dass die Alten Platz für die Jungen machen, dass die Betten der Toten gereinigt und den neuen Liebespaaren angeboten werden. So ist es seit jeher. Seelenruhig sinkt sie in die Zukunft. Wenn sie samstags ausgehen, verharrt sie vor Schaufenstern mit billigen Möbeln und Nippes. Costantino muss mit ihr stehen bleiben und schauen. Er weiß nicht, dass er eine Wohnung voller sinnlosem Krempel haben wird, wenn die Geschichte so weitergeht, und dass ihm höchstwahrscheinlich auch sein Leben so sinnlos wie der ganze Rest vorkommen wird.

Doch zunächst sind sie erst seit Kurzem zusammen, und sie ist bereits gern gesehen. Sie wohnt fast am Stadtrand, kurz vor der Stazione Tuscolana. Wenn sie raucht, kaut sie Kaugummi, ihre Mutter ist Krankenschwester im Santo Spirito. Dort haben sie sich auch kennengelernt, im Hof des Krankenhauses, mit Kaffeebechern aus Plastik in der Hand. Rossana hat auf das Schichtende ihrer Mutter gewartet und Costantino hat seinen Vater besucht, dem man Nierensteine entfernt hatte. Sie fühlt sich schon wie zu Hause. Sie setzen sich an den Tisch rings um die geblümte Plastikdecke und essen alle zusammen. Danach ziehen sie sich die Fernsehshow »Portobello« rein. Der Vater raucht die letzte Zigarette, die Schwester ist im Schlafanzug, ihre Kunstfellpantoffeln haben ein Katzengesicht. Rossana legt ihren Kopf an die Schulter ihres Zukünftigen, betrachtet seinen Körper, seine Jeans, seine Hände und sein T-Shirt, das die Haut hervorschauen lässt. Was ist sie stolz auf diesen Mann.

Eines Abends sah ich, wie sie sich küssten. Sie hielt seinen Schädel in einer etwas gewollten Pose. Quetschte sich in seinen Mund. Ich fand das widerlich, es sah aus, als hätten sie auf mich gewartet, um diese Show abzuziehen.

Costantino stellte sie mir vor, sie hielt mir eine schlaffe Hand hin, mit dem Gesicht eines Lämmchens, das es faustdick hinter den Ohren hat. Das den Wolf bereits gefressen hat und ihn in seinem Bauch unter den spitzen Zitzen behält.

»Ach, du bist also der berühmte Guido.«

Costantino lächelte. Er war wieder wie immer, gelassen, ohne Schatten, als wäre nie was geschehen. Nur Kleine-Jungs-Spiele, männliche Bündnisse, die sich mit dem Erscheinen von Frauen in nichts auflösten. Rossana hatte sein Leben in die Hand genommen, und er schaute sie zufrieden, doch teilnahmslos an, vielleicht kurz vor der Flucht. Er sah nun allerdings besser aus, der Oberkörper aufrecht, die Taille schlanker. Ich boxte ihn scherzhaft.

»Was hast du ihr denn erzählt?«

Ich versetzte ihm noch einen Hieb, dann lachte ich laut los. Wir bogen uns unter unflätigem Gejohle vor seiner Flamme. Rossana lachte mit uns und schüttelte ihr Haar, während ich sie verführerisch ansah, ihr ein schmutziges Kompliment machte und ihr ein erprobtes erotisches Lächeln schenkte. Sie schien nicht abgeneigt. Kategorisch wollte ich das Kräfteverhältnis zwischen uns wieder zurechtrücken. Eine Jungsfreundschaft seit ewigen Zeiten und dann sie, ein nervender Tuschkasten, der gut daran tat, sich zurückzuhalten, wenn er eine Weile bleiben wollte.

Sie war ziemlich ausgekocht. Stand dicht vor mir und sah mich mit einer merkwürdigen Forscherdistanz an. Ich strich mir die Haare hinter die Ohren.

»Du trägst jetzt einen Ohrring?«

Costantino fuhr mit der Hand zu meinem Ohrläppchen, berührte mich dann aber doch nicht. Ich nickte.

»Schwuchtel.«

Rossana prustete.

»Ohrringe bei Männern finde ich blöd.«

In diesem Moment entstand das Misstrauen, das bleiben sollte und vielleicht sogar noch wuchs, als wir uns besser kannten. Sie redete ohne Punkt und Komma einen Haufen Mist, schüttelte ihr Haar, schwang ihre mit Armbändern bestückten Arme und ihren klobeckenbreiten Hintern.

»Fickst du sie?«

Meine Frage kam übergangslos, ich hatte ihm einen Arm um die Schulter gelegt und wir gingen die Treppe runter. Er senkte den Kopf, lächelte.

»Na hör mal …«

»Also besorgt sie's dir noch nicht?«

Ich gab ihm einen Klaps auf den Nacken, auf den Nacken eines gehorsamen Ziegenbocks.

»Und wie ist sie? Bläst sie dir einen, reibt sie ihn zwischen ihren dicken Titten?«

»Hör auf damit.«

Ich spürte, wie er sich verschloss.

»Na, komm schon, war bloß ein Witz.«

Doch später, an der kleinen Mauer, bei den anderen, zog ich ihn auf.

»He Jungs, alle mal herhören!«

Es hagelte Schulterklopfen und Griffe nach unten, dazu ein Chor für Costantino in love, frei nach Ivan Graziani … *du bist so versaut, wie's versauter nicht geht … und meiner ist steif, wie's steifer nicht geht …*

Ich schloss mit der Höchstpunktzahl ab, mit Bravour. Ich feierte nicht. Saß mit drei Bier und einer Schachtel Zigaretten allein auf der Terrasse des Palazzos und betrachtete die Sterne hinter dem Dreck. Ich hatte Liebschaften, sie stiegen auf mein Moped und wieder ab. Inzwischen konnte ich alles, was die Mädels verrückt machte und sie dazu brachte, sich wie Insekten zerdrücken zu lassen, sich mit rotem Gesicht loszumachen und dich anzusehen wie einen Leuchtturmwärter auf hoher See. Ich roch an meinen Fingern. Das musste der Geruch der Seligkeit sein. Manchmal glaubte ich, verliebt zu sein. Für die Normalität war ich nicht geschaffen, das spürte ich, ich war zu kopflastig. Ich sah meinen

Bewegungen zu wie unter Glas. Nur zu gern wäre ich auf einem gespannten Seil ins Leere balanciert, und ich ahnte, dass keine klar denkende Frau mir je folgen würde.

Was trieb mich bloß dazu, mich für Eleonora zu interessieren? Vorher hatte ich keinen Gedanken an sie verschwendet, für mich war sie ein Kellergeist gewesen. Ich hatte es öde gefunden, dass Costantino eine Schwester hatte und dass sie an Regentagen mit neapolitanischen Karten in der Portierswohnung Briscola spielten.

Mit den Jahren war sie hochaufgeschossen, unten dürr und oben mit einem großen, festen Busen. Ich begegne ihr in der Snackbar an der Ecke neben unserem Palazzo, einem Ranzschuppen, in dem unsere Familie bestenfalls mal Milch kauft. Doch Eleonora ist dort zu Hause. An einem dieser Metalltischchen trinkt sie Kaffee und raucht. Sie liest in einem himmelblauen Buch. Ich gehe langsamer, um den Titel zu erspähen.

»Kennst du das?«

Sie ist theatralisch. Hockt mit frierenden Beinen in dünnen Strümpfen in diesem muffigen Winkel, in den sich nie ein Sonnenstrahl verirrt, und setzt sich in Szene wie eine junge Existenzialistin in einer Bar am Montparnasse. Herumfliegende Papierfetzen, ein alter Spruch an der Hauswand: HIER GING ZEIT VERLOREN.

»Willst du einen Kaffee?«

Aber ja doch, verlieren wir diese verlorene Zeit. Ich stelle meine Milchtüte auf den Tisch, verlange einen Saft. Sie sagt, ihr gefalle die Stelle, wo Siddhartha zu dem alten Fährmann am Fluss zurückkehrt und anfängt, Brahmanen überzusetzen. Das ist eine Brücke, um über sich selbst zu sprechen. Sie ähnelt ihrem Bruder überhaupt nicht, hat das Gesicht ihres Vaters, die platt gedrückte Nase, die ihr jedoch gut steht. Ich denke an Govinda, Siddharthas besten Freund, der alles aufgibt, um ihm zu folgen, der ihn mehr als sein eigenes Leben liebt und bewundert. Ein bescheidener, ergebener Freund, bereit, sein Dasein als Bettler im Wald zu fristen und sich von Würmern zu ernähren. Govinda ist schuld daran, dass ich mich zu dieser nichtsnutzigen Eleonora gesetzt habe.

Ich zahle und greife nach der Milchtüte.

»Ciao, man sieht sich.«

Ich bin ihr nie begegnet, jetzt treffe ich sie andauernd, es ist klar, dass sie mich abpasst, dass sie sich eingetrichtert hat, wann ich komme und gehe. Und so knutsche ich eines Tages mit ihr herum. Mit aufgeregtem Gesicht, die Haare tot vor Nässe, wartet sie in ihrer Webpelzjacke auf einer Stufe neben dem Fahrstuhl und raucht.

»Hallo, ciao …«

»Hast du mir einen Schrecken eingejagt.«

»Wieso denn?«

Sie sieht mich flehend an. Ich lasse meinen Helm auf die Treppenstufe fallen und habe nicht mal die Zeit, mich ihr zu nähern, da fällt sie schon über mich her. Sie muss ein überbordendes Herz haben und einen bizarren Kopf. Sie lässt ihre Küsse auf mein Gesicht prasseln, ihr Mund ist rabiat wie ein Hagelschauer. Sie riecht nach feuchtem Mehl, nach etwas Erregendem. Sie greift mir ins Haar, zieht mich an ihren festen, großen Busen. Kleine Brüste sind mir weitaus lieber. Ich bin erschöpft, wenn ich könnte, wenn sie mich nur kurz losließe, würde ich wegschlüpfen wie ein Fisch. Wir hängen stocksteif in einer dunklen Ecke auf der Marmortreppe. Sie ist heiß, sie ist groß, sie ist ein langes, sich reibendes Etwas, atemlos und schlüpfrig. Sie ist seine Schwester, und ich habe nicht das geringste Interesse an ihr. Ich sollte sie kurz streicheln und dann wegschicken. Als kleines Mädchen war sie die Babysitterin für sämtliche Kinder des Viertels, sie setzte sie in eine Reihe und spielte die Lehrerin.

Jetzt ziehe ich sie an den Haaren, stecke ihr meine Zunge in den Mund, lege ihre Brustwarzen frei, presse mich gegen ihren eiskalten Bauch. Der Strumpf ist zu Ende, und das Bein beginnt, ich brauche eine Weile, um zu begreifen, dass das Strapse sind. Die Mädchen im Gymnasium tragen so was nicht, das hier sind die ersten, die ich zu Gesicht bekomme, die ich anfasse. Sie ist nur drei Jahre älter als ich, doch für mich war sie immer so weit weg wie eine erwachsene Frau. Die Strapse bringen mich aus dem Konzept, stürzen mich in eine traurige Verwirrung, die ihren Ursprung in einem traurigen Geheimnis hat und mir die Luft abschnürt. Sie stöhnt und wirft den Kopf zurück.

»Komm, komm schon …«

Wahrscheinlich mag sie Filme, wahrscheinlich hat sie bestimmte Szenen auswendig gelernt. Auch mir gefallen Actionfilme, allerdings ganz andere. Trotzdem versuche ich es, stürze ich mich ins Gewühl ihrer fleischfressenden Küsse. Am liebsten würde ich schreien und lachen und jemanden rufen, damit er sich die Szene reinzieht. Ich bin ein dreckiger Schwanz in den Händen einer Frau, die weiß, was man mit mir anfängt. Costantino könnte plötzlich kommen, könnte aus dem Dunkel auftauchen, und dieser Gedanke deprimiert mich zunächst genauso wie die Strapse, doch dann durchströmt er meinen ganzen Körper wie brennende Lava. Ich zerreiße ihren Slip. Eleonora stößt einen kleinen Schrei aus.

»Nein, nicht …«

Ich habe die steifen Beine eines Epileptikers, jetzt will ich die ganze Welt ficken. Aber Eleonora entwindet sich, zappelt, um sich von meinem Gewicht zu befreien. Sie bedeckt ihre Beine, ihre Titten.

»Du Idiot, was machst du denn?«

Ein dummer Krebs im Rückwärtsgang. Sie hüstelt, bringt ihre Haare in Ordnung. Sieht mich klebrig-süß an wie eine sittsame Braut. Sie hat jetzt nichts mehr von der verhungerten Elendsgestalt, die sie ein paar Augenblicke zuvor noch gewesen ist, von der Existenzialistin am Abgrund der Existenz. Sie hat nur gespielt, wie eine Aktrice, die ihren großen Auftritt hatte, und sortiert sich nun wieder. Sie zündet sich eine Zigarette an. Das ist die wahre Eleonora, eine apulische Strategin, geschult durch Jahrtausende von Tarantelbissen. Ich kann Frauen und ihre Süßlichkeit nicht ausstehen. Und sollte ich mich je verlieben, dann in eine, die anders ist, in eine von einem anderen Stern, ohne Brüste und ohne Strategien, in eine, die nur auf die Erde gekommen ist, um mir beizustehen.

»Ich habe das noch nie gemacht …«

Ich gehe einen Schritt auf mich zu. Schmiege mich an meinen Körper. Wie viele Schritte werde ich in meinem Leben wohl noch auf mich zumachen? Und jedes Mal werde ich das totale Befremden dieses sinnlosen Augenblicks spüren, den Atem dieses linkischen Gesichts, das versucht, mich zu verführen, und mich in ein fleischliches, im Grunde gruseliges Denken hineinzieht. Was interessiert mich denn ihr Jungfernhäutchen, ihr dreckiges, intaktes Loch, wo doch mein ganzes Leben eine Scherbenwüste ist? Nichts stößt mich mehr ab als Jungfräulichkeit. Das erkenne ich in diesem Moment, und es reicht mir fürs ganze Leben. Schon allein der Gedanke an Defloration macht mich impotent:

Ich denke an Candide von Voltaire, an seine vergebliche, artige Argumentation. Ich denke an dieses ärmliche, verschlagene Mädchen, das von Tränen und Regen durchnässt ist wie in einem drittklassigen Roman.

Eines Samstags gingen wir zusammen aus. Er und Rossana, ich und Eleonora. Ein lächerliches Quartett. Wir gingen zur Piazza Navona, dort herrschte der übliche Rummel von besoffenen Touristen, von Porträtmalern und Kartenlegern. Wir gingen durch die Dunkelheit, die Mädchen alberten herum. Für einen Moment fühlten wir uns in Sicherheit. Der Gedanke, zwei Frauen hinter uns zu haben, die bereit waren, die Ärmel hochzukrempeln und uns das Leben einzurichten, war gar nicht so übel.

Eleonora legte mir Zettel hin, erledigte meine Post. Sie wollte sich mir hingeben, drängte darauf, mit mir allein zu sein. Das hätte ich viel mehr ausnutzen können. Sie war unverfroren, stank nach Armut und sexuellen Ambitionen, sie war das klassische Futter für Typen in Kaschmirpullis. Sie klingelte bei mir, weil sie wusste, dass sie mich allein antreffen würde.

»Was für eine schöne Wohnung, ich war ja noch nie hier.«

Das war gelogen.

Sie stellte sich in meinem Zimmer ans Fenster und schaute zur Portierswohnung runter. Legte sich auf mein Bett.

»Kommst du?«

Sie hatte ihr Haar auf meinem Kissen ausgebreitet wie einen großen, schwarzen Fächer. Sie war schön, das lässt sich nicht bestreiten. Bereit für einen Mann, der ich nicht sein konnte. Für mich war das schlichtweg der Tod.

»Ich hab schon oft versucht, mich umzubringen.«

»Wirklich?«

Minutiös zählte ich ihr alle Arten auf, die ich mir ausgedacht hatte, um mich umzubringen. Bot ihr eine Coca-Cola an. Sie schaute sich um in dieser mit Kultur und schlampigem Luxus gepolsterten Wohnung, unschlüssig, ob sie mir glauben oder ob sie lachen sollte. Ich legte die Füße auf den Esstisch, rülpste vernehmlich.

»Früher oder später schaffe ich es.«

Ich nahm die Geflügelschere und steckte sie zwischen meine Finger. Eine optische Täuschung, doch ich konnte es sehr echt aussehen lassen. Jetzt war ich in meinem Film, fühlte mich wie der geniale Selbstmordkandidat in *Harold und Maude*.

»Das machst du mit Absicht, stimmt's?«

Traurig blickte sie sich um.

»Schade.«

Nun war sie aufrichtig, es tat ihr leid, dass diese helle, große Wohnung von einem seelisch Behinderten bewohnt wurde. Sie hob ein Buch auf, ein dickes Medizinlehrbuch mit schrecklichen Illustrationen, und verweilte bei einem Hautausschlag, einem rot wuchernden Pilz.

»Gott, wie eklig.«

»Das gehört meinem Vater.«

»Ich weiß.«

»Bist du wirklich noch Jungfrau?«

Sie sah mich mit unglücklichen Kuhaugen an.

Lügnerin. Ich hätte sie hinlegen und es ihr besorgen sollen. Doch sie blies mir nur einen.

Ich weiß nicht, was sie ihrem Bruder erzählt hat. Er lehnte im Dunkeln an der Motorhaube eines Autos, sein Gesicht schweißüberströmt, sein T-Shirt klitschnass. Er packte mich am Arm.

»Was war mit meiner Schwester?«

»Sag du es mir.«

»Wie konntest du nur?«

»Nichts, es ist nichts passiert.«

Wir stritten eine Weile, es hagelte Wörter. Doch auch er wirkte nicht besonders überzeugt. Er hatte keinen Biss, schien das bloß zu spielen. Er musste was demonstrieren, musste jemandem was beweisen, seiner Familie aus dem Süden, die da hinter den Gitterfenstern knapp über dem Bürgersteig lauerte. Das war bestimmt nicht die Ehre, die hier verteidigt werden musste. Er war theatralisch in dieser Männerrolle.

»Komm, lassen wir das.«

Wir hatten eine besondere Geschichte, wir beide. Unsere Ehre war anderswo, sie rollte durch das Gefühl, das wir beide hatten, durch diese Anziehung, die uns abstieß.

»Deine Schwester interessiert mich nicht.«

Ich fand ihn rührend mit dieser düsteren Miene, und fast hätte ich gelacht, denn wir waren lächerlich. Mit einem Mal war ich erregt … irgendein paradoxer Teil meines Wesens war froh über diese sexuelle Komplikation, über diese kleine Schmach. Beschwichtigend hob ich die Arme, ich hatte ein schlechtes Gewissen wegen dieses einen Blowjobs, den ich mir hatte kommen lassen.

»Komm schon, entschuldige …«

Ich lächelte, und er fing an, einen auf ernst zu machen.

»Wofür hältst du dich eigentlich? Na, wofür hältst du dich?«

Nun schien er zu meinen, was er sagte, seine Augen funkelten aggressiv, er schien sich innerlich zu wappnen, sich mithilfe anderer Gedanken aufzupumpen, mit einer wieder aufgewärmten Wut. Er gestikulierte, wurde laut. Auch ich war jetzt ernst.

»Costantino, was willst du von mir?«

Er packte mich am T-Shirt, zerriss es, fing an mich zurückzustoßen. Er schniefte, sabberte beim Sprechen und besprühte mein Gesicht mit Schweiß und Spucke.

»Du hast die Situation ausgenutzt … Du hast das ausgenutzt … Ihr seid eine Scheißfamilie …«

»Was hat denn meine Familie damit zu tun, du Armleuchter?«

»Wofür, zum Teufel, haltet ihr euch? … Wir haben schließlich auch unseren Stolz, unsere Würde …«

»Wer bitte kratzt denn an deiner Würde …?«

Er versetzte mir noch einen Stoß und ich fand mich mit dem Rücken an der Hauswand wieder.

»Halt schön die Hände still, schön stillhalten …«

Mir wurde klar, dass das ein alter Stoß war … und in mir loderten Mut und Gewalt auf.

»Ich hab sie auf die Knie gedrückt, na und?«

»Ich bring dich um!«

Ich wollte mich schon immer mit ihm schlagen.

»Sie hatte es auf meinen Schwanz abgesehen.«

Ich war schneller, wie damals er im Schwimmbad. Ich holte aus und verpasste ihm den ersten Kopfstoß meines Lebens, mitten in sein verdattertes Gesicht hinein. Auch mir tat das höllisch weh, aber wenigstens hatte ich einen Treffer gelandet. Das Blut lief ihm aus der Nase. Er versetzte mir zwei Fausthiebe. Ich schmeckte Blut.

»Ihr seid doch alle schwanzgeil bei euch zu Hause.«

Er sprang mir an die Kehle und warf mich zu Boden. Ich sah ihm an den Augen an, dass er den Verstand verloren hatte, dass er wirklich imstande war, mich zu erwürgen. Doch ich kann nur sagen, dass ich glücklich war und dass dieses Glück sexueller und metaphysischer Natur war, ein absolutes, absurdes Glück. Ich hatte sein Blut gesehen, seine Raserei. Ich hatte erneut seinen Duft gespürt und er meinen. Einen Duft, der von tief innen kommt wie Wasser aus einem Felsen. Er spuckte mir auf die Augen, und ich öffnete sie wieder. Und für einen kurzen Moment hoffte ich, dass er mich töten würde, damit ich meine Zukunft nicht sehen musste.

Was nun folgte, war das überraschendste Jahr meines Lebens. Meine Mutter stand nachts auf und lief herum, als würde ihr die Wohnung einfach nicht genügen. Ich trat von hinten an sie heran, nahm sie sanft am Arm, doch sie spürte meinen Griff gar nicht, so als wäre das Fleisch, das ich umfasste und festhielt, nicht ihres. Tagsüber schlief sie stundenlang, sie kauerte sich in den Sessel, ein Embryo.

Meine ganze Kindheit über hatte ich unter Einsamkeit gelitten. Frühmorgens war sie schon perfekt angezogen und geschminkt, gab dem Hausmädchen Instruktionen und rannte weg, als stünde das Haus in Flammen. Ich hatte gipsmassenweise Zeit vergeudet, um mir ihr weit von mir entferntes Leben vorzustellen. Wenn ich rausging, starrte ich in die Welt wie in einen Sumpf und hoffte, ihr zu begegnen. Wenn ich im Park auf dem Holzhäuschen herumkletterte, hielt ich ständig Ausschau nach ihr, die sich mit ihrer stolzen Gestalt und ihrer wilden Schönheit ja vielleicht aus dem gesichtslosen Haufen der anderen Mütter lösen würde. Um nichts in der Welt hätte ich Georgette gegen eine dieser erhitzten, aufbrausenden, liebreichen Frauen eingetauscht. In meinem Unglück wusste ich doch, dass ich privilegiert war. Ich machte ihr keine Vorwürfe. Sie war ein Idol, und Idole knien sich nicht hin, um ihren Kindern den Rotz abzuwischen. Ich hielt es für normal, dass sie keine Lust hatte, ihre Zeit mit mir und derart gewöhnlichen, immer gleichen Tätigkeiten zu verplempern. Ich nahm an, dass sie gern zu ganz anderen Wundern emporgestiegen wäre, genauso hingebungsvoll wie mein Vater. Ich lebte am Fuß eines Altars, eines von Versprechungen umflackerten Standbilds. Selig spiegelte ich mich darin, um ein Fünkchen ihrer Herrlichkeit zurückzuwerfen. Und wenn ich es recht bedenke, waren all meine Schrullen nichts anderes als der Versuch, einen Zugang zu ihr zu finden und mich in ihren Augen interessant zu machen. Mein einziger Wunsch war es, ihr ähnlich zu sein. Als ich heranwuchs, lernte ich, sie zu provozieren, und wenn ich sah, wie sie sich mit dem Ärger eines Menschen über mich aufregte, der seine eigenen, unerträglichen Fehler wiederentdeckt, lächelte ich zufrieden. Ich wusste, dass ich mir dieses Herz verdienen musste, dass für sie nichts selbstverständlich war. Ihr Bauch war straff und hölzern wie ihre Stirn, und ich hatte das Bedürfnis, mir das einzige Foto, auf dem sie schwanger war, wieder und wieder anzusehen, um mich zu trösten und zu glauben, dass sie mich wirklich geboren hatte, denn oft argwöhnte ich, man hätte mich aus den Tiefen eines Kaufhauses für ausgesetzte Kinder gefischt. Doch nie, keinen einzigen Augenblick lang, suchte ich ihr Erbarmen. Sie war eine gute Seele, war großzügig zu bedürftigen Menschen, doch ich spürte, dass ihr Herz zusammenzuckte und ihr Verstand aufbegehrte angesichts dieses Dickichts von verdienstlosen Menschen, die dazu neigten, als letztes Druckmittel Mitleid zu heischen und das Glück der anderen mit Schuldgefühlen zu belasten. Sie war Atheistin und unempfänglich für alles, was nach Zuflucht roch, für jede feige Glaubensvereinigung. Sie war klar und allein, von den anderen Müttern gehasst und beneidet. Ein kalter Stern am hitzigsten aller Himmel.

Plötzlich war sie zu Hause, schwach, nahezu stumpf. Zunächst achtete ich nicht weiter darauf, ich war zu sehr mit anderem beschäftigt. Wenn ich nach Hause kam, war sie schon da, ohne High Heels, die Schminke verblüht, ihre wunderschöne Erscheinung leicht zerknittert. Ein Bein pendelte verloren über der Armlehne des Sessels, auf ihrer Brust ein offenes Buch, ihre Augen auf eine ihrer prächtigen Unendlichkeiten geheftet. Ich hatte sie aus der Ferne geliebt. Ihre Anwesenheit kam mir aufdringlich und winzig zugleich vor, zu menschlich, als dass ich hätte akzeptieren können, dass ich tatsächlich Georgette vor mir hatte.

Das wiederholte sich so häufig, dass ich mich daran gewöhnte, nach Hause zu kommen und sie, oftmals schlafend, auf dem Sofa vorzufinden. Ich dachte, sie sei müde, sie werde langsam alt und dies sei eine ihrer Erholungspausen, bevor sie zu neuem Leben erwachte und sich mit alter Frische wieder in die Welt stürzte. Keine Ahnung, was ich dachte. Ich war abgelenkt. Manchmal kam sie zu mir, klopfte an meine Tür und blieb ein Weilchen, mit dem Rücken an der Wand, die Hände hinter sich, ihr Blick grau, von violetten Lamellen gesprenkelt, undeutlich vor Müdigkeit, vor Gedanken, die sie wie Räder im Staub mitzuschleifen schienen. Sie war da, aber auch wieder nicht. Sie wurde zu einer sonderbaren, teils ausgesprochen beunruhigenden Erscheinung. Sie zwang sich zu einem Lächeln, doch ich merkte, dass sie gegen den Unmut ankämpfte, den ihr die langen, unausgeglichenen Ruhepausen am Tage ins Mark pflanzten, Anstauungen von Schatten, von denen sie sich vergeblich zu befreien suchte.

»Darf ich mich auf dein Bett setzen, Guido?«

Ich hätte schreien können wegen dieser größten aller Ungerechtigkeiten.

Sie zog die Beine an und legte sich mit ihrem schlanken Körper und in ihrer sinnlichen Art hin. Da war sie nun auf meinem Bett, wohin ich sie mir ein Leben lang gewünscht hatte. Sie schloss die Augen, ihre leicht geöffneten Lippen bebten. Ich wollte sie umbringen, sie mit meinem Kissen ersticken. Doch ich tat es nicht. Ich blieb zu Füßen dieses Dornröschens sitzen. Sie schwitzte. Wo war ihr Fächer? Ich fächelte ihr mit einem meiner Hefte Luft zu.

Sie litt schon immer unter Hämophilie. Ein Spender hatte ihr eine schleichende Hepatitis beschert. Unzählige Jahre danach rebellierte ihre Leber plötzlich und hörte mit der Blutreinigung auf. Man entzog ihr die Proteine, empfahl ihr, den Darm immer sauber zu halten. Sie unterzog sich einer Interferonkur, einer brachialen Heilmethode, die eher für einen Brauereigaul als für eine Frau geeignet ist.

Die Lethargie der Tagstunden verwandelte sich gegen Abend in andächtiges Erstaunen. Mein Vater kochte mitten in der Nacht Kaffee, Georgette jagte ihn weg und schrie, sie wolle allein sein und er müsse am nächsten Tag schließlich arbeiten. Ich hörte, wie sie herumkramte, Schränke öffnete, Sachen herausholte. Dann knallte sie die Tür zu und stolperte auf ihren hohen Absätzen hastig über den Hof. Keiner erfuhr, wie sie diese langen Nächte der Flucht verbrachte. In der leeren Stadt, die in der Dunkelheit leuchtete, strich sie um ihre geliebten Bauwerke, um die Barockkirchen mit den großen, verriegelten Portalen.

Eines Nachts folgte ich ihr, sah, wie sie in eine Bar ging, diese wieder verließ und sich an den Hauswänden entlangschleppte, bis zur nächsten Bar. Dann stieg sie in einen Nachtbus. Die Türen schlossen sich, ein Zipfel ihres Mantels wurde eingeklemmt. Ich rannte hinter dem Bus her, sie bleckte die Zähne, während sie versuchte, sich das Stückchen Mantel wiederzuholen. Ich weiß nicht, was ich da sah, das Gesicht einer Wahnsinnigen vielleicht. Der Zerfall vollzog sich im Bruchteil einer Sekunde, so plötzlich, wie ein heftiger Hagel das Glas eines Gewächshauses zerschlägt, die Blätter durchlöchert und die Blumentöpfe auf den Boden schleudert.

Vielleicht hatte meine Mutter schon immer getrunken. Als ich erwachsen war und mich systematisch dem Alkohol zuwandte, kam mir eine Erinnerung … als ich spürte, wie vom Grund jedes Rausches der stets gleiche Schmerz aufstieg, ein Schmerz, den ich suchte … es war der Geruch ihres Atems, wenn sie nachts heimkam, sich über mein Bett beugte und mich in einem Anfall von Mütterlichkeit küsste.

Die Ammoniumschocks füllten sie mit einem Gift, das ihr Bewusstsein trübte. Einmal hatte man sie auf der Straße gefunden, orientierungslos, ohne Schlüssel aus der Wohnung ausgesperrt, nur mit einem Hemd bekleidet, barfuß, die nackten Beine bespritzt. Ich weiß nicht, wie lange sie umhergeirrt war. Gino, der Friseur, fand sie. Er kam vom Gemüsemarkt und sah meine Mutter reglos vor den Garagen stehen. Er erkannte die elegante Signora, die er so oft frisiert hatte, nahm sie am Arm und führte sie höflich nach Hause.

Ich kam gerade aus der Universität. Letzten Endes hatte ich mich für Politikwissenschaften eingeschrieben, nur so, nach dem Ausschlussprinzip. Eine graue Plazenta, die das Leben für weitere vier Jahre von mir fernhalten sollte. Meine Mutter saß in eine Decke gewickelt in der Portiersbude. Mit einer Apfelsine in der Hand. Immer wieder sollte mir später diese Apfelsine in den Sinn kommen. Vielleicht hatte der Friseur sie ihr gegeben. Ich habe wirklich keine Ahnung, warum. So etwas tun die Leute wohl, um wieder etwas Normalität herzustellen, wenn sie nicht wissen, was sie sonst machen sollen.

Die Portiersfrau mit ihrem flinken Schritt und ihrem Putzmittelgeruch kam herauf, um ihr ihre Spritze zu geben. *Gestatten Sie, wie geht es Ihnen, Signora?* Meine Mutter blieb stehen, stützte sich am Bücherschrank ab, zog ihre Strumpfhose ein Stück herunter und verzog keine Miene. Dann ging die Portiersfrau hoch in die Wohnung meines Onkels. Nun war sie es, die ihm das Essen brachte, nicht mehr ihr Sohn.

Costantino war zur Armee gegangen, war mit geschorenem Kopf und einem Rucksack auf dem Rücken in einen Zug gestiegen. Er hätte damit warten können. Er hatte sich für Landwirtschaft eingeschrieben und schon die Examen des ersten Semesters absolviert. Doch er war geflohen. Ich hatte noch kein Examen gemacht, war aber ausgemustert worden, ich hatte da diesen Gleithoden.

An jenem Tag wollte ich mit meinem Vater sprechen. Ich besuchte ihn eigentlich nie in seiner Praxis, bislang hatte ich sie nur selten betreten, und ich weiß nicht, warum ich damals dort war. Ich stieg vom Moped und ging in das moderne Gebäude aus Beton und gebräuntem Glas. Die Tür zur Praxis stand offen, Patienten, die soeben herausgekommen waren. Ich ging geradewegs in sein Zimmer.

Es waren nur ein paar Sekunden. Einer profunden Wahrnehmung. Auf diese Weise stürzen Sonnensysteme ein, in null Komma nichts. Rasante Sequenzen, die gesehen zu haben du dir nicht sicher sein kannst, und dennoch bist du dir sofort sicher. Dein Körper spricht für dich. Der Körper eines Jungen, der an einem x-beliebigen Tag zu seinem Vater geht, weil er ihn um einen Rat bitten will. In all den Jahren hast du das nie getan, doch heute möchtest du dich vor seinen Schreibtisch setzen wie ein Patient, möchtest ihn im Kittel sehen, weißt, dass er in seiner Welt ein hochgeachteter Mann ist. Du hast ihn nie hoch geachtet. Heute würdest du das gern versuchen. Deshalb bist du dort, an dem Ort, wo er etwas darstellt. Vielleicht wirst du ihn bitten, sich doch mal den Leberfleck anzusehen, der unter deiner Achsel juckt. Er wird seine Lupe nehmen, dicht an dich herankommen und den harmlosen, braunen Fleck gigantisch vergrößern.

Das ist nichts, Guido.

Du wirst das T-Shirt wieder herunterziehen, ihr seht euch an. Du willst mit ihm über deine Mutter sprechen. Ihr habt noch nie über sie gesprochen. Dein Vater spricht über Albumin und Bilirubin, über Zirrhose und hepatische Enzephalopathie. Er hat Wörter. Du hast nicht mal eines. Vielleicht willst du einfach nur heulen. Du stellst dir vor, dass du ihn am Fenster stehend antriffst, die Arme hinter dem Rücken, wie er sie oft hält, die Linke, die das rechte Handgelenk umfasst, der Kittel über seinem dünnen Körper. Die geröteten Augen, die nach draußen schauen.

Aber so triffst du ihn nicht an. Er sitzt.

Dein Körper ist plötzlich eine offene Grube, über die ein harter Eiswind streicht. Du weißt nicht, warum du an diese Freilichtkinos denken musst, in denen im Sommer Filme laufen. Du erkennst den stechenden, sexuellen Schmerz wieder. Niemand vergewaltigt deinen Körper direkt. Die Gewalt passiert woanders, übertragen auf dieser Drive-in-Leinwand, auf der nun dein Leben abläuft. Du siehst die projizierten Filmchen von dir, der du noch unsicher die ersten Schritte tust, und von der jungen Georgette, die dir lachend hilft, und ihr macht Ciao zum Papa, der euch gerade filmt.

Wer die Frau war, wurde mir erst klar, als sie sich umdrehte, gerade so weit, dass ich ein Stückchen Nase, einen sprechenden Blick erhaschen konnte. Einen Blick, der nicht zu Asche wurde, sondern im Gegenteil aufzuflackern schien. Sie hatte sich wohl gerade vorgebeugt, vielleicht, um etwas auf den Schreibtisch zu legen … Er hielt sie mit einem Arm umschlungen, mit dem gleichen Gesicht, das er in einem der Amateurfilme hatte, als Vichi, sein alter Labrador, ihm gehorsam einen Tennisball apportierte.

Mit Georgettes Augen filmte nun ich diese Szene, die ihre ganze Vergangenheit entwertete.

Vielleicht war ihr Eheleben nicht besonders glücklich gewesen. Meine Mutter liebte die Schichtungen pulsierender Großstädte. Sie war bildschön und Alberto kein interessanter Mann. Dafür war er sexuell aktiv und besser in Form als sie. Im Sommer kletterte er die Felsen senkrecht hoch. Er war der Klassiker, der vor dem Altwerden noch schnell das Drachenfliegen ausprobiert. Doch obgleich inzwischen Jahre vergangen sind und ich über diesen im Grunde schüchternen, ein wenig außerhalb der Zeit stehenden

Signore nur Gutes sagen kann, frage ich mich noch immer, warum er nicht gewartet hat. Wieso empfand er keine Scham? Und warum ließ mich das Leben Zeuge eines Skandals werden, den man getrost hätte vermeiden können?

Zwei Monate später sollte er Witwer sein. Ab dann hätte ich nichts einzuwenden gehabt, ja ich hätte ihn sogar selbst aus dem Haus geschubst, hin zu einem Neuanfang. Einen Mann von dreiundfünfzig Jahren.

Stattdessen war ich gezwungen, ihn zu hassen und rückwärts zu hassen. Unsere ganze Familiengeschichte nun als eine schmerzhafte Lüge zu lesen.

Eleonora drehte sich um und kam auf mich zu, mit diesem typischen Gesicht, das ich seit Ewigkeiten kannte, diesem unentschiedenen Blick eines Vogels, der Ausschau nach dem besten Landeplatz hält.

»Ciao, Guido.«

Der Kittel offen über einem knielangen Kleid.

Ich hatte nicht mal mehr gewusst, dass sie dort arbeitete. Meine Mutter hatte das durchgesetzt, die alte Sekretärin war gegangen. Nun also die Tochter des Portiers. Georgette hatte sie aufwachsen sehen, hatte ihr kleine Geschenke zum Geburtstag und zu Weihnachten gemacht, hatte ihr eine Chance geben wollen. Und die hatte sie ihr gegeben.

Mein Vater war aufgesprungen, mit einer absurden Geste, hatte mit den Armen gerudert wie ein Verkehrspolizist. Eleonora dagegen schien kein bisschen betroffen zu sein. Seelenruhig ging sie an mir vorbei, als wäre nichts gewesen. Eine rührige Person, die seit Langem und von Weitem wusste, wie der Hase läuft. Bis dahin war ihr Leben ein langes Lauern gewesen.

Ich kehrte nach Hause zurück wie ein Tier, das eine Blutspur hinterlässt und langsam aus dem Leben scheidet. Mit Ingrimm ging ich an der Portiersbude vorbei. Die Augen ihrer Mutter erschienen mir durch und durch verdorben, die Hosen ihres Vaters waren widerlich, sein Gesicht fleckig von der Schuppenflechte, die Nase rot, die Stirn weißlich ... ein mieses, habsüchtiges Pack. Ein Pack, das Mäuse tötete und Abflüsse reinigte. Ein Pack, das uns ausgenutzt hatte, das erst die unbedachte Großzügigkeit meiner Mutter ausgenutzt hatte, dann meine sexuelle Unsicherheit. Und nun das Trojanische Pferd meines Vaters, der diese verkommene Tussi mit ihren Strapsen in sein Praxiszimmer gezogen hatte, diese kleine Göre mit den Ohrenschützern aus Fell, die mich immer so flink und finster musterte. Diese beiden, Bruder und Schwester, wollten raus aus ihrem Elend und benutzten die Körper meiner Familie als Trittbrett. Nur der Hass schien mich in meinem Schmerz zu trösten.

Es wurde wieder Sommer. Ich kam vom Tennisspielen nach Hause. Georgette hatte die Schlüssel im Schloss stecken lassen, von innen. Ich hatte versucht, mit meinem Schlüssel aufzusperren, hatte geklingelt und dann darauf gewartet, dass der Schlosser die Tür aufbekam. Es war ein Desaster. Dieser verschwitzte Mann, der Lärm der Bohrmaschine. Es dauerte lange, ich rührte mich nicht weg von der Tür. Zum ersten Mal wünschte ich mir, der Lärm des Bohrers würde nie aufhören, er möge das einzige Geräusch auf Erden bleiben. Vielleicht war sie ja nur bewusstlos. Von dieser Hoffnung wollte ich nicht ablassen. Ich war nicht nett zu ihr gewesen, in den letzten Tagen war ich zum Gefängniswärter geworden. Ihre Unordnung und ihre versumpften Augen konfrontierten mich mit einer Schrecklichkeit, die ich nicht zulassen konnte. Das hätte ich nie von ihr erwartet, sie enttäuschte alle meine Idealvorstellungen. Sie musste ihren Darm rein halten, das war eine Obsession, diese pieksauberen Exkremente. Sie hatte Wasser im Bauch und in den Beinen. Ihre Haut, prall wie ein aufgepumpter Reifen, verschlang all die vertrauten Regungen ihres Gesichts. Für mich erstreckte sich hinter der Wohnungstür ein schwarzes Feld, einer dieser schrecklichen Orte der Qual. Der lange Flur mit den Türen, durch die nur ein einziger, erstickter Seufzer drang. Das war mein Geist, der einen Ruhepunkt suchte.

Der Lärm hörte auf, und wir gingen hinein. Und ich ging ins Leere. An diesem Tag verschwand mein Tinnitus, genau in dem Moment, als das Schloss herunterfiel und der Mann die Bohrmaschine ausschaltete. Ich verstand auch sofort, warum. Ich hatte diesen Lärm im Voraus gespürt. Diesen Schmerz, der mich suchte.

Sie lag vor dem Waschbecken, der Anblick ihrer Füße war schon mehr als genug für mich. Mit dem Tennisschläger in der Hand setzte ich mich in den Flur vor die Badezimmertür, die von ihrem Körper offen gehalten wurde. Ich betrachtete die Szene durch das Gitter der Darmsaiten.

Damals streikte die Müllabfuhr, in der Sommerhitze gärte der Gestank von faulendem Abfall. Die Mülltonnen quollen über, die Müllbeutel stapelten sich, teils von streunenden Katzen aufgerissen. Ich hätte wer weiß was drum gegeben, die Straße in einem sauberen Zustand zu sehen, die Hydranten mit ihren kraftvollen Pumpen. Ich dachte an die Müllsäcke, an alles, was sich darin befand, vergammelte Weintrauben, Eierschalen, Fischgräten, Papier, zerkochte Spaghetti, Fettklumpen vom Fleisch, ranziges Öl.

Ich hatte ihr nichts gesagt. Natürlich hatte ich gedacht, ich hätte noch Zeit, viel Zeit.

Ich ging hoch zu Onkel Zeno. Seit einer Weile redeten wir nicht mehr miteinander. Ich ertrug seine bissigen Belehrungen nicht länger und hatte seine intellektuellen Fangfragen satt, mit denen er mich in sein Netz lockte und mich bewegungsunfähig machte. Er saß auf der Terrasse in seinem Korbsessel. Auch er starrte auf die wachsenden Müllberge.

»Georgette ist tot. Meine Mutter ist tot.«

Er ließ die Arme sinken, öffnete den Mund und blieb so, ohne Luft zu holen. Er regte sich nicht, nur seine metallischen Augen blickten umher und schließlich nach oben, sodass sie für einen kurzen Moment die Wolken widerspiegelten, die über den Himmel jagten.

Ich rief Tante Eugenia an. Sie und ihr Mann nahmen sich ein Taxi und kamen wie Totengräber daher, lang und abgewetzt. Zum ersten Mal bewunderte ich die Familie meines Vaters, die Ruhe ihrer Umgangsformen, ihre gelassenen Stimmen. Da war keinerlei Aufregung, sie regelten alles leise mit kurzen Telefonaten. Und ließen mich nie allein. Meine Tante wollte sie ankleiden, es gefiel ihr nicht, dass Fremde sie berührten. So sah ich die Unterwäsche meiner Mutter und alles andere, auch, wie schwierig es war, ihr die Ärmel überzustreifen und sie zu bewegen, weil sie starr geworden war, ich lernte viel über die Widerstandskraft des Todes. Irgendwann verloren wir die Bedeutung des Ganzen aus den Augen und gerieten mit diesem Leichnam ins Schwitzen, der sich gegen uns zu versteifen schien, sodass wir ihn schüttelten und an ihm zerrten. Zu guter Letzt ließen wir die Knöpfe auf dem Rücken offen und die Strümpfe verdreht. Aus ihrem Mund trat weißer, giftiger Schaum. Ich beobachtete den Übergang ihres Fleisches zu Marmor. Die Schwellungen verschwanden wie abgesaugt. Ich blieb bis zum Schluss bei meiner geliebten Mutter, zum Kissen niedergebeugt, um ihr Gesicht anzuschauen. Ihre Haut straff gespannt wie kalter Stoff über dem Stickrahmen der Knochen.

Der Sarg überquerte den Hof.

Eine weltliche Trauerfeier Mitte August, in einem schwülen Raum, ohne Priester und mit nur wenigen, erhitzten Menschen, die sich mit Georgettes Foto Luft zufächelten, das mein Vater hatte drucken lassen und am Eingang verteilte.

Nach dem Applaus wandte ich mich um und folgte dem Sarg aus dem Dunkel ins Licht. Ich trat aus der Tür und war geblendet. Im Gegenlicht stand, wie ausgeschnitten, die Gestalt eines Mannes. Es war Costantino, breitbeinig und mit gesenktem Kopf.

Als ich zu ihm kam, brach er in Tränen aus. Mein Gesicht war trocken. Ich trug eine Sonnenbrille wie ein Filmschauspieler. Wir umarmten uns. Meine Mutter verschwand im Krematorium, wir blieben zurück.

Wir gingen in der Sonne spazieren. Ich hatte ihn noch nie in Uniform gesehen, er wirkte größer und steifer. Er hatte vierundzwanzig Stunden Urlaub beantragt, war die Nacht durch mit der Bahn gefahren. Er schwitzte am Kragen. Wir setzten uns auf den Rand eines wasserlosen Brunnens, dessen Statue wegen Bauarbeiten von Absperrbändern umgeben war. Ich erzählte ihm, wie es passiert war, er sagte: *Du wirkst gefasst*. Das stimmte. Hinter meiner Sonnenbrille warf ich einen Blick in die Runde. Ich hatte nichts mehr vor mir, und es war mir egal. Ich zog meine Strümpfe aus und lief barfuß im Brunnen herum. Ich erkundigte mich nach ihm. Er hatte einiges an Brutalität erlebt, Schikanen durch die Dienstälteren, sagte, es gebe da einen Haufen Spinner.

»Die klauen dir ein Jahr, diese Mistkerle.«

Trotzdem war er froh, zur Armee gegangen zu sein. Ich erzählte ihm, dass man mich ausgemustert hatte. Er grinste. *Die haben dich bevorzugt behandelt*. Ich erzählte ihm von der Varikozele und von meinem Gleithoden, der manchmal hochsprang.

»Du kriegst auch jedes Wehwehchen.«

»Mein Tinnitus ist aber weg.«

Ich erzählte ihm von der Bohrmaschine, die das Schloss geknackt hatte, und vom Leichnam meiner Mutter. Danach tiefes Schweigen. Ich hatte noch nicht geweint und merkte nun, dass ich zitterte. Wir schlenderten weiter durch den Brunnen, ich mit nackten Füßen, er mit Stiefeln. Er zerfloss in seiner Uniform, öffnete aber keinen einzigen Knopf. Wir gingen über die Piazza, kauften uns zwei kühle Bier und tranken sie am Brunnen. Ich sagte, mir sei inzwischen alles scheißegal, ich sei drauf und dran, zum Penner zu werden und barfuß durch die Gegend zu laufen wie dieser deutsche Typ in den Gärten der Engelsburg. Er sagte, auch er wolle nicht zu seiner Familie zurück. An der Kaserne gebe es Apfelbäume, man könne ihren Duft riechen. Er wolle zur Ernte dortbleiben, mit den anderen Jungs in Baracken schlafen und in den Tag hinein leben. Ich ging wieder in die Bar und kaufte eine Flasche Ballantine's. Die Sonne stach, und sein geschorener Kopf glänzte vor Schweiß, der herausperlte und ihm die Schläfen runterlief. Ich nuckelte an der Flasche. Costantino hatte was dagegen, dass ich so viel trank, doch ich wollte mich besaufen, im Gedenken an meine Mutter. Ich legte mich auf den Boden und vollführte ein paar Schwimmstöße.

»Komm, wir fahren ans Meer.«

Er hatte nur noch wenige Stunden Zeit. Wir stiegen auf mein Moped. Vor unserem Palazzo hielten wir an, er rannte hinein und kam wenig später wieder heraus, mit einem blauen T-Shirt und dem prallen Rucksack über der Schulter.

Meine Schuhe hatte ich verloren, mein Hemd hatte ich über den Jeans zusammengeknotet, die Krawatte flatterte auf meiner nackten Brust. Es herrschte eine glühende, surreale Ödnis. Auf der Cristofero Colombo klangen die Zikaden wie Flugzeuge beim Start. Ich fuhr wie die Schwarzen in der Wüste, ohne Ziel, ohne Angeberei, einfach nur, weil Sprit da war. Ich setzte meine nackten Füße auf den kochenden Asphalt. Ständig waren wir kurz davor umzukippen. Costantino sagte in einem fort: *Scheiße, was machst du denn?*, er lachte, und wir fuhren weiter wie zwei Zikaden mit einem Motor unterm Hintern.

Wir erreichten den öffentlichen Strand hinter dem Pinienwäldchen. Stürzten sofort zum Wasser und sprangen rein. Ich tauchte auf und fiel unmittelbar darauf wieder zurück wie ein erschossener Körper. Er schwamm ungleich besser als ich, entfernte sich, verschlang das Meer mit den Armen, bis er weit, weit weg war.

Wir fanden uns auf dem Sand wieder und stürzten uns erneut ins Wasser, wir hatten nicht mal Badehosen, das Meer zerrte an unseren Unterhosen.

»Wie viel Zeit hast du noch?«

»Bis morgen früh um sechs.«

»Lass uns zurückfahren.«

»Ja, fahren wir zurück.«

»Dann kannst du noch duschen.«

Doch ich war betrunken und schlief bäuchlings mit dem Gesicht im Sand ein. Als ich erwachte, hatte er das Zelt aufgebaut. Ich ging auf dieses Wunderwerk zu.

»Kennst du das noch?«

Von einem Augenblick auf den anderen wurde ich tieftraurig. Ich erinnerte mich an so vieles und an nichts. Da drin hatte ich meinen Träumen nachgehangen, doch Träume vergehen.

»Ich habe es nie benutzt.«

»Du bist da nie drin gewesen …?«

»Ich schwöre.«

Es war noch heiß, doch nicht mehr so extrem. Die Sonne zerknautschte am Horizont, müde von der Arbeit. Vögel flogen vorbei, weiter hinten an der Flussmündung, schwarze, hungrige Schwärme, sie stießen herab und pickten sich Happen aus dem Meer. Das also wird mir in Erinnerung bleiben von jenem Tag, einen Augenblick zuvor. Der Sonnenuntergang und der Hunger der Vögel. Ich bückte mich und schlüpfte ins Zelt. Nein, alles war längst geschehen, schon vor langer Zeit. Und es brauchte wirklich keinen Mut.

Ich legte mich hin und atmete den Kunststoffgeruch ein, konserviert seit zehn Jahren und mehr, ich betrachtete das zerknitterte

Gewebe, die Reißverschlüsse. Außen war es blau, innen orange, ein Hauszelt. Ich streckte mich unter dem orangefarbenen Gewölbe aus, als wäre es der größte aller Himmel. Selig wie ein Neugeborenes lag ich in diesem Plastikbauch, streckte die Arme aus und berührte die Wände: ich war gewachsen.

Der Achäer stand da wie gemeißelt, sandbedeckt, der Schädel kahl wie ein Helm, dazu dieses Kindergesicht. Er kam nicht rein. Ich rief ihn.

»Los, komm.«

»Darf ich?«

Er duckte sich und glitt neben mich. Eine Weile blieben wir so liegen, einer neben dem anderen. Ich richtete mich auf, zog den Reißverschluss zu und legte mich wieder hin. Ich nahm seine Hand und hielt sie fest. Sie war feucht, es war sehr heiß. Er hatte dieses Zelt aufgebaut, hatte gewusst, was zu tun war.

Es herrschte ein feierliches und doch unbeschwertes Schweigen, denn nichts war mehr schwierig für mich.

Ich drehte leicht den Kopf, und wir sahen uns mit neuen Augen an, unverhohlen und makellos. Ich hob die Hand und streichelte sein Gesicht. Wir küssten uns und kosteten den Speichel des anderen und den heißen Mund und die kühlen Zähne, und ich spürte, wie er seine Zunge bewegte, mit mehr Ruhe als ich, und ich wurde langsamer, und es war genau so, wie es sein sollte. Wie eine Zuflucht, ein langer Tunnel, der direkt in meine Mitte führte und meinen ganzen Körper dehnte und auch alles, was sich jenseits dieses Körpers befand. Alles war aufgesogen und hatte einen klaren Platz. Ich weiß nicht, wie wir weitermachten, doch schwer war es wirklich nicht. Sein Hals streckte sich wie unter einer Peitsche, wie gepeitscht, wie der lange Hals eines Pferdes, nunmehr ohne Zügel und ohne Reiter. Sein Mund öffnete sich, und nie hatte ich einen größeren Mund gesehen, nie einen stilleren, unwiderstehlicheren Schrei. Seine Hand hielt meinen Nacken, er schlug mit der Stirn gegen meine, er lachte und weinte und sagte meinen Namen und *Amore, amore mio*. Und ich spürte, dass nichts jemals mit diesem Moment vergleichbar sein würde. Und ich hatte nicht gewusst, dass er so zahm war und so wild.

Und es passierte wirklich, und es war gegen die Natur, und ich wüsste nur zu gern, was die Natur ist, dieses Miteinander von Bäumen und Sternen, von irdischen Erschütterungen und klaren Wassern, diese Urkraft, die in dir wohnt und dich veranlasst, dich mit bloßen Händen deinen eigenen Händen und allen Kräften der Welt entgegenzustellen.

Es war also die Natur, unsere Natur, die ausbrach und ihren zärtlichsten, wohltuendsten Ausdruck fand. Wir fanden uns. Wie der Wind, der die Welt formt, sie dem Erdboden gleichmacht und langsam wieder aufbaut. Costantino wollte nicht und ich wollte auch nicht. Zumindest ist es das, woran ich mich erinnere. Aber was weiß ich schon, was später nicht durch das Leben und seine Wünsche widerlegt worden wäre? Seine Kleidungsstücke fielen sanft wie sich auflösende Rüstungsteile zu Boden. Seine groben Jungsklamotten. Er stämmig, ich mager, er arm, ich aus einer jämmerlichen, wohlhabenden Familie. Er sah mich an, seine Augen schienen einzustürzen, schienen vielen anderen Menschen vor ihm gehört zu haben, in der Schlacht gefallenen Soldaten, Mönchen, Mördern, Eremiten. Und jetzt nur ihm.

»Ich liebe dich«, sagte ich. »Ich liebe dich.«

»Ich liebe dich auch, Guido, seit ewigen Zeiten.«

Staunend stiegen wir auf in den orangefarbenen Plastikhimmel, beugten uns wie Männer bei der Mahd über das Getreide und ernteten unser Korn in dieser unermesslichen Herrlichkeit.

Als wir aus dem Zelt kamen, war der Strand ein neuer Planet. Und ich einfach nur ich, mit mir selbst vereint. Wir gingen schwimmen. Inzwischen war es dunkel, und unsere Beine waren wacklig wie die von Tieren, die erst seit Kurzem stehen können. Es war ein labendes Bad, wir wiegten uns, das Wasser war unser Universum.

Danach lagen wir dicht beieinander am Spülsaum, unsere Hände berührten sich im Meer, das sich senkte und stieg. Diese Augenblicke waren unendlich, weil alles wiederkam und verging, weil unsere Hände im Wasser vom Sand begraben und wieder abgewaschen wurden und dieser Sand das Leben war, das erste Mal, dass es aus dem Meer kam und sich ablagerte: Es war da, in unseren Fingern.

»Jetzt sind wir ein Wir.«

»Ein Wir, ja.«

Mehr sagten wir nicht, wir sahen uns immer nur an und lächelten. Man verliebt sich beim Sex, das Fleisch ist der einzige Strand, den die Seelen haben. Der Sand hinter uns war jungfräulich, und wir hatten ihn durchquert. Wir sahen die Abdrücke unserer Füße, eine Spur aus Sohlen und Zehen auf den Dünen, die nun wirklich wie vom Mond aussahen.

Wir planten nichts, plötzlich war es spät, und er verpasste noch seinen Zug, sie würden ihm eine Ausgangssperre aufbrummen, ihm den Urlaub streichen. Er zog sich die Uniform am Strand an, verhedderte sich, in den Stiefeln Sand. Wir rissen das Zelt aus dem Boden und warfen es in den Rucksack. Dann die Rückfahrt voller Mücken und Lichter und Schleuderaktionen auf den Straßenbahnschienen. Ich hatte keinen Sprit mehr, und die Tankstellen waren geschlossen. Wir stotterten gerade noch bis ans Ende der Via Nazionale, er sprang ab, rannte los, und das war's. Barfuß schob ich das Moped nach Hause. Im Zimmer meiner Mutter lag noch die zerknitterte Tagesdecke vom Morgen, als man sie weggebracht hatte. Genau dort legte ich mich hinein, in ihren Abdruck. Ich nahm ihr Kissen, klemmte es mir zwischen die Beine und schlief auf dieser Seite selig ein.

Ich war voller Hoffnung angekommen. Die Fahrt war lang und wunderschön gewesen. Ich hatte im Zug gelesen und manchmal innegehalten, um von der Lektüre aufzuschauen und die wechselnde Aussicht zu genießen, zunächst das Licht, dann den Nebel über den Ebenen, die wie überflutet aussahen. Alte, verblasste Bauernhäuser, Bahnübergänge. Das Gute ist sicher und bestimmt, das Schlechte ist unsicher und unbestimmt. Ich wiederholte diesen Satz, den ich gerade gelesen hatte und der sich aus der Druckerschwärze löste wie ein Schlüssel aus einem Schlüsselbund. Er schien für uns geschrieben zu sein, für ihn, dazu, die Tür zu einer neuen Erfahrung zu öffnen, zu einer möglichen Unendlichkeit. Er war es, durch den ich bestimmt wurde, als gut, als menschlich. Durch ihn, der Hoffnung in mir nährte.

War es nicht das, was wir wollten? Uns von der bekannten Welt entfernen, vom Schlamm der Unsicherheit, um ein Leben anderswo, weit weg, zu suchen? Diese Reise schien mir eine Prüfung zu sein, eine Kostprobe von der Zukunft, die uns erwartete. Der Geruch des Zuges, die Leute, die einstiegen … vor allem auf dem letzten Stück, nach dem Bahnhof von Mestre, auf dieser Nebenlinie in hohem Gras, vermummte Frauen, tintenverschmierte Schüler, Eisenbahner auf dem Weg zu anderen Zügen. Sie stiegen an Stationen aus, die in der Ödnis der Felder auftauchten, schlossen die Türen, gaben dem Eisenrücken der Lokomotive einen Klaps. Ich war mehrmals aufgestanden, um jemandem zu helfen, einem alten

Mann und einem jungen Mädchen, denen ich ein Paket auf das Gitter über ihren Köpfen hievte. Ein alter Zug, eine Nebenwelt, fast außerhalb der Zeit.

Eine Frau hatte ein lebendes, regloses Huhn in ihrer Tasche, mit einem hängenden, roten Kamm, ihr perfektes Ebenbild. Sie waren die lebendige Kopie eines flämischen Gemäldes. Nach und nach versank ich in den Anblick dieses Bildes, das mich umgab und das ich selbst zu malen schien, mit dem Eifer und dem verzweifelten Wahrheitsdrang eines Künstlers … die wässrige Landschaft mit Tusche hingeworfen, dazu die markanten Gestalten meiner Reisegefährten mit ihren krassen Details. Für mich waren sie keine Randfiguren, sondern jede einzeln auserwählt, von einem noblen Maler, einem Bruegel. Ich roch die Farben und den Dreck, der an den Schuhen klebte, und die in Nässe getauchte Natur hinter dem Fenster, an dem feine Tröpfchen gegen die Kraft des Windes ankämpften. Eine aufgewühlte Wahrnehmung meiner selbst als den demütigsten aller Menschen, eine tiefe, greifbare Harmonie mit der Welt und ihren Geschöpfen, wie ich sie noch nie erlebt hatte.

Der Zug bewegte sich auf alten, bindfadendünnen Gleisen, fuhr durch ein Felsengebirge, durch die Unermesslichkeit wilder Felsvorsprünge. In der Tiefe waren winzige Bergdörfer zu sehen, Häuser wie vom Felsen abgelöste, heruntergerollte Steine. Alles gehörte mir. Alles war in meinem Herzen, es hüpfte unbefangen, ich bebte vor Glück wie ein Säugling, der zum ersten Mal lacht, glucksend mit jeder Faser seines Körpers. Der Zug hielt und fuhr weiter. Ich aß ein in Papier gewickeltes Brötchen, und noch heute erinnere ich mich an den Geruch nach fetttriefendem Brot, an große, hungrige Bisse.

Es war die Höhenlage, der Taumel der Jugend, die endlich genießt. Mir war, als müsste ich vor Glück überschnappen, mein Blut war angefüllt mit Sauerstoff, mein Herz jubilierte, groß und weit.

Ich ging zur Toilette und masturbierte mit offenen Augen, den Blick auf die Berge geheftet, auf die leuchtenden, stilledurchtränkten Felsen. In der Ferne sah man noch die Reste der Schützengräben aus dem Ersten Weltkrieg.

Ich war in der Kreidelandschaft ausgestiegen, hatte mich zu Fuß auf den Weg zur Kaserne gemacht und den großen, düsteren Bau entdeckt. In einem kleinen, eiskalten Raum hatte ich eine Weile gewartet. Die beiden Typen von der Wache alberten halblaut herum. Sie hatten mir zugelächelt und mich freundlich behandelt, und ich hatte sie angesehen, wie ich Jungs inzwischen ansah, mit einem Schamgefühl, das ich früher nicht gekannt hatte.

In meinem letzten Brief hatte ich Costantino von meinem Elend geschrieben.

Ich weiß, dass die Dinge niemals gleich sind, und so gleichen auch wir keinem anderen Menschen. Die Trennung von dir ist ein himmelschreiendes Unrecht. Doch wem könnte ich das erzählen? Ich höre meinen Vater drüben im Zimmer, er war eben hier, und ich habe ihn schroff abgewiesen. Ich irre orientierungslos durch die Nächte. Die Schlaffheit dieser Stadt scheint mir ohne dich unübertrefflich zu sein, ein Wirrwarr trostloser Stunden. Neulich Nacht haben ein paar Jungs einen Müllcontainer angezündet, ihn demoliert und mit einer Mutwilligkeit umgekippt, wie ich sie noch nie gesehen habe. Eine entfesselte Kraft, die mir wie ein Wunder vorkam. Ich hoffte, dass die Flammen gründlich um sich greifen würden und der Fluss aus Benzin sei. Es regnete in einem fort. Der Tiber schwoll an, das Wasser trat über die Dämme unter den Brücken und riss die Lastkähne und Landungsstege mit. Umgeschlagene Kanus trieben in mächtigen Strudeln Richtung Meer. Jetzt ist alles mit grauer Schliere bedeckt, die fast so aussieht wie die an Babys kurz nach der Geburt. Ich habe Angst. Ich weiß nicht, wie lange ich noch auf dich warten kann. Unser Zelt ist verschwunden. Wir sollten doch eine Weltreise machen, weißt du noch? G.

Ich unterschrieb nur mit meinem Anfangsbuchstaben und sprach nie in der männlichen Form von mir. Ich nahm an, dass die Briefe geöffnet wurden. Die Kaserne war zwar kein Gefängnis, aber viel fehlte da nicht. Ein beängstigendes Gemäuer, mit Stacheldraht umsäumt.

Mit Bangen wartete ich auf seine Briefe. Sie waren das einzige Positive an dieser Trennung, die gestempelte Briefmarke und der in den Postämtern zerknitterte Umschlag. Ich fühlte mich in ein heroisches Zeitalter zurückversetzt, als Worte noch nach Blut schmeckten. Ich roch an den dünnen Umschlägen. Lange Briefe von der Front, in denen Costantino enttäuschende, alltägliche Belanglosigkeiten herunterleierte. Das Essen sei genießbar, und er habe gleiten und schießen gelernt. Er schien wirklich ein stumpfer Soldat mit einem höheren Ziel zu sein, gleichgültig gegenüber seinem Leben. Er fürchtete sich vor meiner Überschwänglichkeit. Wovor hatte er denn Angst, etwa davor, dass ich ihm ein Foto mit meinem erigierten Schwanz und einer Widmung schickte? Wenn er mich anrief, immer aus derselben Telefonzelle, mit dem gefühllosen Drängen der Telefonmünzen, die viel zu schnell durchklimperten, und ich mich traute, mich über seine unterkühlten Briefe zu beklagen, wurde er mürrisch und antwortete, er sei eben nicht wie ich, er könne nicht schreiben. Ich stellte ihn mir vor, wie er seine Unterwäsche selbst wusch, wie er auf seinem Feldbett saß und Saiwa-Kekse knabberte, Krümel auf der Hose, den Nacken ausrasiert. Ich hob die dünnen Seiten in die Höhe, sodass sie im Gegenlicht leuchteten und die Wörter verschwammen. Was blieb, war diese Tintenspur, seine Handschrift, eine hauchzarte Stickerei. Ich stellte mir vor, dass sie einen anderen, intimeren, ungestümen

Brief verbarg, mit unsichtbarer Tinte geschrieben, die nur ich lesen konnte. Und genau diesen Brief wollte ich entziffern.

In diesem Warteraum kam mir der Gedanke, mit meinem Vater darüber zu sprechen. Ich stellte mir sein Gesicht vor, wenn ich ihm sagte: *Ich liebe einen Mann.* Nicht alle Männer, nein, nur einen. Ihn. Meinen Mann. Meinen zärtlichen, großzügigen, furchtlosen Freund. Meinen Govinda.

Es wäre nicht leicht, ihn zu überzeugen, schließlich war ich mit Mädchen zusammen gewesen, hatte sie mit auf mein Zimmer genommen, die Tür abgeschlossen und die Musik voll aufgedreht. Er hätte aufgelacht, *Willst du mich auf den Arm nehmen, Guido?* Ich hatte nichts vom Klischee eines Homosexuellen, war nicht schüchtern, war nicht sentimental und hatte die Kleider meiner Mutter nie angerührt. Tja, Papa, die Kinder des Portiers, was für eine Eroberung unserer an Einsamkeit und Wehmut gewöhnten Herzen.

Costantino hatte Wachdienst, ich musste eine Stunde warten, vielleicht noch länger. Ich machte einen einsamen Spaziergang durch die Bogengänge dieser ordentlichen, geschniegelten Provinzstadt. Auf der Piazza reihten sich die Verkaufsstände eines Weihnachtsmarktes aneinander. Im Nebel stieg der Duft von erhitztem Zucker und von Würstchen auf, die auf den Grillrosten tropften. Weiter in der Ferne, hinter den österreichisch-ungarischen Palazzi, prangten wie aus Glas geblasene Berggipfel. Quer über die Straßen hingen Lichterketten, Reihen sich küssender Engel, Sternschnuppen. Ich blieb vor kleinen, geschmückten Schaufenstern stehen, vor Parfümerien, Läden für Bergsteigerausrüstungen, Schaffelljacken, schwere Pullover … Sachen, die mir auf ein warmes Leben hinzudeuten schienen, in dem es leicht war, sich vor Kälte zu schützen. Ich rieb mir die Hände, blies voller Freude über diesen klaren Frost, der meinen Geist auffrischte, in meinen Schal. Auch wenn wir gelitten hatten, waren wir jetzt weit weg von diesem Schmerz. Wir würden aufhören, uns aus dem Weg zu gehen und uns gegenseitig zu quälen. Ich jedenfalls hatte das nicht mehr vor, und das wollte ich ihm sagen.

Plötzlich erschien mir alles so klar in diesen gutmütigen, von Lichtern erhellten Gassen, die im Nebel flimmerten wie Geistliche mit ihren Kerzen am Altar. Es hatte genügt wegzufahren, die Fesseln dieser eingerosteten Stadt hinter mir zu lassen. Was hatte ich all die Jahre geglaubt, wer ich war? Ein kleiner, verwirrter Held, ein talentloser Angeber. Doch nun würde alles anders werden. Costantino hatte mein Bewusstsein geweckt. Meine Brust öffnete sich wie die eines neuen Engels. Der Nebel senkte sich herab und verdichtete sich vor einem Steintor am Ende der Straße, das wirklich aussah, als wäre es das Tor zu einer anderen Welt. Das Paradies ist geöffnet, dachte ich.

Ich befand mich auf einer Freifläche, auf der die Muster des Steinbodens Längsstreifen bildeten, die sich rings um die Basilika mit ihrer romanischen Fassade wie in einer optischen Täuschung zu bewegen schienen. Ich ging über den Domplatz und drückte eine Seitentür auf. Drinnen stieß ich auf die immer wieder überraschende Weite der Kirchen, auf das Hauptschiff mit den hohen Säulen und die erhöhte Kanzel. Eine Treppe führte in die unterirdischen Gewölbe.

Ich stand in einem Raum, der bis zur Decke mit Gebeinen ausgekleidet war, Schädel und Knochen in gläsernen Reliquienschränken. Ich nahm eine Kerze, legte etwas Geld hin und steckte sie in einen Eisenhalter neben ein paar anderen, die schon zerflossen waren. Eine weiße, leblose Fläche, die niemand weggeräumt hatte. Eine Weile sah ich dem tropfenden Wachs zu und dachte an die Seelen, daran, dass wir alle vergehen, nachdem wir gekämpft haben. Daran, dass es für manche leichter ist, ihr Ziel auf Erden zu erreichen, und ich dachte an diejenigen, die in Unsicherheit leben und mit Bedauern sterben … glanzlose Wege eines Plans, der eine lange Reihe von Geschöpfen braucht, bevor er in voller Pracht erstrahlt und der besonderen Erfahrung Beifall zollt. Ich dachte an meine Mutter, an ihre vornehme Gestalt. Sie schien sich noch einmal umzudrehen und meinen Namen zu rufen. Ich hatte beschlossen, ihren Schmuck zu verkaufen, hatte ihn einem Goldschmied im Ghettoviertel gezeigt. Vor allem der Ring war sehr wertvoll, ein blutroter Rubin mit einer Taube, den Georgette ständig getragen hatte und in dem ich als kleiner Junge die Tiefe ihres Herzens gesehen hatte. Von dem Geld könnten Costantino und ich eine ganze Weile leben und uns inzwischen um Arbeit kümmern.

In diesem Feld aus Wachs sah ich das sanfte Gesicht meiner Mutter, die mich dazu ermunterte. Ihr Verlust, den ich nie akzeptieren würde, grub sich, vielleicht zum ersten Mal, in mein Herz wie eine stille Matrix, die mein Leben unter das Zeichen ihres Mutes stellte.

Ich schaute auf die Uhr und schlenderte noch ein bisschen herum, eingemummt in bange Erwartung. Ich spürte meinen Körper, jeden Muskel, jede Ader, die Gelenkigkeit meiner sich abhebenden Ferse, ihren weißen Knochen in meiner Socke.

Gleich würde ich Costantino abholen. Sein geliebtes Gesicht würde in dem Raum mit der gläsernen Pförtnerloge erscheinen, den ich nun schon kannte. Unterwegs hatte ich eine Weinstube entdeckt, einen winzigen Laden mit Papierdeckchen auf den Holztischen und zwei alten Männlein, die vor einer Flasche saßen. Ich hatte meine Nase neugierig an die Scheibe gedrückt. Dort könnten wir einkehren, uns unter einem alten Kupferstich der Stadt an einen der kleinen Tische setzen, etwas Käse bestellen und eine Flasche Wein. Doch vielleicht war er auch müde und wollte nur schlafen. Dann würden wir gleich auf unser Zimmer gehen, ich würde ihn schlafen lassen, an meiner Brust, und wir würden alles auf morgen verschieben, kein Grund zur Eile. Es gab keinen Grund mehr zur Eile. Wir mussten über so vieles reden. Er hatte mir ein grünstichiges Foto geschickt. Die aufgerissenen Augen eines Häftlings, der steife Uniformkragen. Aufgenommen in einer dieser Kabinen mit Vorhang. Stundenlang hatte ich es angesehen, hatte es an meiner Brust getragen. Plötzlich erdrückte mich die Welt mit ihrer Last aggressiver, geschwätziger Gestalten. Ich musste ihn sehen, seine platt gedrückte Nase, die Narbe an seinem Kinn, musste sehen, ob seine großen, gutmütigen Augen mir etwas sagen wollten, ob sie mich suchten. Die Anstrengung, mir seine Gesichtszüge einzuprägen, war vergeblich gewesen. Und war dasselbe nicht auch mit dem Gesicht meiner Mutter geschehen? So ist es immer, das wusste ich. Unwichtige Gesichter meißeln sich ins Gedächtnis, während das Gesicht der Menschen, die wir lieben, auf mysteriöse Weise ausgelöscht wird.

Ich kehrte zu der großen Kaserne zurück, schaute zum Gitternetz der kleinen Fenster hinauf. Viele waren dunkel, einige erleuchtet. Wo schlief er? Am Telefon hatte er erzählt, dass er das Zimmer mit fünf anderen teilte, mit drei Sarden, einem Typ aus Ancona und einem Sizilianer.

Ich ging wieder zu dem kleinen Warteraum. Jetzt war da ein anderer Wachsoldat, er füllte hinter der Glasscheibe mit einem Kuli eine Liste aus. Ich hatte ein Geschenk für Costantino gekauft, einen roten Wollpullover, doppelt gestrickt. Ich war in ein Luxusgeschäft gegangen und hatte dort einige Zeit vertrödelt. Eine freundliche Verkäuferin mittleren Alters war auf ein Treppchen gestiegen, hatte die Regale leer geräumt und unzählige Pullover auseinandergefaltet, doch ich hatte mich gleich für den Pullover an der Schaufensterpuppe entschieden und es mir nicht mehr anders überlegt. Nun konnte ich es kaum erwarten, ihm den Pullover zu geben, zu sehen, wie die herrliche Wolle über seinen Hals glitt und sich an seine Rückenmuskeln schmiegte.

Ich musste noch lange warten, presste das Päckchen an mich und fühlte mich wie eine wartende Mutter bei einem Besuch im

Knast. Der Soldat fragte mich, zu wem ich denn wollte. Ich nannte ihm erst den Nachnamen, dann den Vornamen, wie in der Schule.

»Cherubini, Costantino.«

Cherubini, Costantino, der Name fuhr mir in die Glieder und mein Körper sank in eine Grube, tief wie ein Brunnenschacht, in der dieser Name bis in alle Ewigkeit widerhallen würde. Cherubini, Costantino. Ein Name, den ich ignoriert hatte, oder schlimmer noch: verlacht hatte. Ein Name, der jetzt, an diesem Dezemberabend, ganz und gar für mich da war, ein in den härtesten Felsen getriebener Kupplungshaken.

»Ist das dein Bruder?«

»Nein, ein Freund.«

Dieses Wort klang so spärlich, so falsch. Ich begann auf und ab zu gehen und pfiff die italienische Nationalhymne vor mich hin. Der Typ sagte, pfeifen sei hier verboten. Jetzt wurde ich nervös. Ich nahm den Gummi von meinem Handgelenk und band mir die Haare zusammen. Ich zog die Nase hoch. Der Soldat fixierte mich.

»Und du, warst du auch bei der Armee?«

»Ich wurde ausgemustert.«

»Wieso denn?«

»Ich bin schizophren.«

Zwei Mädchen hatten sich neben mich gesetzt, sie tuschelten. Die eine trug ihr langes, duftendes Haar offen über einem Fellkragen. Ihre Freundin war ein zierliches, in einen zu dünnen Mantel gezwängtes Persönchen, sie rieb sich in einem fort die Arme. Sie hatten gegrüßt, waren auf eine Zigarette rausgegangen und wieder reingekommen. Sie sahen ganz so aus, als wären sie Stammgäste in diesem Warteraum, wenn nicht gar baldige Ehefrauen.

Ich umklammerte mein Päckchen aus edel geprägtem Papier, saß mit meiner schwarzen Lederjacke und meinen Jeans neben diesen beiden Bräuten und musste grinsen. Ich fühlte mich wie ein makelloser Engel, der die kleinkarierten Grenzen einer Welt überwunden hatte, die sexuell von genau solchen fleißigen Lieschen und genau solchen Militärfuzzis definiert wurde, wie ein Amt für Steuern und Abgaben.

Costantino kam zusammen mit einer kleinen Gruppe anderer heraus. Ich sprang auf, hob die Hand. Er lächelte mir kurz zu, ließ seinen Blick kaum wandern. Er war sehr abgemagert, unter seinen Wangenknochen lagen Schatten. Er bückte sich für eine Unterschrift, der Stift glitt ihm aus der Hand, er hob ihn auf, unterschrieb. Ich stand reglos da, von allem durchdrungen.

»Mensch, hallo.«

Er umarmte mich schnell mit nur einem Arm, stellte mich seinen Freunden vor. Ich wedelte so was wie ein Ciao, witzelte. *Man friert sich den Arsch ab. Drinnen ist es noch schlimmer.* Lachend gingen wir hinaus.

Die Tussi mit dem dünnen Mantel hatte keine Zeit verloren und war ihrem Tarzan an den Hals gesprungen. Er hob sie hoch, als sie sich küssten. Ein anderer Soldat umarmte das Mädchen mit dem schäbigen Fuchskragen, das um einiges kleiner war als er, sodass er sich tief zu ihr runterbeugen musste. Wir sahen uns diese vereinten Pärchenrücken an, diese regelkonformen Zweisamkeiten, die aus einem großen, beschützenden Körper und einem kleinen, auf High Heels hochgereckten bestanden, aufgetakelt für die Balz.

Ich zog meine Jacke enger um mich. Ich war mit meinem Sandelholzparfüm durchtränkt, das Costantino so gefiel. Er schaute zu mir auf, *Komm, Guido,* ich sah seinen weißen Atem in der Kälte.

Eine Zeit lang hatten wir einen dritten Kerl im Schlepptau, den einzigen Einzelgänger, einen kleinen, schwatzhaften Sizilianer, der ohne Punkt und Komma redete und eine Story nach der anderen vom Stapel ließ. Schon jetzt verströmte er die Trostlosigkeit, die ihn in Kürze, wenn er allein zurückbleiben würde, sicherlich überkommen würde. Ich sah Costantinos Hand an, die herunterhing wie eine gebrochene Pfote. Ich verging fast vor Sehnsucht, sie zu halten. Als der Sizilianer in einer Bar verschwand, um Zigaretten zu kaufen, verkrümelten wir uns auf der Piazza.

Der Nebel lastete nun schwerer, die Lichter schienen unmittelbar aus dem Himmel zu wachsen, im Nichts hängend, ohne Drähte und Masten. Ich ging hinter ihm, doch nicht so weit entfernt, als dass ich nicht seinen Atem hätte hören können, nicht seinen Geruch hätte spüren können. Meine Hand glitt zu seiner, er ließ es geschehen, hielt sie fest. So gingen wir durch das Milchweiß. In seine Uniform eingeschnürt zog er mich hinter sich her wie ein Polizist einen aufgewühlten, kleinen Dieb. Als wir in Sicherheit waren, umarmten wir uns, länger hätten wir es nicht ausgehalten, und diese Sicherheit war ein heruntergelassener Rollladen nur ein wenig abseits von der Hauptstraße. Ich spürte seinen kühlen Mund, sein klopfendes Herz unter den Rippen. Wir drängten uns aneinander wie zwei übereinandergefallene Mehlsäcke, hoben die Köpfe nicht aus unserem Geruch. Wir stießen gegen das scheppernde Metall. Ich klammerte mich lange an seinen Hals, während er meinen Kopf streichelte.

»Guido, Guido …«

Mein Name von ihm ausgesprochen, mit seiner heiseren, tiefen Stimme, mein Name, der aus seinem Bauch kam und aus seiner Kehle, war der schönste der Welt. Er flößte meiner armseligen Person Mut ein, überflutete und umgrenzte mich, er gab mir einen Ort und eine Zeit und eine sichere Herkunft.

Vom Marktplatz klang Weihnachtsmusik herüber. Wir berührten uns weiter sanft im Nebel wie zwei Tiere in einem Liebestanz, ein sehnsüchtiges, animalisches Umwerben die Straßen entlang, in denen die Leute nun herumhetzten und die Läden schlossen. Ich sprang an Costantino hoch, riss ihm seine Mütze weg und warf sie aufs Pflaster. Da stand er mit seinem unbedeckten, geschorenen Kopf.

»Die abzunehmen ist verboten, verdammte Scheiße.«

Er hob die Mütze auf, und ich nahm sie ihm wieder weg.

»Wenn das ein Vorgesetzter sieht, sperren sie mich in der Kaserne zum Kloputzen ein!«

Ich setzte sie mir auf, und wahrscheinlich sah diese Soldatenmütze auf meinen langen Haaren ziemlich gut aus. Costantino blieb stehen und wankte, als hätte er schlagartig das Gleichgewicht verloren. Da spürte ich, dass er noch verliebt in mich war.

»Was ist denn?«

»Du bist der schönste Typ, den ich je gesehen habe.«

Wir kauften uns Zuckerwatte, warteten, bis sie heiß und bauschig am Stiel schwebte, und rissen süße Büschel ab, die uns zum Lachen brachten, uns beschmierten und sich im Mund sofort auflösten, enttäuschend wie das Nichts … der Inbegriff süßester Täuschung, war nicht das die Liebe? Eine Handvoll Zucker, der seine Moleküle verändert, sich aufbläht, uns lockt und dann im Kontakt mit der warmen Höhlung unserer Glieder verschwindet wie der trügerische Stoff, aus dem die Träume sind.

Wir blieben stehen und betrachteten die Berge, die sich drohend und trostlos abzeichneten wie nasse Fetzen. Dort oben waren viele Jungs gestorben. Der mit dem Staub ihrer Knochen vermischte Fels sandte ein ganz eigenes Leuchten aus. Dort oben befanden sich die Laufgräben und die Kreuze, die alten, verlassenen Wachhütten. Und wir konnten sie sehen. Für einen kurzen Augenblick hörten wir verdünnt das Lied der Gebirgsjäger und das Stampfen ihrer Schritte, denn unsere Seelen waren vollkommen durchlässig. Diese jungen, im Schnee verlorenen, wehklagenden Spukgestalten riefen nach ihren Müttern … Die Toten des Ersten Weltkriegs, des letzten Krieges der alten Welt, des ersten Krieges der neuen.

Im Gedenken an all diese Nichtbestatteten erwählte Maria Bergamas in der Basilika von Aquileia stellvertretend für alle Mütter von verschollenen Soldaten unter den aufgereihten Särgen einen Sohn. Und eben dieser unbekannte Soldat wurde zur Göttin Roma am Altar des Vaterlands überführt und dort künftig bewacht. Dies ist eine jener düsteren, romantischen Geschichten, die von der Moderne weggefegt wurden. Möglich, dass die jungen Wachsoldaten am römischen Altar des Vaterlands, einem nationalen Denkmal, noch nie davon gehört hatten. Doch Costantino sehr wohl, er kannte diese menschliche, ferne Geschichte bis in alle Einzelheiten. Und nun erzählte er sie mir, mit einem überschwänglichen Patriotismus, die Brust geschwellt in der Uniform, sein Profil in den Himmel gereckt wie das einer Statue. Mir fiel ein, dass er sich schon immer für Geschichte begeistert hatte, ein Fach, in dem er sich hervorgetan hatte, vielleicht weil Auswendiglernen reichte. Ich hingegen fand es langweilig, ein habsüchtiger Speicher von Gewalttätigkeiten. Er kannte sich aus mit Geschichtszahlen und Schlachtordnungen. Und er glaubte, mit seiner groben Uniform, seinen Kragenspiegeln und seiner Mütze nun auch irgendwo in der Geschichte verankert zu sein. Er tat mir leid, weil er so anders war als ich, so naiv. Dafür liebte ich ihn. Er gehörte zu einer besseren Welt, die vor uns gestorben war. Zu einem klar umrissenen Guten. Seine Augen waren von einem kindlichen Pathos erfüllt, das ihn für mich so liebenswert machte.

Die Weinstube schloss gerade. Der Mann mit der weinfarbenen Schürze bedauerte, aber auch für ihn sei nun Weihnachten, also kauften wir etwas Käse, Brot und eine Flasche Wein.

Die kleine Pension war nett, ein offener Steinbogen führte auf einen Innenhof, wo im Sommer gewiss ein üppiger Weinstock wuchs, der nun ein schäbiges Gestrüpp war, einer großen, vertrockneten Spinne ähnlich. Wir warteten auf den Schlüssel, füllten die

Formulare aus. Ein Männchen im Schlafrock machte uns Licht auf einer dunklen Treppe mit kleinen, abgenutzten, doch sauberen Stufen und führte uns zu unserem Zimmer. Wir schlossen die Tür. Es war das erste Mal, dass wir uns allein in einem Zimmer vor einem großen Bett befanden. Ich hatte Angst, dass irgendwas schiefgehen könnte. Wir hatten nicht die nötige Vertrautheit, würden sie vielleicht nie haben. Wir waren zwei Männer, und die würden wir auch bleiben. Doch wir wollten uns anders fühlen. Uns zu dieser Andersartigkeit bekennen.

Immer war ich der weniger Schüchterne, der Zwanglosere von uns beiden gewesen. In diesem Zimmer aber spielte eine andere Musik. Ich dachte, dass ich die Frau sein müsste. Ich dachte, dass er die Frau sein müsste. Ich dachte, dass wir, wenn wir so weitermachten, einen romantischen Verhaltenskodex finden müssten. Nicht nur an Kultstätten, sondern auch bei den Vögeln am Himmel folgten Riten einer durch Erfahrung aufgestellten Ordnung. Wie würde unsere Erfahrung aussehen?

Ich hob die Arme, zog Hemd und Pullover mit, riss dabei Knöpfe ab. Ich entblößte meinen Oberkörper mit einer einzigen Bewegung, einem einzigen Stoffknäuel. Mehr tat ich nicht. Fröstelnd saß ich auf dem Bett und spürte, wie meine Brustwarzen hart wie Kirschkerne wurden. Ich war bestimmt kein Stripper, doch ich wollte ihm meine bescheidene Ware zeigen. Wollte wissen, ob ich ihn immer noch reizte. Ich hatte keinen warmen Busen und weder Tricks noch Schminke. Ich schrumpfte zusammen. Doch ich hatte himmlisch lange Haare, das einzige Geschenk, das ich ihm machen konnte. So zur Schau gestellt blieb ich sitzen und wartete, dass er zu mir kam.

Wir sahen uns an und hatten wohl den gleichen Gedanken, dass dies nämlich das erste von unzähligen Hotels sein würde, das erste auf dem langen Leidensweg, der uns bevorstand.

Dann blieb seine Uniform auf dem Stuhl zurück, fein säuberlich zusammengelegt. So hatte er sich ausgezogen, vor meinen Augen, penibel wie ein Schneider, er hatte die Enden seiner Hosen zusammengenommen und diesen patriotischen Stoff, der uns nun bewachte, abgelegt. Eigentlich war er viel zügelloser als ich. Ungläubig starrte ich ihn an, ich konnte mir nicht vorstellen, dass er so verrückt war. Ich war ein armer Wicht, er dagegen war schon wieder der von vorher, ein nackter Mann, der rauchte.

Wir packten mein Geschenk aus, und er schien noch nie ein schöneres bekommen zu haben. Sein Hals glitt durch die rote Wolle, genau wie ich es mir ausgemalt hatte. Wir aßen auf dem Bett, tranken die Flasche aus und alberten damit herum wie zwei vulgäre Kriegskameraden. Er verfolgte mich, und ich kreischte. Wir kletterten aufs Bett, sprangen wieder runter, und garantiert würde man uns nach diesem ganzen Tumult aus der ängstlichen Pension werfen.

Später gingen wir raus.

Wir landeten an der romanischen Basilika. Der Nebel hatte sich noch weiter verdichtet, und die nächtliche Landschaft war nun irreal, wunderbar. Die Leute, die über den Domvorplatz zur Mitternachtsmesse strebten, eingemummte Kinder, junge Pärchen, hutzlige Greise, schienen aus dem Nichts aufzutauchen, aus einem transzendenten Horizont … im milchigen Dunst eines Jüngsten Gerichts hintereinander aufgereihte Geschöpfe.

Costantino nahm seine Mütze ab, tauchte seine Hand ins Weihwasser und bekreuzigte sich. Ich war nicht getauft. Die Taufe hatte mir gefehlt, der Rest nicht, nur das. Ich fühlte mich nackter und ungeschützter als die anderen. Ich würde mich auf Erden verwirklichen müssen, nur hier, im Schlamm und in der Maische meines Bewusstseins. Diese Entscheidung, die mich hätte freier machen sollen, erschien mir von klein auf wie ein Regelverstoß. Ganz als hätte meine Familie versucht, mich für ihre kalte, herrische Weltanschauung zu gewinnen, indem sie mich von Anfang an mit der Verantwortung für mein Leben alleinließ, und das hatte ja auch geklappt. Eines Tages, einem der letzten, die meiner Mutter geblieben waren, war ich, von Kummer überwältigt, bis nach Borgo Pio gelaufen und hatte in einem kleinen Laden mit religiösen Büchern und blinkenden Madonnen einen billigen Rosenkranz gekauft. In der Nacht schob ich meiner heiligen Mutter diese Plastikperlen in das Geflecht aus kalten, bläulichen Fingern. Sie hielt sie fest und versteckte sie beinahe. Während eines ihrer Dämmerzustände begann Georgette, deren Zähne wie Tellereisen klapperten, zu beten, und ich wunderte mich, dass sie sich an Worte erinnerte, die sie vielleicht nur in ihrer Kindheit und dann nie wieder im Leben gesprochen hatte.

Wir blieben in der Nähe der Tür. Ich glaube, so habe ich mich in Kirchen immer hingesetzt, hinten, wo der Weihrauch den Blick trübt und die Stimme des Priesters ein fernes Gemurmel ist. Ich war fasziniert vom Gottesdienst, von der Erbauung der anderen, doch auch bereit, mich davonzustehlen, weggetrieben aus Unwürdigkeit oder aus Hochmut. Wir setzten uns mit der Absicht, nicht zu bleiben. Doch dann begann die Messe mit ihrer Prozession weißer Kinder, ihren Gesängen und der kleinen Orgel, die von einer Nonne mit einem dümmlichen Affengesicht gespielt wurde. Die Kirche hatte sich gefüllt, und die vom Weihnachtsessen satte Herde wärmte uns in der Mattigkeit des Weihrauchs. Mein Kopf lag fast auf Costantinos Schulter. Wir hielten uns in seiner Jackentasche an der Hand, neben einer blassen Alten, die in ihrem Astrachan steckte wie in einem Sarg.

Das Evangelium wurde gelesen und die alte Geschichte vom Stall und den Tieren mit ihrem warmen Atem und von dem Kind, das aus dem Sperma des Himmels entstanden war. Costantino war den Tränen nahe, vielleicht war er betrunken und von zu vielen

Gedanken überwältigt. In der Nichtigkeit des Fleisches loderte die Sünde. In den Kerzen brannte etwas von uns, wir waren fernab von allem an diesem unserem Weihnachtsfest. Inmitten einer Gemeinde aus fremden Berggesichtern, die für uns die beste war. Niemand kannte uns, niemand liebte uns, niemand hasste uns. Wir waren zwei Sodomiten, müde, versumpft, die Körper von dornigen Qualen erschüttert. Costantino hatte den Mund aufgerissen wie ein Kind und sang: *Dio del cielo, se mi vorrai amare, scendi dalle stelle, vienimi a cercare …*

Zum Zeichen des Friedens schüttelten wir allen diesen freundlichen Leuten die Hand, die uns aufzunehmen schienen wie ein junges Brautpaar. Wir blieben bis zum Schluss und wandten uns dann zusammen mit den Kindern und unserem Astrachan-Weiblein zur Kapelle, wo kurz zuvor das Jesuskind in die Krippe gelegt worden war. Wir gingen runter ins Beinhaus. Costantino kniete nieder und murmelte ein Gebet, ich blieb so lange stehen und zählte die Schädel, doch es waren wirklich zu viele, und ich gab auf.

Es war schrecklich windig. Costantino ging langsamer, er schien außer Atem zu sein, schien die Luft nur mit Mühe durchschneiden zu können. Wir überquerten den Bahnhofsvorplatz. Der Wind hob uns fast hoch und zerrte an unserer Kleidung. Ich fror an den Beinen, an den Ohren.

Das Bahnhofscafé war noch geschlossen. Auf dem Boden schliefen zwei Gestalten, vielleicht ein Mann und eine Frau. Wir gingen an den beiden Körpern vorbei, die in dreckigen Schlafsäcken steckten und wie tot dalagen.

Vor der Fotokabine, in der Costantino das Bild in Uniform für mich gemacht hatte, hielten wir an. Wir setzten uns übereinander auf den Schemel und warteten in einer Umarmung auf das Blitzlicht.

Die Tür des Wartesaals war kaputt, unentwegt schlug sie im Wind und ließ die Kälte rein. Ich hielt die Fotos in der Hand und pustete sie trocken. Costantino hatte gesagt: *Ich bin schlecht getroffen,* doch das war natürlich Blödsinn.

Er schaute sich um, fast ängstlich. Er hatte die Hände in seinen Taschen zu Fäusten geballt, und ich sah diese Fäuste durch den groben Stoff seiner Uniform. Es waren die Fäuste eines Mannes, doch auch gleichzeitig die Fäuste eines Kindes. Da saß er, in diesem Warteraum zweiter Klasse, mit gesenktem Kopf, von Gedanken gequält, die er mir nicht sagen wollte, weil sie uns wohl beschämt hätten.

Das hier hatten wir uns nicht erträumt, falls wir uns überhaupt ein gemeinsames Glück, ein gemeinsames Leben erträumt hatten. Wer weiß, wie oft er schon darüber nachgedacht hatte. Doch mit Sicherheit hatte er keine akzeptable Lösung gefunden.

Er steckte sich eine Zigarette in den Mund, am falschen Ende allerdings, und spuckte einen Tabakkrümel aus. Ich nahm die Zigarette, zündete sie an und steckte sie ihm zwischen die Lippen. Langsam blies ich den Rauch in sein Gesicht. Er öffnete den Mund und spannte wieder seinen Kiefer an, mit seinem komischen Tick, wie ein Erstickender.

Niemals würde er sich seinem Vater und seiner Mutter offenbaren, diesen wohlanständigen Leuten, und ihnen einen so unvorstellbaren Kummer bereiten.

Heute denke ich, wenn ich stärker gewesen wäre, wenn ich dortgeblieben und im Warteraum übernachtet hätte wie die beiden in ihren Schlafsäcken, wenn ich mich nicht vom Fleck gerührt hätte, wäre vielleicht alles anders gekommen. Ich hätte mich vor der Kaserne aufbauen, die Tage, den Regen, die Finsternis verstreichen lassen sollen, hätte darauf warten sollen, dass er sich entschied. Doch wir waren zusammen aufgewachsen, und obwohl diese alte Bekanntschaft uns einerseits verband, ließ sie uns andererseits im Nu unterlegen und grob werden. Uns selbst misstrauend begegneten wir uns wieder mit Misstrauen.

Wer sagt, Jungs seien mutig? Mut habe ich erst mit den Jahren entwickelt, mit jedem Fehler, mit jedem verfehlten Stück Weg. Vielleicht war ich nicht verzweifelt genug. Wir waren etwas über zwanzig, hatten das ganze Leben noch vor uns. Und er gehörte zu meiner Kindheit, zu dieser abgestreiften Zeit. Auch ich dachte, wir könnten noch irgendwie zurück. Wir könnten auch bleiben, was wir waren, gute Freunde … die sich ein bisschen besser kennengelernt hatten.

Ich hatte ihm von London erzählt. Nach seiner Wehrpflicht könnte er dorthin nachkommen und sich eine Wohnung mit mir teilen. Wir könnten dort zusammen sein, weit weg von allem in dieser freien, ehrgeizigen Stadt. Dort könnten wir unseren Weg finden. Während ich redete, ließ meine Begeisterung nach, bis ich schließlich aus dem Konzept kam. Ich hatte angenommen, für uns beide zu sprechen, doch was ich da hörte, war die Stimme eines Bauchredners. Und die ständig schlagende Tür schien mir zu sagen: *Es reicht, steh auf und hau ab.*

Ich erzählte ihm vom Schmuck meiner Mutter, von dem Ring, der ein Vermögen wert war.

»Das Geld reicht für uns beide.«

»Ich habe garantiert nicht die Absicht, mich aushalten zu lassen.«

Da saß er, eingesperrt in seiner Uniform, angespannt, verloren, die Beine zusammengepresst wie eine Lady. Am Ende würde ich noch so werden wie er, würde mir seinen Trübsinn aufbürden. Die Kraft seiner Herkunft zog ihn zurück, in eine verzagte Welt, die offenbar einen soliden Reiz hatte. Ich war mir nicht mehr sicher, ob ich mir seinen getauften, vor Schuldhaftigkeit nur so triefenden Körper, der mir nun hässlich vorkam, aufhalsen wollte.

»Was ist?«

»Nichts, gar nichts.«

Ich betrachtete seinen Nacken, den ausrasierten Keil, der jetzt gut zu erkennen war. Ich wollte ihn gern küssen, ihn an mich ziehen. Doch mühelos brachte ich es fertig, mein Verlangen in Unbehagen zu verwandeln, die Welt ringsumher, die Kälte und die Düsternis wieder hochkommen zu lassen. Und wir mittendrin in dieser Düsternis, zwei konturlose Männer, vereint in einer verdächtigen Zuneigung.

Noch vor Kurzem, in unserem Zimmer, hatte mich der warme Geruch, der von unseren Körpern ausging und sich in einer Art Stallintimität vermischte, einer Intimität von Tieren, die sich im selben Mist wälzen, aufs Höchste erregt. Unmittelbar danach, als wir erschöpft und verflucht auf dem Bett lagen, war mir derselbe, nun stagnierende Geruch so unerträglich wie der mancher Kanäle am Meer. Ich war ins Bad gegangen, unter eine taumlige Dusche. Ich widerte mich selbst an, und das war es, was mich so erregte. Mich zu unterwerfen, mich zu erniedrigen. Und er wollte wenigstens genauso mit Füßen getreten werden wie ich.

Wieder dachte ich, dass er es war, der mich mitzog, dass dies nicht meine eigentliche Natur war, sondern nur ein Teil von mir, der schmerzlichste. Eine dunkle Seite, zu der er leichten Zugang hatte. Ich hatte keinerlei Selbstachtung. Und er war garantiert nicht derjenige, der mir helfen konnte, zu wachsen und mich zu entwickeln. Er würde mich an sich fesseln und seine Schwächen mit meinen vermischen. Wir würden uns gegenseitig Gewalt antun, nur um den Schmerz des Lebens ertragen zu können.

Wir gingen zum Bahnsteig. Er schwieg störrisch, warf einen Blick in die Runde, besorgt, ich könnte etwas Unvernünftiges tun. In der Pension hatte er ein Handtuch über den Fernseher geworfen, als fürchtete er, aus diesem schwarzen Bildschirm könnte uns jemand beobachten. Die Uniform verlieh ihm ein strenges, steifes Aussehen, und dem schien er sich anzupassen. Er ging kerzengerade. Vielleicht gefiel es ihm, dass eine äußere Ordnung sein Leben in die Hand genommen hatte. Uns blieben nur noch ein paar Augenblicke ... In seinen Augen las ich die Angst, ich könnte diese Ordnung über den Haufen werfen.

»Vertraust du mir nicht?«

»Ich vertraue nur dir.«

Ich konnte diesen Körper eines verzweifelten, bedürftigen Kalbs nicht mehr vergessen. Am liebsten hätte ich ihm die Mütze weggerissen und sie auf die Gleise geworfen, hätte am liebsten gesehen, wie er stirbt, von einer Lokomotive überfahren.

Bevor ich in den Zug stieg, teilten wir uns die Fotos. Ich verabschiedete mich mit einer stummen, männlichen Umarmung von diesem Soldaten. Er ging weg, ohne sich umzudrehen, plötzlich war er nicht mehr da.

Als der Zug durch die Berge fuhr, schien sich ein Stein in meiner Brust zu lösen, er rollte abwärts und blieb auf dem Felsvorsprung liegen, auf dem die Schienen entlangliefen. Ich griff mir an die Brust und glaubte zu sterben. Er hatte seinen weißen Krater verlassen. Nun konnte diese blutarme, verschüttete Natur ins Leben zurückkehren und ihre Farben finden, konnte wild und frei emporranken. Dieser üppige Leerraum war die Zukunft.

London umfing mich, bandagierte mich mit meinem neuen Selbst. Ich fand genau das, was ich suchte. Einen weltoffenen, chaotischen Ort, an dem ich mich verstecken und frei atmen konnte, alle Triebe in Alarmbereitschaft, mitgerissen. Noch nie hatte ich so viele Jugendliche, so viele vermischte Nationalitäten gesehen, ich spürte die Kraft dieser Leben, die mit meiner eigenen Unruhe zusammenflossen. Ich zog in eine Herberge in Camden, ein Zimmerchen, klein wie das Küchenabteil eines Zuges. Oft schlief ich, ohne mich auszuziehen, Gemeinschaftsbad, Essen unter aller Würde.

Lange Spaziergänge durch Soho, Lokale mit schräger Einrichtung und diesem ganzen psychedelischen New-Romantic-Publikum, Märkte für Hasch-Lollies und Poppers neben Antiquitäten, Plätze an der Themse, wo ich neben alten Jack-the-Ripper-Typen saß und frittierten Fisch aß. In schmierigen Kneipen aus bierdurchtränktem Holz saß ich in Gesellschaft des Mädchens, das die Stühle hochstellte, unter einer Funzel und las … in denselben Pubs, die sich gegen Abend mit Männern in Schlips und Kragen füllten und mit verhuschten Muttis, die ihre hochheilige Pause machten, bevor sie nach Hause gingen.

Nach sechs Monaten war ich nicht mehr wiederzuerkennen. Eine Samtjacke mit Kordelbesatz, ein Gauklerhut und ein ungeschliffenes, mit dem Slang der Versammlungen von Speakers' Corner vermischtes Englisch. Margaret Thatcher hatte ihre erste Amtszeit angetreten, die Schreihälse auf den Straßen hatten geschwollene Halsschlagadern, die Jugend reagierte auf die soziale Verarmung mit Stilgeglitzer, mit selbst entworfenen Klamotten, weißen Pierrot-Gesichtern und selbst gemachter Synthesizer-Musik.

Ich hatte einen Job in einer Bar gefunden. Führte lange Gespräche mit Typen, die ich von Zeit zu Zeit sah. Sie luden mich zu sich nach Hause ein, und nie habe ich abgefahrenere Wohnungen gesehen. Dicke Bärenfellteppiche rings um die Klos, Chinoiserien, frei schwebende Betten wie Planeten. Speedpillen machten die Runde, als wären es Vitamine.

Ich freundete mich mit einer Gruppe von Studenten der Saint Martin's School of Art an. Sie machten mich mit der neuen Kunst bekannt, mit den Performances von Leigh Bowery im Taboo Club, mit dem Mix aus japanischen Mangas und Bildern von Botticelli. Es waren die Jahre von *Like a virgin* und der ganzen entweihenden Schwulensubkultur samt Clone Look und Leather Style. Körper, die sich in lebende Skulpturen verwandelten und von menschlichen Erfahrungen aller Art erzählten. Auf Partys konnte man seinen Obsessionen nachspüren, seinen Gefühlen freien Lauf lassen. Man hatte den Eindruck, sich für eine andere Identität als die vorgegebene entscheiden zu können. Ich ging wie auf Seife. Ich hätte mit einem dieser charmesprühenden Hybriden ins Bett hüpfen können. Doch ich legte den Rückwärtsgang ein. Diese allzu umtriebige Galerie jagte mich in die Heterosexualität.

Der Yogalehrerin Mirna und der butterweichen Immobilienmaklerin Peggy ist es zu verdanken, dass ich den Körper der Frauen kennenlernte, ihre besondere, tiefe Lust. Ich lernte, in Ohren zu züngeln, Finger einzuführen und Rückenlinien entlangzufahren, all die Praktiken, die einen, mit Geduld und Sorgfalt angewandt, zu einem Gott machen. Der Art, wie mich diese Mädchen ansahen, entnahm ich, dass die englischen Männer nicht viel draufhatten, zu viel Alkohol im Blut, um nicht vorzeitig zu kommen. Ich hatte

Geduld und lernte, dass Frauen das zu schätzen wissen, deshalb konzentrieren sie sich auch auf die Kinder, weil Kinder die einzigen sind, die sie spielen lassen, sie küssen und liebkosen. Ich verwandelte mich in einen ziemlich unbefangenen Kerl, von der Sorte, die nackt in fremden Wohnungen herumläuft, sich Kaffee kocht und sich selig die Eier kratzt, während das jeweilige Mädchen des Tages schon zu seiner Arbeit in einem Drugstore oder in der City gehastet ist. Ich lebte zwischen Pubs, Drogen und Underground-Events. Ich arbeitete nachts und kam oft nicht vor dem Nachmittag aus dem Bett. Sonntags lief ich versoffen durch den Hyde Park, zusammen mit anderen blassen Gestalten, die von den phänomenalen Samstagabendbesäufnissen übrig geblieben waren.

Ich zog fünf Mal um, die letzte Wohnung teilte ich mir mit einem jungen Norweger namens Knut. Dass er schwul war, störte mich nicht im Geringsten. Ich hörte, wenn er abends schwankend und in Begleitung nach Hause kam, hörte das Gestöhne und Sachen, die runterfielen. Das Einzige, was mich beunruhigte, waren seine häufig wechselnden Partner und die Sorge, dass eine Schlägerei ausbrechen könnte und einer dieser Typen meine Hi-Fi-Anlage demolierte, die ich mir inzwischen zugelegt hatte. Ich ging einkaufen, doch der Kühlschrank war immer leer, von Leuten ausgeräumt, die mal kurz vorbeischauten. Ich fing an, Dinge zu verstecken und mich wie eine missgünstige alte Jungfer über das dreckige Klo und anderen Blödsinn zu beschweren.

An manchen Abenden, wenn Knut im häuslichen Modus war (er war ein ausgezeichneter Koch und ein ausgesprochen reizender Mensch), knüpften wir lange Gespräche an, die sich bis tief in die Nacht zogen. Ich erfuhr von seiner Kindheit in Sogge, von seiner Mutter, die Klavierlehrerin war, und von seiner Großmutter, die als erste Frau in Norwegen ein Flugzeug gesteuert hatte. Roberto Calvi wurde erhängt und mit Steinen in der Tasche unter der Blackfriars Bridge aufgefunden. Knut interessierte sich brennend für den Vatikan und die globalen Machenschaften des IOR. Für ihn war Rom einfach unglaublich mit seiner heiligen Stadt innerhalb der Stadt, wo Mönchskutten und dunkle Geheimnisse wehten.

Ich erzählte ihm kein Sterbenswort von meinem bisherigen Leben. Erwähnte nie Costantinos Namen. Und er schöpfte nie auch nur den geringsten Verdacht, was mich betraf. Eines Abends (Jimmy Somerville sang gerade *Smalltown Boy*) griff er mir an den Hintern und versuchte, mich zu küssen. Ich war dran mit Kochen, und so wirkte ich wohl wie ein Heimchen am Herd. Ich sagte, er solle das lassen, und es kam nie wieder vor. Knut war der beste Freund, den man sich wünschen konnte, großzügig, klug, chaotisch, dabei jedoch diszipliniert. Aus seinen Erfahrungsberichten lernte ich, wie grausam Männer zu anderen Männern sein können, wie sie sie als bloße Objekte betrachten und die hässlicheren, die mit dem nur spärlichen Sexkapital, diskriminieren.

Alle Liebesbeziehungen entstehen aus einem Mangel, wir geben uns jemandem hin, der es versteht, sich in diesem freien, schmerzlichen Raum einzurichten und daraus zu machen, was er will, der uns Gutes tut oder uns zerstört. In einer homosexuellen Beziehung ist dieser Mangel unermesslich groß und vielleicht unheilbar. Nie habe ich einen Menschen so leiden sehen wie Knut, der sich Hals über Kopf in katastrophale Geschichten stürzte und nicht aufhörte, an sie zu glauben, der sich dem x-ten Saukerl wieder mit einer Blume in der Hand anbot. Ein genialer Absolvent des Cambridge Computer Laboratory, ein Erfinder ohne die leiseste Absicht, in sich selbst zu investieren. Im Grunde ein wahrer Künstler. Für ihn war die Nacht nie zu Ende, doch frühmorgens sprang er unter die Dusche, kochte einen Liter Kaffee für zwei, zwängte sich in seinen knappen, blauen Anzug und ging ohne Schirm in diesem nervtötenden Regen in die japanische Firma, für die er arbeitete.

Er war es, der mich in diesen Klub mitgenommen hatte. Wenn ich mich recht erinnere, war das an meinem dreiundzwanzigsten

Geburtstag. Wir gingen ins Rotlichtviertel hinter Soho, zu dieser Anhäufung von Prostituierten, stillen Freiern und Schaufenstern mit Dildos und Femdom-Peitschen. Wir traten durch eine Tür mit einem klammen Samtpolster. Was dann kam, hatte ich noch nie gesehen. Die Show war entwürdigend und kitschig, eine Imitation sämtlicher homosexueller Sexfantasien. Falsche Polizisten und falsche Querelles de Brest bückten sich mit nacktem Hintern, präsentierten ihre Schließmuskeln und täuschten Liebesspiele vor. Knut und seine Freunde kamen ihrer Rolle als Freier nach, steckten Geld in Tangas und streckten ihre Zungen raus. Auf ein Zelt mit glitzernden Kordeln war die Flagge Ihrer Majestät gedruckt, und in diesem patriotischen Zelt gingen harte Burschen verschiedener Nationalitäten ein und aus, die sich auf diese Weise ihren Lebensunterhalt verdienten, sich vielleicht ihr Studium finanzierten oder ihre in irgendeiner ehemaligen englischen Kolonie zurückgelassenen Familien unterstützten.

Knut und seine Freunde steuerten Kabinen an, in denen die Show zu anderen Preisen weiterging. Grinsend legte er mir die Hand auf die Schulter: »Vielleicht kommst du ja auf den Geschmack.«

Ich ließ sie allein in diese Höhlen gehen, wo sie sich einen runterholen würden. Eine Weile blieb ich noch, aber da ich keine Pfundnoten zückte und den falschen Matrosen auch nicht applaudierte, hörten sie schnell auf, sich vor meiner Nase zu winden und zu bücken. Ich onanierte auf der Straße, an einen geschlossenen Laden gelehnt. Es war einer der beschämendsten und widerlicherregendsten Momente meines Lebens. Ich hörte die Stimmen der Passanten nur wenige Meter von diesem dunklen Winkel entfernt. Ich erinnerte mich an die Nacht ein paar Jahre zuvor, als Costantino sich über mich gebeugt hatte, um mich zu küssen, und ich gespürt hatte, dass ich ihm gehörte und mich für ihn opfern wollte wie ein dummes Schaf.

London erschien mir nun nicht mehr so schillernd. Das grässliche Klima, die Touristen, die roten Doppelstockbusse, der Geruch nach Gewürzen und Butter. All die Exzesse, die Überspanntheiten inmitten des ganzen konservativen Miefs, die Wachablösung der königlichen Garde, dieser blöde, kleine Marionettenmarsch, die Ausrufer vor dem Wachsfigurenkabinett. Die Ring Road und dann unermesslich viel Armut. Hinter dieser ganzen Freiheit verbarg sich eine soziale Vernachlässigung. In Brixton empörten sich schwarze Einwanderer über die Poll Tax, hängten eine Puppe der Iron Lady auf und steckten sie in Brand. Diese interessanten, bunt gemischten Menschen erschienen mir weit weniger aufgeschlossen, ja heuchlerisch. Bisexuelle und Junkies, die keinen Sonntagsbrunch im Haus der Großeltern mit den Kanarienvögeln im Käfig verpassten.

Damals lernte ich Radija kennen, ein Mädchen mit arabischen Wurzeln. Es war die erste wichtige Beziehung in meinem Leben, die erste Frau, bei der zu bleiben ich mir vorstellen konnte. Sie war bildschön, eine schlanke Gestalt mit markanten Muskeln, lockigen Haaren, die sie oft zusammenband, und introvertiertem Blick. Sie arbeitete für die UNICEF, war gebildet und unabhängig, doch auch die Hüterin eines weit zurückliegenden Schmerzes, der sie unzugänglich und leicht reizbar machte. Eine junge Pflanze mit tiefen Wurzeln. Ich glaube, sie war verliebt in mich, und so nahm sie mich unter ihre Fittiche. Sie war die erste Frau, der ich eine Wärmflasche gegen ihre Regelschmerzen brachte, die erste, auf die ich abends sehnsüchtig wartete. Auf dem Weg zu ihr nahm ich zwei Stufen auf einmal, umarmte sie auf der Treppe. Ich weiß nicht, ob ich verliebt war, doch auf jeden Fall brauchte ich sie, ihr Lächeln, ihre vollen Lippen, die traurig wurden wie ein toter Verehrer, wenn ich nicht glücklich war. Die erste Frau nach meiner Mutter. Unser Liebesleben war leidenschaftlich, wenn auch vielleicht zu respektvoll. Ich betete sie an, liebkoste ihre Fesseln, ihr außergewöhnlich schönes Schamhaar, klar abgegrenzt, wie gemeißelt. *Allahs*

Blumenbeet, raunte ich ihr zu. Ihr erzählte ich von Costantino, in einer Nacht totaler Entwaffnung, mit nur wenigen Worten, doch Radija verstand. Sie kam aus einer Welt, in der Beziehungen zwischen Männern trotz der Härte des Gesetzes üblich waren. Sie strich mir übers Haar, der Gedanke, dass ich fern von ihr gelitten hatte, bekümmerte sie. Sie träumte von Rom, wo sie gern gelebt hätte. Für sie rekonstruierte ich prächtige Teilstücke, den Sonnenuntergang im Ghettoviertel, die Treppe zum Pincio, die Mauern des Regina-Coeli-Gefängnisses vom Gianicolo aus betrachtet. Am Ende sah ich meine Heimatstadt mit ihren Augen, den Augen eines Ausländers, und ich bekam Heimweh. Radija begeisterte sich für Kunstgeschichte. Sie hatte Gombrich persönlich kennengelernt und besuchte Seminare im Warburg Institute. Wir verbrachten unsere Freizeit in Museen und Kunstgalerien. Sie war es, die mich zum Courtauld Institute of Art schickte und meine Unterlagen zusammensuchte. Ich sprach nun fließend Englisch, und durch meinen Onkel hatte ich einen recht passablen Background. Wir redeten schon seit Jahren nicht mehr miteinander, seit dem absurden Streit über die *Hand Gottes*. Ich war ins Schwärmen geraten, als ich über diese Skulptur sprach. Die beiden polierten Körper in der Wiege der erschaffenden Hand und dazu der unbearbeitete, rauhe Stein, der primitive Stein der Schöpfung, Gottes und des Künstlers. Er ließ mich schwafeln, nickte nur zerstreut und genervt. Dann holte er langsam zum Schlag aus und setzte zu einem seiner paradoxen Verrisse an. *Was für ein ungehobeltes Werk, Rodin ist ein schlampiger Traditionalist!* Ich wusste, dass er das nicht ernst meinte, er wollte mich nur herabsetzen. Ich verlor den Kopf, packte ihn an seinem Morgenrock und versetzte ihm einen heftigen Stoß. *Rodin hat als Erster erkannt, dass das Werk fertig ist, wenn das künstlerische Ziel erreicht ist!* Grußlos zog ich ab.

Er war zwar arrogant am Telefon, doch ich hörte seiner Stimme auch etwas Stolz an. Sein langer Empfehlungsbrief kam per

Einschreiben, er war entscheidend für meine Bewerbung. Ich war bereit, mein unterbrochenes Schicksal wieder in die Hand zu nehmen. Ich ließ mir ein Monkey-Tattoo auf die Schulter stechen, als Zeichen für Weisheit und Wissen, doch auch als Provokation.

Während ich mich mit gebleichten Haaren à la David Bowie auf die Kunst der Renaissance spezialisierte, fand ich Arbeit in einem Auktionshaus und brachte Schildchen an alten, silbernen Teekannen und an Fuchsjagden an.

Ich weiß nicht, wer von uns beiden sich veränderte. So geht es immer, man muss nur auf die Details achten, sich auf eine winzige Geste konzentrieren. Bei uns war es ein Wäschekorb, der zum Waschen gebracht werden musste. Wir taten das immer sonntagvormittags in einem Waschsalon gleich am Haus, wir legten die Wäsche in die Maschine, steckten Geld rein und warteten. Das waren schöne Momente, wir unterhielten uns, gingen um die Ecke einen Kaffee trinken. Doch an diesem Morgen trennte Radija unsere Sachen. Sie behauptete, sie müssten mit verschiedenen Programmen gewaschen werden. Das hatte es noch nie gegeben. Wir setzten uns vor die beiden halbleeren Waschmaschinen, und mir wurde klar, dass wir nicht heiraten würden, dass nichts von dem, was wir gesagt und gedacht hatten, geschehen würde. Sie war ein ernsthaftes, vielleicht zu ernsthaftes Mädchen, voller Klugheit, doch überschattet von Verbitterung. Immer wenn sie ein Hindernis vor sich hatte, fixierte sie es schweigend, als habe sie es schon erwartet. Sie wünschte sich ein Kind, hatte etwas in dieser Art gesagt, war stehen geblieben, um einem Paar mit einem kleinen Schnuckelchen nachzuschauen. Wir trennten uns sang- und klanglos, sie nahm ihre Sachen und ging. Die Wohnung war schrecklich. Sie lag an einer U-Bahn-Station, in einem niedrigen ersten Stock mit Rollläden, die zu einem der Ausgänge zeigten. Der erste Mensch, dem ich mich seit Ewigkeiten geöffnet hatte, verließ mich. Vielleicht hatte sie einen Defekt an mir wahrgenommen, eine Unfruchtbarkeit, von der sie ahnte, dass sie sie nicht ausgleichen konnte.

Ich litt wie ein Hund. Ich war daran gewöhnt, dicht bei ihr zu schlafen und ihren Atem zu hören, der mir Mut machte. Monatelang hoffte ich, sie zu treffen, und oft fragte ich mich in den folgenden Jahren, die dank ihrer Lektionen übersichtlicher und weniger chaotisch waren, was wohl aus ihr geworden war und ob sie das Glück gefunden hatte, das sie verdiente. Erst viel später, als eine andere Frau versuchte, den Garten zu bestellen, sollte ich erkennen, wie nützlich und wie schlecht belohnt ihr Pflügen in meinem unfruchtbaren Boden gewesen war.

In der Courtauld Gallery betrachtete ich Van Goghs Selbstbildnis mit dem verbundenen Ohr, das nach einem Streit mit Gauguin entstanden war. Er war schlichtweg der Mensch auf der Welt, der mir am ähnlichsten war. Mein Onkel hatte mir beigebracht, hinter die Dinge zu schauen, auf Details zu achten, die seiner Ansicht nach die seelische Landkarte eines Kunstwerks in sich bargen … Hinter dem wahnsinnigen Künstler ist ein japanischer Druck zu erkennen. Im Grunde nahm dies meine damalige Zukunft vorweg.

Ich ging nicht mehr aus, ernährte mich von Konserven, und unter den Schreibblättern schimmelten Apfelgriebse. Ich war nur noch am Studieren, pfundweise Lehrbücher, endlose Seminararbeiten. Meine letzten Examen legte ich wie in Trance ab. Im Abschluss-Semester wurde ich die rechte Hand meines Mentors, Professor Barkley. Dieser dickbäuchige Mann, der fließend Latein sprach, hatte mich ins Herz geschlossen und nahm mich zu lautstarken Besäufnissen mit und auf den Schießplatz, den er als Amateur besuchte und wo ich schießen lernte, nachdem ich festgestellt hatte, dass ich gut zielen konnte. Das Universitätsleben gefiel mir, die Studiengruppen, die große Bibliothek, der Sonntagsbrunch mit den gegrillten Forellen. Das war nun mein Leben. Ich fand eine recht anständige Wohnung am Stamford-Bridge-Stadion.

Ich genoss die kleinen Dinge, das frühe Abendessen, das ordentliche Schlangestehen und den Umstand, dass die Leute nicht besonders auf dein Äußeres achteten, darauf, wie du dich kleidetest. Natürlich erschien mir der hochheilige Respekt vor der Privatsphäre manchmal etwas herzlos. Ich erinnere mich an einen Abend im Restaurant mit einer Gruppe von Dozenten. Während des ganzen Essens weinte eine Dozentin am Nachbartisch bitterlich, doch niemand ging darauf ein, niemand machte sich die Mühe, sie zu fragen, was denn los sei, ob ihr Hund gestorben oder ihr Mann mit einer Studentin durchgebrannt sei.

Aus Italien erreichten mich ferne Nachrichten, ich erfuhr, dass man den Turm von Pisa geschlossen hatte und dass Diebe die wertvollsten Funde aus dem Museum von Herculaneum gestohlen hatten. Auch die wunderbare Bronzestatuette des Bacchus war entwendet worden, über die ich in einem meiner Seminare zur römischen Kunst gesprochen hatte.

Dann kam die Ankündigung der Hochzeit meines Vaters. Ich hatte ihn in all den Jahren nur einmal gesehen, er war aus dem Flugzeug gestiegen und hatte im Hotel übernachtet. Mit seiner Wortkargheit und seinen etwas misstönenden Fragen war er immer noch der Alte. Ein Mann, der es nicht verstand, sich vor anderen angemessen zu präsentieren, und vor seinem Sohn schon gar nicht. Nun, da ich endgültig beschlossen hatte, in London zu bleiben, schien es wirklich schwer zu sein, etwas Zeit miteinander zu verbringen, ohne ins Stocken zu geraten und die Minuten zu zählen. Am Telefon erzählte ich ihm von meiner Arbeit an der Universität, Anekdoten vor allem. Ich lud ihn nur zu mir ein, weil ich mir sicher sein konnte, dass er nicht mehr kommen würde. Eigentlich war er an dem Tag für mich gestorben, als meine Mutter starb.

Ich hängte die Ankündigung mit einer Wäscheklammer ins Bad. Tagelang sah ich sie an, wenn ich kacken ging. Ich schickte ein Telegramm. *Kann nicht kommen. Glückwunsch. Stop.* Doch dann saß ich eines Freitagabends allein da, ohne Lust, mich zu betrinken, und mit einer Einladung fürs Wochenende in ein Landhaus achtzig Meilen von London entfernt. Das Telefon klingelte, Knut war dran und wollte mich zu einem Glamrockkonzert ins alte Marquee mitnehmen. Ich hielt ein Taxi an und ließ mich zum Flughafen fahren.

Ich landete in Rom. Von oben betrachtete ich die Leuchtspuren der Piste. Das Flugzeug war voller Polizisten mit Hunden, es war das Jahr des Golfkriegs. Der Taxifahrer erzählte, zwei italienische Piloten seien von den Irakern gefangen genommen worden. Während ich mit seinem Rücken redete, fiel mir auf, dass mein Italienisch nicht mehr fließend war. Die Neuigkeit des letzten Jahres war, dass ich nun auch auf Englisch träumte. Wir fuhren durch die lange Allee aus Lichtern und Fahnen an hohen Stangen und kamen in den süßlichen Bauch der Stadt. Mit der Neugier eines Touristen sah ich aus dem Fenster, nur ängstlicher, unruhiger.

Im Zentrum betrat ich das Hotel mit der Drehtür und ging in den ersten Stock hoch, wo das Bankett stattfand.

Ich fand meinen Vater sofort, zufällig, ich glaube, er wollte gerade pinkeln gehen. Sein Gesicht war rot und sein Aufzug lächerlich, Weste, Pinguinschwanz. Er war immer noch sehr dünn und jünger, als ich ihn in Erinnerung hatte. Wahrscheinlich war nur ich gealtert. Ich trug eine Brille und hatte inzwischen leichte Geheimratsecken, genau wie er. Ich rasierte mir die Haare im Nacken, behielt jedoch ein pulvriges Büschel, das mir in die Stirn fiel und das ich noch mit der typischen Bewegung, die mein ständiger Begleiter war, zurückstreichen konnte. Ich trug ein Samtjackett und eine Wollkrawatte, in der Hand hatte ich eine verschlissene Knautschledertasche. Ich sah auf der ganzen Linie aus wie meine altbackenen englischen Kollegen.

Er schien überglücklich zu sein, mich zu sehen. Seine Augen röteten sich, und er kam mir auf diesem Teppichbodenflur für eine unbeholfene Umarmung entgegen. Vor der Tür zu diesem Fest, zu diesem zweiten Leben, das nun für ihn begann. Völlig perplex merkte ich, dass er bebte. Und die Überraschung bestand darin, dass er so gerührt war. Da war kein Schatten, nur ein entwaffneter Mann.

»Das ist das größte Geschenk, das du mir machen konntest, Guido, das größte.«

Offenbar hatte er einen Schwips. Er ergriff meinen Arm und führte mich in den Saal. Dort begann er, mich allen Leuten vorzustellen, die an den runden Tischen mit zwei Lagen Tischdecken und einem Dickicht von Gläsern saßen. Einige erkannten mich und standen auf, um mich zu umarmen. Daneben fremde Gesichter, wohl die neuen gemeinsamen Freunde, Lärmvolk, viel jünger als mein Vater. Da stand ich nun in diesem Vorstellungskarussell und schüttelte heiße, feuchte Hände. Mein Vater sagte immer wieder: *Mein Sohn, Professor für Kunstgeschichte in London, mein Sohn.* Ich war nur ein kleiner Wissenschaftler, einer von vielen, doch ich ließ ihn prahlen. Ein Kellner kam vorbei, ich nahm mir ein Glas, dann noch eines. Ich war inzwischen ein diskreter Trinker geworden, ich wusste, wie ich in kurzer Zeit einen Alkoholspiegel erreichen konnte, der mich gutmütig und nachsichtig machte. *Wie lebt es sich in London? Ist es sehr teuer?* Geduldig beantwortete ich diese Sorte Fragen.

Mein Vater führte mich zum Tisch des Brautpaars. Ganz hinten, zwischen leeren Plätzen, begrüßte ich seine Verwandten. Tante Eugenia war immer noch dieselbe mit ihren kurzen Priesterhaaren. Sie war bester Laune, wollte aber schon gehen. Ich drückte sie mit Dankbarkeit an mich, plötzlich hatte ich das Bedürfnis, für irgendetwas dankbar zu sein. Auch sie wurde schwach in meinen Armen. Zeno war nicht da, damit hätte ich auch nicht gerechnet. Niemals wäre er zur Hochzeit des Witwers seiner Schwester erschienen, die durch die Tochter der Portiersleute ersetzt worden war.

Sie saßen am anderen Ende des Tisches, er wie ein Toter gekleidet, sie mit einer Dauerwelle, ihr Bauerngesicht klemmte zwischen den zu großen Schulterpolstern einer geblümten Jacke. Auch sie wirkten verloren. Sie schauten in den großen Saal, wortlos nebeneinander. Mit einer absurden Miene sprangen sie auf, ganz als fürchteten sie, ich könnte sie verprügeln oder wegjagen. Ich war sanft, drückte der Frau die Hand und legte meinen Arm um die Schultern des Mannes, der sehr gealtert war.

Die Portiersfrau hatte meine Mutter gepflegt, hatte ihr die Spritzen gegeben und die Haushaltswäsche gewaschen, der Mann hatte ihre Geranien gegossen. Die Diener von einst, flink im Aufsteigen, diskret im Tun und Sein. Jetzt waren sie die Schwiegereltern meines Vaters. Doch sie wirkten nicht erleichtert. Eher fassungslos. Sie erzählten, sie seien nun Rentner, seien wieder nach *unten* in den Süden gezogen.

In diesem unbestimmten *Unten* erkannte ich Italien wieder, seinen Geist, seine tief verwurzelte innere Teilung in jeder Beziehung. Ein Land, das daran gewöhnt war, ein Oben und ein Unten zu haben, ein Penthouse und einen Keller.

Eleonora ging von Tisch zu Tisch, jemand zog sie am Arm, wohl eine Freundin. Sie trug ein elegantes Kleid von Versace mit V-Ausschnitt, kein richtiges Brautkleid, aus hautfarbenem, mit Pailletten besetztem Satin. Ihre Haare waren zu einer weichen Kuppel frisiert, dazu ein stilles und tosendes Lächeln. Auch sie zuckte kurz zusammen und umarmte mich dann hastig. Um mich schnell wegzuwischen, glaube ich, um nicht etwas Unsägliches auf meinem Gesicht zu lesen. Ich begann sofort Witze zu reißen und sprudelte los wie ein Wasserfall. Sie schien nun doch erfreut, mich zu sehen. Das Geld meines Vaters interessierte mich nicht, ein großes Vermögen war es sicherlich ohnehin nicht. Ich hatte keinen Grund, feindselig zu ihr zu sein. Sie war das Leben, das weiterging und es sich in den Falten des neuen sozialen Gewebes bequem machte. Ich sah sie noch vor mir, diese Eleonora mit ihren niedrigen Absätzen und ihrer Sekretärinnentasche, frühmorgens an der Bushaltestelle, die erste Kippe im Mund. Warum hätte sie nicht auf ein besseres Leben hoffen sollen? Und auch wenn Berechnung dahintersteckte, würde das Alter meines Vaters sie ja in ein paar Jahren einholen. Ich wusste, was für ein unergründlicher, schwieriger Mann er war. Vielleicht war diese junge, gewiefte Frau, die es gewohnt war, Opfer zu bringen und sich umzukleiden, sobald sie nach Hause kam, genau die Richtige. Er strich ihr sanft übers Gesicht, sie fassten sich bei der Hand mit dem neuen Ring und begannen die traditionellen Zuckermandeln zu verteilen.

Ich verschwand in der Menge und genehmigte mir noch ein Glas. Alle diese gewöhnlichen, kleinen Leute waren das laut tönende Abbild eines Landes, dem entkommen zu sein ich mich im Grunde glücklich schätzte.

Suchte ich ihn? Natürlich. Ich war mir nicht sicher, ob ich ihn wiedersehen wollte, gealtert und verändert. Zehn Jahre waren vergangen. Zehn lange Jahre, die entscheidenden Jahre in einem sich formenden Leben.

Ich entdeckte seinen Tisch. Rührte mich nicht. Starrte die Gestalt an, die da mit dem Rücken zu mir saß und die er sein musste. Die er war. Auf seinem Schoß stand ein Kind. Ich steuerte auf ihn zu, vielleicht ja nur, um dicht an ihm vorbeizugehen, hinter einen der Vorhänge neben diesem Seitentisch zu schlüpfen und mich davonzumachen.

Seine Frau war es, die mich erkannte.

»Guido! Guido ist hier!«

Ihre Hände umschlossen mich, sie drückte mich an sich. Rossana war dünn geworden, sie war blond, ich hatte sie brünett in Erinnerung. Sie hatte noch dasselbe schwere Parfüm und noch denselben großen, zahnigen Mund. Einer ihrer Ohrringe geriet mir ins Auge. Ich duckte mich etwas vor diesem Überfall, versteckte mich.

»Sieh mal, unsere Kinder, Monica und Giovanni.«

Das Mädchen war schon recht groß, mit langen, lockigen Haaren und in weiße Volants gekleidet. Den Jungen hatte er auf dem Arm.

Ich legte dem Mädchen meine Hand auf den Kopf und beugte mich leicht vor.

»Hallo, mein Schätzchen.«

Ich begriff nichts mehr, konnte nicht mehr richtig sehen, ein Brei aus Farben und Tönen. Mir blieb die Spucke weg, ich konnte nicht schlucken. Er hatte mir einen kurzen, verstohlenen Blick zugeworfen, so wie ich ihm, ein kleiner Säbelhieb. Dann wandte er sich wieder seinem Sohn zu, den Kopf gesenkt wie ich meinen, und er spielte mit dieser neugeborenen Hand, gab ihr seinen großen Finger.

»Guido …«

»Costantino …«

Er stand auf und umarmte mich mit dem Kind auf dem Arm, sodass wir uns nicht wirklich berühren konnten.

Rossana hielt mich fest und zog mich auf den Sitzplatz eines der herumtollenden Kinder. Tortenstücke klatschten auf die Teller, und ich gab die Leier meines Londoner Lebens zum Besten, das ich nach Kräften ausschmückte. Ich war daran gewöhnt, in jeder Verfassung vor meinen Studenten zu sprechen. Dazu hatte ich mir ein Reservehirn zugelegt, das während der Vorlesungen schlafen oder weit weg sein konnte. Ich dachte an Costantino, dachte nur daran, nicht schlappzumachen.

Das Baby hing ihm immer noch am Hals, es versuchte, sich hochzuziehen, stemmte die Füßchen gegen seine Beine und hatte den besonderen Ausdruck eines Menschen, der sich feierlich anstrengt. Costantino umschloss es sanft mit seinem Arm, die andere Hand am prall ausgestopften Po. Ungefähr in diesem Alter hatten wir uns kennengelernt, auf dem Hof bei den ersten Schritten im Laufstuhl, die Hosen auf die gleiche Art gepolstert. Rossana war aufgestanden, alle johlten und schlugen gegen die Gläser. Der Tumult ringsumher und der Umstand, dass die Stimmen lauter und unflätiger wurden, verschaffte uns etwas Raum. Meine Atmung hatte sich wieder normalisiert.

Wie fand er mich? Gealtert? Verändert? Ich räusperte mich, bestellte Champagner nach, wobei ich mich beim Kellner auf Englisch bedankte, strich mir mit meiner typischen Geste die Haare aus dem Gesicht und lächelte ihn an. Das Blut schoss mir wieder siedend heiß durch die Adern, und ich wurde schwer vor Verlangen, hatte Lust, sinnlich zu sein. Ich wollte ihm einen würdigen Anblick bieten. Mein Leben wirkte jetzt, da ich es ihm erzählte, interessanter. Als wäre er in diesen Regenstraßen dabei gewesen, in diesen überheizten Bibliotheken, in diesem wohlanständigen Häuschen, nur ein paar Blocks vom Stadion entfernt, mit dem gepflegten, so traurigen Gärtchen. Ich dachte an die sechs zusammengeklappten Stühle auf der einen Seite, an das mit einer Plane abgedeckte Barbecue auf der anderen, an den Morgenfrost auf den Blättern von Erika und Akanthus. Ich bestellte noch eine Runde.

Mit einem rissigen Lächeln sah ich ihn an. Ich hätte aufstehen und diesen Tisch verlassen sollen. Doch jetzt wollte ich nicht mehr weg. Ich warf einen Blick auf seinen Sohn und das kleine Mädchen und empfand Sympathie für diese Kinder, ich hätte ein entfernter Onkel für sie werden können. Doch eigentlich waren sie mir egal, ich hatte nicht das Gefühl, dass das Leben weitergegangen war. Die Tatsache, dass es sie gab, machte in meinen Augen keinen großen Unterschied, machte überhaupt keinen Unterschied. Im Gegenteil, ich freute mich, dass Costantino bekommen hatte, was er sich gewünscht hatte. Dass er eine Familie gegründet hatte. Rossana umfing die Taille des kleinen Mädchens, und sie tanzten.

»Wie alt ist sie?«

Eine beliebig hingeworfene Frage, überflüssig. Costantino zog seine Lippe zwischen die Zähne, nickte. Da erkannte ich, dass nichts Überflüssiges gesagt worden war, ich begriff, dass er an meiner Stelle sprach … Ich sah ihn erröten, zusammenschrumpfen.

»Neun.«

Ich rechnete im Stillen nach, doch das war gar nicht nötig. Damals, in seiner Uniform am Bahnhof, hatte er also längst Vaterfreuden entgegengesehen. Und hatte mir nichts davon gesagt. Niedergeschmettert warf ich einen Blick in die Runde, am liebsten hätte ich laut losgelacht, in einem meiner fürchterlichen Heiterkeitsanfälle mit gekrauster Nase und Schluchzern, denn alles passte so haargenau in seinen mittelmäßigen Rahmen.

Er hatte nicht studiert, hatte gleich zu arbeiten begonnen, erst als Vertreter, dann selbstständig zusammen mit einem Freund.

»Franco Bormia, kennst du den noch?«

»Francone, na klar.«

Gemeinsam bewirtschafteten sie Betriebskantinen, und vor Kurzem hatten sie ein Fischrestaurant neben dem Parlament aufgemacht.

Ich nickte, lächelte. Er hatte schon immer gern Essen zubereitet.

»Verdammt, Mann, ist ja toll.«

Er redete weiter, doch ich dachte noch an Francone, diesen Schrank mit dem Babyface, der sich mit seinem von Discomusik wummernden Renault 5 immer vor dem Palazzo aufgebaut hatte.

»Ist Francone verheiratet?«

»Geschieden.«

Vielleicht führte Costantino mit seinem Priestergesicht, das er jetzt wieder hervorholte, ja das beschauliche Leben eines Bisexuellen.

Er trug einen schillernden, grauen Anzug und eine Pünktchenkrawatte über einem Hemd mit großem Kragen, der etwas steif am Hals spannte. Er war ein Mann von dreißig Jahren. Vielleicht war er etwas kräftiger geworden. Die Falten am Mund waren kaum tiefer, sein Lächeln war immer noch das gleiche, die warmen Lippen, die weißen, gleichmäßigen Zähne. Er sah viel besser aus als früher. Als wären seine Gesichtszüge in dem starken Fleisch endlich aufgeblüht, in die richtige Richtung gelenkt durch eine innere Befriedung, durch einen sichtbaren Platz in der Gesellschaft. Schmerzhaft wurde mir bewusst, dass er nun in der herrlichen Blüte seiner Jahre stand.

Ich hatte mein Jackett ausgezogen, meine Schultern waren schmächtig, mein Gesicht war ausgehöhlter geworden. Essen reizte mich überhaupt nicht, und ich war häufig zu Fuß unterwegs, um das Taxigeld zu sparen. Costantino hatte ein Telefon auf den Tisch gelegt, eins dieser neuen Handys. Ich nahm es in die Hand, und wir blödelten ein bisschen herum. Da fiel mir auf, dass er viel mehr Geld hatte als ich.

Giovanni hatte sich inzwischen eine Gabel in den Mund gesteckt, was Costantino seelenruhig unterband, dann gab er ihm einen Kuss. Er sah mich an.

»Ist er nicht hübsch?«

»Ja, sehr.«

»Er sieht mir ähnlich, oder?«

»Nein.«

Wir lachten. Kein Tag war vergangen, an dem ich nicht an ihn gedacht hätte … mit meinem Zweithirn, im Verborgenen. Wie oft war ich in Gedanken in die Zeit zurückgekehrt, als wir uns hatten trennen müssen. Ich lockerte meinen Schlips und knöpfte mein Hemd auf, ich schwitzte. Ich hatte mich zu ihm an diesen Tisch gesetzt, um ihm wer weiß was vorzumachen. Doch nun war der in London residierende Universitätsprofessor nur noch eine jämmerliche Schnapsleiche nach vielen Abenden nutzloser Studien und nach Masturbationen, endlosen Masturbationen, bei denen ich die Augen geschlossen und gehofft hatte, mein Samenerguss möge schmerzfrei sein. Ich fuhr mit den Händen nach unten, um mich zu bedecken, ich presste die Beine zusammen, dieselbe schmerzhafte Erregung, dieselbe Scham.

Mein Vater tanzte, er hatte sein Jackett ausgezogen und wedelte damit um die Braut herum wie ein Torero mit seinem Tuch.

Costantino band sich die Krawatte ab.

»Ah …«

Es war das letzte Bild, das ich sah, diese großartige Bewegung, der nackte Hals. Ich band meinen Schlips wieder um. Hob die zu Boden geworfene Tasche auf.

»Ich hau ab.«

Er wollte mich zurückhalten, wollte aufstehen. Doch das Kind hielt ihn unten.

»Guido … warte doch …«

Ich sah zu meinen stocksteifen Verwandten hinüber. Fromme Krücken mit Kleidern aus der Mottenkiste über Herzen aus der Mottenkiste. Zu ihrer Beerdigung würde ich wiederkommen. Um sie dann so zu sehen, wie ich meine Mutter gesehen hatte, starr und einsam. Ich schaute zu einem der großen Leuchter hoch, die am Himmel dieses Saales hingen, und wieder suchte ich nach ihr. Ich fragte mich, ob wir von dort oben zu sehen waren, ob dieses Tal der Gier und der Nichtigkeit wohl zu sehen war.

London war ein Sarg. Auf der Straße verteilte ich Hiebe mit dem Regenschirm, sprang auf den Bus auf und hängte mich von außen an. Ich hatte mich in ein unterschwellig rasendes Tier verwandelt, in einen Werwolf, der auf seinen Vollmond wartete. Tagsüber die Universität, dämliche Studenten, die alles von mir erwarteten, Glut und Leidenschaft, von mir, dem jungen, italienischen Dozenten, der monografische Lektionen über Pollaiuolo und Paolo Uccello hielt. Und nie waren meine Vorlesungen besser besucht und lebhafter als in dieser Zeit! Abends wich ich den Einladungen der Kollegen aus, ihren warmen Häuschen, in denen es nach Schlafanzug und Bratensoße roch, und den einsamen Saufereien von Männern, die auf der Flucht vor ebendiesen Häuschen waren.

Weihnachten rückte näher, und alle hatten ein Zuhause, in das sie zurückkehren konnten. Truthahnpasteten und beleuchtete Bäume, Harrods mit seinen vielen Rolltreppenebenen, mit seinen mechanischen Puppen und seinem Weihnachtswahnsinn. Ich schloss mich zu Hause im Dunkeln ein, zündete eine Kerze an und wartete, bis sie zerflossen war, dann zündete ich noch eine an, und noch eine. Bis ich ein Loch in den Tisch gebrannt hatte. Ich blieb sitzen und starrte im farblosen Morgengrauen auf dieses Loch im versengten Resopal. Dann ging ich in die Universität und wurde ohnmächtig. Man lieferte mich für drei Tage ins St. Thomas' Hospital ein, nahm mir Blut ab, veranlasste sämtliche Kontrolluntersuchungen und entließ mich wieder. Allein, mit einer Tüte voll Schmutzwäsche in der Hand, wie ein Penner.

Ich ging in ein Geschäft für Luxuswäsche. Kaufte mir einen Morgenmantel aus Samt mit einer Krone auf der Brusttasche. Den trug ich, bis er alt war und stank. Ich zerschmetterte die letzte Flasche an der Wand. In der Dunkelheit sang Morrissey: *Take me home tonight, oh take me anywhere, I don't care, I don't care …* Ich duschte lange und verließ das Haus.

Ich ging wieder in jenen Klub. Wartete darauf, dass sich die unterschiedlich gestylten Männer vor mir bückten, mit ihren Stiefeln und Mützen wie auf den Zeichnungen von Tom of Finland. Ich steckte ihnen Geld in ihre Berufsbekleidung. Dann entschloss ich mich, ins Obergeschoss zu wechseln. Ich ging mit einem Typ, den ich mir ausgesucht hatte, in eine dieser Kabinen, einem großen Kerl mit dunkler Haut und rasiertem Kopf wie Grace Jones, ging einfach mit dem, vor dem ich mich am meisten fürchtete. Ich ließ ihn machen. Er wusste genau, was zu tun war.

Befriedigt und schmerzerfüllt kam ich wieder heraus. Exakt, was ich gewollt hatte, den Tod. Sein Gekläff in mir.

Dann lernte ich Izumi kennen. Knut stellte sie mir vor, der Junge sorgte sich um mich, wachte über meine dürftige Gesundheit, musterte verdrießlich meine Augenringe, mein immer glanzloser werdendes Haar und meine glasigen Augen, wenn wir uns nachts auf die Lambeth Bridge stellten und unsere in ihrer Zerstreutheit und ihrem stillen Schmerz gut zusammenpassenden Blicke das trübe, unaufhörliche Wasser in der Tiefe durchforschten. Izumi war seit Langem mit ihm befreundet, sie arbeiteten zusammen in dem japanischen Multikonzern. Es war bei einem dieser extravaganten Feste, direkt auf der Themse. Sie stand neben einem üppigen, rothaarigen Mädchen, trug einen bestickten Pulli, war fadendünn und kreideweiß, doch ihr flaches asiatisches Gesicht war mit kräftigen Farben geschminkt. Sie trank einen rosigen Cocktail. Knut hakte sich bei mir unter und stellte mich vor.

»Welche von den beiden?«, fragte er.

»Die Zen-Braut.« Ich wollte ihn nicht enttäuschen.

Ich dachte, mit einer Japanerin wäre es leicht, sich nicht zu verstehen und sich schnell wieder zu verabschieden. Doch wir redeten so lange miteinander, bis alle gegangen waren und die Feuchtigkeit wie weißer Schlamm aussah. Wir schlenderten eine Weile nebeneinanderher, und da wir einiges getrunken hatten, lud ich sie zum Essen in ein kleines, libanesisches Restaurant ein, das ich oft allein besuchte. Ich kannte den Besitzer, Hasan, ein Typ mit Schnauzbart, der Ähnlichkeit mit Omar Sharif hatte, große, graugrüne Augen und immer einen Joint zwischen den Lippen. Ich rückte Izumi den Stuhl zurecht und ging mir die Hände waschen. Als ich zurückkehrte, kam mir dieser Ort, der für mich nur eine gelegentliche Futterstelle war, angesichts ihres lächelnden Gesichtchens einfach schöner vor. Ich erklärte ihr die Karte, empfahl ihr ein paar Dinge. Sie nickte gewissenhaft, als wäre jede Entscheidung von höchster Wichtigkeit, und wollte Gerichte bestellen, die wir uns teilen konnten. Wir aßen mit dicht zusammengesteckten Köpfen, naschten Mezzeh-Häppchen. Beim Kosten schloss Izumi die Augen, als müsste sie die Aromen in einen geheimnisvollen Bereich ihres Seins hinuntergleiten lassen. Nie zuvor hatte mir dieses insgesamt mittelmäßige Essen, das aus einer eher unpassenden Küche kam, so gut geschmeckt. Ich begriff, dass sich durch die Geduld und die Treuherzigkeit eines anderen Menschen die Dinge ändern können, dass sie zu etwas anderem werden können. Schon lange hatte ich mich nicht mehr so wohl gefühlt. Ich wollte auf der Straße ihre Hand nicht mehr loslassen, hatte Angst, sie könnte verschwinden, die Nacht könnte sie verschlucken. Ich hatte Angst, sie der Welt zu überlassen, jener Welt, die sich bisher noch alles einverleibt hatte. Also kniete ich mitten in der Regent Street vor ihr nieder und bat sie, mich zu heiraten. Natürlich lachte sie, natürlich lief sie weg. Sechs Monate später heiratete sie mich.

Die Hochzeit war wunderschön. Knut war mein Trauzeuge, seine Freunde machten Musik. Ich ging auf Izumi in ihrem eng gewickelten Kimono zu, legte die Hände zusammen und verbeugte mich vor dem mit Kanzashi geschmückten Kopf meiner Braut. Ich sah ihr in die Augen, diese schimmernden, treuen Mandeln. Dann tranken wir, ganze Bäche, ja Ströme von Alkohol. Wir tanzten, Knut kroch wegen einer Wette nackt auf das Hauptgesims. Ein zu einem Spottpreis ausgerichtetes Hochzeitsfest in einem Haus voller Origamischmuck und Balkons, die so überfüllt waren wie die Arche Noah und jeden Moment abzustürzen drohten. Ein vollkommen glücklicher Tag, so einer, von dem man weiß, dass man sich bis an sein Lebensende nach ihm zurücksehnen wird.

Izumi hatte ständig einen Strauß tropfender Blumen in der Hand und zog mich auf dem Markt in der Columbia Road stundenlang hinter sich her. Abgesehen von ihrer Vorliebe für Ikebana hatte sie nichts von einer Geisha, eher etwas von einem dieser Stifte mit starker Mine, immer kam und ging sie wie ein Tornado. Sie lebte seit vielen Jahren in London, hatte eine schwierige Familiengeschichte hinter sich und war es gewohnt, sich in jeder Situation durchzuschlagen. Irgendwann bemerkte ich, dass sie keinen Orientierungssinn hatte. An Kreuzungen blieb sie immer stehen, unschlüssig, welchen Weg sie einschlagen sollte. Ich amüsierte mich über ihre angespannte Stirn, die sich vor Anstrengung in Falten legte. Sie war eigensinnig und wollte sich partout nicht helfen lassen, und so legten wir längere und unbekannte Strecken zurück. Das Herumirren war eine Wonne, wir entdeckten neue Teestuben und verkannte Fotogalerien.

Im East End fanden wir eine Wohnung, im Arbeiterviertel Spitalfields, das seit Jahren dem Verfall preisgegeben war, eine Gegend mit Einwanderern zwischen größter Armut und Gewalt, die nun aber wieder zunehmend von Künstlern bevölkert wurde, von jungen Schauspielern, Leuten mit wenig Geld und viel Fantasie. Ein einzeln stehendes Haus, nicht besonders groß, mit einer Dachterrasse und einem kleinen, gepflasterten Garten nach hintenraus. Knut und seine Freunde (Elvis, der in einem Reisebüro in Kangaroo Valley arbeitete und Sonderangebote für griechische Inseln und bretonische Strände anpries, wo man, wie er hoch und heilig versicherte, am helllichten Tag Analsex haben konnte, und Fraser, der Kinderarzt, der eine verwahrloste Praxis in Brixton hatte, voller verwahrloster Kinder mit aggressiven, vierschrötigen Eltern, Dealern und rausgeworfenen Volleyballspielern), diese drei also halfen uns beim Auswechseln des Teppichbodens, beim Streichen der Wände und beim Möbelschleppen. Wir versuchten, bei Regen zu grillen, so sternhagelvoll, dass wir die Würstchen verbrennen ließen. Die bosnischen Flüchtlinge, die in unserer Garage wohnten, feierten mit uns.

Izumi kaufte Stoff für die Vorhänge, eine Tussah-Seide mit zarten Purpurreflexen. Diese fantastische Wildseide sollte unser Erwachen mit Licht erfüllen, denn selbst an Tagen, von denen man, wenn sie anbrechen, schon weiß, dass es nichts Schlimmeres gibt, als durch das Fallfenster den wolkenverstopften Himmel zu sehen, selbst an diesen Tagen ließ die Tussah-Seide einen rosigen, warmen Schein ins Haus, ein Gefühl von Sonne. Mit diesen Vorhängen lehrte Izumi mich, auf Illusionen zu setzen. Sie nahm die Härte der greifbaren Dinge von mir und umgab mich mit Erstaunen. Wir lagen umschlungen im Bett und betrachteten diese Sonne, die nur uns gehörte, einsam und fern wie jeder beharrliche Wunsch.

Ihre Tochter Leni zog zu uns. Als ich sie kennenlernte, war sie sieben Jahre alt, Izumi hatte sie von einem mauritischen Model, er war in London auf der Durchreise gewesen.

Den Tag, an dem Izumi sie mir vorstellte, werde ich nie vergessen. Sie war nervös, hatte für sich und ihre Tochter Zuckerstangen gekauft, die sie auf der Straße lutschten. Ihre Tochter lief an ihrer Hand. Jetzt waren sie also zu zweit, beide sehr klein. Doch Izumi – wie soll ich sagen? – schien ihr Fell aufgestellt zu haben wie eine Katze, die sich aufplustert. Sie war plötzlich fremd und verstimmt. Misstrauisch sah sie mich an, die Augen schmal, als müsste sie sich vor einer zu heftigen Sonne schützen. Dass sie eine Tochter hatte, sagte sie mir erst, als wir schon eine Weile zusammen waren, und das fand ich seltsam, denn wir hatten immer freiheraus über alles gesprochen. Es war das erste Mal, dass sie sich zu diesem Schritt entschloss. Dass sie einem Mann ihr Kind zeigte. Dem Mann, der sich für sie beide entscheiden müsste. Denn das begriff ich augenblicklich, gleich als ich die beiden sah, nacheinander, ineinander, begriff ich, dass sie unzertrennlich waren. Sie, eine junge Frau, die in einer fremden Stadt mit einem Riss hinter sich allein ein Kind aufgezogen hatte, und ein kleines

Mädchen, das den Schmerz, den Trost und den Traum der Mutter aufgenommen haben musste.

Ich gab ihr die Hand.

»I'm Guido.«

»I'm Leni.«

Ihre Haut dunkel, die asiatischen Augen die ihrer Mutter, doch von einem polierten Grau. Das erstaunlichste Mädchen, das ich je gesehen hatte, wie dem *Dschungelbuch* entsprungen. Sie hüpfte auf dem Gehweg am Ticketverkauf für die Boote vorbei, ein Täschchen aus kleinen Goldperlen über der Schulter.

Ich war so beeindruckt, dass es mir die Sprache verschlug. Die zwei waren zusammen ungemein stark, ich kam mir vor wie ein aufgeweichtes Stück Kork. Ein alter, italienischer Knabe, ein Forscher auf der Durchreise mit festem Gehalt, mit einer sexuellen Identität, die durch eine unwürdige Vergangenheit kompromittiert war, und mit einem spärlichen Haarbüschel über der Stirn, das ich mir unaufhörlich zurückstrich und aufbauschte, um Eindruck zu schinden. Ein dummer Paradiesvogel. Ohne ein Paradies, das ich den beiden jungen Damen hätte bieten können.

Wir gingen ein bisschen spazieren, ich stumm neben ihnen her. Unwirkliche Schritte, in der Schwebe. Das hätte eine Familie sein können. Eine der Abermillionen Möglichkeiten, auf diesem Planeten eine Familie zu sein, eine Ansammlung mehrerer Leben, die sich am selben Tisch nährten, sich auf dasselbe WC setzten, sich feierten und sich begruben.

Ich sah Izumi an, und mein Blick muss wirklich mutlos gewesen sein. Ich sah sie an, um sie um Hilfe zu bitten. Ich würde nicht in der Lage sein, diese Probe zu bestehen, ich war zu schwach, zu träge. Ich würde dieser Vaterschaft nicht gewachsen sein. Für meine Studenten war ich eine Bezugsperson, der Altersunterschied betrug nur wenige Jahre, ich konnte mich wie ihr großer Bruder fühlen, außerhalb der Norm und ausgestattet mit einem gewissen

Charme. Sie waren bereits erwachsen, hatten ein Sexualleben, hatten ein ausgeprägtes Denkvermögen. Mein Verantwortungsbereich war fest umrissen. Etwas ganz anderes wäre es, wenn ich dieses erstaunliche Mädchen in meine Obhut nehmen würde, das auf die Kraft ihrer Samurai-Mutter bauen konnte. Ein Wesen, das sich erst noch formte, dessen Unschuld ich verteidigen müsste, dessen Träumen ich Leben einhauchen müsste, für das ich den Schaden der Welt begrenzen müsste, über das ich wie ein Wolf wachen müsste, jeden Fremden anknurrend. Izumi tat gut daran, mir zu misstrauen.

Leni sprang mit einem Bein auf eine Bank. Von der Bank wechselte sie auf ein Mäuerchen, immer noch auf nur einem Bein. Ich glaubte, sie rutsche ab, sprang zu ihr und packte sie am Arm. Ich atmete schwer, unter uns war das Wasser, mein Herz schlug heftig. Leni kam herunter. Mit meiner ungeschickten, komplett überflüssigen Regung hatte ich versehentlich ihr Täschchen zerrissen, sodass die Perlen in alle Richtungen rollten. Ich sprang in die Hocke und versuchte, so viele wie möglich davon aufzusammeln. Sie kauerte sich neben mich. Ich sah ihre dürren Knie aus nächster Nähe, dunkel und knotig. Ich hatte ein schlechtes Gewissen, fühlte mich wie der letzte Trottel. Zerriss ihr diese Tasche, auf die sie doch offenbar so verdammt stolz war! Wie hatte ich nur auf die Idee kommen können, mich um ein kleines Mädchen zu kümmern? Nie hätte ich gedacht, dass ich mal in einen solchen Zustand der Verzweiflung und Angst und Scham und Aufregung geraten könnte, vor einem kleinen Mädchen kniend, nur wenige Zentimeter von ihr entfernt. Ich sah sie an, ohne sie wirklich zu sehen. Mein Zustand war erbärmlich. Ich sollte nicht heiraten, sollte mich lieber kurieren, mich in eine psychiatrische Klinik für Leute zurückziehen, die ihrem Gefühlsüberschwang nicht gewachsen sind, und dort Monate bleiben, oder Jahre. Leni sammelte nun keine Perlen mehr auf, sie musterte mich. Und ich wollte sie bitten, diesen Blick von mir zu wenden. Sie schwankte auf den Knien. Dann sagte sie diesen einen Satz …

»I was waiting for you … Guido.«

Mein Name aus ihrem Mund gab mir meine Männlichkeit und Würde zurück, Kraft und Hoffnung. Vielleicht wollte sie mir nur sagen, dass sie darauf gewartet hatte, mich kennenzulernen. Izumi hatte sie sicher auf diese Begegnung vorbereitet. Taumelnd, doch wieder selbstsicherer stand ich auf. Leni hatte die gleiche Gabe wie ihre Mutter, sie konnte dir im richtigen Moment Illusionen schenken und dich ermutigen, das bisschen Edle hervorzuholen, das in dir pulsierte.

Ich wandte mich zu meiner zukünftigen Frau um. Sie hatte sich ihre Sonnenbrille aufgesetzt. Ich steckte die Perlen in meine Tasche und half Leni, sich die Knie abzuputzen. Ich holte die Tickets, wir steckten sie in den Stempelautomaten, die Drehkreuze entriegelten sich, wir passierten die kleinen Eisenschranken und bestiegen das Boot. Und so machten wir unsere Rundfahrt auf diesem trostlosen Kahn, im Bett dieses schmutzigen Flusses.

Wir stellten uns hinten an die Holzbrüstung. Leni kletterte auf die eiserne Reling, ich legte meine Hand auf ihren Nacken, hielt sie fest. Sie reckte den Hals ein wenig, um mich abzuschütteln. Doch ich war stärker als dieser kleine Affe in seinem Röckchen. Sie ergab sich unter dem Griff des ängstlichen alten Knaben, der versuchen wollte, alles zu geben, um eine Familie zu gründen.

Von meinem Liebesleben mit Izumi habe ich noch nichts erzählt. Wahrscheinlich deshalb, weil sie meine Frau fürs Leben war und die intimen Beziehungen zur eigenen Frau natürlich mit einer Zurückhaltung verborgen werden, die aus Respekt erwächst, aus höchster Achtung, doch auch aus Scham sich selbst gegenüber, liegt man doch auf einem Körper, den man, wenn es die richtige Frau ist, in gewisser Weise als heilig und zugleich als den vertrautesten empfindet. Unseligerweise nutzt man sich dann ab, man legt sich hin und wird zu einer guten Maschine. Das Fehlen von Sehnsucht, von besonderem Feuer in den Umarmungen, führt später zu einem unvergleichlichen Frieden. Man dreht sich um und schläft und schnarcht und kratzt sich am Hintern. Einerseits verliert man etwas, andererseits gewinnt man eine unbekannte Dimension dazu, eine weite Ebene der Liebe, die nur durch eine lange, innige Verbindung gewährt wird. So kommt es, dass man zwar jederzeit auf einen Zufallsflirt mit allen Stadien der Erregung und Entfesselung treffen kann, eine gute Ehefrau jedoch nicht zu finden ist. Diese lange währende Arbeit nennt man eheliche Vertrautheit.

Dass ich weiterhin Kondome verwendete, hatte Izumi nicht argwöhnisch gemacht, nicht bis zu jenem Moment. Anfangs hielt sie es für Fürsorglichkeit ihr gegenüber, damit sie keine Verhütungsmittel benutzen musste. Und ich hatte inzwischen Gefallen an diesem kleinen, einsamen Ritual gefunden, daran, mich umzudrehen und es wie mit Zauberhand überzuziehen, ohne etwas zu verderben. Diese kurze, wenn auch etwas technische Pause und das Bewusstsein, dass sie erwartungsvoll neben mir lag, steigerten meine Lust sogar noch. Doch das war es nicht nur. Es fällt mir schwer, offen darüber zu sprechen, aber sei's drum. Fest steht, dass dieser Puffer mich schützte, mich ein wenig fern von ihr hielt, denn der Ort der Nacktheit war von der Erinnerung an den einzigen Körper besetzt, den ich sexuell als mir zugehörig akzeptierte. Als die einzige Fortsetzung meiner selbst. Und diese Erinnerung quälte mich, sie ließ mich nicht los. Doch eines Tages bat mich meine Frau, es ohne zu machen.

Ich hatte immer einen Schutz verwendet, außer in jener Nacht, verschlungen von jenem *tunnel gay*. Der Typ hatte mich zwar darum gebeten, doch ich hatte abgelehnt. Das war kein Problem, er war solche Wünsche gewohnt. Und es war bestimmt nicht der Ort, um zimperlich zu sein. Fakt ist nur eines: In jener Nacht hatte ich Costantino gesucht. Und da war es normal, dass ich den Tod gesucht hatte. Mit Costantino gab es keine Kondome, wir sprachen nicht mal darüber. Zusammen ins Bett zu gehen, bedurfte keiner Vorbereitung, es passierte ohne Plan. Ein schmerzhafter Zwang des von den Sinnen gepeinigten Körpers, von der durcheinandergebrachten Psyche, die buchstäblich verkehrt herum war. Man legt keinen Fallschirm an, wenn man beschlossen hat, sich in den Tod zu stürzen.

Die Künstler Gilbert & George verwendeten Exkremente, um die Religiosität des Lebens und den Tod ihrer schwulen Freunde darzustellen. Jene wahrhaft zähen Jahre hatten begonnen. Man munkelte und munkelte. Doch inzwischen war die Geißel hereingebrochen. Schuld seien die Affen, so hieß es, irgendein afrikanischer Urwaldficker und amerikanische Touristen, die Afrikaner gefickt hatten. So lief die Geschichte der Menschheit nun rückwärts. Der von der Evolution in seine Einsamkeit zurückgejagte Affe rächte sich. Zur höchsten Freude der Gläubigen, der betenden Schweinepriester, die schon die Exkommunikation aufleuchten sahen, die Verdammung aller praktizierenden Sodomiten hier auf Erden. Junge Männer. Herrliche, bezaubernde, strahlende junge Männer. Selige Verfechter der Ausschweifung, heimgesucht von unzähligen Darmschlingen unerwiderter Liebe. Ich sollte im Lauf der Jahre sehen, wie viele von ihnen kaputtgingen, wie sie ihre Schuld auf dreckigen Laken zurückließen, in den Armen ihrer Mutter, ihrer Gefährten, und in den Himmel fuhren. Die Götter waren abgestürzt. Nach Mercury, Nurejew und Jarman begann auch Fraser merkwürdige Risse im Gesicht zu bekommen. Er war der Erste aus Knuts Kreis. Er überdeckte sie mit Schminke, die sich grünlich verfärbte. Zunächst sah ich diese Anstrengungen, diese düsteren

Gesichter, die immer hohler wurden und zu lächeln versuchten, die sich am Arbeitsplatz maskierten und sogar vor ihren Freunden. Ich sah, wie die Leute einen Schritt zurücktraten, Abstand hielten, als könnte schon das Atmen oder ein einfaches Niesen töten. Ich sah, wie fröhliche, sympathische Männer, die voller Pläne waren, die vor Leben, Klugheit und Idealen nur so sprühten, sich aus der feigen Gesellschaft zurückzogen, die sie mit ihrer Energie, ihrer homosexuellen Spiritualität hätten verbessern können, sie, die in den Wartesaal für Pestkranke verbannt wurden, blind, gepeinigt von TBC und Toxoplasmose, die zu Hause eingeschlossen am Tropf hingen und die Infusionsfläschchen selbst wechselten oder in den Krankenhäusern isoliert wurden, von panischen Krankenpflegern wie giftige Spinnen behandelt. Nach den Verheerungen des Heroins stürzte nun die nächste junge Generation in den Abgrund. *Find a cure,* riefen sie aus dem Jenseits.

An einem vorlesungsfreien Morgen ging ich ins Krankenhaus und gab Urin und Blut für eine gründliche Untersuchung ab. Ich bat um einen HIV-Test. Ich musste mich an der Anmeldung zum Schalter hinunterbeugen und eine demütigende Befragung über mich ergehen lassen.

»Sind Sie Bluter?«

»Nein.«

»Hatten Sie ungeschützten Verkehr?«

Ich zögerte mit der Antwort, das ging sie nichts an. Ich merkte, wie viel Brutalität rings um diese Krankheit herrschte. Ich wollte lügen, irgendwas von einer Zahnbehandlung erzählen. Doch Fraser fiel mir ein, sein Mut, und ich dachte, Leute wie ich, Akademiker, Leute, die sich für gebildet und aufgeschlossen hielten, sollten lernen, ruhig über die Sache zu reden und die Wahrheit zu sagen.

»Ja, ich hatte ungeschützten Verkehr.«

Die Dicke musterte mich mit dem Blick einer in Mehl gewälzten Henne, fertig zum Braten. *Vielleicht hat dein Mann ja auch ungeschützten Verkehr, baby chicken, du bist verdammt ungeschützt und deine Kinder sind es auch.* Doch ich sagte nichts. Die Dummheit des Menschen wird durch Schlagfertigkeit nicht besser, im Gegenteil, sie wird schlimmer, verhärtet sich, und die Henne verwandelt sich in einen steifen Stockfisch, der gewässert werden muss.

Ich musste mehrere Tage warten. Es waren seltsame Tage. Ich erfreute mich bester Gesundheit, nun aber verstopfte mir ein Katarrh die Brust, und meine Nase lief, eine harmlose Erkältung, doch wer sagte mir, dass das nicht der Anfang vom Ende war? Trotzdem waren es gute Tage. Wie alle zum Tode Verurteilten beruhigte ich mich wieder, streifte sanft durch die Universitätsräume, war liebenswürdig zu meinen Studenten. Es war Prüfungszeit, und auf die Arbeiten regnete es Bestnoten. Zu Hause schlurfte ich niedergeschlagen in meinen Lammfellpantoffeln und meiner Wolljacke herum, nahm schuldbewusst Abschied von der Welt, die mich liebte, die mir als zweite Chance ein warmes, würdevolles Leben gewährt hatte und die ich verraten hatte. Eines Abends war ich drauf und dran, Izumi meine Schuld zu gestehen, aber etwas hielt mich doch davon ab. Die Hoffnung, mit heiler Haut davonzukommen, den Checkpoint unbeschadet zu passieren.

Ich beugte mich über das Bett meiner geliebten Leni, nahm eines ihrer Bücher, das mit den Sarkophagen und den Kanopen mit dem Herz, und las ihr daraus vor, wobei ich ihr übers Haar strich und mit ihr in den Schlaf glitt. Als ich mitten in der Nacht aus dem Bett rollte, steif wie eine ägyptische Mumie im British Museum, dachte ich, das Schicksal hätte mich verstoßen, raus aus dem reinen Bett dieses kleinen Mädchens, das die beste Lebensgefährtin war, die man sich denken kann.

Ich holte den Befund ab. Einen blassblauen Umschlag, an den ich mich noch gut erinnere. Ein gleichgültiges, junges Mädchen zog ihn aus einer Ziehharmonikakartei und gab ihn mir. Sein Gesicht verhieß keinen Trost, und so zögerte ich etwas, bevor ich ihn öffnete. Ich spielte in Gedanken durch, was wäre, wenn. Setzte mich rittlings auf ein Mäuerchen in der Flussgegend an der Tate Gallery. Ich würde alle meine Sachen in einen Karton packen und gehen. Mit unbekanntem Ziel verreisen. Und nur einen Brief an Izumi zurücklassen, meine geliebte *ichiban*. Ich würde vorübergehend nach Rom zurückkehren. Würde meine Verwandten bitten, ihr Testament zu ändern, das sie vor Jahren zu meinen Gunsten aufgesetzt hatten, und ihr ganzes Vermögen Leni zu vermachen. So könnte wenigstens sie frei von materiellen Sorgen leben. Ich würde ihnen ein Foto von ihr und mir mitbringen, das Bild vor den Booten in Cornwall, auf dem sie in ein Badetuch gewickelt ist und ich sie mit dem Lächeln des glücklichsten Vaters der Welt im Arm halte. Würde ich Costantino aufsuchen? Ihm von der Krankheit erzählen? Ich müsste ihm zu viele Dinge sagen. Der Gedanke an diese letzte Umarmung wühlte mich auf und rührte mich tief an, und mir wurde klar, dass meine ganzen sinnlosen, wirren Abschiedsfantasien nur ihm galten. Mir fiel wieder ein, dass nichts davon real war und ich diesen verdammten Umschlag öffnen musste.

Negativ, las ich, *negative.*

Das russische Roulette hatte mich begnadigt, es war keine Kugel für mich im Lauf. Ich würde mich nicht in die Schar sterbender Engel einreihen müssen, die mit abwesendem Blick durch die Stadt geisterten, mit überschminkten Flecken im Gesicht, auf der Brust. Ich gehörte zur Welt der Gesunden, zu denen, die halblaute Bemerkungen machen und die Besuche ausdünnen konnten.

Ich nahm keine Notiz von den Werten, die mir auf den übrigen

Zeilen serviert wurden, doch dann rief mich das Krankenhaus an, und zufällig erfuhr ich, auf der Jagd nach dem Teufel, von einigen endokrinen Veränderungen. Da ich ein noch junger Mann war, empfahl man mir, der Sache auf den Grund zu gehen. Es stellte sich heraus, dass ich zeugungsunfähig war. Ich konnte mich an keine besonderen Krankheiten erinnern. Ich segnete den leicht atrophischen Scheißkerl, der mich vom Militärdienst befreit hatte. Dann rekonstruierte ich meine Krankengeschichte. Ich erinnerte mich an Mumps, an die dicken, roten Hamsterbacken, mit denen ich herumgelaufen war, an die Entzündung in der Pubertät, die auch meine Hoden erfasst hatte.

Es war eine Überraschung, nicht mehr. Da ich mit dem Schlimmsten gerechnet hatte, erschien mir der Rest nicht der Rede wert. Zärtlich sah ich mich selbst als missratenes Meisterwerk. Der Kreis schloss sich, nach einem eigenen Plan, mit einer abstrakten Perfektion. Ich würde keine Kinder haben, wie mein Onkel. So wie es sich für meine männliche Geschichte gehörte.

Auf dem Heimweg hörte ich wieder Lenis Worte, *I was waiting for you*. Jetzt wusste ich, dass ich es war, der auf sie gewartet hatte. Denn während ich auf den vom Abendverkehr überfüllten Straßen wieder zu Atem kam, erkannte ich, dass ich diesen Moment längst herbeigesehnt hatte, dass ich gespürt hatte, wie er mich von hinten angerempelt hatte, damit ich mich umdrehte. Nun, da diese Offenbarung mir einen Teil meiner Maske entrissen hatte, würde ich mich vollkommen nackt bewegen können, vollkommen nackt mit meiner Frau schlafen können.

Als ich Leni an diesem Abend ins Bett brachte und noch ein bisschen bei ihr saß, schlug ich das Buch zu und begann ihre Finger abzuzählen, auf den Kuppen hin und her, wieder und wieder, bis sie einschlief. Ich zählte die Finger für Unmengen von Kindern, die alle sie waren. Sie war nicht von mir. Doch sie war die einzige Tochter, die ich in meinem Leben gern gehabt hätte.

Ich ging zu Izumi, küsste sie. Schlief zum ersten Mal vollkommen nackt mit ihr. Es war nicht viel anders als sonst. Zum ersten Mal fühlte ich mich frei von meinen Gespenstern.

Als sie einige Monate später begann, mir nach jedem Liebesakt die Brusthaare zu kraulen und mich wie ein schwangeres Affenweibchen anzusehen, stand ich auf, holte eine Flasche Wein, rief sie zu mir ans Fenster und eröffnete ihr dort, vor einem Werwolfmond, mit vorsichtigen Worten die schlechte Nachricht. Sie wickelte sich in die Bettdecke, zog sich in sie zurück. Viele Tage lang war sie fassungslos und schweigsam. Sie entfernte sich wie eine Welle, die ins Meer zurückgesogen wird, kam dann jedoch heiter wieder zurück. Sie war älter als ich, auch wenn man das wirklich nicht sah, hatte die vierzig überschritten, hatte bereits diese wunderbare Tochter, und vielleicht hätte es ihr auch gar nicht besonders gefallen, wenn Leni die absolute Vorherrschaft in meinem Herzen verloren hätte. Sie hatte geglaubt, einen Wunsch von mir und einen Schmerz aufzufangen, und hatte sie an meiner Stelle zum Ausdruck gebracht, wie immer, in dem Glauben, mich aufzurütteln, mir Gutes zu tun.

Drei weitere Jahre vergingen. Drei Winter und drei Sommer. Tony Blair hatte die Wahlen gewonnen, die Arbeiter streikten weiter, doch die Stimmung war nicht mehr so angespannt. Samstagabends kamen unsere Freunde, um sich mit uns zu betrinken, oder wir fuhren mit unserem Kombi zu ihnen, in diese durchschnittlich eleganten Wohnungen mit georgianischem Stuck, voller Bücher und guter Musik, in Pimlico, in South Kensington. Wir waren eine kleine Gruppe oberschlauer Intellektueller. Voller Hingabe entwickelten wir aus nichts, aus der Fusion der Telekommunikationsriesen, aus dem Gespenst des Millennium Bug und nicht etwa aus der neuesten Polemik von Hitchens, erstaunliche soziologische Diskussionen, die unseren revolutionären Geist befriedigten, der allmählich so einschlummerte wie unsere Ehepartner. Ich war Professor geworden. Hatte vierzig Meilen von London entfernt einen Lehrstuhl gefunden, an einer kleinen Universität, wo ich wie Leonardo da Vinci behandelt und auch entsprechend bezahlt wurde. Das Pendeln missfiel mir nicht. Ich stand, mein Trenchcoat vom Wind leicht zerdrückt, unter der östlichen Überdachung der Victoria Station und wartete auf meine Vorstadtbahn, mit der üblichen Tasche in der Hand, die inzwischen genau wie ich ein Stück aus einem Raritätenkabinett zu sein schien. Ich genoss die kurze Fahrt unter Jugendlichen, die lasen oder einen Walkman am Ohr hatten, schaute hinaus in die Stadtlandschaft, die dem Ländlichen wich, auf die Prozession der ordentlichen

Häuschen mit ihren Schieferdächern, ihrem *back lawn*, ihren lackierten Türen. Dann auf den Wald aus großen, roten Bäumen mit ihren windgebürsteten Kronen, überzogen von den Pinselstrichen der selten aufscheinenden Sonne. Ich stieg aus, kaufte mir eine Zeitung, grüßte den Verkäufer, *Have a nice day*.

Ich betrat die ehrwürdige Universität, die streng wie eine lutherische Kirche war, und wurde von meiner geliebten Geena empfangen, der süßen Gebieterin, die man in eine Schachtel stecken und mit nach Hause nehmen möchte, gebildet, akkurat, das Faktotum des College, die vestalische Mutter des ganzen Lehrkörpers. Sie ist es, die mir den Kaffee bringt, die meine Papiere sortiert, die mir mit einer diskreten Geste die Haare vom Jackett streicht, sie ist es, die mich abends zwingt, wenn ich mit meinen besten Studenten vor den Dias die Zeit vergesse, nach Hause zu gehen, weil ich sonst den Zug verpasse.

Dann die Rückfahrt im Dunkeln, der Blick aus dem Fenster, hinter dem nur vereinzelt die Lichter der Häuser und der Fabriken mit ihren Nachtschichten auftauchen. Aussteigen und zu Fuß durch die von den ungesunden Abgasen der Taxis und Busse noch schwere Luft. Die Haustür öffnen, die Schlüssel in die Schale mit dem Entenkopf legen, die Schuhe ausziehen, mich ins Wohnzimmer setzen, die Flasche suchen.

Bald bin ich vierzig, und die Wut schnürt mir oft die Kehle zu, erstickt mich von innen. Ich drücke den Korkenzieher in den Hals einer Flasche und öffne sie. Dieser Korken, der sich mit einem sanften, tiefen Klang löst und mit seinem roten Hinterteil das Aroma des Weins nach sich zieht, ist die einzige Belohnung des Tages. Sonntags und an den vorgeschriebenen Feiertagen schleppe ich mich noch immer für einen kurzen Gesundheitslauf durch den Park, um danach wie ein angeschossenes Huhn an einem Bretterzaun abgekämpft nach Luft zu ringen.

Meine geliebte Leni, meine kleine Schönheitskönigin, für die sie nun an der Tür Schlange stehen, sodass ich bei jedem Anruf, der für sie ist, losknurre, geht auf eine feine *secondary school* und kommt nur an den Wochenenden nach Hause. Letzten Samstag habe ich drei Stunden im Regen für sie angestanden, um ein Exemplar von *Be Here Now* von Oasis zu ergattern. Izumi geht dreimal in der Woche abends zum Informatikkurs, und dienstags tanzt sie mit anderen Frauen zusammen Tango. Sie hat versucht, mich mitzuschleifen, doch ich bin ihr aus den Armen geglitten wie eine sich häutende Schlange. Das Haus ist erfüllt von Akkordeonstößen. Es ist fantastisch, eine Japanerin, die in der Küche nach *La Cumparsita* tanzt. Kerzengerade und stolz. Ich gehe zu ihr und kredenze ihr ein Gläschen, sie nimmt es mit weniger Befremden als früher.

»Du machst mich noch zur Alkoholikerin.«

Ich habe nichts dagegen, wie ein nasser Sack auf Beinen den Gentleman für sie zu spielen, wenn ich allein mit ihr zu Hause bin. Ich schlurfe in meinen Church herum, die viel länger halten werden, als ich lebe, stolpere über den Teppich und in den Schirmständer, lache, unbändig, lächerlich verzweifelt wie jeder Mann mit vierzig. Mein Freund Alex, der Anthropologe, sagt, die Glückskurve des Menschen, die sich im Erwachsenenalter im freien Fall befindet, erreicht ihren Tiefpunkt so ungefähr in meinem Alter. Ich werde warten müssen, bis ich noch älter bin, um da wieder rauszukommen. Ich bin ein sinkender Stern.

Berge stinkender Blumen vermodern vor den königlichen, schwarzen Gittern, dazu Briefchen und Teddybärchen. Ein langer Trauerzug hat die Stadt durchquert. Zum ersten Mal ist das einfache Volk sauer auf seine alte, rüstige Königin und ihren Sohn, »Mister Ich-möchte-ein-Tampon-sein«. Das Märchen von der traurigen Prinzessin endete in einem Pariser Tunnel. Zum Glück sind wir in Plymouth im Urlaub, bei Garrett und Bess, die vier Kinder und ein verwittertes, romantisches Cottage haben, von dem aus man die ganze Bucht mit ihrem Wald aus Segelbooten überblicken kann. Es ist herrlich, bei Sonnenuntergang das Einholen der Segel zu beobachten, das sich überall fast gleichzeitig ereignet, und die Ausfahrt am frühen Morgen, wenn der Wind stimmt, wenn er übers Wasser fegt und sich auf dem gekräuselten Meer große, dunkle Flecken ausbreiten, die faszinierende, natürliche Muster ins Leben rufen. Ich schließe gerade einen Aufsatz über die mathematischen Normen in Masaccios Fresken ab, vierhändig, zusammen mit Garrett. Izumi unternimmt lange Spaziergänge mit Bess, barfuß, doch im Pullover, denn hier ist es nie besonders warm. Sie hat Schmerzen im Nacken und im Rücken, zu viele Stunden im Sitzen, und sie beschwert sich, weil ich nicht mit ihr nach Sizilien fahre, wo sie ihre Knochen wärmen könnte. Aus Italien höre ich gar nichts mehr. Ich weiß, dass Versace tot ist, erschossen in Miami. Ich habe die Jagd auf seinen Mörder verfolgt. Früher kaufte ich mir alle zehn Tage eine Zeitung und las die Nachrichten aus meiner Heimat. Von den politischen Prozessen, von Raul Gardinis Selbstmord. Doch das mache ich schon lange nicht mehr. Wenn ich an mein Land denke, sehe ich eine Kralle im Meer treiben, die eines fernen Leichnams.

Es ist September, die Vorlesungen haben wieder begonnen, ich bin auf dem Weg zur Victoria Station, etwas zu spät, darum beschleunige ich meine Schritte. Unter diesem Himmel aus Glas und Eisen schlagen mir Menschen entgegen, an denen ich vorbeimuss, diese ganze Welt, die sich morgens in Bewegung setzt, erinnert mich immer an eine Vision von Magritte: mit einem dunklen Stift gezeichnete Gestalten in Überziehern, mit länglichen Köpfen, Regenschirmen, und im Hintergrund verzerrt die Bahnhofsuhr. Ich gehe an der Zeitungsfrau vorbei, die ausgepolstert ist wie ein Bär. Gern hätte ich für die Zugfahrt einen Kaffee zum Mitnehmen gekauft, zum vorsichtig Schlürfen, wie ich es oft tue, doch ich habe keine Zeit. Ich drehe den Kopf, um einen Blick auf die Anzeigetafel zu werfen und dem witzigen Hut eines vorbeigehenden Jungen nachzusehen. Die neuen Gesichter gefallen mir sehr, diese neue Population junger Menschen, die Kinder unserer Freunde. Als ich herkam, waren sie alle noch Knirpse, die an Händen und auf Buggyrädern mitgezogen wurden, und jetzt gehört die Welt ihnen. Sie sind wie frisch aufgeschnittene Pfirsiche. Daher kann ich das Gerede mancher meiner Altersgenossen nicht ausstehen, von Irokesen, die sich den Kamm abgeschnitten haben, von alternden, schlaffen Boy-George-Verschnitten, die voller Groll in ihren Büros hängen. In meinen Augen sind diese jungen Gesichter schöner und weniger düster, als wir es waren. Ich gehe durch diesen glühenden Dschungel aus Miniröcken, Rucksäcken, orangeroten Haaren und aus Kapuzen, aus denen neue, muntere Gesichter hervorlugen. Dabei denke ich an meine so ferne Leni, wir sprechen uns jeden Tag am Telefon. Sie kommt gut voran in ihrer *secondary school*, doch sie ist stachlig gegen sich selbst, ein Gestrüpp, dem es nicht gelingt zu blühen. *Eines Tages werden wir leckere Brombeeren ernten,* habe ich ihr gesagt. Nun bin ich der Optimist, der Erneuerer erloschener Energien, ich, das muffige Soufflé. Ihr ein Vater zu sein ist nun das einzig Aufregende in meinem Leben. Ich habe mich darauf verlegt, sie verstohlen zu betrachten, um zu erkennen, was sie dazu bringt, schlecht zu sich selbst zu sein, welche Wesenszüge sie gefährden könnten, sie ausbremsen könnten, denn in diesem Alter werden die Blüten gepflückt, die in uns verkümmern könnten.

Ich bin also an der Victoria Station, und ich verpasse meinen Zug. Der nächste fährt in einer Dreiviertelstunde. Das ist keine so schreckliche Verspätung, doch ich mag es, noch *diese kleine Weile vorher* zu haben. Ich wende mich kaum um, als ich dem witzigen Hut nachsehe, nur eine leichte Drehung des Halses, kaum mehr als eine Schwankung auf der Achse der Beine. Dabei öffnet sich mein Regenmantel. Ich gehe langsamer, noch ein paar Schritte. Doch es ist, als zöge ein Gummiband an meinen Beinen. Ich fahre herum. Bleibe stehen. Ich habe eine Gestalt gesehen, habe sie eingefangen, nur wenig vorgerückt zwischen den anderen Gestalten rechts neben mir. Das Aufscheinen eines Gesichts, die Kontur eines Unterkiefers, verblasst in der aufweichenden Menge.

Ich bin ein alter, nach Luft schnappender Fisch, der nun wieder gegen den Strom ankämpft, sich zwischen Rücken und Regenschirmen durchdrängelt und jetzt rennt. Ich laufe nach hinten, auf das große Lichtloch des Bahnhofsausgangs zu, wo die Menschenmenge hereinströmt, schwappt, sich staut. Ich gelange ins Freie, renne weiter, gezogen vom Nichts, überwältigt von dieser Hoffnung, die jetzt zu Schmutzwasser geworden ist. Ich suche einen Mann, einen anderen Mann, dann den nächsten und immer so weiter. Sie drehen sich alle um. Und sie alle sind nicht er. Ich beuge mich vor. Fuchtle kläglich mit den Armen, mein Atem brüchig vom Leben, das ächzt und flimmert.

Ich sitze im nächsten Zug, habe meinen Pappbecher in der Hand, den dünnen Kaffee, der in kleinen Schlucken in mich eindringt. Dann betrete ich den kleinen Hörsaal, in dem meine Studenten auf mich warten. Ich atme die Wärme ihrer Erwartung ein, die Hoffnung, die sie in mich setzen, in meine so akkuraten, leicht verständlichen Lektionen. Denn ich bemühe mich seit jeher um eine für alle passende Sprache, langsam, manchmal aufblitzend, um sie alle zu verführen und nicht einen zurückzulassen. Denn ich möchte auch nicht eine ihrer Hoffnungen zurücklassen. Ich halte das für meine Pflicht, weil meine Freunde sinnlos sterben. Und sie, die jungen Studenten, sind meine Schar zukünftiger Menschen, sind diejenigen, die eines Tages in die Welt ausschwärmen und mich eines anderen Tages besuchen werden, um ein paar Stunden mit mir zu verbringen und mich aufzumuntern.

Der Abendzug, der Rückweg. Jetzt, da ich im richtigen Maße müde bin, kann ich nachdenken. An dieser schwarzen Scheibe, zu der meine Stirn sich neigt, kann ich nachdenken. Den ganzen Tag über habe ich den Strom voller Schutt zurückgedrängt, der beim Geschaukel des Waggons nun wieder in mir aufgewühlt wird. Die unsichtbare Tinte meines Atems, der sich auf der Scheibe ausbreitet, bringt die Spuren von Händen und Körpern zum Vorschein, die diese Scheibe berührt und sie mit ihrem durchreisenden Leben beschmiert haben. Und auf ebendiese Weise erscheint nun auch der Mann vor meinen Augen, den ich heute Morgen in der Menge erkannt zu haben glaubte: Wie ein freundschaftlicher Fleck, der sichtbar wird und meinen Namen schreit.

Ich öffne die übliche Flasche mit weniger Enthusiasmus als üblich, wie eine Notlösung. Heute Abend bin ich zu niedergeschlagen, und ich weiß, dass der Wein mir nicht helfen wird. Der erste Schluck schmeckt nicht, dann wird es besser.

Izumi kommt nach Hause und redet, geht dabei durch die Wohnung, trocknet sich die Haare und schüttelt die schmerzenden Arme, wie sie es inzwischen ständig tut, wie ein Vogel, der nach dem Regen heftig mit den Flügeln schlägt.

Ich sitze unter meiner Lampe, die Brille auf meiner Nase etwas heruntergerutscht, die Flasche neben mir fast leer. Ein letzter Streifen roter Flüssigkeit glänzt noch darin. Ich stecke die Nase in meine Papiere, überfliege sie, lege sie aus der Hand.

»Someone called today …«

Ich drehe mich nicht um, reibe mir das Gesicht, gähne.

»Who?«

Ich erhalte im Schnitt zwei, drei Anrufe pro Tag, kleine Journalisten, Verlage, die mir ein Lehrbuch unterjubeln wollen. Ohne es zu wollen, habe ich mir den Ruf eines hilfsbereiten Mannes erworben. Izumi ist es, die die Taste des Anrufbeantworters drückt und die Nachrichten löscht.

»A friend … an Italian voice …«

Ich sehe die Flasche an, den roten, ruhigen Streifen auf ihrem Boden. Ziehe die Lippen ein. Atme tief durch. Drücke die Taste des Anrufbeantworters, das Band ist leer. Izumi hat ihr Werk schon vollbracht. Ich hebe einen Fuß an, schwanke auf einem Bein. Am liebsten würde ich meine Frau umbringen. Ihre sinnlose Hast abwürgen, mit der sie Behälter leert, mir noch anziehbare Sachen unter der Nase wegreißt, um sie zur Reinigung zu bringen, aufräumt. Bänder löscht.

»What did he say?«

Izumi setzt sich die Brille auf und sieht auf ihrem Notizzettel unter den Rezepten nach. Sie hat sich die Nummer aufgeschrieben und daneben etwas wie … *Cosancini* …

»Costantino?«

Sie setzt eine ratlose, vollkommen gleichgültige Miene auf.

»I'm not sure.«

»The number … is the number right at least?!«

Ich bin laut geworden. Habe jetzt wohl ein anderes Gesicht, das eines Wolfs, der seinen Vollmond anheult.

Ich gehe zum Telefonieren in den Garten. Habe mir eine Zigarette angezündet. Da ist kein Mond, der Himmel treibt es von hinten mit seinen Wolken. In meiner Jugend hatte ich einen Tinnitus, der mir Leib und Seele durchbohrte. Er ist wieder da, jetzt, in meinem an den Hörer gepressten Ohr.

»Hallo? Ja?«

»Guido?«

»Costantino. Wo bist du?«

»Hier, in London.«

»Wo?«

»Keine Ahnung, ich laufe durch die Gegend.«

»Wann bist du angekommen?«

»Heute.«
»Wie hast du mich gefunden?«
»Mit dem Telefonbuch.«
»Hast du schon gegessen?«

Wir haben gegessen. Ich habe den Tisch gedeckt, mit allem Pipapo. Mit all dem sinnlosen Zeug, das Izumi auf Märkten kauft, Gläser mit verzierten Stielen, goldglänzende Platzteller, die in der Anrichte vor sich hin dämmern und auf irgendein Weihnachtsfest, auf eine kleine Feier mit Kollegen warten. Heute Abend muss alles rausgeholt werden. Der Kamin brennt. Das Haus glüht in einem diskreten Luxus, in einem bewährten, friedvollen Leben. Das Bücherregal, das die Tür einfasst und sich den Flur entlangzieht, das Bild von Steve mit den Mädchen, die auf Inlineskates schweben, die Fotos von der nackten, mit einem Schleier kaum verhüllten Izumi und von Leni mit ihrem Dance Studio Award … die Fenster, die auf den Garten hinausgehen, unsere Buchsbaumhecke, vom Licht umspielt, das ich angeschaltet habe, um dem Draußen Tiefe zu verleihen. Auch darüber ist alles erleuchtet, jedes einzelne Lämpchen ist warm … dazu Glenn Gould, der gedämpft Klavier spielt, der Teppichboden, der sich die Holztreppe hinaufschlängelt, und unser Hund, unser Border Collie Nando, der friedlich am Feuer liegt … all das sieht sich Costantino jetzt an.

Und ich sehe ihn an. Wir haben gegessen, er nur wenig. Früher war er hungriger. Auf den Tellern liegen die Reste. Izumi ist aufgestanden, um Kaffee aufzusetzen. Costantino hat gewitzelt.

»Kann sie den auch italienisch kochen?«

»Das war das Erste, was ich ihr beigebracht habe.«

Er war den ganzen Abend über liebenswürdig. Und jetzt kommt es mir so vor, als hätten wir uns nie wegbewegt, jetzt, da ich weiß, dass ich seit undenklichen Zeiten auf diesen Moment gewartet habe. Er ist aus dem Taxi gestiegen, war größer, als ich ihn in

Erinnerung hatte. Ich erwartete ihn, das Hemd über der Hose, auf der Brust leicht aufgeknöpft. Der Hund lief auf ihn zu, um ihn zu beschnuppern. Ich blieb an der Tür und genoss die Ankunftsszene, die sich öffnende, schwarze Tür des Cabs und ihn, der sich beim Aussteigen bückt, dann aufschaut. Und ich bin da. Sein Freund seit jeher, seit damals. Damals, bevor dieses Leben hier begann, das schon fast zwanzig Jahre dauert. Das uns seit fast zwanzig Jahren trennt.

Er hebt die Hand.

»He, ciao!«

»Ciao.«

Er beugt sich vor, streichelt den Hund und kommt mit seinem spartanischen Gang auf mich zu, mit seinem leicht schwankenden Körper, der im Vorwärtsgehen zurückzuweichen scheint. Mit diesem Gang, der sich nicht geändert hat. Er ist immer noch sehr athletisch. Ich sehe ihm zu, und er macht es. Macht drei Schritte und einen Hüpfer. Und dieser Hüpfer sind wir, glaube ich. Die Scheinwerfer von der Straße durchbohren ihn, er tritt ins Dunkel unter einen Baum, dann steht er im Lichtkegel vor unserem Haus. Ich sehe sein Lächeln. Kurz darauf spüre ich seinen Geruch, wir umarmen uns, er hält mich eine Weile fest. Wir halten uns lange fest, hier an dieser Tür, einer an der Schulter des anderen verborgen. Dann sehen wir uns an und sind sofort zwei sehr schüchterne Männer. Eingeschüchtert von der Vergangenheit, von dem, was nur wir von uns beiden wissen. Dieses Geheimnis verfolgt mich den ganzen Abend, und es stärkt mich, während ich das Lamm aus dem Ofen nehme, während ich ihm Möhren und den *gravy* auftue, während wir über das reden, was ich so mache, was er so macht. Er ist wegen des Weins in London, eine Liebhaberei, er legt Weinberge an und promotet neue, interessante Weingüter. Ich bin verrückt nach Wein. Für mich ist er das Köstlichste auf der Welt. Costantino hat eine Flasche mitgebracht, hat sie aus seiner Tasche gezogen, eine Veredlung aus Sangiovese und Merlot.

Izumi betrachtet ihn, hält von Zeit zu Zeit mit dem Glas in der Hand inne. Costantino erzählt ihr die tollsten Sachen von uns, er redet frei von der Leber weg in einem, gelinde gesagt, verkorksten Englisch, und mir fällt auf, wie sehr er sich verändert hat. Sprachlich hat er offenbar keinerlei Skrupel, man merkt ihm an, dass er bei seiner Arbeit viel Umgang mit Menschen hat. Er hat da so eine Art, die Feierlichkeit von einem, der weiß, wie man das Richtige an den Mann bringt. Er gefällt Izumi, und ich sehe Costantino nun mit ihren Augen, den Augen einer Frau, die ihn zum ersten Mal anschaut. Er sieht wirklich gut aus. Er hat sich das Jackett ausgezogen, denn im Kamin brennt Feuer, und die Luft ist warm, zu warm. Er trägt ein einfaches, weißes Hemd mit aufgerollten Ärmeln. Ich betrachte den starken Hals, die Linien der Schultern, ihrer Muskeln … sehe, wie er sich vorbeugt, wie er den Kopf beim Reden etwas neigt, wie er lächelt. Als müsste er dir die ganze Welt erschließen. Izumi ist hingerissen. Wie könnte es auch anders sein? Wir haben einen außergewöhnlichen Gast, also einen Gast vollkommen außerhalb des Gewöhnlichen. Sie beschwerte sich nicht über die spontane Einladung, als sie sah, dass ich den Tisch deckte und den Braten rasch in den Herd beförderte, akkurat wie Mrs. Doubtfire. Sie war es, die Feuer machte, nachdem ich das Holz hereingebracht hatte, mit freiem Oberkörper, weil ich vom Kochen erhitzt war, und mir wahrscheinlich fast den Tod geholt hatte. Sie schnitt Ananas auf, schminkte sich die Lippen. Seit Leni weg ist, versauern wir zu zweit in diesem Haus, und das fällt an manchen Abenden schwer.

Am schönsten ist es, wenn wir Italienisch reden. Ich habe in London keinen Umgang mit Italienern, hatte nie Lust dazu. Doch jetzt breche ich aus wie ein Vulkan, der jahrhundertelang still gewesen ist. Mir fallen Schimpfwörter und Redewendungen ein, so vieles kommt wieder hoch. Unsere schmutzigen, zuckersüßen Geschichten. Er würde hier gern ein Restaurant eröffnen, sagt er.

»Was für ein Restaurant?«

»Ein italienisches.«

»Heilige Scheiße.«

Er wirft meiner Frau einen Blick zu, streckt den Arm aus, zwinkert ihr zu.

»So war er schon immer.«

»Didn't he get worse?«

Izumi lächelt, versucht, mitzuhalten, unsere ureigene Luft zu atmen.

»Hast du abgenommen?«

»Ich jogge.«

Er lacht, und dieses Lachen bricht aus einer alten Seele hervor, denn dass ich jogge, ist für ihn unvorstellbar.

»Und du, spielst du noch Wasserball?«

»Das ist vorbei, manchmal gehe ich surfen.«

»Das Meer fehlt mir hier.«

Was wir sagen, ist nicht das, was wir hören. Was wir sagen und hören, wissen nur wir. Jetzt spüre ich, dass er meinetwegen hier ist, dass das kein Zufall ist. Und auch wenn er zur Tür hinausgehen wird, so wie er gekommen ist, wenn er gebückt in ein Taxi steigen und von Weitem grüßen wird, weiß ich doch, dass er extra gekommen ist, um mich zu besuchen, denn wie ich hat er nichts vergessen, wie ich hatte er Angst, zu sterben, ohne mich noch einmal gesehen zu haben.

Izumi ist jetzt verstört vom Italienischen, von dieser Sprache, die sie ausschließt. Die unser Gehege ist. Unser Hof. Unser Zelt.

Wir sind fertig mit dem Essen. Um die Teller abzuräumen, muss ich aufstehen. Ich strecke mich vor, um ihm sein Glas zu füllen. Wir sehen uns an und deuten gleichzeitig ein Lächeln an. Ich bin in meinem Haus, im Zentrum meines Lebens, und zeige es ihm.

Ich habe ihm erzählt, dass ich an einer erstklassigen Uni lehre, dass ich Golf spiele. Ich habe mich ein bisschen aufgeblasen.

»Wie sehe ich aus?«

»Wie immer.«

Das stimmt nicht. Ich weiß, dass es nicht stimmt. Und ich weiß, dass es die einzige Antwort ist, die ich haben wollte.

Meine Frau hat uns allein gelassen, sie hantiert in der Küche, gewohntes Geschirrklappern und Wasserrauschen. Geräusche, die ich schon tausendmal gehört habe, die Geräusche meines Lebens, meines glänzenden, armseligen Lebens, das seit Hunderten von Jahren fern von ihm verrinnt. Plötzlich sind wir aufgeregt und schüchtern wie ein junges Paar, das kurz allein ist.

»Und ich, wie findest du mich?«

Er wirft sich in die Brust, lächelt auf seine unnachahmliche Art. Das Lächeln meiner Kindheit, all der geschenkten und verlorenen Liebe, der Waschbecken, an denen wir uns dicht nebeneinander wuschen.

»Wie immer. Du bist auch immer noch derselbe.«

Er nickt, zieht die Lippen nach innen. Meine Hände liegen auf dem Tisch, ich rühre mich nicht mehr, streiche mir nicht mehr über mein Haarbüschel, tue nichts mehr, da ist keine Zeit, kein Bedürfnis nach Unordnung. Da ist schon alles. Und ich weiß, dass es ihm auch nicht so gut geht, wie es aussieht, dass da etwas ist, was er mir verschweigt, zwischen den vielen Dingen, die er mir mit seinen etwas schwer gewordenen Augen sagt. Sie sind dunkler umrandet als früher, mit kleinen Fältchen, die ihn gut kleiden, die Fältchen seines Lächelns, der vielen Male, die er fern von mir, fern von hier gelächelt hat. Umsonst.

Wir stehen vom Tisch auf. Nun sitzt Costantino auf dem Sofa, ein Bein über das andere geschlagen. Mit einem anderen Glas in der Hand, einem anderen Drink, einem stärkeren. Ich sitze ein Stück weg von ihm in meinem Schaukelstuhl, in dem ich in Nächten innerer Stürme im Leerlauf schaukle. Ich genieße diese leichte Distanz, die ihn mir zurückgibt, in Frieden, ganz. Ein enthülltes Gemälde. Und wieder spüre ich die Trauer um meine Mutter, diese Kerze im tiefsten Innern meines Lebens. Denn Costantino war meine Mutter, an dem Tag, als er mich nahm und sagte: *Sieh nicht ins Dunkel, sieh mich an, sieh diesen Glanz, diese Herrlichkeit.*

Ich betrachte seinen Socken, seinen wippenden Fuß, seinen atmenden Bauch, betrachte alles. Ich bin wieder die dümmliche Frau von damals. Denn genau das bin ich in seinem Körper gewesen. So etwas kann man einfach nicht vergessen. Mein Blick muss nun wirklich sonderbar sein, und vielleicht bemerkt meine Frau das jetzt. Sie erkundigt sich nach seiner Familie, nach seinen Kindern.

»Brillant, a boy and a girl …«

»May I smoke?«

»Natürlich darfst du rauchen.«

Ich halte ihm mein Feuerzeug hin, weil er seines nicht findet, er zündet sich die Zigarette an, zieht, sieht mich an. Stößt den Rauch aus.

Jetzt habe ich Angst, er könnte gehen und nie wiederkommen, jetzt, da er in meinem Haus gewesen ist, da er gesehen hat, wo ich wohne, mit wem ich schlafe … jetzt, da ihm all das vertraut ist und er sich künftig daran erinnern kann … jetzt, da es mir so vorkommt, als sei alles, was ich aufgebaut habe, für ihn da. All die Jahre habe ich auf ihn gewartet, auf diesen entspannten Moment. Ohne seinen Blick wird all das keinen Sinn mehr haben. Wenn die schwarze Leere seines abgereisten Körpers auf diesem Sofa zurückbleibt und ich sie in der Dunkelheit anstarren kann, jetzt, wenn diese Zigarette gleich aufgeraucht ist …

Er steht auf.

»Es ist spät. *It's really late.*«

Er sucht sein Jackett, bedankt sich bei meiner Frau. Ich ziehe mich hoch, gehe zur Tür, reiße meinen Mantel von seinem dummen Haken.

»Ich komme mit.«

Izumi sieht mich an, sieht bereits meinen flüchtenden Rücken auf dem Gehweg.

»Wir nehmen noch einen Absacker im Pub. *Don't wait for me awake.*«

Doch wir werden nicht in den Pub gehen. Auf der Straße sind nicht viele Leute, Männer und Frauen, die mit ihren Hündchen Gassi gehen. Die leere Milchflaschen rausstellen. Wir reden nicht, atmen, spazieren durch die Leere. Ich nehme seine Hand, seine schwere Hand, die an seinem Arm baumelt und für mich da ist. Er greift so heftig nach meiner, als wäre sie die letzte Hand, die in einem Meer von Toten treibt. Da steht mein Auto, mein Kombi mit dem Hundenetz hinten und Lenis Krimskrams im Handschuhfach.

»Steig ein.«

Er gehorcht, jetzt bin ich der Mann, und das hier ist meine Stadt.

»In welchem Hotel wohnst du?«

Man könnte uns immer noch für zwei beliebige Männer halten, wir steigen ein wie zwei Roboter, ich hier, er da. Ich fahre durch das Dunkel von Straßenlaternen, aufblitzenden Scheinwerfern, Leuchtstreifen in Tunneln, Themselichtern, Leuchtreklamen von Kinos, von Warenhäusern. Seine Hand liegt wieder auf meiner, wechselt mit mir zusammen den Gang. Wie ein verirrter Tourist betrachtet er die Szenerie. Zwanzig Jahre sind vergangen, ich werde ihn nicht einfach so gehen lassen. Er sitzt in meinem Auto, ich fahre ihn und weiß nicht, wohin. Seit Jahren lebt er eingeschlossen in meinem Kopf. Er sieht todmüde aus.

»Komm her …«

Er lehnt sich an meine Schulter, ich fahre weiter, sein Kopf dicht bei mir, ich lasse das Lenkrad los, streichle ihn, suche seinen Geruch und atme tief ein.

Im Rekorder laufen Lenis Oasis, es ist der Soundtrack der Reise zum Ende der Stadt.

»Können wir in dein Hotel?«

»Im Hotel ist mein Kompagnon …«

Ich kenne einen blauen Ort, ein Motel, an dem ich auf dem Weg nach Süden manchmal anhalte, damit meine Damen aufs Klo gehen können. Ich warte dann draußen und rauche eine, *Aber beeilt euch, hurry.* Nachts pulsiert die Fassade im Neonlicht, um Aufmerksamkeit zu wecken. Darüber kreuzen sich zwei Straßen, eine doppelte Überführung, und darunter sind noch zwei und ein Kreisverkehr, oben und unten rauschen Autos vorbei. Ich habe mich immer gefragt: *Wer zum Teufel will denn hier übernachten?*

Wir küssen uns schon. Ich habe das Auto im Staub angehalten, habe scharf gebremst.

»Warte … warte, mein Schatz.«

Sein Mund, der keinen Widerstand leistet, weit aufgerissen, wie ein ausgetrockneter Brunnen, der wer weiß wie lange schon kein Wasser mehr gesehen hat, ich schmecke Alkohol und Zigaretten. Ich berühre seinen Hals, versinke an seiner Schulter. Mit zwei Gesichtern zum Fürchten gehen wir rein, die Blicke voller Geister, die wie Lava herausschießen, wie die letzte Lava der Welt. Ich bin aggressiv, bin ein anderer. Ich klopfe auf den Tresen, weil kein Schwein da ist. Dann lässt sich der Typ endlich blicken. Und er ist nicht der Abschaum, den man hier erwartet. Ein unauffälliger Wollwestenheini, er könnte einer meiner Studenten sein, und vielleicht ist er das auch: ein braver Junge, der nachts das nötige Kleingeld für das Studium am Tage zusammenklaubt. Ich bin unverfroren, streiche mein Haarbüschel zurück, verstecke mich nicht, offenbare mich sogar, kratze mich am Bart, verlange ein Zimmer, verlange den Schlüssel, verlange Costantinos Ausweis, lege ihn auf meinen, schiebe ihn rüber, Papier auf Papier, Leben auf Leben. Also, der Schlüssel? Nicht nötig, dass du uns begleitest, Kleiner.

»We'll find the room, don't worry.«

Natürlich finden wir den Weg. Ein vergammelter Teppichboden mit kleinen Rhomben, die Notbeleuchtung an der Wand wie rote Bonbonwürfel. Ein bestialischer Mief nach ranzigem Frühstück, nach Klo, nach Drogen und komplizierten Träumen. Der Schlüssel passt, versinkt aber, es braucht einige Ruhe, um das Schloss in der Mitte zu finden. Ich bücke mich, betrunken und halb blind, zücke mein Feuerzeug. Geschafft. *Schließ die Tür.* Wir sind drin. Ich schalte das Licht an, ein Bett ist da. Costantino haut mit der Faust gegen das Licht. Dunkelheit, fast, Ritzen im kaputten Rollladen, blaues Summen von Leuchtstofflampen. Unser Schiff. Nach einem Ozean voll Zeit. Wer wird anfangen? Wer wird über wen herfallen? Ein Fausthieb, zwei Fausthiebe, vorher. Zwei Schmerzensschläge. *Wo bist du gewesen? Still.* Noch ein Hieb, weniger stark, schniefende Nasen, der zweite Schlag aus Ergriffenheit. Die Hand an der Kehle. *Ich bring dich um. Still. Amore mio, mein Liebling.*

Morgenröte draußen auf dem Vorplatz. Autos hinter und über uns. Die Hemden in Fetzen, die heftigen Gesichter in ihre Haut zurückgefahren. Nach dem Sturm. Was tun wir? Wir fahren Richtung Stadt, kehren zurück. Kehren langsam zurück. Wir reden nicht, wir betrachten die blasse Welt. Die gestrigen Dinge.

»Warst du gestern an der Victoria Station?«

»Wann denn?«

»Morgens, gegen acht.«

»Da war ich in Rom. Ich bin erst nachmittags angekommen.«

»Du warst das nicht?«

»Ich weiß nicht mal, wo die Victoria Station liegt.«

Ich halte ein Buch von Kafka in der Hand, von diesem armen, zu hoch aufgeschossenen, zu eckigen Mann, der mir ein bisschen ähnelt. Ich sehe mir sein Foto an, die spitzen Ohren und die wie auf dem spitzen Gesicht festgenagelten Augen. Sie erinnern mich an die mit Steinspitzen eingravierten Augen auf Felszeichnungen. Blicke, die schlichtweg Schmerzpunkte sind. Und nichts bleibt von ihnen. Ich habe ein paar Zeilen aus dem »Hungerkünstler« erneut gelesen, sein erbärmliches Ende. Ich nehme meine Brille ab, rieche das Stroh neben den anderen Zirkuskäfigen, in dem die Knochen des armen Fakirs zerfallen. Mir reicht es. Unter diesem Stroh versickert heute Abend meine zweiseitige Seele. Mein Geschlecht ist ein verdörrtes Johannisbrot. Der trübe Schein der Stehlampe schält mich im Sessel aus dem Dämmerlicht heraus, ein langes Elend mit übergeschlagenen Beinen. Der armselige Körper eines Mannes, der im Wohnzimmer seines Hauses gefangen ist. Ich seufze, *Ahhh …* Das habe ich mir vor Kurzem angewöhnt. Ich stoße einen Klagelaut aus, wenn ich allein bin und niemand mich hören kann. Ich vertreibe die Furie, die Qual des sterbenden Mannes, der in mir wohnt. Dabei weiß ich, und das ist der Aufschrei, weiß ich, dass das Leben so einfach sein könnte, ich habe gesehen, wie es sich auf kleinstem Raum entfaltete.

Nach dieser grandiosen Nacht war ich tagelang euphorisch. Stark und unverschämt, wie nur Geheimnisse uns werden lassen, schön und teuflisch, von unterirdischen Strömungen genährt und in einem selbst ausgelösten Licht strahlend. Ich spürte meine Haut auch weiterhin auf eine ganz bestimmte Weise, straff, gerötet, von Wunden der Lust durchzogen. Lächelnd drehte ich mich in der Menge um, am Genick gepackt, das zerfetzte Fleisch auf dem meines Mannes, Kilometer entfernt in seinen Käfig geworfen. Viele Tage lang war ich das strahlende Löwenfutter. Ich schloss die Augen im Zug, im Auto, im Dunkeln und im Licht, für dieses Memento mori, um mir nochmals alles vor Augen zu führen und die Details zusammenzuklauben.

Wir lassen nicht noch mal zehn Jahre verstreichen, das waren unsere Abschiedsworte.

Doch die Zeit stellt uns in eine Reihe und zieht vorbei. Die Vorlesungen für die höheren Studiengänge, die Prüfungszeit, eine kleine Tragödie, der Tod eines Freundes, eine Witwe, die mit Ausflügen und Abenden bei Freunden wieder auf festen Boden gestellt werden muss.

Ich kaufe mir ein Mobiltelefon. Anfangs ist es ein verheißungsvolles Gerät. Ich beginne abends mit dem Hund rauszugehen wie alle Liebhaber, wie alle von verbotener Liebe Abhängigen. Dann wird es ein Ticket fürs Grab, ein Ferngespräch mit dem Jenseits.

»Wie spät ist es bei dir?«

Dort ist es immer eine Stunde später, hier immer eine Stunde früher. Ich gehe zu Fuß, suche die Schlüssel in meiner Jackentasche, bohre sie mir ins Fleisch, während ich spreche. Wir sind voller Scham, bewahren fantastisch Haltung. Ich weiß nicht, was für ein Mensch er in all den Jahren geworden ist. Ich habe einen dumpfen Schmerz zwischen den Beinen, eine Last. Ich höre ein Kind neben ihm reden, das kleinere, das *mit den Problemen.* Es scheint sein Lieblingskind zu sein, er hat es immer dabei. Das ist mein ärgster Rivale, dieses Kind, mit dem er sich identifiziert und sich in Schuld hüllt.

»Was hat es?«

Er will vor Giovanni nicht flüstern. Spricht laut wie ein Fremder, wie er es wohl auch mit seinen Weinlieferanten und den Händlern von Trüffelkäse tut. Ich höre, dass er sich vorbeugt, dass er ihm wahrscheinlich den Mantel zumacht oder die Nase putzt.

Manchmal schweige ich, gehe still weiter, schleppe das Telefon mit, diesen stummen Kontakt, einen müden Schweif aus Seufzern und Gedanken, die nicht ankommen. In der anderen Hand die Leine. Der Hund zieht, weil er stehen bleiben und schnuppern will, ich ziehe stärker, *Move your arse, for Christ's sake.* Wir verabschieden uns, ohne uns noch etwas zu sagen, nur weil er wieder nach Hause geht und weil zwei verheiratete Männer, die über Meer und Land hinweg kilometerweit entfernte, erregte Seufzer ausstoßen, schnell nach Vergeblichkeit stinken und nach Verwesung.

Bei anderen Gelegenheiten bin ich beschwipst und locker, dann rede ich zu viel.

»Was machst du? Was hast du an?«

Ich habe den Eindruck, er muss erst an sich heruntersehen, bevor er mir antwortet.

»Ein Hemd und ein Jackett, so was eben.«

Ich erzähle ihm, dass ich mir eine neue Jacke gekauft habe, aus Samt und mit Fellfutter, wie die, die ich vor zwanzig Jahren hatte und an die er sich bestimmt noch erinnert. Ich beschreibe sie ihm in allen Einzelheiten, als wäre dies das spannendste Gesprächsthema der Welt. Ich sage, ich wolle ihm genau die gleiche kaufen, Größe XL, oder?

»Wahrscheinlich brauchst du wenigstens zwei Größen mehr als ich.«

Nicht weil er fett wäre, ganz sicher nicht. Sondern wegen dieses ganzen Reichtums, dieser Schönheit, an die meine griechischen Statuen nicht heranreichen, auch kein Apollo von Belvedere. Und sein Schwanz ist natürlich viel größer.

Er ist hastiger, brutaler als ich. Er fürchtet sich vor solchem Tuntengerede. Er kann es am Hörer wittern, wenn das Terrain weich wird.

Meine Frau, mein Kristallkranich, schläft. Sie ist erschöpft nach Hause gekommen. Hat eine Suppe gegessen und sich sofort hingelegt, wie eine Puppe, die in ihre Schachtel zurückkehrt. Hat sich, fast ohne sich auszuziehen, zusammengerollt und vom Bett aus erst einen Pantoffel fallen lassen, dann den anderen. Ihr schwarzes Haar liegt ausgebreitet auf dem Kissen. Ihre Stirn ist im Schlaf zu nackt und zu weiß. Auch ihr Mund erschreckt mich, dieses offene Kästchen, aus dem das lautlose Fluidum ihres Lebens strömt. Ihre Augen sind wie zugenäht, ihre zähe Seele ist versunken, als wünschte sie sich nichts anderes. Ihre Haut so durchscheinend, dass sie aussieht wie ein aufs Bett gelegtes Kleid, das auf sie wartet.

Ich hätte nicht gedacht, dass ich es irgendwann fertigbringen könnte, sie nicht mehr zu sehen. Und doch habe ich sie schon lange nicht mehr beachtet. Ich habe in einer Blase gesessen, um den Erdrutsch zu verarbeiten, und als ich wieder einen halbwegs normalen Gedanken fassen konnte, war mein Blick auf sie längst kühl und geistesabwesend. Jetzt versuche ich zu retten, was nach der Überschwemmung noch herumschwimmt, die das Haus und alles andere unter sich begraben hat. Die alles verschoben hat.

Ich schlafe nicht. Ich bin eine meiner geliebten Grabstatuen, die ich für meine Studenten mit großer Leidenschaft zum Leben erwecken kann. Dieses durchwachte Nachtleben ist das Reich der

Toten. Ich müsste mich ernsthaft zusammenreißen und damit aufhören, meine Leber zu ruinieren, doch nachts, wenn das Sanktuarium im Dunkeln liegt, ist der Whisky heilig.

Morgens um vier möchte ich Costantino anrufen und mit ihm über die Zeit reden, als wir am Meer waren, als er das Zelt aufbaute. Ich glaube, dass ich nicht länger in einer Stadt ohne Meer leben kann. Ich bin drauf und dran, dieses Haus zu verlassen, alles zu verlassen.

Der Tag bricht an. Ich bin raus aus dem Gewühl von Träumen, an die ich mich nicht erinnere, die mich aber ganz schön geboxt haben müssen, nach dem verunstalteten Gesicht zu urteilen, das ich im Spiegel sehe, nachdem ich mich ins Bad geschleppt habe. Ich ziehe mir den zerknitterten Pyjama aus, der mehr als jedes andere Kleidungsstück den Geruch meines gequälten Wesens und meiner zerwühlten Organe bewahrt. Ich betrachte meinen weißen, erschütternden Körper wie das fossile Skelett eines kleinwüchsigen Sauriers.

Der Duschkopf verteilt das gesegnete Manna des heißen, reinigenden Wassers, das mehr wert ist als tausend Kämpfe, also weg mit ihnen. Literweise Wasser, kübelweise Wärme. Ich liebe die Wohltat einer kräftigen Dusche. An unserem *maison de charme* habe ich praktisch nie was gemacht. Das Einzige, wofür ich gekämpft habe wie Julius Cäsar in Gallien, war der Boiler. Ich wollte ein Prachtstück vom Allerfeinsten. Nie wieder wollte ich mich mit dem Problem unverdienter Kälte herumschlagen, mit einem quer aus einem alten, verstopften Brausekopf sprühenden Gepinkel. Ich hatte es satt, herumzuhüpfen, zu johlen, zu schreien und zu fluchen. Das hatte ich in allen meinen Londoner Jahren getan. Ich hatte unter der Dusche gefroren, und diese Plage hatte mir wirklich jeden Morgen die Laune verdorben. Das unangenehme Gefühl, immer wieder ein begossenes Huhn zu sein, hatte mich niedergeschmettert. Und er, wo war er in all den Jahren? Verloren an seinem fernen Ufer.

Die Dusche ist der einzige Orgasmus. Vor allem wenn du in einem Zustand sexueller Unsicherheit lebst, der dich dazu verleitet, die abwegigsten Dinge zu tun, deinen Körper aufs Geratewohl irgendwo zu küssen, dich mit offenem Mund zu krümmen und dir, wie er es getan hat, die Kehle zuzudrücken, reduziert auf das Unglück eines einsamen Bondagisten. Und kurz darauf, unterwegs im Zug, wenn du ein Butterbrötchen isst und deiner zauberhaften Stieftochter telefonisch einen guten Morgen wünschst, *Hi darling,* regt sich der Abscheu in dir, das Bedürfnis, in den Abfallbehälter zu kotzen. Zusammen mit der Hoffnung, auch gleich deinen Magen mit ausspucken zu können und möglichst alles Übrige, was tiefer liegt, unter der Gürtellinie.

Dieses *Übrige* quält dich, weil es unverhofft, in den ungünstigsten und wirklich unmöglichsten Momenten aufsteht wie ein Kind in der Nacht, ein Kind mit ernsten Problemen, zur Ruhe zu kommen. Du greifst dir an die Hose, kaschierst diese Geste unter all den Leuten, die auf den Zug warten, bei deinen Studenten und sogar vor deiner Frau, denn auch sie ist ein wundersam zerfließendes Bild, wenn *jene* Gedanken kommen. Du spreizt die Beine ein wenig und versuchst, ihn wieder runterzudrücken, zurück in die Heia. Trotzdem willst du ihn auch wachhalten, dein Kopf sagt es dir und reagiert auf die Befehle eines gestressten Herzens, das in deinem Körper nun ständig seinen Platz wechselt. Mal schlägt es im Auge, mal im Knie. Ja, das sind romantische Qualen! Wirklich quälend in einem erwachsenen Körper, der durch diverse akademische Zeugnisse zertifiziert ist und durch Ehrungen renommierter Einrichtungen, an denen du Vorlesungen über Themen wie *Die hellenistische Technik in den pompejischen Figuren* gehalten hast. So reduzieren sich die großen romantischen Qualen, die ganze Graslandschaften von Absichten umfassen, auf dieses geliebte Gerät, das es sich bequem und dir gesellschaftlich unbequem macht, wenn es in deinen öffentlichen Hosen steif wird und dich daher oft veranlasst, dich abzusondern.

Costantino hat ein krankes Kind. Er erzählt mir von Giovanni, von diesem Geschöpf, das die Dinge nicht benennen kann und verdrehte Sachen tut, deren Dolmetscher Costantino geworden ist. Wenn es friert, zieht es sich aus, wenn es sich freut, zittert es verzweifelt. Seine Mutter ist dem nicht gewachsen, sie ist berufstätig, geht mit High Heels und Handy aus dem Haus. Costantino hat eine Höhle gebaut, hat dieses Kind dort hineingesetzt und Feuer gemacht. Er hat gesagt: *Hier sind wir. Wenn die wilden Tiere kommen, gehe ich ihnen mit dem Feuer entgegen.* Es sei ganz einfach gewesen, hat er mir erzählt, ganz natürlich. Er ist sein Sohn. Du würdest alles für deinen Sohn tun. Er stützt ihn beim Laufen, hebt ihn hoch, wenn er es eilig hat, nimmt ihn unter seine Jacke, wenn es windig ist. Im Auto hat er einen eigenen Sitz, ist dort hinten immer angeschnallt, während Costantino telefoniert. Ich höre die Musik, die dem Kind gefällt, Kinderlieder, die traurig machen.

Denn ich stehe hier mit einem Steifen und wäre am liebsten gar nicht geboren, jetzt, da wir uns wiedergesehen haben und nichts je möglich sein wird.

Es war das Erste, was er sagte:

»Denk nicht mal im Traum dran. Da gibt es nichts zu überlegen.«

Ein andermal sagte er:

»Giovanni hat nur mich.«

Und einmal fügte er noch brutaler hinzu:

»Ich habe nur ihn.«

Da brüllte ich los, trat gegen Mülltonnen und ließ die Hundeleine auf den Gehweg fallen.

»Wie, du hast nur ihn? Und was ist mit mir?!«

»Guido, du siehst immer nur deine Seite.«

Ich antwortete ihm, er sei ein Weihwasserträger, ein Dreckwasserträger, ein schwuler Messdiener, und er werde es auch immer bleiben. Dabei wollte ich ihm doch sagen: *Du bist meine Seite.*

»Na, umso besser«, sagte er. »Wenigstens hast du dich klar ausgedrückt.«

Ich war außer mir, und in dieser Bestürzung war mir nur eines klar: dass er wesentlich stärker war als ich.

»Entschuldige.«

»Schon gut.«

Er sagte nichts mehr. Und ich wimmerte wie ein Milchkalb.

»Ich liebe dich. Du weißt doch, dass ich dich liebe, oder?«

»Hör auf, Guido, es reicht.«

Ich warte im Fachbereichsraum, meine reizende Geena stellt mir eine dampfende Tasse und kleine Muffins hin, die sie in ihrem Ofen bäckt und für mich und nur wenige andere Lieblinge in einer makellosen, braunen Papiertüte mitbringt.

Durch einen Windstoß springt das Fenster auf, und um es zu schließen, stürzt Geena darauf zu, mit ihren blassblauen Fesseln, die an die Zuckerstangen in Covent Garden erinnern. Sie sieht mich an, zwinkert mir zu und bewegt sich wie Cinderella auf ihren gläsernen Schuhen. Sie ist dem Grab wohl näher als der Wiege und die attraktivste Frau, die ich je gesehen habe. Wäre ich nur entsprechend gepolt, ich glaube, ich würde mich für sie umbringen. Von ihrem Format läuft weit und breit nichts Besseres herum.

Geena, meine Liebe, du ahnst nicht, wie viel Freude es mir macht, in dieses Zimmer zu kommen, mit dem erloschenen, doch gepflegten Kamin und dem Kaminbesteck, funkelnd wie Gabeln neben einem schwarzen Teller. Ich weiß, dass dein großartiges, kraftstrotzendes Herz eine Schwäche für mich hat, für diesen Italiener, den du zu deinem Schützling auserkoren hast.

»And what about your mother, Guido?«, hast du mich vor ein paar Jahren mal gefragt, während die Blaumeisen vor dem Fenster Fangen spielten.

»She died.«

»I'm so sorry, darling.«

»It happened a long time ago.«

Ihre Augen wurden feucht, und meine Tränen fing sie auf, indem sie mir ihr Taschentuch reichte. Auch ihre Mutter war tot, Geena war in einem dieser schrecklichen Internate für unglückliche, arme Mädchen aufgewachsen, deren Schande kaum geringer war als die von Pennern.

Ich nahm ihre Hand und hielt sie im leuchtenden Sonnenuntergang ein Weilchen fest, während unsere Gedanken traurig und schnell zurück zu den Leidenswegen des jeweils anderen glitten. Ich holte eine Flasche des verstorbenen Professor Allen heraus, meines zutiefst verachtenswerten Vorgängers, einen vorzüglichen torfigen Malt, mit dem wir das einleiteten, was nur und ausschließlich unser Freitagsritual wurde, nach getaner Arbeit. Jetzt lachen wir, schneiden Grimassen, und Geena äfft wunderbar Professor Allen nach und die Stellvertreterin Fanny, die Toten und die Lebenden, die höheren Gelehrten und das Fußvolk. Sie ist so amüsant und hemmungslos, dass ich oft im Zug, wenn ich allein bin, erneut auflachen muss. Ach, wären doch alle so wie Geena, die Welt wäre ein zauberhafter Ort, gütig, leistungsorientiert und mit einigen Lastern in der Schublade! Sie sollte dem Londoner Gericht vorstehen, sich eine Perücke aufsetzen, sich einen dieser Krähenmäntel überziehen, mit dem Holzhämmerchen pochen und über das Schicksal von Wohltätern und Delinquenten entscheiden.

Sie erscheint in meinen Vorlesungen, hört sich die letzte Viertelstunde an, reglos, die Arme über der Brust, und ich deklamiere und bilde mir etwas ein auf meine beste Studentin, diese kleine Fee mit ihren weißen, hochgesteckten Haarröllchen und den Stiefeletten aus Robbenfell. Sie versäumt es nie, sich anerkennend zu äußern oder bei Bedarf gutmütig mit mir zu schimpfen, wenn ich einem Studenten zu geduldig antworte, einem von denen, die sie als »Streberochsen« bezeichnet, denn natürlich hat sie eine Kartei und ein Schubfach für jede Gestalt, die sich in diesen Hörsälen blicken lässt, und sei es auch nur für wenige Monate. Die *Streberochsen* sind für sie bei Weitem ungenießbarer als die »Caravaggio-Schlampen« oder die »Formel-Eins-Piloten«, also solche, die von nichts eine Ahnung, aber ständig was zu quasseln haben.

Freitags versuche ich, zumindest eine Viertelstunde eher Schluss zu machen. Ich räume das Lehrmaterial zusammen. Geena rückt die Stühle zurecht, sammelt die kreidedurchtränkten Schwämme zum Waschen ein, geht in *unser Zimmer* und bereitet die Feierabendbelohnung vor, *the good stuff.*

Denn jawohl, seit einem Jahr berauschen wir uns. Mit schwachen, erlesenen Drogen: mit feinstem Gras ohne schädliche synthetische Zusätze. Nicht den kleinsten Schaden wollen wir durch unser Vergnügen nehmen. Ich habe schüchtern damit angefangen, mit einem Joint, den ein Student liegen gelassen hatte, einer aus der Kategorie »Kleinkunst-Rubens«, und Geena machte mit, ohne groß zu zögern. So erfuhr ich, dass sie ein *occasional smoker* war.

Wir haben unsere *happy cigarette* angezündet. Heute Abend ist das Gras ausgezeichnet, die Zunge nicht teigig, sondern weich und gelöst. Geena fällt auf, dass ich mit meinen Gedanken weder hier noch irgendwo in ihrer Nähe bin.

»What's the matter, darling?«

Dieses große, vollkommen trostlose Verlangen. Dann die Worte, wenige nur und genau die richtigen, um sie jetzt auszusprechen. Geena reichte schon die süßliche Stille meiner Augen.

»I knew there was something wrong.«

»Ein Mann, verstehst du?«

Für einen Moment denke ich, dass sie es nicht gerafft hat, schließlich ist sie nicht mehr die Jüngste und schon ziemlich bekifft.

»Ja, ein Mann, na und? Ich habe meine Freundin Sally Murren geliebt, ich war nicht mit ihr im Bett, aber was heißt das schon, ich habe sie geliebt! Solange sie lebte, habe ich sie mehr als jeden anderen Menschen auf der Welt geliebt!«

Sie kennt jede Menge *fags. Die sehen natürlich nicht so aus wie du, du bist viel männlicher.*

»Sie können ziemlich gemein sein, weißt du.«

»Ach, hör auf ...«

»Und die Promis unter ihnen sind verdammte Hurensöhne.«

»Ich habe ganz reizende Freunde, die keiner Fliege was zuleide tun könnten.«

»Das glaube ich gern. Dann drück ihnen diese Fliege mal in die Hand.«

»Fräulein Geena Robinson, Sie sind heute Abend ganz schön ungezogen.«

»Wer von euch beiden ist eigentlich die Frau?«

»Wie bitte?! Das ist jetzt aber wirklich eine banale Frage!«

»Sex ist immer banal, Schätzchen.«

»Wir sind ein Mann und ein Mann, und damit basta.«

»Na los, wer ist die Frau?«

»Du lieber Himmel!«

»Ich könnte mir vorstellen, dass das gar nicht so anders ist.«

»Wir wechseln uns ab.«

»Wie demokratisch. Zweigleisig zu fahren könnte ich mir auch vorstellen.«

Es hätte ein Drama werden können, doch wir quiekten vor Lachen in diesem ländlichen Fleckchen Englands. Unaufhaltsam senkte sich der Abend herab, der Zug war weg, er hatte den

Bahnsteig ohne mich verlassen, auf seinem schwarzen, nächtlichen Weg nach London. Dann senkte sich der Vorhang über den Komikern, und ich war nun tragisch nackt. Ich erzählte ihr alles.

»Es ist, als würde jemand barfuß über mein Gesicht laufen, mir die Augen und die Nase zertreten und mich ersticken. Ich weiß, dass ich durch diese andere Identität kompromittiert bin. Ich habe es immer gewusst, doch jetzt bin ich erwachsen. Ich kann nicht zurück und auch keinen Schritt weiter. Ich kann überhaupt nichts tun.«

»Vor dem Nichts ist immer noch was.«

»Ich kann mit diesem Geheimnis nicht leben.«

»Geheimnisse sind unsere besten Liebhaber, die unvoreingenommensten und kräftigsten. Sie peitschen uns, wecken uns schlagartig auf.«

Die Glut des Joints versetzte ihr einen Hitzeflash.

»Ich war zwanzig Jahre lang die Freundin eines Lords, eines begeisterten Jägers. Und ich habe mich mein Leben lang gefühlt wie eines dieser Tiere, die zufällig aufgestöbert werden und die man aus Langeweile schießt oder aus Nervosität. Bloß weil man den Fuchs nicht erwischen konnte. Doch nach einem Leben auf der Sonnenseite habe ich mich nie gesehnt. Mein Geheimnis hat mich dazu gebracht, mich selbst zu ergründen, ich führte ein spektakuläres Innenleben.«

Schweigend tranken wir den letzten Schluck und starrten in den erloschenen Kamin.

»Der beste Teil des Lebens ist der, den wir nicht leben können, Guido.«

Geena löschte das letzte Licht, zog sich den Mantel an und half mir in meinen. Ich torkelte.

»Geh nach Hause und versuch zu schlafen, doch kauf deiner Frau vorher noch Blumen. Frauen lieben es, wenn sie werktags Blumen geschenkt bekommen.«

Am Bahnhof mustert mich ein Mann, während wir dastehen und auf den Zug warten, an eine Scheibe gelehnt, die das Schauspiel der sich steif gegenüberstehenden Leute abschirmt. Er lächelt mir zu, ohne zu übertreiben. Er sieht gut aus, distinguiert, hat trotz seines Regenmantels etwas von einem Westernhelden und ist an die fünfzehn Jahre älter als ich. Ich sehe ihn an und denke, dass ich auch so enden könnte, so wie dieser diskrete Homosexuelle, mit einer abgewetzten Tasche voller Kulturbroschüren und einem alten Kaschmirschal, den ein lieber, verstorbener Freund ihm mal geschenkt hat. Wie dieser freundliche, angenehme Mann, der darauf hofft, sich von einem ruhigen, nicht besonders hübschen Typen wie mir in einem kleinen Hotel oder in einer winzigen, mit Büchern tapezierten Wohnung ganz in der Nähe den Arsch füllen zu lassen. Der auf einen Tee *danach* hofft, auf ein intellektuelles Gespräch, bei dem wir nackt und mit Krawatte dasitzen, die Beine übereinandergeschlagen wie zwei perfekte britische Ladys. Wie viele einsame Homosexuelle ich in dieser Stadt nun bemerke. Und wie traurig die Jagd unterlegener Tiere ist.

Es ist Weihnachten. Regendurchweichte Santa-Claus-Figuren hängen an weißen Stuckbalkons. Schlingernde Lichterkreisel. Das Getrampel menschlicher Gestalten, die auf den Gehwegen durch Schneematsch und Laub hasten, mit guten Vorsätzen fürs Leben gewappnet. Pakete und Päckchen. Die öffentliche Barmherzigkeit hat sich der *homeless* angenommen, sie werden ihr *hot meal* bekommen, ihre Scheibe Truthahn. Der alte Gordon pfeift auf die Einladung, er hält sich wie immer im *stairwell* des Eckhauses aus poliertem Backstein auf. Er wiegt seine Flasche wie ein guter Vater sein neugeborenes Baby. Ich grüße ihn von oben. Er wedelt mit seinen Lumpen eines heiligen Trinkers. *Merry Christmas, my friend.*

Durch das Haus zieht der typische Soßengeruch, im Kamin brennt Feuer. Die lange, gedeckte Tafel wäre eines Fotos in *Harper's*

Bazaar würdig gewesen. Goldene Federn, schwimmende Orchideen. Der kindliche Bacchus mit seinem Füllhorn im Zentrum des Tisches und mit Weintrauben zwischen den Beinen ist in diesem Bethlehem ein hübscher blasphemischer Coup, nach dem man sich alle zehn Finger lecken möchte. Ich verstecke die Geschenke. Der Hund schnappt schon nach meinen Beinen. Er zieht die übliche Nummer ab, springt herum, wirft sich vor mir hin, mit dem Hintern nach oben, wedelt mit dem Schwanz. Du lieber Hund, der du mich zum absoluten Herrchen deiner Glückseligkeit erkoren hast.

»*Not yet, Nando, we'll go for a walk later.*«

Ich gebe Izumi einen Kuss.

»*Hi, love.*«

Ihr Kopf riecht gut, nach dem alten, vom Zahn der Zeit bearbeiteten Holz eines Zen-Klosters. Sie trägt ihre große Chirurgen-Kochschürze. Leni liegt auf dem Sofa. Sie ist unser Weihnachtskind. Sie im Haus zu haben ist wahrhaft ein Segen. Sie ist gestern Vormittag gekommen. Gepriesen seien die Ferien. Heute Morgen haben wir uns gegenseitig überboten, um ihr das Frühstück ans Bett zu bringen. Wir haben uns, eine hier, einer da, auf den Überwurf gesetzt wie die Hunde der Königin.

Sie trägt alberne Wollbermudas, ihre Beine sind nackt, der Nagellack kirschrot. Ich setze mich neben sie auf den Teppich, wie Nando es sonst bei mir tut. Ich lege meinen Kopf dicht neben ihre Hände, sie küsst mich.

»*Hi, Dad.*«

»*Hi, sweetheart.*«

Sie streicht mir übers Haar. Ein zärtliches Räuspern löst sich in meiner Raucherkehle und wird verschluckt. Leni und ich haben die Fähigkeit, zusammen zu sein, ohne uns zu rühren, die Fähigkeit, nur nachzudenken und zu atmen. Dann treffen sich irgendwann unsere Gedanken. Das praktizieren wir schon seit vielen Jahren so.

An diesem Abend hat mein Mädchen leichte Augenringe, sie versteckt ihre Füße unter dem Kissen. Sie erzählt mir viel, doch vielleicht nur eines: Sie macht sich Gedanken über ihr Leben. *»How will I make it, Dad?«* Ich erinnere mich noch genau an den Tag, als sie sich ihrer selbst bewusst wurde und ihr so ursprünglicher Blick voller Hoffnung und Dankbarkeit allen Menschen gegenüber verschwand. Das war an einem Sonntagnachmittag gewesen, sie war für ein paar Minuten eingeschlafen, hatte sich mit einem verquollenen, bestürzten Gesicht und etwas Spucke an der Lippe vom Sofa hochgezogen und ein Kissen umklammert.

»Sie haben meine Englischlehrerin beklaut, in der U-Bahn, ihr ganzes Gehalt und alle Zuschläge.«

Ich saß an meinem Schreibtisch, einen ungeheuren Berg noch nicht korrigierter Aufsätze vor mir, in der Haltung eines Professors, der sich auf seinen Sechs-Uhr-Scotch freut.

»Sie hat drei Töchter, und ihr Mann arbeitet nicht.«

»Das ist sehr bedauerlich.«

Ich widmete mich wieder dem Aufsatz über Jacopo da Pontormo und die Hochrenaissance, den ich gerade durchsah, und Leni setzte sich wieder aufs Sofa. Und da geschah diese Veränderung, glaube ich. Eine andere Stimme drang zu mir.

»Findest du es richtig, dass eine arme Frau so ausgeraubt wird?«

Ich nahm meine Brille ab, sah Leni an.

»Natürlich nicht.«

»Ist das alles, was du dazu zu sagen hast? Kannst du nicht irgendwas tun?«

»Leni, was, zum Teufel, soll ich denn tun? Ich war's nicht! Ich versichere dir, dass ich nicht rumlaufe und armen Lehrerinnen die Handtasche klaue!«

»Ist es das, was du deinen Studenten beibringst, sich abzuwenden und woandershin zu schauen?!«

»Ich unterrichte Kunstgeschichte, meine Studenten sind alle viel reicher als ich. Sie haben längst gelernt, sich abzuwenden.«

Sie stand mit ihrem seit wenigen Monaten entwickelten Körperchen auf, ging hoch in ihr Zimmer, zerschlug ihre Sparbüchse in Form eines Cabs, kam mit dem ganzen Inhalt von Klein- und Kleinstgeld im T-Shirt wieder runter, steuerte auf mich zu und schüttete alles auf meinen Schreibtisch, auf den Aufsatz des jungen Carrington.

»Wie viel ist das? Zähl es.«

Ich war wütend, doch ich hatte sie noch nie so traurig gesehen.

»Na gut. Ich spreche mit deiner Mutter. Sie wird sich an den Elternsprecher wenden, und wir organisieren eine Sammlung. Wir gehen mit einem Hut rum, o. k.?«

»O. k.«

»Wie läuft's in der Schule?«

»Gut.«

»Was macht ihr gerade?«

»Nichts.«

Ich bückte mich, um die Saat der Pennys aufzulesen. Wir legten uns auf den Teppich, und zum ersten Mal redeten wir in einer härteren, realistischeren Sprache über das Leben. Sie hörte mir zu und sagte schließlich:

»Das schaff ich nie.«

»Was denn?«

»Das weiß ich noch nicht, aber ich weiß, dass ich's bestimmt nicht schaffe.«

»Aber warum denn, Leni?«

»Weil ich schwach bin.«

Ich nahm sie in die Arme und hatte Mühe, meine Tränen zu unterdrücken. Ich flüsterte, dass sie keineswegs schwach sei, sie sei außerordentlich feinfühlig und schlagkräftig, wie alle starken, nachdenklichen Menschen. Wie die griechischen Helden in den Epen, die ich ihr jeden Abend vorgelesen hatte. Sie tat so, als hörte sie mir zu, doch sie war allein auf einem unruhigen Terrain. Die nackte Achillesferse war außerhalb des Wassers geblieben.

Später am Abend packt sie ihr Geschenk aus. Wir haben gemeinsam gegessen, jetzt singt Flannery, die Sopranistin, mit der wir befreundet sind, das *Ave Maria*, und Knut weint wie der gute Dieb am Kreuz. Überall ist Papier verstreut, dazu kippelnde Gläser und ein Mordsgestank nach Schießpulver, und Nando sabbernd unterm Sofa, verschreckt von diesen Wahnsinnsknallkörpern. Ich habe nur Augen für sie, meine Dschungelprinzessin. Ich war es, der auf diesem Geschenk bestanden hat. Izumi war für einen umweltfreundlichen Pelz. Ich bin aufs Ganze gegangen. Habe einen Haufen Geld und meine väterliche Würde aufs Spiel gesetzt. Sie öffnet die Schachtel, entfernt die Folie, das Polystyrol. Es ist ein kleiner Camcorder, mit allen Finessen und sehr handlich. Einfach das beste Modell auf dem Markt.

Leni schaut mit leuchtenden Augen auf. Sie ist überrascht. Ob sie sich wirklich freut, kann ich nicht sagen. Sie sieht mich an, denn sie weiß, dass ich der Motor und der Macher bin. Dann küsst sie uns, oder vielmehr schleudert sie uns ihre Haare entgegen, und wir küssen diese groben, herumwirbelnden Büschel, die nach allen Gerüchen des Abends duften.

Wir lesen die Gebrauchsanleitung, es ist kinderleicht, ein wahres Wunder der Technik. Und so ist mein Gesicht das Erste, was Leni filmt.

»Hi, sweety, I'm your dad, Guido.«

»Are you Spanish?«

»I'm Italian.«

»Ain schöhnes Italiener.«

Dann kommt Knut mit einem Glas herein und legt seine Star-Trek-Show hin … *Hier sind wir, ihr erhabenen Kapitäne der Zukunft, in Erwartung einer Nachricht …*

»Was denn für eine Nachricht, Knut?«

»Liebe und Sieg.«

Mein Handy klingelt. Ich steige über die Körper meiner Lieben hinweg und bin schon im Garten. Mit dem Glas in der Hand, das Hemd offen.

»*Hello …*«

»Guido?«

Mein Körper kälteversengt.

»Wo bist du, was ist das für ein Radau?«

»In der Notaufnahme.«

»Warum denn?«

»Wegen was total Dämlichem …«

»Was denn?«

»Mir ist einer hinten draufgefahren.«

»Bist du verletzt?«

»Bloß die Nase, nichts weiter.«

»Ist sie gebrochen?«

»Sieht so aus.«

»Verdammt, du hast eine gebrochene Nase …«

Er wartet darauf, dass er verarztet wird. So plaudern wir mitten in diesem Mordsgeschrei. Er hat seine Schwiegermutter nach Hause gebracht, und auf dem Rückweg ist ihm einer mit einem Alfa Romeo hinten reingefahren. Er geht raus, um eine zu rauchen, jetzt ist es still. Er will abhauen, es ist viel zu voll.

»Und deine Nase?«

»Tut nicht mehr weh.«

Ich höre, wie er läuft, wie er wieder raucht. Ich frage, was er tut, ob er sich ein Taxi nimmt, er sagt, er gehe zu Fuß. Sagt, er sei jetzt an unserem Palazzo. Ich frage, wie der jetzt aussehe, er sagt, wie immer, nur der Spruch HIER GING ZEIT VERLOREN, den gebe es nicht mehr, sie hätten ihn überstrichen. Dann bleibt er stehen, er sagt nichts mehr, ich höre ihn schwer atmen.

»Wo bist du? Was machst du?«

Ich höre ein Geräusch, vielleicht eine Lüftung, er sagt noch immer nichts.

»Was ist los?«

»Ich bin unten, am Fluss.«

»Ja, das höre ich. Geh wieder hoch, du bist betrunken.«

»Guido, ich kann nicht mehr.«

»Zieh dein Hemd aus.«

»Wieso?«

»Weil ich es dir gerade ausziehe.«

Ich strecke mich im Geräteschuppen aus, verstecke mich im Dunkeln. Und so landen wir beim Telefonsex.

Meine Tochter kommt herein, ich höre sie zu spät, der Regen läuft Marathon auf dem Blechdach, sie filmt mich. Ich rolle mich dorthin, wo das Holz lagert, und schaffe es gerade noch, mich anzuziehen. Ich bin in der Falle.

»Are you drunk, Dad?«

»I got pissed, yes …«

Sie folgt mir ins Dunkle, ich bin auf dem groben Lager aus Baumstämmen und Reisig umgekippt … Sie lacht.

»Sag mal was …«

Ich habe die Knie fest angezogen, zusammengekauert und aufgeregt wie ein Hund an der Kette.

»Halte mal einen deiner Vorträge über die griechische Antike.«

Ich halte den Gürtel meiner Hose, schwanke.

»Kennst du die Geschichte von den Kugelmenschen, die Zeus aus Neid auf ihre Vollkommenheit in zwei Teile zerschneiden wollte? Ein Teil von uns gehört zu dieser Geschichte. Es gibt Menschen, die hatten eine fließendere Trennung, oder sie haben ganz einfach ein kürzeres Gedächtnis, sie leben leichter in der Gegenwart und vergessen schnell. Andere dagegen fühlen sich mit den Jahren immer einsamer und verstümmelter, geben die Suche nach ihrer anderen Hälfte nicht auf. Vielleicht werden sie im nächsten Leben jemanden lieben, der ein anderes Geschlecht hat als sie, doch in diesem Leben können sie das nicht, sie schaffen es nicht … sie haben einfach das Bedürfnis, sich selbst zu vervollständigen.«

»Redest du von Knut?«

»Mach das aus, Schätzchen.«

»Papa, geht's dir gut?«

»Ich hab zu viel getrunken.«

Doch sie rückt mit ihrem elektronischen Auge vor, und ich weiß, dass ich ihr die beste Waffe überhaupt geschenkt habe. Sie kommt dicht heran, ich sehe sie von oben, aus nächster Nähe.

»Sag mir auf der Stelle, warum du so traurig bist.«

»Wegen Weihnachten, Leni.«

Leni schaltet die Kamera aus, deckelt die Linse zu, seufzt.

»Für mich ist Weihnachten auch traurig … diese Ankündigung einer Tragödie, das Kind, das geboren wird, um die Sünden fortzunehmen, und du weißt schon, dass es das ja doch nicht schafft, dass sie es quälen und ihm diese ganzen schrecklichen Sachen antun werden. Wie lange warst du schon nicht mehr in Italien, Papa?«

Es ist das dritte Mal, dass ich das tue. Dass ich im Morgengrauen in dieses Flugzeug steige, Billigflüge, vollgestopft mit Studenten. Immer donnerstags. Einmal im Monat kann ich es mir leisten, meine Vorlesungen zu verschieben oder eine Vertretung zu suchen. Denn einmal im Monat versammeln sich die Studenten, um organisatorische Probleme zu besprechen. Die Älteren helfen den Erstsemestern, sich mit den Lehrplänen zurechtzufinden, weshalb es ein großes Chaos gibt und viele von ihnen nicht anwesend sind. Das ist der Tag der Tutoren, und wir Lehrkräfte nutzen die Zeit, um an unseren Vorträgen zu arbeiten und die Studenten zu treffen, die als Nächstes Prüfungen haben. Viele gehen raus, nehmen Freistunden, gehen Kanu fahren oder Golf spielen. Wer eine heimliche Liebschaft hat, nutzt die Zeit und fährt für ein paar Stunden Sex in die Stadt zurück.

Am Abend vorher ist an Schlaf fast nicht zu denken. Ich nehme nichts mit, stecke eine Zahnbürste in die Tasche mit den Heften und Büchern, die ich dann aufschlagen werde, ohne sie wirklich zu lesen, denn es wird sehr mühsam sein, mich zu konzentrieren, wenn ich nur noch einen, immer stärker werdenden, immer näher kommenden Gedanken habe. Und auf dem Rückweg nur eine Erinnerung.

Ich schäle mich langsam aus dem Bett, es ist noch sehr früh, das Haus tiefblau. Meine Sachen liegen schon bereit. Nur der Hund weiß Bescheid, denn wir drehen eine viel kürzere Runde, gehen nicht weiter als bis zum Milchmann. Auf dem Tisch lasse ich für Izumi den *Guardian* liegen.

Ich gehe über den Asphalt, lange Gnu-Schritte. Ich schaue mich um, bevor ich im gefliesten Tunnel der U-Bahn verschwinde. Der Gospelsänger ist um diese Zeit noch nicht da. Unangenehme, nächtliche Restgestalten wabern neben munteren, farbigen Frauen, die Büros putzen gehen. Ich liebe diese Minuten im *underground*. Nach drei Stationen muss ich Richtung Heathrow umsteigen. Der zweite Zug fährt ein ganzes Stück über der Erde und ist mit Flughafenpersonal und Reisenden bevölkert. Früher konnte ich die U-Bahn nicht ausstehen, ich musste sie in den ersten Jahren zu oft benutzen. Es war lästig, auszusteigen und zwischen diesen müden, ungeduldigen Leuten zu stehen. Inzwischen liebe ich das.

Ich weiß jetzt, dass ich immer so leben möchte, auf der Flucht, ohne Gepäck. Wenn irgendwer in dieser Reihe meine soziale Stellung und den wahren Grund meiner Reise erführe, würde er mit dem Finger auf mich zeigen und mich für einen Perversen halten. Doch jeder Mensch ist nur in dem Moment er selbst, wenn er aufhört nachzudenken. Niemand hätte das Recht, mich zu verurteilen, bevor er nicht einige Minuten mit mir verbracht hätte, in Gesellschaft meines eigenen Erstaunens.

Wenn das Flugzeug vom Boden abhebt, wird mir schwindlig. Erst dann weiß ich, dass ich in Sicherheit bin, erst wenn ich den Satz in die Höhe spüre. Die Häuschen mit ihren dunklen Dächern, die Flughafengebäude, die winzigen Lastwagen. Die bedrohliche, harte Welt verwandelt sich in ein Liliput-Universum, endlich weit unten, dort, wo sie hingehört. Ohne mich. Ich habe Angst zu sterben, in den ersten Wolken, in der ersten Anstrengung der Motoren. Jetzt zu sterben wäre eine Ungerechtigkeit ohnegleichen.

Ich weiß nie genau, ob er mich abholt, da ist seine Arbeit, sein Kind, das Probleme haben könnte. Ihn wiederzusehen bedeutet einfach, wieder eins zu werden mit meinem Leben.

»Ciao *ragazzo*.«

Ich steige in sein Auto, betrachte seine Schultern, seinen Kopf, den er dreht, um zu lenken und aus der Parklücke zu kommen. Eine Bewegung, die er wohl unzählige Male am Tag macht und nun auch hier, neben mir. Diese Normalität ist unfassbar, der Frieden, der Anfang und das Ende. Die ersten Augenblicke sind unwirklich.

»Du siehst gut aus.«

»Du siehst auch gut aus.«

Er könnte mich überallhin bringen, ich bin sein laues Liebesgefieder. Ein Kind, das jetzt in einer anderen Welt ist. Haben wir nicht damals auf dem Hof genau das gewollt, in das Bild eines Schlosses einzugehen, das eines wunderschönen Kriegers, und dort mit unserem Helden für immer zu bleiben? Was hätte uns von der alten, realen Welt gefehlt? Nichts. Absolut nichts.

Wir reden kaum ein Wort, ich sehe ihn an. Er nimmt den Blick von Zeit zu Zeit von der Straße und lächelt mir zu. Meine Hände liegen zwischen meinen Beinen, ich schwanke ein wenig. Jetzt habe ich mehr Material, das ich mit nach Hause nehmen kann. Ich kenne den Geruch seines Autos, eines schwarzen Mercedes. Hinten, in der Mitte, ist Giovannis Kindersitz.

Wir halten zum Essen an einer schäbigen Strandbar, einer der wenigen, die geöffnet sind, mit tropischen Sonnenschirmen aus Strohgeflatter, die wie Apachenfedern aussehen, wenn sie zugeklappt sind. Wir stapfen ein Stück durch den Sand, um dorthin zu kommen. Beim ersten Mal waren wir zufällig dort, und jetzt ist es schon *unser* Lokal. Denn so macht es die Liebe, sie hebt das Bein und pinkelt immer an dieselbe Stelle wie ein Hund, steckt ihr Revier ab, markiert es mit ihrer Substanz.

Beim ersten Mal wussten wir nicht, wo uns der Kopf stand. Ich hatte einen Last-Minute-Flug genommen und war völlig erledigt angekommen. Auch er machte einen verstörten Eindruck. Wie einer, der gewartet hat, aber eigentlich weglaufen wollte. *Morgen um elf bin ich in Fiumicino. Ich komme nicht. Dann komm nicht.* Er war gekommen. Er stand zwischen anderen Leuten, Busfahrern, die auf Touristen warteten. Die ersten Schritte auf mich zu hatte er kopfschüttelnd gemacht. *Da bin ich.*

Wir konnten nicht Knall auf Fall in ein Hotel gehen. Hatten beide die gleiche Angst, in den Augen des anderen anstößig zu erscheinen. Es ist nicht leicht, wieder anzufangen. Wir fuhren einige Kilometer auf der Küstenstraße, vorbei am Pinienwald und an der Stadtrandödnis am Meer. Wir ließen das Auto stehen und liefen durch den Sand, ohne uns anzufassen, mit den Händen in den Taschen, wie zwei zurückkehrende Fischer. Der Wind zerknautschte unsere Sachen.

Wir setzten uns in diese Strandbar. Eine Flasche saurer Weißwein, zwei Gläser. Im Freien, mit den Pullovern und der Kälte. Als hätten wir Angst, irgendwo reinzugehen.

»Bist du in all den Jahren irgendwann mit einem anderen Mann zusammen gewesen, Guido?«

Genau das war auch mein Gedanke gewesen. Das hatte ich ihn auch fragen wollen.

Sein Blick spürte einer Möwe nach, die in einem an Land gezogenen Boot mit abgeblätterter Farbe Schutz gefunden hatte. Auch ich spürte meinen Gedanken nach. Der Agonie dieser einen Nacht … diesem Tingeltangel für einsame Männer, in dem ich mich geißeln ließ wie der letzte Christ auf dem Hügel Golgatha von Soho.

»Nein. Und du?«

»Nein.«

Er hatte den gleichen Blick wie ich, frostig und angespannt. Vielleicht log auch er. Die Eifersucht ließ unsere Münder verstummen. Ich schaute aufs Meer und seufzte. Da war der Wunsch, aufzustehen und ihm eine reinzuhauen, ihm eine Tracht Prügel zu verpassen. Der Wunsch, mit ihm zu schlafen. Die Scham, ihn darum zu bitten.

Costantino griff nach dem Wein und füllte die Gläser. Es war noch nicht spät, noch vor Mitternacht. Wir begannen schnell zu trinken. Ein Teller mit Bruschette und unglaublich köstliche, im eigenen Saft geschmorte Tellmuscheln wurden gebracht. Der Typ sammelte sie jeden Morgen mit der Harke, direkt vor der Tür. Nach dem Essen waren wir gelöster. Wir erzählten uns ein bisschen von diesen leeren Jahren, doch nichts über unsere Familien, dieser Kodex war sofort in Kraft getreten, alles andere aussparen, *das andere Gefühlsleben*. Die wenigen Stunden nur für uns. Wir sprachen im Singular von uns wie Leute, die allein auf der Welt sind. Ich erzählte ihm von meiner Arbeit, von meinen Studenten, davon, dass ich ihnen beibringen wollte, immer nach einem Ausweg aus dem Gefängnis vorgefertigter Ideen zu suchen. Ich wollte ihm zeigen, dass ich mich nicht verändert hatte, ich war immer noch ich, kühn und hartnäckig. Denn er sah mich nun mit dem Kinn in der Hand an und versuchte zu ergründen, wer ich war und was von mir geblieben war. Ich hatte Angst, ihm nicht mehr zu gefallen.

Wir beschnupperten uns wie Tiere, die sich während des Abtriebs auf halbem Wege begegnen, nach langen, unterschiedlichen Streifzügen. Und auch er hatte das Bedürfnis, mir von sich zu erzählen, mir zu sagen, an welchem Punkt er jetzt stand.

Er lächelte, wurde ernst.

»Na schön, ich erniedrige mich. All die Jahre musste ich an dich denken, ich habe nie aufgehört, an dich zu denken. Jetzt kannst du es machen wie immer, aufstehen und gehen.«

»Beim letzten Mal warst du es, der gegangen ist.«

»Du weißt, dass das nicht stimmt, Guido.«

»Deine Frau war damals schon schwanger.«

»Aber das wusste ich noch nicht.«

»Doch, du wusstest es.«

»Warum sollte ich dich anlügen?«

Ich glaubte ihm nicht, aber was spielte das schon für eine Rolle?

Er erzählte mir von seiner Arbeit. Er verdiente gut, war viel gereist. Das gefiel ihm am meisten, zu den Weingütern zu fahren, in einem kleinen Hotel im Norden zu übernachten, in den piemontesischen Langhe, im Elsass, in den üppigen Tälern von Bordeaux. Mit den begeisterten Winzern zu sprechen, die bei Tagesanbruch aufstehen und zwischen den Weinstöcken umhergehen, die die Reblinge überwachen und den Säuregehalt des Regens, die Reife jeder einzelnen Pflanze. Er war ein guter Weinprüfer, trank aber wenig, spuckte wieder aus.

»Der Merlot wird als Erster reif, der Petit Verdot als Letzter. Du müsstest mal den Port Quinta do Vesuvio probieren …«

Ich war praktisch Alkoholiker, das hätte wunderbar gepasst.

Es gab nur eine Straße, aus zerfressenem Beton und Sand, zwischen den alten Fischerhütten, die zu Ferienhäuschen umgebaut worden waren, und keine Menschenseele weit und breit. Es war Tag, es war nicht leicht. Wir gingen ein Weilchen eng nebeneinander her, dann wieder getrennt. Uns blieben nur noch wenige Stunden. Wir stiegen ins Auto. Hatten uns nicht mal einen Kuss gegeben. Er brachte mich wieder zum Flughafen, er musste nach Hause. Auf dem Parkplatz redeten wir noch ein bisschen. Ich erzählte ihm, dass ich angefangen hätte, mich nach einem Lokal für ihn umzusehen.

Es gibt da ein Stadtviertel, die alten Docklands, die jahrelang verwahrlost waren, dort werden jetzt Banken und Universitätsgebäude gebaut … an günstigen Gelegenheiten mangelt es da nicht. Ich habe mit einem Freund gesprochen, der ist auch im Gaststättengewerbe …

»Du könntest ein italienisches Restaurant aufmachen, an den alten georgianischen West India Docks.«

»Ich kann nicht weg aus Rom.«

Ich könnte ihm helfen, einen englischen Teilhaber zu finden, und er könnte ab und an kommen.

»Eine Woche pro Monat würde ausreichen.«

Ich hatte mich an einem stürmischen Tag in dem alten Hafenviertel umgesehen, die Themse sprang an den Piers hoch. In der Gesellschaft von kranken Katzen und Arbeitern in gelben Öljacken ging ich glücklich und durchnässt an den Gerüsten vor den Royal Docks spazieren und hielt nach einem Lokal für ihn Ausschau, nach einem der alten Speicher, die nun auch für die Architekten langsam interessant wurden. Ich stellte mir schwarz gestrichene Eisenpfeiler vor, dazu Neonstäbe, Gitter für die Gläser ... Musik, Gäste, die ihren Mantel ausziehen. Ich sah mich an der Bar sitzen wie ein Gast, der auf einen Tisch wartet, und dann sah ich ihn, mit seiner langen, schneeweißen Schürze an den Hightech-Öfen. Ich stellte mir vor, wie er sich zwischen den Tischen bewegte, sich von den letzten, erhitzten und beschwipsten Gästen verabschiedete ... und wie wir beide durch die Nacht zu einer kleinen Wohnung ganz in der Nähe gingen, zu einem Schlupfwinkel, den wir mieten könnten. Ja, so könnten wir es aushalten.

Eine Woche pro Monat würde uns reichen, ein Viertel unseres Lebens.

»Wo soll's hingehen?«

Ein anderes Motel. Ein Wolkenkratzer aus dunklem Glas. Eine dieser Schlafburgen für den organisierten Tourismus und für das durchreisende Personal der Fluggesellschaften. Ich gebe nur meine Papiere ab. Costantino entfernt sich im Foyer. *Ich komme nach dir rauf.*

Ich sitze auf dem Bett und warte auf ihn. Habe mir nur Jacke und Schuhe ausgezogen. Draußen sind die Pfeiler eines neu entstehenden Viertels zu sehen, im Hintergrund die Flughafengebäude.

Er geht an die Minibar, nimmt sich eine Limonade. Wir umarmen uns und bleiben eine Weile so, versunken.

Er sieht toll aus, unter seinem Fleisch zeichnen sich natürliche Muskeln ab. Ich bin hässlicher geworden. Als er kommt, hält er mich am Nacken und zittert, dann schlägt er seinen Kopf gegen meinen Rücken wie ein krankes Tier. Er sagt nie etwas, er klammert sich an mich, schreit, sagt aber kein Wort. Ich halte ihn so fest, dass ich ihn vermutlich mit blauen Flecken übersäe. Er wollte es bei Licht, hat das Fenster aufgerissen. Er ist nackt und schweißüberströmt. Seine weit geöffneten Augen wirken grimmig. Diese Pornografie tut danach in der Seele weh.

Danach ist er sofort ein anderer, ein Mann, der wegwill. Er ist ungeduldig, im Lauf der Jahre ist er viel ungeduldiger geworden. Mit einem Ächzen zieht er sich hoch, ich sehe, wie sein Hintern im Bad verschwindet. Ich bleibe auf dem Bett liegen wie eine Tänzerin mit gebrochenen Beinen.

Ich habe ihm einige Tafeln Cadbury-Dairy-Milk-Schokolade mitgebracht, die er so mag, würde gern noch etwas bleiben und Schokolade im Bett essen, etwas Leckeres mit ihm genießen.

Costantino zieht sich mit nassen Haaren an, er möchte so schnell wie möglich raus aus diesem Zimmer. Hat nicht die geringste Lust, sich länger als nötig darin aufzuhalten. Unser Treffen soll auf Sex reduziert bleiben. Genau das will er. Zwei traute Freunde, die einmal im Monat zusammen ficken. Er ist der größere Realist von uns beiden. Und die eigentliche Tunte bin wohl ich. Er wuschelt mir durchs Haar, doch nur, um mich anzutreiben. *»Na los, es ist schon spät. Du hattest dein* hot meal, *jetzt nichts wie raus hier.«* Die Laken, die wir zurücklassen, werden in einer dieser großen Waschmaschinen landen, mit Desinfektionsmitteln. Es sind unsere letzten Minuten, und ich quassele wirres Zeug.

»Schläfst du noch mit deiner Frau?«

Er wiegt den Kopf, schlägt mit den Händen aufs Lenkrad. Ich habe das Gefühl, er würde am liebsten die Tür aufreißen und mich rauswerfen.

»Schaffst du es, sie dabei anzusehen?«

»Ich muss sie doch nicht ansehen.«

Ich lache, er lacht auch, übertrieben laut. Für einen kurzen Moment ist er hässlich und vulgär. Er ordnet sich in den Kreisverkehr ein, folgt dem Pfeil zu den internationalen Abflügen.

»Ciao.«

»Ciao.«

Ich komme näher, um ihn zu streicheln, er boxt mir in den Bauch, aber wirklich ein Scherz ist das nicht. Er hat mir wehgetan. Mit Absicht. Wenn er mich nicht wegjagt, kann ich mich nicht von ihm trennen. Das Flugzeug landet. Ich öffne meine Hand, lege mein Gesicht hinein, atme den verbleibenden Duft ein.

Ich komme nach Hause, werfe den Schlüssel in die Keramikente. Halte dem Hund meine Hände hin, er leckt sie begierig. Er ist der beste Zeuge. Mit der besten Nase. Das Tier neben dem Tier. Ich besaufe mich. Schlafe ein und träume schlecht, träume, ich hätte ihn umgebracht, hätte ihn im Motel erstickt und sei nun auf der Flucht. Ich gehe unter die Dusche. Setze mich in den Fachbereichsraum.

Geena begrüßt mich, zwinkert mir zu.

»How was it?«

»Fine.«

Dabei kann ich nicht mehr. Ich habe diese Pubertät satt, für die ich mich schäme und in der ich mich suhle. Dieses Doppelleben baut mich nicht auf. Es gibt Tage, die sich in einem quälenden Durcheinander hinziehen. Ich gebe mein Bestes, drücke mich nie, wie jeder Schuldige, der der Unschuld entsprechen will, zu der er sich bekennt. Ich streite mich nicht, überlasse Izumi die Wahl des

Essens und der Freizeitgestaltung, unterstütze sie in allem. Bei ihr haben die Hormonschwankungen eingesetzt, die sie irritieren und ihr von einem Augenblick zum anderen die Laune verderben. Sie hat keine Angst davor zu altern, doch sie hat Angst davor, sich unwohl zu fühlen, Angst vor einem Stimmungsumschwung, Angst davor, schwerfällig und dumpf zu werden. Ihre Mutter litt an Depressionen. Die Wechseljahre sind das Hauptgesprächsthema unter ihren Freundinnen, und ich höre zu und nicke wie ein alter Berater. Ich gehe mit, wenn sie sich ein Kleid kauft, und sage ihr, dass sie schöner denn je sei. Ich bin *die beste Freundin der Welt*.

Wir stehen vor dem überwältigenden Schaufenster eines Hightech-Inneneinrichters. Izumi möchte neues Besteck kaufen und futuristische Tassen. Sie hat Lust, unser ganzes Geschirr zu erneuern.

»Guido, was ist los?«

»Nichts … Wieso?«

»Du zitterst. Schon seit einer Weile.«

»Ich bin müde.«

»Du solltest Urlaub machen. Lass ein Semester aus, du kannst es dir leisten.«

Wenn ich bei ihm bin, zittere ich nicht. Es muss an dem ganzen Druck liegen, der sich fortwährend in mir aufbaut, daran, dass ich entsetzlich unter Strom stehe. Mir ist, als hätte ich eine Hand an der Kehle, eine Hand, die mit mir macht, was sie will, die mich herumschleudert, bevor sie mich wieder in die Welt entlässt. Vielleicht bin ja ich derjenige, der Depressionen bekommt.

»Fürchtest du dich davor, irgendwann allein zu bleiben, ohne mich?«

»Dazu wird es nicht kommen. Ich bin älter als du.«

»Aber ich bin ein Wrack, ich rauche, ich trinke.«

»Guido, dein Herz ist viel kräftiger als meins.«

Sie lächelt, gibt mir einen Klaps.

»Du bist imstande zu verletzen.«

Einen Moment lang glaube ich mich verloren, von ihrem unversehrten Blick niedergestreckt wie von einer Ladung Schrot.

»Gefühle zu verletzen und sie ans Licht zu ziehen.«

»Du bist die strengste Frau, die ich kenne. Du bist es, die verwitwet sein wird.«

Jetzt möchte ich am liebsten durch die Scheibe gehen, mir eins von diesen Stahlmessern für Luxusputen greifen, mich mitten auf der Straße hinknien und es mir mit einem bestialischen Schrei in den Bauch rammen. Harakiri in Mayfair.

Ich ziehe mich aus, lege mich neben sie, spüre ihre kühlen Hände. Ich bin ihr dankbar, dass sie mich immer noch will. Das hat nichts mit der *anderen* Art von Sex zu tun, diese klare Trennung ist meine Rettung. Hätte ich einen anderen Mann neben mir, würde ich vor Entsetzen schreien. Mich ihrem Körper zu nähern ist der bestmögliche Schmerz. Mit unseren Köpfen auf dem Kissen möchte ich ihr von ihm erzählen, als wären wir alle schon tot. Die schlimmste Strafe ist, dass ich ihr mein Testament nicht anvertrauen kann.

Ich steige in meinen Bummelzug und fahre zu meinen Studenten. In diesem Semester geht es um Piero della Francesca. Ich verweile lange beim *Traum Konstantins*, widme die ganze Vorlesung diesem einen Fresko. Ich rede über die grenzenlosen Möglichkeiten des Lichts. Gestikuliere mit meinem Pointer, strecke den Arm aus, weise auf die schwarze Leere des Vorhangs hin, unter dem der Kaiser ruht, auf die Illusion der Tiefe, das Wunder der Perspektive. Ich rede über diesen Vorhang wie über einen Körper. Dann die dunklen Gestalten der vom Kaiser etwas entfernten Wachen und der Glanz des Engels, womit die mysteriöse Stimmung jener Nacht heraufbeschworen wird, in der der Kaiser die Vision hat, er werde den Lauf der Geschichte ändern. Ich rede über die Macht des Traums, dieser Brücke zwischen dem Menschen und dem Göttlichen. Bei einer Figur halte ich mich besonders auf, der schlichtesten und versunkensten. Sie trägt rote Strümpfe und eine weiße, himmelblau gesäumte Tunika. Sie wacht über Konstantins Schlaf, es ist sein persönlicher Knappe. Er sieht müde aus, der geneigte Kopf ist sanft in die Hand gestützt. Dieser Knappe in Erwartung der Vision bin ich, ich bin dieser melancholische Junge, der über Costantinos Schlaf wacht. Die Vorlesung ist vorbei, ich schalte den Computer aus, das Bild verschwindet, ich nehme die Brille ab.

Das Geld für die Hin-und Rückreise aufzutreiben, selbst für einen Billigflug, ist zu einer echten Herausforderung geworden. Ich kann nicht mit Schecks bezahlen und hebe über den Monat verteilt kleinere Summen ab. Izumi kümmert sich um das Haushaltsgeld, ich wollte noch nie auch nur ein Pfund in der Tasche haben. Ich würde gern etwas tun, um meine Finanzen schlagartig aufzubessern, einen Bestseller schreiben, einen ordentlichen Vorschuss von einem Verleger kassieren. Doch dazu bin ich nicht in der Lage, und natürlich kann ich auch nicht anfangen zu klauen. Obwohl ich es bedaure, wenn ich an den majestätischen Tresoren der Old Lady vorbeikomme, dass ich nur kleine Intellektuelle kenne und keinen einzigen großen Geldschrankknacker. Ich könnte mich zum Schmierestehen anbieten. Darin wäre ich richtig gut. Ich hätte jetzt gern einen Riesenhaufen Geld, so einen vollen Geldspeicher wie Onkel Dagobert, da würde ich reingehen und es eimerweise rausholen.

Plötzlich ertappe ich mich dabei, dass ich nachrechne, was andere so ausgeben, dass ich vor Reisebüros stehen bleibe und doch weiß, dass ich nie die Möglichkeit haben werde, ihm eine dieser absoluten Spitzenreisen zu bieten, alte Kolonialsitze in Indien, die zu Luxushotels umgebaut wurden, Pfahlbauten mit privaten Swimmingpools auf Bali. Wie gern würde ich ihn verwöhnen, würde ich mir erlauben dürfen, so imponierend zu sein, wie mein Herz sich das wünscht, ihn aus seinem Leben reißen, weg von diesem Auto mit dem Kindersitz voller Krümel und Schweiß auf der Rückbank. Wir sind zwei junge Männer von vierzig Jahren, in der Mitte unseres Lebens, wir hätten lange, umwerfende Flitterwochen verdient.

Ich habe gelernt, umsichtig zu sein, fast schon knickerig, um mir meine monatlichen Ausschweifungen erlauben zu können. Die Trennung zwischen meinen beiden Gehirnen, zwischen meinen beiden Persönlichkeiten wird immer deutlicher. Sie hat sich bis zur Perfektion herausgebildet. Ich hoffe nur, nicht schnurstracks im Wahnsinn zu enden.

Er dagegen hat einen stattlichen Umsatz. Er fährt ein teures Auto, und seine Brieftasche platzt aus allen Nähten, sie ist voller großer Scheine, die zwischen Visitenkarten klemmen. Das freut mich für ihn, obwohl es mich etwas verlegen macht. Wenn ich mich ausziehe, bin ich nicht gerade stolz auf mein tausendmal gewaschenes und gebügeltes Unterhemd und auf meinen abgenutzten Gürtel. Am liebsten würde ich ihm das Kolosseum kaufen, doch das kann ich nicht. Ich möchte ihm jeden Tag ein Flugzeug mit einer neuen Botschaft über sein Haus schicken.

Ich ziehe meine fellgefütterte Jacke an, dazu Joggingschuhe. Auf dem Weg von meinem Haus zum Flughafen werde ich zehn Jahre jünger. Bei der Landung bin ich zwanzig Jahre jünger, die überflüssigen zwanzig Jahre, die ich zusammen mit meinem Jackett eines Ordinarius für Kunstgeschichte zurücklasse. Er wartet draußen auf mich, mit verschränkten Armen ans Auto gelehnt. Dunkle Brillengläser, breite Kinnlade. Er hat sein hartes Bodyguard-Benehmen nie abgelegt.

»Ciao *ragazzo*.«

Fast jedes Mal scheint die Sonne, und es ist um einige Grad wärmer. Ich ziehe meine Jacke aus. Wir fahren nie ins Stadtzentrum, wo uns jemand sehen könnte. Unser Revier ist dieses Randgebiet am Meer.

»Wie kommst du klar?«

Ich habe ihn angelogen, habe behauptet, ich käme bestens klar, ich sei zwar nicht reich, aber doch so gut wie. Das hat er mir nicht abgekauft. Also habe ich erzählt, wie es wirklich ist, dass ich umsonst studiert habe.

»Wir haben alles falsch gemacht.«

»Wir haben nichts falsch gemacht.«

»Wenn ich noch mal von vorn anfangen könnte …«

»Es war gut so.«

»Willst du nicht noch mal von vorn anfangen?«

»Nein. Ich habe eine Familie.«

Mein Körper verlor seine männliche Schamhaftigkeit. Immer öfter ließ er Raum für die Scheu einer Frau. Ich ertappte mich dabei, dass ich ängstlich die Beine zusammenpresste.

Auch in der Öffentlichkeit, bei Cocktailpartys vor Gemälden voller toter Tiere à la Saatchi, tat mein Körper alles, um sich als der einer Konkubine zu offenbaren. Gern hätte ich mich einfach aus der Gruppe der Hetero-Pärchen gelöst, um in die andere, buntere Gesellschaft einzutauchen, mir ihre Sex-Dauerschleife von Blowjobs und Darkrooms anzuhören und ihnen von meinen *dreadful dreams* zu erzählen.

Knut hatte einen Schwulenkalender in der Küche hängen, und immer wenn ich bei ihm war, zählte ich die Monate, die mit diesen eher soften Bildern vergingen, nackte Boys, die an den verschiedensten Orten der Welt posierten, im Wald, auf dem Eifelturm, vor den Niagarafällen. Jeder Monat eine Reise. Sie standen im Gegenlicht oder mit dem Rücken zum Betrachter, mit markanten Hintern. Von Chinesen fabrizierte Fotomontagen. Trotzdem träumte ich mit offenen Augen. Ich kam jeden Monat wieder, nur um zu sehen, wo sich die Models diesmal vergnügten.

Ich habe es ihm gesagt. Habe mein Coming-out unter diesem Kalender gehabt. Für Knut war das ein Knaller. Er schrie auf.

»Ich hab's ja gewusst, du bist ein Verkappter!«

Es freut ihn, dass ich mich geoutet habe, allerdings ist er mit meiner Frau befreundet, und er ist ein aufrichtiger Mensch.

»Schwule lieben Japanerinnen, ich hätte den Braten gleich riechen müssen.«

Er wirkte teutonisch, fest eingeschnürt in seinen Dragqueen-Morgenrock.

»Ich will ihn niemals kennenlernen.«

Dann, eines Abends, triffst du ihn vor dem Bahnhof.

Diesmal ist er mit dem Zug gekommen. Er hat dich angerufen, als er schon drin saß. Er brachte seine Frau und die Kinder zur Stazione Termini, sie fuhren über die Osterwoche in eines dieser Timesharing-Ferienhäuser, mit Schwiegereltern und Cousins. Er verstaute das Gepäck, die Taschen mit den festen Schuhen. Wartete, die Hand auf Giovannis Kopf, bis sie abfuhren. Kaufte Fisch, auf der Fischauktion im Morgengrauen, einem seiner Lieblingswege. Kehrte ins Restaurant zurück. Musste die Fischvitrine herrichten, die Kuppel aus Eis. Vor der großen, erleuchteten Tafel stockte er. Er sah den Zug nach Paris.

Du hast Himmel und Hölle in Bewegung gesetzt, um die Vorlesungen zu verschieben. Geena hat dir die Ohren langgezogen. Zum Glück hast du zwei zuverlässige Assistenten und eine Schar ergebener Studenten, die dir mit den Kursen und dem Schreibkram helfen.

Er hat den Zug genommen und diese aberwitzige Reise gemacht, Paris, dann das Schiff. Sein Mantel ist hart von der Kälte, zerknittert von den Sitzen. Er zieht seine Exschwimmer-Schultern hoch, die immer noch wunderbar breit sind. Er ist immer anders und immer er selbst. Er wird dich nie enttäuschen. Selbst wenn er es auf Teufel komm raus versuchen sollte, er würde es nicht schaffen. Du schiebst ihm deine Hand unter den Arm. Und ihr durchschneidet den Bahnhof wie zwei junge Schwalben, lasst die Blumenfrau hinter euch und die Taxischlange und die alte viktorianische Uhr von St. Pancras, deren strenger Zeiger weiterwandert. Die Zeit steht jetzt still. Zuerst das Abendessen in einer fettigen, dunklen Kneipe. Er liebt diesen Folklorequatsch, der dir inzwischen zuwider ist, doch er ist dein Lieblingstourist, also, Gott ja, dann eben gebratenen Dorsch und diese Soßen. Danach zu Knut nach Hause.

Der Norweger hat nachgegeben. Er öffnet die Tür in einem seiner Seidenjacketts, dazu sein prächtiger Gucci-Gürtel mit einem G, so groß wie ein Hufeisen, und seine drei elektrisierten Haare.

»*Pleased to meet you.*«

Costantino steht da mit seinem schönen, markanten Gesicht und seinem über der Brust offenen Mantel. Er bückt sich unter den Weihnachtsglöckchen, die immer noch über der Tür hängen, obwohl wir schon ein ganzes Stück weiter sind, fast schon im Frühling. Er tritt ein, wohlerzogen und zurückhaltend wie immer. Knut springt um ihn herum, stupst ihn vorwärts. Er hatte schlicht und einfach noch nie einen so dicken Fisch in seinem Netz.

Wir setzten uns auf die Sofas, schüchtern wie vor einer Schwiegermutter, und ließen seine fachmännische Analyse liebenswürdig über uns ergehen. Um Mitternacht waren wir immer noch da, der barfüßige Knut kramte das Beste aus seinem Repertoire hervor, um ihn zu erobern, er imitierte die Thatcher mit ihren Ferragamo-Taschen. *Weißt du, was Mitterrand über sie gesagt hat? Marilyn Monroes Lippen und Caligulas Augen.* Er hatte Boy George mit seinem legendären *No Clause 28* aufgelegt, Costantino lachte, schwitzte.

Knut war fertig mit seiner Analyse.

»Der Junge ist großartig, aber man riecht zehn Kilometer gegen den Wind, dass er traumatisiert ist, im Gegensatz zu dir. Er braucht Mut.«

Ich warf ein Kissen nach ihm, überzeugt davon, dass er uns auf die Probe stellen wollte. Er benahm sich wie eines dieser Versuchskaninchen, die, unter chemische Drogen gesetzt, in einer Tour hüpfen und zittern. Er hatte sich auf der Stelle in Costantino verknallt. Der lag auf seiner poetischen, masochistischen Wellenlänge. Er überließ uns das Zimmer oben an der Treppe und machte uns in seinem Morgenrock mit der *English flag* eine heiße Ingwerlimonade, plötzlich diskret geworden wie ein betrübter Komplize, gekränkt von der Schlechtigkeit des Lebens.

Jetzt, da die Sintflut vorbei und die Schlacht verloren ist, da die Särge der Freunde auf dem höchsten Deck der *Queen Elizabeth* aufgebahrt sind und die Flagge auf Halbmast weht, blicke ich zurück und muss immer wieder daran denken, wie wertvoll er war. Dreh dich um, Knut, ich will dich grüßen und dir danken und dir sagen, dass du der beste Freund der Welt warst. Und unglaublich klug obendrein. Aber das erkannte ich erst später.

Eine Handvoll Tage wilden Glücks. So weit weg von Italien war Costantino wie ausgewechselt. Wir schauten in den Himmel des Planetariums Ihrer Majestät, saßen Arm in Arm da, in diese astrale Dimension versetzt. *Stell dir vor, man könnte sich abkoppeln und losfliegen, schwerelos zusammen im Orbit kreisen …* Wir drehten uns auf dem großen Rad, und oben in den Smogwolken schrien wir. Ich zeigte ihm das Skelett des weißen Wals und die gigantischen Meteoriten. Sogar das Wachsfigurenkabinett wirkte mit ihm an meiner Seite wie ein Museum der Zukunft. Ich fotografierte ihn, als er Freddie Mercury umarmte, der mit offenem Mund und in seiner roten Dompteurjacke dastand. Ich lernte, in mich hinein- und aus mir herauszuwirbeln.

Geena riss sich ein Bein aus, um mich zu decken.

»Du bist kurz davor, den Kopf zu verlieren, Guido.«

»Ich weiß sowieso nicht, was ich damit soll, mit meinem Kopf.«

London war ein riesiges Kettenkarussell, das auf unseren Flug wartete. Wir stiegen ein und waren schon auf den Knien. Für Förmlichkeiten blieb keine Zeit. Nur gerade die Zeit für diesen heftigen Raub. Vögel, die Fische fangen, Spinnen, die Insekten fangen. Die großartige Grausamkeit der Natur. Und sofort wieder auf den Beinen, vor meiner Frau, vor meinen Studenten. Ich schlug mich hervorragend, war ein Kommandant mit unzähligen Flugstunden, schaltete den Autopiloten ein und schlummerte durch die Renaissance-Himmel. Ich hatte nichts als Costantino im Kopf, der allein durch die Straßen schlenderte.

»Was für eine wunderbare Stadt, Guido, Scheiße, Mann …«

Der Wunsch, sich zu verlieren, stundenlang weiterzugehen. In Covent Garden blieben wir vor Straßenkünstlern stehen, vor Künstlern mit Zylindern und moralischen Rätseln für Touristen. Wir brachten viele Stunden auf dem Fischmarkt zu und zwischen den Gewürzen des Ridley Road Market. Er wollte seine Hände in jeden Sack tauchen. Schien zum ersten Mal am Leben zu riechen.

Wir gingen zu Hamleys, um ein Geschenk für seine Kinder zu besorgen. Wir kauften ein Flugzeug, das der Spielzeugverkäufer gekonnt fliegen ließ, wir starteten es auf der Straße, doch unseres flog nicht, es fiel immer wieder runter. Ungläubig starrte Costantino all die schrillen Pärchen an. Wir zogen durch die Clubs von Soho … homoerotische Videos, ein Typ in *skin pants*, der sich aufregte, weil die Londoner *gay pride* durch Verschulden der *fucking organizers* dieses Jahr ausfiel. Costantino ließ sich wie im Traum mitziehen. Er kaufte sich eine Satinweste und eine Ledermütze. Auch sein Körper schien freier zu sein, offener.

Wir betranken uns bei George & Dragon. Costantino setzte sich ans Steuer, und fast hätte es gekracht, weil er das Lenkrad auf der rechten Seite nicht gewohnt war. Ich schleuderte auf ihm herum wie eine Klunkerkette, rutschte ihm zwischen die Beine. Während draußen die Lichter von Shoreditch schlingerten, brannte in uns das schönste Feuer.

»Ich liebe dich, Guido.«

Sie lieben dich immer, wenn du ihnen einen geblasen hast. Das war eine von Knuts Lebensweisheiten.

Das Zimmer mit dem Holz, so lebendig, dass es sich bei jedem Schritt so anfühlt, als ginge man über eine Zugbrücke, die Lampe auf dem Bücherstapel mit einem Tuch verhüllt, die Matratze kaum höher als der Fußboden, das Fenster, durch das es zieht und dessen Glas am Rahmen lackverschmiert ist … Wir reden so viel hier, schlafen so wenig. Stunden voller Pläneschmieden, voller Illusionen, Schicht auf Schicht. Eine Flasche Wein, zwei dreckige Gläser. Der Tagesanbruch mit Tropfen an den Scheiben und Costantino am Fenster, das sich öffnen lässt, indem man es hochschiebt. Er stellt sich davor, sieht hinaus. Seine Beine sind wie aus dem Bilderbuch, zwei Herkulessäulen, dagegen sehen meine aus wie die eines verlotterten Vogels Strauß.

Etwas im Kissen piekt mich, sticht mir in die Schläfe. Ich ziehe an dem schwarzen Pünktchen, und zum Vorschein kommt eine Feder, eine recht lange sogar. Ich freue mich, habe das Gefühl, eine ganze Ente befreit zu haben. Mit dieser Feder nähere ich mich ihm, seinen Beinen … ich lasse sie durch den Flaum bis zum Rücken hinaufwandern.

»Werden wir je das Recht haben, wir selbst zu sein, Guido, nichts als wir selbst?«

»Aber sicher doch.«

Unsere Stimmung schlug um. Wir liefen durch den Wind und den Regen der Docklands, ich hatte meine *Loot*-Ausgabe voller angestrichener Inserate dabei. Ich kann nicht sagen, wie viele Lokale wir abklapperten. Costantino schien begeistert zu sein, doch dann war sein Gesicht plötzlich angespannt, er bekam die heisere Stimme einer erstickenden Frau und fuchtelte mit den Händen.

»Du weißt ja nicht, wie schwer es ist, ein Restaurant zu führen, morgens um vier aufzustehen und zum Markt zu fahren. Du weißt nicht, was es heißt, in der Küche zu stehen und am Herd zu arbeiten …«

»Nein, das weiß ich nicht.«

»Trotzdem glaubst du es zu wissen, du weißt ja immer alles!«

Wir waren in einen dieser Pubs am Wasser gegangen, hatten ein Bier bestellt.

»Was ist denn bloß los?«

»Ach, vergiss es.«

Am Check-in-Schalter für internationale Flüge küssten sich zwei junge Lesben, spielten mit ihren Zungen. Sie wirkten wie zwei durstige Schwalben. Wortlos und wie versteinert sahen wir uns dieses Schauspiel an. Die beiden gehörten zu einer anderen Welt, zu einer neuen Generation, den Kindern utopistischer Mütter wie Fiona und schreibender Väter wie Jonathan. Wir hatten keinen so toleranten Background, waren die Kinder der Aufopferung. Unsere Beziehung war auf dem Boden von Verboten entstanden, am äußersten Rand unserer Identität. Doch sie hatte allem standgehalten, wie diese Pflanzen, die am Abgrund wachsen und gar nicht daran denken, klein beizugeben.

Wir verabschiedeten uns mit einer unbeholfenen Umarmung, bei der wir mit unseren Kiefern zusammenstießen. Costantino hatte ein zerstreutes Gesicht. Er warf seine Tasche auf das Band, legte Gürtel und Schuhe ab. Ließ sich von der Polizistin abtasten. Eine Woche lang ging er nicht ans Telefon, und als er sich schließlich meldete, klang er wie ein alter Mann. Und ich stand da wie ein Halbwüchsiger, mit meinem sternenübersäten Hut für ihn.

Er hatte mir erzählt, dass ihm seine Frau nachspionierte.

»Manchmal denke ich, sie weiß Bescheid.«

Er rief mich an, um mit mir zu reden. Ich war mitten in einer Vorlesung, sah seine Nummer auf dem Display des lautlos gestellten Telefons. Ich unterbrach den Diavortrag. *Breaktime, guys*. Ich schloss mich im Klo ein und rief ihn zurück.

»Hör mal, wir haben es fast geschafft. Ich habe den richtigen Typ für unser Restaurant gefunden.«

»Hat er einen großen Schwanz?«

Ich wusste auch um seine Eifersucht, wusste alles.

»Ich bin nicht auf der Jagd, Costantino.«

Am liebsten hätte ich das Telefon hingeschmissen, ihm die Fresse poliert … Ich kannte diesen Kochtopf unter Dampf, in dem alles durcheinandergeriet und keiner mehr recht hatte.

Ich tanzte auf einem Seil, das irgendwo gerissen war, ohne dass ich hätte erkennen können, wo. Ich beugte mich vor, um unsere Zukunft zu sehen, doch dann wich ich zurück. Ein Schwindelgefühl verursachte mir eine große Übelkeit, die sich wie in einem zweiten Magen in mir staute. Hinter jedem Organ verbarg sich noch ein zweites, viel tiefer liegendes, in dem sich ein brennendes Unwohlsein festgesetzt hatte. Ich versuchte, mir einen Weg durch den Müll zu bahnen. Als ich die polternden Lastwagen der Stadtreinigung mit ihren emsigen Männchen sah, die absprangen und sauber machten, schaute ich ihnen hingerissen zu. Ich stellte mir vor, dass ein mechanischer Arm meinen Körper hochhob und ihn oben auf dem Abfall ablud, vor dem offenen Maul ebendieser Müllwagen.

Mein Hund lief neben mir, er war ein echter Freund, ein Soldat an der Seite eines sterbenden Hauptmanns. Er sorgte dafür, dass ich den Kopf nicht hängen ließ, zwang mich, das Schippchen hervorzuholen und seine bescheidene tierische Notdurft aufzusammeln.

Wann gehe ich wohl das letzte Mal kacken? Diese Frage, die intimste und wohlwollendste, stellte ich mir immer wieder. Jedes Mal, wenn ich mich auf die Schüssel setzte und hineinsah, bevor ich spülte.

Ich bin wieder in Fiumicino. Wir schlendern durch unser Revier am Stadtrand. Er trennt sich nie von seinem Telefon, tastet in der Tasche danach, prüft, ob es ein Netz gibt. Wir sind nie vollkommen frei. Ein Teil von ihm ist immer abgelenkt. Seine Frau ruft ihn oft wegen irgendeinem Blödsinn an. Nur sie spricht. Costantino nickt. Er geht auf und ab, wobei er sich das andere Ohr mit einem Finger zuhält. Es liegt eine entsetzliche Anstrengung in dieser Geste. Er ist so ganz anders als ich, ist einer dieser italienischen Männer, die sich ständig an eine Leine klammern. Ich gehöre inzwischen zu einer anderen Welt. In der die Menschen allein sind und für jede ihrer Aktionen allein haften. Er hat recht: *Du könntest nicht mehr zurückkommen, um hier zu leben. Du wärest niemals glücklich in Italien.*

Ich liebe ihn, habe das Bedürfnis, ein Schicksal auszumachen. Ihn scheint dieses Schicksal nicht zu kümmern. Wir stehen vor verschiedenen Himmeln, mein Blick schweift zu sehr in die Ferne, sein Blick hinter der Sonnenbrille richtet sich auf die Leute rings um uns her, die ihn erkennen könnten, und auf das Telefon, das klingeln könnte. Er macht sich lustig über meine Schuhe, meine Geheimratsecken, meinen Akzent. *Du siehst aus wie eine Tunte,* sagt er. Er hat mehr Selbstvertrauen, ist schlampiger. Doch sein Selbstvertrauen ist nicht echt. Er zahlt mit Überheblichkeit, fegt meinen Arm weg, behandelt mich wie ein unbedarftes Mädchen, das knapp bei Kasse ist. Vielleicht hat er nur Angst, wie immer. Wir gehen in das Motel. Ich erniedrige mich anstandslos. Tue, was er will, wickle ihm den Gürtel um den Hals, schlage ihn. Das Monkey-Tattoo auf meiner Schulter sieht ihm zu. Ich wünsche mir zärtlichen Sex, doch dafür hat er ja schon eine Frau. Er schafft es, genug Wut in mir zu wecken. Mein Körper wird immer schwächer. Mein Kopf ist schon viel weiter, doch mein Kopf nutzt gar nichts.

Ich spielte mit dem Gedanken, mich in einem Fitnessstudio anzumelden, wollte mich in Hoxton mal in einem dieser Glaskästen umsehen, in denen es von Geräten, Mädchen in Tangas und weißen und schwarzen Schwulen nur so wimmelt, nahm mir also einen Zettel mit den Öffnungszeiten und den Preisen. Ich stopfte ihn in meine Jackentasche und benutzte ihn dann als Lesezeichen für einen von Blakes dämonischen Drucken in meiner Ausgabe des *Verlorenen Paradieses*. Mir fehlt die Kraft zum Gewichtheben. Ich begann mir leidzutun, so wie mir meine Freunde in Drogenzeiten leidgetan hatten, als ich erkannt hatte, dass sie Leben und Teilnahme nur vortäuschten und eigentlich die düsteren Schatten eines immer trostloseren Schicksals waren. Sie bedauerten den ersten Schuss, trauerten dem verlorenen Paradies nach.

Ich kaufe ihm einen Kaschmirpullover von Ballantyne. Vor einer halben Ewigkeit, in einer Provinzstadt, habe ich ihm schon mal einen geschenkt. Aus einer Wolle, so rauh wie jene Jahre. Vor zwei Tagen hatte er Geburtstag, und ich war nicht da.

Izumi wendet mir, über den Herd gebeugt, den Rücken zu.

»Ich schlafe eine Nacht woanders.«

»Und wo?«

»Bei Walt, auf dem Land.«

»Wieso denn?«

»Er steckt in einer Krise und braucht Trost.«

»Ach ja?«

Doch ihr Interesse richtet sich mehr auf den Lachs als auf mich. Hally und Thomas kommen zum Abendessen, und sie fürchtet immer den Vergleich mit Hallys Kochkünsten, weil die einen Haufen *Kurse* gemacht hat und immer so *kreativ* ist. Sie sieht mich an, drückt mir einen Topflappen in die Hand und trägt mir auf, ihr schnell einen anderen, sauberen zu bringen. Sie ist viel unruhiger als ich, trotzdem klappt alles wie am Schnürchen. Das Leben liefert mir einen weiteren prächtigen Beweis dafür, wie sehr wir uns im Einklang miteinander befinden und wie relativ alle menschlichen Verhältnisse sind.

Walt ist ein Frauenheld. Es war nicht schwer, ihn beiseitezunehmen und einzuweihen. Er kräuselte die Lippen wie ein Mungo und legte mir die Hände auf den Hosenschlitz: *Willkommen im Klub.* Er ist ein alter Freund der Familie, trotzdem scheint es ihn vor Izumi nicht im Mindesten in Verlegenheit zu bringen, dass ich mir nun ein bisschen Abwechslung erlaube. Ich war ihm schon immer zu still und ausweichend. Jetzt, da das Geheimnis gelüftet ist, erweist er sich als großartiger Komplize.

Ich stecke bereits mitten in der hochgefährlichen Phase, in der die Illusion zur einzigen realen Person wird, mit der du kämpfst, während alle anderen Teil einer Leichenhalle sind. Du betrachtest sie wie die toten Schmetterlinge von Damien Hirst. Ich werde immer waghalsiger und merke es immer weniger. Ich habe das Päckchen im Wohnzimmer liegen lassen.

»Was ist das?«

»Ein Pullover.«

»Für wen denn?«

»Für Walt.«

Izumi hat die Tüte schon aufgemacht, ihre Hand schon hineingesteckt und die Weichheit ertastet.

»Der war bestimmt teuer.«

»Zweihundert Pfund.«

»Zweihundert Pfund für einen Pullover, für Walt?!«

Das ist wirklich nicht normal, ich gebe kaum Geld für Kleidung aus, und wenn wir zum Abendessen zu Freunden gehen und noch einen Wein kaufen, bin ich der Geizkragen von uns beiden.

»Dann muss ich ja annehmen, du bist scharf auf Walt.«

»Ja, bin ich.«

Sie prustet los, es wird ein schallendes Lachen, so absurd wie alles andere. Also breche auch ich in Gelächter aus, aus vollem Hals, wie schon lange nicht mehr. Walt hat einen kleinen Bauch und stolziert herum wie ein dressierter Truthahn. Ich imitiere ihn und laufe ihr durchs Wohnzimmer hinterher. Sie zerrt an meinem Unterhemd, zieht an meiner Schlafanzughose. Irgendwann stehe ich mit halbnacktem Hintern da und drehe mich nach ihr um. Es ist die peinlichste Situation, die ich je erlebt habe. Sie erinnert mich an eine Begebenheit mit meiner Mutter. Auch sie hatte mich irgendwann mal festhalten wollen und mir dabei die Hosen runtergezogen. Vielleicht will ich es Izumi endlich sagen. Ich will, dass der Skandal über uns hereinbricht und meine Anwesenheit in diesem Haus hinfällig macht. Ich werde nach Italien zurückkehren, ohne alles, so wie ich damals losgefahren bin. Ich werde mir eine Arbeit suchen, Aushilfsjobs am Stadtrand … werde auf Costantinos freie Stunden warten. Ich möchte ihn zu Zärtlichkeit und Respekt erziehen. Doch Izumi weint, und ich verstehe nicht, warum.

Ich knie mich neben sie.

»Was hast du?«

Der salzige Pudding verbrannte im Ofen, das Haus füllte sich mit Qualm, und wir sahen nichts mehr.

»Ich werde mit meiner Frau sprechen, ich will zurück nach Italien.«

»Das vergiss mal ganz schnell wieder.«

»Ich werde es tun.«

»Du wirst mich nicht antreffen.«

»Du hast Angst.«

»Ich will nicht, dass du dein Leben wegwirfst.«

»Du hast Angst.«

Er stand nicht am Flughafen, ich wartete fast zwei Stunden. Dann kam er. Ich stieg in sein Auto, drehte mich um, hinten im Kindersitz saß Giovanni.

»Er hat Fieber, ich konnte ihn nicht alleinlassen.«

Er war knapp zehn und saß immer noch in diesem Sitz. Er hatte eine unglaubliche Ähnlichkeit mit Costantino. Er zappelte in den Gurten und gab andauernd ein langes Stöhnen von sich, ob vor Schmerz oder vor Staunen, war nicht zu erkennen. Costantino behielt ihn im Rückspiegel im Auge, drehte sich von Zeit zu Zeit um und nahm ihm die Fäuste vom Mund. Wir stiegen aus und gingen mit diesem Jungen neben uns am Strand spazieren. Er fühlte sich kalt an, und er zog uns zum Wasser, weil er hineinwollte. Dann setzten wir uns in eine Strandbar.

Eigentlich hatte ich mich auf diesen Ausflug gefreut, ein Sonnenuntergang, ein Sonnenaufgang und dazwischen eine lange Nacht, eine Ruhepause … Ich hatte ein Kügelchen Hasch in der Socke, hatte es riskiert, kontrolliert zu werden, von den Zähnen der Polizeihunde gepackt zu werden, in eine dieser strengen Kabinen gezerrt zu werden und für alle Zeit meinen guten Ruf zu verlieren. Ich war rot und aufgeregt ausgestiegen, ich hatte noch mal Glück gehabt.

Er stand auf und holte einen kleinen Eisbecher aus dem Kühlschrank. Da saßen wir nun, mit diesem Kind vor uns, das seinen Mund nicht fand, das sich bekleckerte. Costantino war unheimlich ruhig. Hin und wieder machte er Giovanni sauber, ließ ihm sonst aber freie Hand. Schließlich nahm er den Haufen dreckiger Taschentücher, ballte ihn zu einem großen Klumpen und warf ihn in den Papierkorb.

»Komm, wir gehen.«

Ich wusste, dass er das mit Absicht gemacht hatte, er wollte mich entmutigen. Auch er hielt es nicht mehr aus. Wir stiegen wieder ins Auto. Er legte die Musik ein, die Giovanni hören wollte. So machten wir also unsere letzte Fahrt, mit einem eingemauerten Jungen im Schlepptau, mit Kinderliedern. Ich legte meine Hand auf seine, auf die Gangschaltung. Costantino betrachtete diese Hand, nickte.

Auf dem Parkplatz vor den Abflugschaltern gab ich ihm den Pullover. Er packte ihn nur halb aus.

»Was ist das? Danke. War doch nicht nötig.«

»Zieh ihn ab und zu an, dann erinnerst du dich.«

THE QUEEN IS DEAD schrieb der Junge im Video von The Smiths auf die Mauer.

Einmal versank ich in den Anblick einer schwangeren Frau.

Es war an einem dieser seltenen, gesegneten Sonntage, an denen die Sonne schien. Izumi und ich hatten uns wie die anderen sportlich gekleidet und waren zu den Freizeitanlagen am Flussufer geschlendert, wobei wir mit dem Menschenstrom flirteten, mit Kleinfamilien auf dem Fahrrad und Rudeln von Skatern. Wir setzten uns auf ein Stückchen Rasen, entspannt und unbeschwert angesichts dieser Gnade, die vom Himmel strahlte und einmal mehr ihre natürliche Vorrangstellung vor uns armen, humoralen Geschöpfen bekräftigte: Stimmungstiefs, die wir für höchst persönlich und unerreichbar halten, lassen sich neben denen aller anderen kältestarren Einwohner dieser Hauptstadt der Wetterdepressiven aufhellen, was uns einen weiteren Beweis dafür liefert, wie wenig wir uns unter einer gemeinsamen Sonne selbst gehören.

Was für ein verschmitzter Frieden. Das Licht zerlegte die Materie ringsumher wie auf einem Gemälde des französischen Pointillismus, *Ein Sonntagnachmittag auf der Insel La Grande Jatte.* Ich hatte versucht, Zeitung zu lesen, hatte meine Brille aufgesetzt, es mir dann aber anders überlegt. Die Augen waren zu schwer, um sie offen zu halten. Wir machten ein wunderbares Nickerchen im Freien, außerhalb des Bettes.

Izumi richtete sich benommen auf, sagte, ihre Beine täten ihr weh, sie seien *blockiert.* Sie trug seltsame kanadische Holzlatschen, innen mit Fell, und ihre dünnen Fesseln sahen aus wie die eines kleinen Mädchens. Sie stand noch unter dem Eindruck eines unangenehmen Erwachens. Ich kannte diese Stimmung an ihr, wenn sie sich still in sich zurückzog und ihr zarter Körper noch einige Zentimeter kleiner zu werden schien. Ich drückte sie an mich. Wir waren immer noch ein schönes Paar, aus verschiedenen Kulturen, wenn auch ein wenig einheitlich in unserer schlampigen Sonntagsuniform, meinem rostroten Pullover, der im Farbton zu ihrem Mantel passte, zufällige Berührungspunkte eines gemeinsamen Geschmacks.

An den Verkaufsständen mit ländertypischen Speisen, die vor der Tate Gallery aufgebaut waren, blieben wir stehen, um etwas zu naschen. Das Couscous war so scharf gewürzt, dass Izumi es nicht essen konnte, sie spuckte es aus, ich nahm ihr den Brei aus der Hand, *gib her,* und warf ihn in einen Papierkorb. Es tat mir gut, mich um sie zu kümmern, sie vor anderen zu schützen, vor Männern mit Bier in großen Plasikbechern, vor Scharen lärmender Araberinnen. Sie begab sich in meine Obhut, zerbrechlicher als sonst, und obwohl ihre Augenlider schwerer geworden waren, zwei leicht vergilbte Mandeln ohne Schale, weinte ich ihrer vergangenen Jugend keine Träne nach. Ich lebte noch immer in der Sorge, sie, wenn ich mich umdrehte, unter all den Menschen, die lauter und auffälliger waren als sie, nicht mehr wiederzufinden.

Sie legte ihren Kopf an meine Schulter, und so blieben wir eine Weile. Da bemerkte ich die Schwangere. Sie war bildschön und spielte Ball mit einem Kind. Trotz ihres Zustands bewegte sie sich geschmeidig, mit einer großen Behändigkeit, dabei aber sanft. Als wiegte sie das Kind in ihrem Bauch und reagierte auf sein Wogen. Ich überlegte, dass sie eine Tänzerin sein könnte, eine Frau, die es gewohnt war, mit dem Rhythmus ihres Blutes und der Dehnung ihrer Muskeln zu arbeiten. Erst kurze Zeit später erkannte ich Radija in ihr.

Ich beobachtete sie weiter, einigermaßen aufgewühlt, und freute mich daran, der Bewegung ihres Lebens beizuwohnen, das sich nun, wo immer sie auch in all den Jahren gewesen sein mochte, hier in Positur vor mir befand.

Hätte sie mich erkannt, wäre ich von der kleinen Mauer gesprungen und hätte sie umarmt, hätte mich zu dem schon geborenen Kind hinuntergebeugt, um ihm Guten Tag zu sagen, und hätte meine Glückwünsche für das andere, demnächst kommende ausgesprochen. Doch sie bemerkte mich nicht, und ich war zu erstaunt und entzückt über diesen Anblick, um zu ihr zu gehen und mich dem kümmerlichen Gehege von Wörtern und Verlegenheit zu überlassen, in das wir geraten wären. Ich rührte mich nicht. Es war zauberhaft, sie wiedergesehen zu haben und sie nun weggehen zu sehen, da ein Typ in einem verschwitzten, roten T-Shirt und langen, leeren Hosen, der mir sehr ähnelte, zu ihr kam, den Ball aufhob, das Kind an die Hand nahm und ihr den Arm um die Schulter legte. So entfernten sie sich, wie ein gut aufeinander eingespieltes Paar, eine sympathische, etwas schlampige Familie gut aussehender Menschen.

Izumi hatte sie auch bemerkt. Ihre Augen waren meinem versunkenen Blick gefolgt, der von einem inneren Lächeln herrührte, und hatten sich auf diese Frau geheftet, auf diesen festen, hervorstehenden Bauch. Ich schwieg, sagte lange kein Wort.

Als ich sie wieder ansah und lächelte, stieß ich auf ein zartes, müdes, schuldbewusstes Gesicht. Ihre Hand schwitzte in meiner. Leni war inzwischen herangewachsen, und Izumi war in den Wechseljahren. Wir führten einen unserer speziellen, stillen Dialoge. Doch unsere abgenutzte Gedankenübertragung half uns nicht weiter, sie stimmte uns traurig. Nach diesem herrlichen Tag ging nun die Sonne unter, und auch wir hatten einen sanften Untergang vor uns.

Wir machten Feuer im Kamin. Izumi starrte auf ihre Füße, die unter der Decke hervorschauten. Ich ging mit dem Hund raus, und als ich zurückkam, lag sie schon im Bett. Ich hatte Bauchschmerzen, wahrscheinlich wegen der zu stark gewürzten Speisen.

Auf dem Klo sitzend, mit über den gelblichen Knien heruntergelassenen Hosen, dachte ich über diesen Tag unter der wohltuenden Sonne nach, über Radija. Sie hatte sich vor mir in Sicherheit gebracht, weil ich ihr nie ein richtiger Ehemann hätte sein können, ich sie nicht zur Mutter hätte machen können. Trotzdem hatten wir miteinander geschlafen, hatten uns vieles versprochen. In dieser Sonne hatte ich das Gefühl gehabt, meine Hand ausstrecken und ihr auf den Bauch legen zu können.

Costantino und ich würden nie ein gemeinsames Kind haben. Männer können keine Kinder zusammen haben. Dieser Gedanke war sinnlos, trotzdem konnte ich an nichts anderes denken. Ich wusste, dass der einzige Mensch auf der Welt, von dem ich ein Kind haben wollte, er war. Diese Entbehrung, über die ich noch nie nachgedacht hatte, umgrenzte nun meine Homosexualität. Und mir war, als hörte ich einen Schrei aus viel größerer Tiefe, den der Ohnmacht aller Männer, die zusammen ins Bett gehen und wissen, dass ihr Orgasmus den Menschen, den sie lieben, niemals befruchten kann.

Mitten in der Nacht wachte Izumi von Krämpfen geschüttelt und starr vor Schmerzen auf. Es hatte die entsetzlichen Selbtmordattentate in der U-Bahn gegeben, und die Stadt war in ihrem Innersten getroffen, alle hatten erkannt, dass sie verletzbar und schutzlos waren. Betty, Izumis beste Freundin, hatte in einem der Züge gesessen, sie war dort unten in dem Rauch gewesen, hatte die zerfetzten Körper gesehen und brauchte nun Pillen, um schlafen und leben zu können. Izumi war in ständiger Angst und rief Leni mehrmals am Tag an. Die Leute schauten sich misstrauisch um, die Araber durchlebten schreckliche Tage, und jeder Rucksack auf dem Rücken irgendeines Jungen, der aus der Schule kam, wurde beäugt wie eine Bombe. Es herrschte das Gefühl, das ganze Land könnte explodieren, sie könnten das Leitungswasser vergiften oder mit einem Schiff voller Nuklearmaterial über die Themse kommen.

Die U-Bahn war für einige Tage geschlossen, doch als man sie wieder öffnete, fuhr keiner mehr gern mit der Underground. Izumi ging lieber stundenlang zu Fuß. Jetzt dachte ich, sie sei einfach erschöpft. Ich machte Licht und massierte ihr die Muskeln, lockerte ihre Beine. Morgens war sie jetzt immer schwach und schleppte sich dann mühsam zur Arbeit, doch manchmal musste sie sich ein Taxi nehmen und vorzeitig nach Hause fahren. Wir vermuteten Hormonschwankungen oder irgendeine unerklärliche Unverträglichkeit. Ihre Bauchdecke verhärtete sich, was ihr Übelkeit und Schmerzen verursachte. Stanley, unser Hausarzt, riet uns zu einer Luftveränderung. Nach unserer Rückkehr aus den römischen Bädern von Bath veranlassten wir gezieltere Untersuchungen. Die erste Diagnose lautete: rheumatoide Arthritis. Einen Monat später kam meine Frau blass und erschüttert mit einem Befundbogen nach Hause.

»Ich habe Syphilis.«

»Was?«

»Hier, da steht es.«

Ich lachte auf, so abwegig war der Gedanke, meine untadelige, makellose Izumi könnte mit einer skandalumwitterten Krankheit aus vergangenen Zeiten infiziert sein, die Philosophen das Hirn zerfressen hatte und auch Königinnen, die sich bei ihren wenig vertrauenswürdigen Liebhabern angesteckt hatten.

»Die müssen sich geirrt haben, das liegt doch auf der Hand.«

»Gehst du zu Prostituierten?«

Die Situation war surreal. Izumi war müde und ungeduldig.

»Irgendwer muss mich angesteckt haben.«

Jetzt war ich genauso verwirrt wie sie. Ich kramte in meinen alten Sünden. Izumi brach in Tränen aus.

»Was hast du …?«

Ich wollte ihr den Rücken streicheln, sie wich mir aus, kam zurück. Plötzlich schmiegte sie sich zitternd an mich. Und ich hatte leider schon verstanden.

»Du warst mit einem anderen zusammen, stimmt's, Kleine?«

Es tat weh, sie so verstummen zu sehen. Ich hatte es verdient, ich konnte ihr nichts vorwerfen. Am liebsten hätte ich die Haustür aufgerissen und wäre durch den Regen gelaufen. Der höchste Berggipfel war auf mich herabgestürzt.

»Na, sag schon.«

So gerieten wir an einem gewöhnlichen Abend mitten in der Woche in die Absurdität dieser Beichte, die offen gestanden auch einer gewissen Komik nicht entbehrte. Ein Nachmittag, ein Moment der *Einsamkeit und Schwäche*, auf dem Land.

»Wer ist es, kenne ich ihn?«

Ich kannte ihn, es war Walt. Danach hatte es noch viele weitere Momente der Einsamkeit und Schwäche gegeben. Eine Beziehung über fast ein Jahr. Von einem Sommer bis zum Beginn des nächsten.

Der gute Walt hatte mir seine Hilfe angeboten, um wie ein Kondor über meiner Frau zu kreisen. Das Leben ist demütigend und einfallsreich.

Ich hätte erleichtert sein müssen, ich war nicht der Einzige, der sich vor einem anderen Mann auszog und hinkniete. Aber ich war wütend, erschüttert bis ins Mark. Ich strich ihr über den Kopf wie ein Beichtvater. Doch nur, um mehr Einzelheiten zu erfahren und sie zu beschämen. Ich steckte in einem Chaos aus Schweiß, Aufregung und Kummer. Mir fiel ein, wie Costantino mich beim Sex angespuckt hatte.

»Spuck mich an.«

Ich packte sie bei den Haaren, sodass sie den Kopf heben musste.

»Spuck mich an!«

Sie zitterte, flehte mich an, sie in Ruhe zu lassen, bedeckte ihr Gesicht.

»Tu, was ich dir sage! Na los!«

Sie war so durcheinander, dass sie gehorchte. Ich trieb sie an, bis sie nicht mehr konnte, zu husten begann, zu weinen, mich zu küssen. Sie fiel auf den Teppich.

»Gut so.«

Am Abend darauf bestellten wir Walt zu uns. Er erschien in unserem ramponierten, kleinen Nest mit zerknirschter Miene und einer in Papier gewickelten Flasche erlesenem Scotch unterm Arm. Der Abend wurde angenehm, ein wunderbares Trinkgelage. Friedensverhandlungen am Tisch der Sinne. Izumi hatte zu ihrem alten Elan zurückgefunden, sie versorgte uns mit köstlichen Häppchen. Mit dem gesenkten Blick und dem scheinheiligen Gesicht der Vorsteherin eines Bordells schlafender Jungfrauen.

Es war ein langer Moment der Wahrheit und später Geständnisse. Das Schmachten dieser Liebe, die ihnen Qualen und Lügen auferlegt hatte, machte uns am Ende alle sehr weich und menschlich.

Edelmütig nahm ich Walts Entschuldigungen an, und er erklärte sich ritterlich bereit, sich einem Syphilistest zu unterziehen, wenn auch mit einiger Skepsis. Und ehrlich gesagt wirkte er mit seiner noch frischen Urlaubsbräune auch gesund und munter wie ein tropischer Fisch im Wasser. Wir verabschiedeten uns als Freunde, herzlicher denn je.

Trotz allem erwies er sich als ein Mann von Wort alter Schule. Zwar sofort bereit, in einem Moment der Einsamkeit meine Frau zu vögeln, aber keinesfalls gewillt, mich zu verraten.

Das war das Erste, was ich ihn fragte, als ich ihn im Flur beiseitenahm.

»Hast du mich bei ihr verpetzt?«

Walt legte sich unter dem Jackett die Hand aufs Herz.

»Niemals, ich schwöre.«

Aber diese Geschichte mit dem Pullover für zweihundert Pfund habe ich nie kapiert ...

Wir standen reglos vor der offenen Tür zu unserem Schlafzimmer, die straff gezogene Tagesdecke auf der Matratze wie ein prächtiger, blauer Sarg.

Am nächsten Tag versuchte ich, Costantino zu erwischen. Ans Handy ging er nicht, also probierte ich es im Restaurant. Ich presste den Hörer lange ans Ohr und hörte italienische Wortfetzen. Ich stellte mir den Raum vor, die Tafel mit dem Tagesmenü wie in einer alten Osteria, dazu Costantino mit einer Schürze um den Bauch, die verschwitzten Haare unter der weißen Mütze. Ich wollte schon auflegen, als ich seine Stimme hörte, so nah, als stünde er neben mir.

»Hallo, wer ist da?«

»Ich bin's, Guido.«

Wir hatten uns seit einer Ewigkeit nicht gesprochen.

»Meine Frau hat Syphilis.«

Er kommentierte das nicht und behandelte die Sache mit Ernst.

»Es wäre gut, wenn du auch einen Wassermann-Test machen würdest.«

Er sagte, er habe gerade eine Diabetesuntersuchung hinter sich, man habe ihn von Kopf bis Fuß durchgecheckt. Er klang nicht verlegen und verabschiedete sich von mir wie von seinem Zahnarzt.

Izumi blieb an diesem Morgen im Sessel sitzen. Ein merkwürdiger roter Fleck war auf ihrem Gesicht erschienen, eine Art fliegender Schmetterling, der Körper auf der Nase, die ausgebreiteten Flügel auf den Wangen.

Ich spürte, wie sie sich jeden Tag und jede Stunde, die verging, mehr von mir entfernte.

»Das ist Judas, der auf den Teller spuckt, von dem er isst ... Deswegen hast du mich dazu gezwungen ... dazu, dich anzuspucken.«

»Entschuldige bitte, ich hatte kein Recht dazu.«

Es war Geena, die mich auf die richtige Fährte brachte, wie immer. Ich hatte schon den Mantel angezogen, hatte mich dann aber noch einmal aufs Sofa gesetzt und ihr von dem seltsamen Schmetterling erzählt, der Izumis Gesicht befallen hatte.

»Yes, like a butterfly.«

Geena stand auf, um ein Feuer zu schüren, das sie nie entzündet hatte. Eine sinnlose Geste, die sie jedoch jedes Mal wiederholte wie alles Übrige, wie eine gute, artige Gewohnheit. Ihr Anblick, als sie das staubige Holz anfachte, erinnerte mich an die leidenschaftliche, anklagende Geste von Rebellen. Wir saßen uns gegenüber, rauchten unsere *happy cigarette* und hauchten einer erloschenen Welt mit unseren Gedanken und unseren Wünschen Leben ein.

Sie erzählte mir von dem Internat, in dem sie aufgewachsen war, von den Frostbeulen an den Fußsohlen, von den nächtlichen Diebstählen von Zuckerwürfeln und Alkohol aus der Küche. Dort hatte sie ihre ersten Zigaretten geraucht, und dort hatte sie erstmals von Selbstbefriedigung gehört.

»Die Nachtkerzen glitten unter die Bettdecken ... damals gab es ja diese modernen Gerätschaften für Damen noch nicht.«

Ich lauschte ihrer verklebten Stimme, die sich zu kleinen Höhenflügen aufschwang.

»Im Internat gab es ein Mädchen, ein schönes Mädchen mit zwei dicken Zöpfen, ein emsiges Bienchen. Eines Tages begann sie sich müde zu fühlen, man munkelte was von Syphilis. Es war nur ein Gerücht, doch für uns war es ein regelrechter Schock. Die

Nonnen sperrten sie weg, das arme Ding … Dabei hatte sie eine seltene Autoimmunkrankheit. Sie bekam überall blaue Flecken.«

»Und wie hieß sie?«

»Catherine Abigail.«

»Nein, die Krankheit.«

»Man nannte sie *the great imitator.*«

Ich lächelte und hielt das für einen ihrer üblichen Wortwitze. Mich nannte sie *»the great pretender«*, ein Spitzname, den sie von dem gleichnamigen Song entlehnt hatte.

Doch ihr plauderndes Gesichtchen war nun angespannt und voller Mitgefühl.

»Ich glaube, weil sie viele andere Krankheiten imitiert.«

»Auch Syphilis?«

»*I suppose*. Das hatte was mit eurem *Lupus* zu tun.«

»Lupus?«

Sie löschte die letzten Lichter, und wir gingen zusammen raus in die Dunkelheit, Arm in Arm bis zu ihrer Kreuzung.

»Was ist aus dieser Catherine Abigail geworden?«

Sie schwieg und seufzte.

»Das ist so lange her …«

Ich gab ihr einen Kuss, sie strich mir mit der Hand übers Gesicht.

»Es war nur so ein Gedanke, Schätzchen. Gute Nacht.«

An jenem Abend hatten wir Knut und die alte Betty zu Gast. Izumi hatte den Tisch mit unseren neuen, taubengrauen Tellern gedeckt und Sauerteigbrot gebacken. Betty hatte ihr aus ihrem Bioladen in Fulham Cremes und Salben mitgebracht. Sie schlossen sich im Bad ein, und Izumi kam mit einer dicken Schicht kalkhaltiger Creme heraus. Ihr Gesicht sah aus wie eine dieser Masken aus dem Nō-Theater, die sich sanft verbeugen, um dann schreckliche Dinge zu verkünden.

»Das sieht mir ganz nach einem Sonnenekzem aus, meine Liebe, als ich letzten Sommer aus Spanien wiederkam, hatte ich fast genau so eins.«

»Es könnte auch eine Gürtelrose sein …«

»Auf keinen Fall, Knut, die wächst auf der Brust oder auf dem Rücken, nicht im Gesicht.«

Betty war sehr dick geworden. Sie aß fast nichts, stürzte aber diverse Drinks runter, die sie sich in der Küche, in der sie immer mal verschwand, selbst mixte. Ihre Geschichte mit Harley war vorbei. Sie hatten eine abenteuerliche, wirklich beneidenswerte Underground-Beziehung geführt, Bisexualität, Partnertausch, Pyromanie. Betty war ein Teil meines Lebens, sie war das andere Mädchen neben Izumi gewesen, damals an der Themse auf dem Kahn, wo ich sie kennengelernt hatte, die strahlende Rothaarige, mit der ich gern ein paar Nächte um die Häuser gezogen wäre. Damals war sie ein Groupie, sie lungerte halbnackt wie eine Odaliske hinter der Bühne bei irgendwelchen Bands rum. Wenn ich sie sah, trauerte ich unweigerlich den langen Randale-Wochenenden mit den die Nacht zerkratzenden Boomtown Rats nach. Alles war im Fluss, war herrlich, und trotz der Drogen war man einfach man selbst.

»Alles hat seine Zeit, es ist immer das alte Lied, oder?«

»Das alte Glied, meinst du wohl.«

Knut freut sich über sein Wortspiel und gießt Betty den hundertsten Drink ein.

»Knut, Schätzchen, wir waren echte Pioniere, Sex war am Ende nicht das Entscheidende, es gab einen echten Gemeinschaftssinn … Heute ist die Atmosphäre erdrückend, mit der Politik und diesen ganzen neuen Kampagnen gegen soziale Diskriminierung …«

Betty sieht mittlerweile aus wie eine dieser Damen, die mit ihren straffen Haaren und ihrem vom Glauben verhärteten, hölzernen Gesicht aus der anglikanischen Kirche kommen. Wenn ich nicht wüsste, dass sie es ist, dass ihr Körper viel vom hiesigen Regen abbekommen hat, hätte ich Mühe, sie wiederzuerkennen. Wäre diese Frau wenige Jahre zuvor an Betty vorbeigekommen, als sie sich noch im Minirock und mit ihren Schenkeln, die so appetitlich wie Erdbeerpudding waren, vor den Wohnwagen der Musiker geräkelt hatte, sie hätte ihr hinterhergerülpst.

Das bedeutet es, zu altern, ihr Lieben, einem anderen Menschen entgegenzugehen und so zu tun, als würde man ihn erkennen. Heute Abend will ich wieder meinen Freund Musil aus dem Regal nehmen. Denn wenn weitergehen mit sich bringt, dass ich einem anderen, desillusionierten und kleinmütigen Herrn Platz machen muss, bleibe ich doch lieber der, der ich bin, ein unbeweglicher Mann ohne Eigenschaften, doch mit einem hervorragenden emotionalen Gedächtnis.

Betty steht schwankend auf und pflückt ihre Pelzjacke vom Garderobenhaken, die auf sie wartet wie ein altes, verräuchertes Haustier. Sie küsst Izumi, ohne ihr Gesicht zu berühren.

»Und bitte, Izu, drei Mal täglich, die Haut muss trinken, viel trinken.«

Knut hilft ihr in den Ärmel, während sie sich kaum bewegt.

»Du hast auch viel getrunken, Liebes, bist du sicher, dass du es allein schaffst, soll ich dich nicht lieber begleiten?«

»Wir werden Arm in Arm in die Hölle gehen, du und ich, aber nicht heute Abend.«

Knut wickelt sich den Fanschal der Hammers um den Hals und setzt seine neue Mütze auf. Er verharrt noch einen Moment, fertig angezogen, die langen Beine im Sessel übereinandergeschlagen. Sein Partner ist vor wenigen Tagen im Charing Cross Hospital gestorben.

»Weißt du, was das Gute daran ist?«

»Was denn?«

»Du musst nicht mit ansehen, wie deine Liebsten altern.«

Er schließt die Augen, faltet die Hände auf der Brust und streckt die Beine aus.

»Es tut mir leid, Knut.«

Die Gestalt des Norwegers springt mit einem Satz auf. Nando winselt und folgt ihm zur Tür.

»Soll ich deinen Hund Gassi führen? Er macht mir schon den ganzen Abend den Hof.«

Er dreht sich um und lächelt mich mit dem nordischen Gesicht eines jämmerlichen Thor an. Wankt mitten auf die Straße hinaus.

»Wie geht's dir, Knut?«

»Genau wie dir. Zwei Schritte vom Paradies entfernt – und einen von der Hölle.«

Bettys Creme half, und Madame Butterflys Gesicht wurde wieder glatt. Was blieb, waren die Gelenkschmerzen in den Händen. Dann begannen die Nierenbeschwerden.

Ich lernte, dass nur Krankheit die menschliche Materie definiert, dass sie Leere und Fülle markiert. Wenn sich die Organe, die in unserer Finsternis schweigen, als lebendige Fleischstücke bemerkbar machen, werden wir schlagartig unser Körper.

Vor dieser Zeit war meine Izumi eine schöne, westlich geprägte Japanerin gewesen, die sich die Eleganz ihrer Herkunft bewahrt hatte. Jetzt ist sie eine alarmierte Gestalt, ständig in ihren biologischen Organismus vertieft. Ihre Haut ist nur eine Gaze, die innere Mechanismen umschließt, deren Einzelteile sie sich gern genauestens ansehen würde. Ihre Stimmung ist nun die Waise dieses leichten Körpers.

Eines Morgens riss ein Riemchen an ihren Haussandalen. Ich fand Izumi in der Küche, ihre Pantinen lagen im offenen Mülleimer, ihre hellen Augen waren starr, das Zerreißen ihrer Geta-Sandalen war kein gutes Omen. Es schienen ihre *yakudoshi* zu sein, ihre Unglücksjahre.

Schließlich kam die Diagnose. Die Ärztin war eine junge Inderin mit einem langen Zopf, dazu runde Brillengläser, wie eine Enkelin Gandhis.

»Systemischer Lupus erythematodes.«

»Was ist das?«

»Eine schwere Autoimmunkrankheit.«

Antikörper, die statt Viren körpereigene Zellen angreifen.

»Sind Sie sicher?«

»Absolut.«

Sie sah aus wie ein kleines Schulmädchen aus Neu-Delhi. Seit Monaten tappten wir im Dunkeln, und plötzlich war sich dieses aus einer staatlichen Ambulanz herausgesprungene Mädchen in ihrem weißen Kittel und mit ihren dünnen, rissigen Beinen ihrer Worte absolut sicher.

»Diese Krankheit ist schwer zu erkennen, und damit man sie bestimmen kann, muss sie mindestens vier Organe befallen haben. Abgesehen von den Schmerzen in Kopf und Bauch wurden bei Ihnen vier weitere Merkmale festgestellt: plötzliche Hautrötungen, Nierenbeschwerden, Arthritis, Lichtempfindlichkeit.«

Sie lächelte. Nie hatte ich einen ruhigeren Menschen gesehen.

»Und dazu das falsche, positive Ergebnis des serologischen Syphilis-Tests.«

Izumi stand gedankenverloren da, wie betäubt, dann wurde sie erstaunlich wach.

»Werde ich wieder gesund?«

»Nein.«

»Werde ich sterben?«

Wir streifen in Kew Gardens zusammen durch die Bambushaine. Izumi ist mit einfachen Latschen und ihrer Tasche aus Holzrauten unterwegs. Sie bewegt die Arme leicht, streift die Blätter und die weichen Schuppen der Stämme, dringt auf diese Weise tiefer ein. Ich verliere sie aus den Augen, sie taucht wieder auf. Sie dreht sich um, wartet auf mich, dann vergisst sie mich. Eine harmlose Situation, die sich nach wenigen Sekunden in die reinste Hölle verwandelt. Die senkrechten, jahrhundertealten Bambusstämme, zwischen denen sie anfangs wirklich klein aussah, scheinen sie plötzlich aufzurichten. Stolz geht sie weiter, ein schweigsamer, trauriger Holzriese. Ich werde immer ungeschickter und erschöpfter, die Bambusrohre werden immer gezackter, neben den großen auch die kleinen, biegsamen, die nicht weniger scharf sind. Auf einmal kommen sie mir vor wie ein Wald aufgepflanzter Spieße, eine tödliche Falle. Izumi ist nicht mehr zu sehen. Ich rufe sie, doch sie antwortet nicht. Mir stockt der Atem, er steigt in meiner Brust auf, wird aber sofort verschluckt. Meine Glieder stecken in Beton, der sich rings um mein Herz verhärtet.

Ich habe eine Panikattacke. Habe Angst, Izumi könnte für immer verschwunden sein. Bestimmt raschelt sie mit ausgestreckten Armen und tastenden Fingern zwischen den schrammenden Stämmen weiter, gefangen in diesem wogenden Labyrinth, und mir ist, als hörte ich den Klang ihrer sich entfernenden Seele … Ich weiß nicht, wie ich es wieder herausgeschafft habe. Izumi sitzt auf einer Bank.

»*Shi.*«

»Wie bitte?«

»Die Ärztin hat gesagt, sie haben vier Merkmale bei mir festgestellt. Auf Japanisch heißt vier *shi.*«

»Ja, gut, aber …«

»Das ist kein gutes Wort. *Shi* bedeutet auch Tod. Vier und Tod. Es wird beide Male gleich ausgesprochen.«

Ein Blatt fällt und landet auf meinem Kopf.

»Ist das wenigstens ein gutes Zeichen?«

»Oh ja, es heißt, dass ich nicht sehr leiden werde.«

Drei Jahre waren seit jenem Abend vergangen, inzwischen war Chandra Niral eine Gottheit in unserem Haus, eine kleine Kali, schrecklich und wohltuend. Auf dem Heimweg vom Krankenhaus kam sie bei uns vorbei, sie packte ihre Instrumente und neuen Medikamente aus, die sie geschenkt oder zum Vorteilspreis bekommen hatte. Die Behandlung war teuer. Mit Lenis College und allem anderen waren unsere Finanzen so unsicher wie die Straßenbeleuchtung während der *austerity*-Maßnahmen.

Früher war ich ein Werwolf gewesen. Jetzt war ich auf einen anderen Wolf spezialisiert, den Systemischen Lupus erythematodes. Bücher, Hefte, medizinische Zeitschriften, Universitätspublikationen zu diesem Thema und sogar ein Arzneihandbuch, dick wie ein Wörterbuch, füllten ein komplettes Regal in meinem Bücherschrank. Ich nutzte jede freie Minute, um meine Kenntnisse zu vertiefen. Das war eine Möglichkeit, Izumi nahe zu sein, doch auch eine Flucht aus der Realität. Eine blutige Tasche, in der ich meine eigene Krankheit verstecken und schützen konnte.

Durch die Corticosteroide erwachte Izumi zu neuem Leben, ihre Entzündungen klangen fast völlig ab, und ihrer Aktivität waren keine Grenzen gesetzt. Sie benahm sich oft leichtsinnig, versäumte es, ihre Medizin zu nehmen, und übertrieb es mit den körperlichen Anstrengungen.

Wir konnten uns glücklich schätzen. Die Krankheit zog sich, genau wie ein vom Winter vertriebener Wolf, über lange Zeiträume zurück, in denen sie Winterschlaf zu halten schien. Das Leben verlief wieder wie vorher, vielleicht sogar mit mehr Leidenschaft.

Doch es war nicht immer möglich, den Rückfällen in ein akutes Stadium zuvorzukommen. Dann wachte Izumi nachts auf, und das Zittern ging wieder los. Der hungrige Wolf kam aus den Bergen zurück. Ich stand mit der Axt an der Tür des Leidens bereit. Die Chemotherapie begann wieder. Izumis Gesicht veränderte sich, sie wanderte nervös durchs Haus und hielt sich den Bauch, die schmerzenden Hände … Der Wolf war in ihr, er heulte und zerfleischte sie langsam. Sie führte den Kampf mit Würde. Wie ein tapferer Samurai. Ihre körperliche Kraft entsprach der ihres Herzens.

Die Sonne, so fanden wir heraus, war der beste Freund des Wolfes. Für uns wurde sie zum erklärten Feind. Izumi trug auch an Regentagen ihren Sonnenhut, schon der bloße Gedanke, dass ein Sonnenstrahl sie streifen könnte, versetzte sie in Panik.

Dann kehrte wieder Ruhe ein. Chandra Nirals Gesicht entspannte sich, sie kam morgens nicht mehr wegen der intravenösen Spritzen. Izumi zog ihren Mantel an und ging unter die Leute.

Leni kam jedes Wochenende aus dem College nach Hause, und anstatt mit ihren Freunden auszugehen, saß sie lieber im Schlafanzug auf dem Sofa vor dem Fernseher, an ihre Mutter geklammert wie ein kleines Mädchen. Als sich die Situation normalisierte und Izumi zu einer abgenutzten Routine wurde, veränderte sich Leni. Sie konnte ganz einfach den dunklen Schleier nicht ertragen, der sich auf das strahlende Haus ihrer Kindheit gelegt hatte, aus dem nun eine Krankenhausstation mit Arzneifläschchen, Ampullen und Spritzen geworden war. Sie ertrug es nicht, dass ihre Mutter schwach war, dass sie fortwährend Aufmerksamkeit brauchte. Sie spürte, dass sie ihre Vorrangstellung eingebüßt hatte. Ließ keine Gelegenheit aus, um Izumi Vorwürfe zu machen. Sie verfügte über ein erstaunliches Gedächtnis, und immer nur in die eine Richtung. Sie grub ihre Zähne in das verletzte Tier.

Ich achtete sorgfältig darauf, dass sie nicht nach Hause kam, wenn Izumi nicht in Form war, tat alles, um diese Tage normal und angenehm werden zu lassen. Doch unser Mädchen war zu klug. In kürzester Zeit hatte sie ein scharfes, forschendes Gespür entwickelt. Sie kam herein und rümpfte die Nase, witterte den Geruch unseres stillen Leidensweges. Auch Izumi strengte sich an, um alles zu verschönern, lud sonntags Gäste ein, machte eine Fleischpastete und Schokomuffins. Doch Leni konnte den Riss im Berg spüren. Ihre Mutter, ihre *yamagami*, hatte den Abstieg ins Reich der Schatten begonnen, zu den bösen Geistern, die im Bauch der Erde gefangen waren. Izumi wurde strenger zu ihr, wie ein Hauslehrer, der nicht mehr viel Zeit hat, um seinem besten Schüler seine Geheimnisse zu vermitteln, und ihm deshalb zusetzt.

Wollen wir einen Kuchen backen?

Sie banden sich ihre Schürzen um und zogen sich in die Küche zurück, zwischen Dosen, Töpfchen, Formen und Schneebesen, Vanilleschoten und Blaubeeren. Leni legte Heavy Metal auf, ihr *Breaking the Law*, und Izumi bändigte mit ihrem geraden Rücken eines Zen-Meisters den Mixer. Für einen kurzen Augenblick schien es eine schöne Szene aus der Vergangenheit zu sein. Ich ging mit dem Hund raus, kam zurück und fand Leni The Devil vor, die das Mehl auf den Boden schleuderte und wie am Spieß schrie. Ich tat alles, was in meiner Macht stand, doch ohne die Fähigkeiten eines wahren Exorzisten. Ich fegte den Schnee aus Zucker und Mehl auf. Im Nebenzimmer brüllte Leni, sie werde sich umbringen.

»Ich habe ein Monster großgezogen.«

»Es gibt nur eines, was Leni an dir nicht erträgt: dass du krank bist.«

Izumis Gesicht war von vielen kleinen Falten durchzogen wie ein zartes, von innen gesprungenes Glas. Sie weinte, ohne einen Muskel zu bewegen.

»Ich bin doch die Schwache.«

Leni tauchte kurz auf, geschminkt und mit nackten Beinen, wie ein junges Straßenmädchen. Sie ging raus, um sich in die Themse zu stürzen.

Ich stieg ins Auto und fuhr im Schritttempo einen ihrer möglichen Wege ab. Ich duckte mich an der Frontscheibe, suchte die Bürgersteige ab, die nächtlichen Rudel. Ich ging in die angesagten Clubs.

Nutzte diese Ausflüge, um mir ein Bild von der neuen Generation und ihren Stimmungen zu machen. Unser Hardcore Punk, unser kannibalischer Tierschutz, unsere Ketten und Melonen waren durch den vielseitigen Mix der neuen Grunge-Szene mit ihren Skaterschuhen und alten Irokesen-Kämmen abgelöst worden, deren Anhänger wie schwarze Wellen auf ihren Brettern springend durch die Nacht zogen.

Leni lief allein durch die Straßen. Ein stiller Nachtfalter.

»Hi, darling …«

Sie schien weder verärgert noch erfreut darüber zu sein, mich zu sehen. Ich fuhr neben ihr her, bremste. Passte mich ihrem Tempo an, mit dem Ellbogen aus dem Fenster.

Sie war das schönste Mädchen, das ich je gesehen hatte, und obwohl sie gerade ziemlich ätzend zu mir war, vergaß ich die Freundlichkeit und Intelligenz nicht, mit der sie mich in ihr Leben gelassen hatte, die Liebe, die sie mir gegeben und mich gelehrt hatte. Ich wollte keine Gegenleistung. Nur bei ihr bleiben, starrköpfig und konfus wie sie. Die Liebe, das wusste ich nur zu gut, nährt sich von zugeworfenen Happen, wenn du es am wenigsten erwartest. Es ist die Sehnsucht zwischen den Zähnen, die dich durchhalten lässt.

Diese Spazierfahrten machten mich glücklich. Zu erraten, ob sie die Brücke überqueren oder nach links in Richtung Charing Cross abbiegen würde, ihren inneren Kurs zu wittern, diese Miniaturversion eines Lebens. Ich hatte das Gefühl, sie auf einer viel größeren Reise zu begleiten.

Sie mied autofreie Zonen. Wenn sie in eine Einbahnstraße bog und am anderen Ende wieder herauskam, schien sie auf mich zu warten. Mein Geleit missfiel ihr nicht, sie war meine Dschungelprinzessin mit dem großen Affen an ihrer Seite geblieben. Schließlich blieb sie stehen, zog sich einen ihrer High Heels aus und massierte sich den Fuß. Dann umrundete sie das Auto, als wäre nichts gewesen, öffnete die Tür und setzte sich neben mich.

Ihre Unterlippe an der Seite von einem kleinen Ring in Beschlag genommen, die Haare verwuschelt und dazu die mit Kajal umrandeten, blauen, japanischen Augen. Ich musste immer noch an einen Urwald denken, an ein unglaubliches Reich in der neuen Welt.

»You know, Dad …«

Selbst wenn sie danach in aller Ruhe *»you bastard«*, *»wimp«*, *»loser«* hinzufügen konnte, kümmerte mich das nicht, mir genügte dieses *»Dad«*. Ich flirtete mit ihr, gab ihr unumwunden recht. Mein Ego eines frustrierten Homosexuellen erhob sich, zur Rebellion ermuntert.

Dann hörte sie auf zu weinen. Sie erklärte, sie fühle sich wie das einsamste, hässlichste, am wenigsten beachtete Mädchen auf der ganzen Welt. Natürlich stimmte das nicht, und natürlich glaubte ich ihr. Das war meine Form des Einflusses auf sie: Unterschätze nie ihre Worte, ihre Stimmungsumschwünge. Sie liebte ihre Mutter abgöttisch, konnte ihr nicht verzeihen, dass sie sich vorzeitig auf den Weg in den Garten der rosa Kirschblüten machte. Es war noch zu früh für sie, eines Tages würde sie es schaffen, die verstörende Kraft des Lebens zu akzeptieren.

Ein neues Jahr. Neue Studenten, neue Kurse. Ein neues, äußerst beschwerliches *end of term*.

Du hast gründlich aufgeräumt, und in dieser aufgeräumten Klarheit erschien dir Costantino, nunmehr ohne sexuelle Störfaktoren. Als einer jener Menschen, die immer bei dir bleiben, egal, wie die Dinge laufen, selbst wenn ihr euch nie wiedersehen solltet, und nun glaubst du, dass es so kommen wird. Du lebst nicht im alten Griechenland. Du kannst nicht mit aufgerissenem Arsch und dem Herzen eines Helden zu deiner Familie heimkommen. Du leidest, doch dann vergeht die Zeit, und das Leid wird ein auf der Fußmatte schlafender Hund, der ab und an im Traum winselt. Die Krankheit deiner Frau hat dich viel gelehrt.

Du sitzt in deinem Sessel und stellst fest, dass der Abstand seinen Körper in ein anderes Reich versetzt hat, und während sich alles entfernt, ist seine Gegenwart real. Du weißt, dass er in der Welt am Leben ist, in die er seinen Plan geworfen hat. Du wirst allmählich alt, und du weißt, dass ihr irgendwann sterben werdet und es vielleicht nicht noch eine Gelegenheit geben wird. Die vielen Jahre im Ausland haben deinen Geist befreit. Du hast keine Schuldgefühle, hast keine Wurzeln, du bist ein fortschrittlicher Bewahrer der besten Dinge: derjenigen, die dir nützen. Er ist Katholik geblieben, trägt diese kulturellen Hemmnisse in sich. Recht hatte er. Du warst gierig und skrupellos. Der Abstand ermöglicht es dir, deine menschliche Geschichte jetzt von einem wesentlich eklektischeren Himmel aus zu sehen. Du hattest das Glück, die Beschaffenheit deines Wesens austesten zu können. Durch Costantino bist du dir selbst nicht fremd geblieben.

Nun ist er ein einfaches, vor dir aufgestelltes Idol. So macht es die Liebe, wenn sie aus dem Fleisch tritt und sich zur Aufbewahrung auf das höchste Regal legt. Du weißt, dass nichts von dem bleibt, was dich umgibt, eure Körper werden zu Staub und Knochen wie die der Tiere, die du auf den Feldern siehst, weiß und vom Regen reingewaschen. Was ist nach all den Jahren noch vom Leichnam deiner Mutter da? Mit Mühe kannst du dich an deine Großeltern erinnern, doch von der Zeit noch weiter zurück weißt du nichts mehr, von dem Fleisch, das in den Betten der Jahrhunderte wühlte, um bis zu deinem zu kommen. Für dich selbst bist du alles, doch für das Leben bist du niemand.

Dein Gedächtnis genügt für euch beide. Du hast keine Angst mehr, ihn zu verlieren. Warst erfolgreich im Verzicht. Er ist jetzt im Reich der Vorstellung. Du kannst ihn anbeten und streicheln, wann immer du willst. Du weißt, dass er durch sein eigenes Leben geht. Und allein die Tatsache, dass ihr zur selben Zeit auf demselben Planeten wohnt, ist schon ein Trost.

Er hat kein Mobiltelefon, hat nie eins gewollt, er muss aus dem Bett aufgestanden sein, um mich anzurufen. Ich stelle ihn mir vor, in seinem Morgenrock im Flur, mit starrem Unterkiefer. Der alte Mann räuspert sich, macht die übliche Bewegung, die auch meine ist, er streicht sich das nunmehr weiße Haar auf dem rosa Kopf zurück. Er wartet. Seit Jahren haben wir nicht mehr miteinander gesprochen.

»Onkel Zeno …«

»Ich würde dich gern sehen, Guido.«

Der Prostatakrebs hatte auf die Knochen übergegriffen.

Seine Stimme schien aus einem verrosteten Türschloss zu kommen.

Ich wollte nicht in diesen Palazzo zurück, wehrte mich gegen diese Möglichkeit. Leni besorgte die Flugtickets, sie hatte Sommerferien. Sie war erst ein Mal in Italien gewesen, eine Sizilienrundreise als kleines Mädchen, Rom hatte sie nie gesehen.

Wir machten uns auf den Weg nach Heathrow, an einem Morgen voller Schwalben, Unmengen von Schwalben, die ohrenbetäubend und wie verrückt umherflogen. Wir saßen in einer Dreierreihe, Leni am Fenster, der Mittelsitz blieb frei. Ich dachte an Izumi, unser Abschied war hastig gewesen. Die Stewardess legte eine Rettungsweste an und vollführte pflichtgemäß die üblichen, im Grunde schwachsinnigen Bewegungen. Das Gepäck war über unseren

Köpfen, kleine, schwarze Kästen mit unseren persönlichen Sachen, dem Schlafanzug, der Zahnbürste, den Vitaminfläschchen, den Büchern, die wir gerade lasen. Das Zeug, das bei Flugzeugabstürzen mitten auf dem Meer treibt. Es wäre gar nicht mal so schlecht, unterzugehen und die Zukunft zum Schweigen zu bringen. Das, was anderen von den Hubschraubern der Berichterstatter aus wie ein furchtbares Unglück erscheinen würde, war für mich kurzzeitig eine verblüffende Chance.

Hatte mein Onkel mich nicht genau das gelehrt? Er nahm ein Bild und stellte es auf den Kopf, vertauschte Himmel und Erde. *Sieh es dir so herum an.* Er ermunterte mich, ständig nach einem neuen Blickwinkel zu suchen. *Hör nie auf, deine eigene Sicht zu suchen. Es gibt nur ein Verbrechen, und das ist, nicht gesucht zu haben, als du die Möglichkeit dazu hattest. Der Mut erwägt immer eine Ungehörigkeit, einen Fehler, der auf dich einstürzt und dich zu einer neuen Wahrheit führt.*

In all den Jahren ist nicht eine Wahrheit auf mich eingestürzt. Ich habe mich bis zum emotionalen Selbstmord in Klugheit geübt.

Ich ließ Leni in dem kleinen Hotel zurück, das ich gebucht hatte. Bezahlte das Taxi und trat in den Hof. Vielleicht war das Pflaster stellenweise erneuert worden, ansonsten war alles genau wie früher. Die Palme überlebte immer noch, riesig und leicht gealtert, eine Gefangene in dieser Kulisse aus Beton und Backstein. Die Portiersloge war verschlossen, der Stuhl leer. Eine Hand schlug mir im Dunkeln auf die Schulter, um mir zu sagen, dass der Hass gegen alles Vergangene niemals die Sehnsucht aufwiegen würde.

Ich schaute auf, zu den erleuchteten Fenstern der Wohnung meines Vaters. Dann zum obersten Stockwerk, zum einzigen Lichtfeld am Ende einer traurigen Reihe geschlossener Fensterläden.

Der Fahrstuhl stand unten, in seinem schwarzen, frisch lackierten Käfig. Ich betrat ihn und hörte die alten Geräusche, zuerst den Eisenkäfig, dann die Holztüren, die sich mit ihrem geölten Mechanismus öffneten und schlossen. Er stieg langsam nach oben wie vor vierzig Jahren, und so hatte ich genug Zeit, um mich an vieles zu erinnern. Die kleine Holzbank, auf die ich mich setzte, der Spiegel aus vergangenen Zeiten mit seinen mysteriösen Schatten, an dem so viele staunende Leben vorübergezogen waren. Ich sah meine Mutter vor mir, die sich ihrem verblüfften Bild näherte, jedes Mal aufs Neue überrascht, dass sie sich in diesem Spiegel wiederfand. Sie zog meinen Mantel zurecht, sagte etwas, um mich abzulenken, und drehte sich abrupt um, als hätte sie etwas gesehen, was sie nicht wiedererkannte.

Ich ging an der Tür meines Vaters vorbei und weiter zum Penthouse.

Der Krankenpfleger öffnete mir. Der lange Flur wirkte wie im Dunkeln aufgehängt. Ich ging an den Skulpturen meines Onkels vorbei, an seinen Büchern. Ein angenehmes Teearoma lag in der Luft, es erinnerte an eine Wiese und frisch geschnittene, regennasse Kräuter. Die langen Vorhänge hingen unordentlich an kaputten Ringen.

Er lag im Bett, ganz auf der Seite, seine Hand unter dem Kopf umklammerte ein geknicktes Kopfkissen. Obwohl er schlief, wirkte er keineswegs friedlich. Ich betrachtete den knochigen Rücken im Wollpullover, seine Hand mit den langen Fingernägeln, die gelblichen Hornkrallen eines Tiers. Er presste das Kissen voller Ingrimm zusammen, schien einen Kampf ausgefochten zu haben, der gerade erst vorbei war, doch bald schon wieder von vorn beginnen würde.

»Wer ist da?«, schrie er.

Ich streckte meine Hand aus und strich ihm über den Rücken, ich hörte ihn keuchen.

»Guido, bist du das?«

»Ja, Onkel, ich bin's.«

Das einzige Licht kam von einer mit Zeitungspapier verhüllten Tischlampe. Er rührte sich nicht, blieb noch eine Weile, wie er war, abgewandt. Doch sein Atemrhythmus veränderte sich, wurde ruhiger, friedlich. Ich merkte, dass er sich davor scheute, sich zu zeigen. Ich nahm einen Stuhl und stellte ihn ans Bett. Mir gingen die vielen Dinge durch den Kopf, die uns verbunden hatten. Dieses Zimmer erzählte so einiges, der Morgenrock, der am erloschenen Lampenschirm hing, die Bücherstapel … das Foto von Zeno und Georgette im *bateau-mouche* für Kinder … und dann dieser wirklich blöde, pünktlich angezettelte Streit, der uns entzweit hatte. Er war es, der mich weggejagt hatte, absichtlich, kurz vor Ablauf unserer Zeit. Wenn ich es recht bedenke, brannte in dieser absurden Wut Schmerz und wohl auch pure Liebe. Später war er unglaublich großzügig gewesen, hatte das Empfehlungsschreiben für das Courtauld Institute ausgestellt. Eigentlich hatte er mir die Türen zu meiner akademischen Laufbahn geöffnet.

Er stützte sich auf seinen extrem dünnen Arm und drehte sich langsam um, zunächst nur bis ins Profil, dann folgte die andere Hälfte. Es war nichts geblieben als eine fahle Hülle über den Knochen. Einzelne Härchen sprossen ungepflegt aus seinen Brauen hervor. Seine Augen hatten sich nicht verändert, sie waren reglos und durchdringend.

Er gab mir die Hand, ich drückte sie. Er lächelte, und dieses Lächeln war wirklich neu, unsicher. Es schien dem Kind zu gehören, das auch er vor langer Zeit einmal gewesen sein musste. Einem Kind, das an einem sehr stürmischen Tag aufs Meer schaut.

Er bat mich um Wasser, ich reichte es ihm. Ich hörte, wie seine Zähne am Glas klapperten. Er konnte nicht schlucken, sein Mund lief aus wie ein kaputtes Gefäß. Ich wischte ihm das Kinn mit einem Zipfel des Lakens ab. Es fiel mir schwer, mich von diesem

Bett loszureißen, von dem die unbegreifliche Aura der Sterbenden ausging und das mich magnetisch anzog.

Am nächsten Tag kam ich wieder und auch am Tag darauf. Während er den Krankenpfleger beschimpfte, war er bei mir sanftmütig. Er machte nur eine Bewegung, er sank ein. Sank langsam in die Mitte des Bettes.

»Halte dich an mir fest.«

Ich stützte mich mit den Armen auf die Matratze, zog ihn hoch und ordnete seine Kissen. Er sah immer noch recht gut aus, die Magerkeit hatte die Arroganz des Fleisches verdrängt. Er sah aus wie ein Vogel kurz vor dem Abflug in große Höhen.

Er wusste, dass keine Chance für ihn bestand, noch ein Mal lebend aus diesem Bett herauszukommen. Seit ihm das Leben nichts anderes mehr anbot, spielte er die Rolle des Sterbenden. Er warf mir lange, beunruhigende Blicke zu. Früher war er ein energischer Mann gewesen, und die Rolle des Schwachen lag auf ihm wie eine Verkleidung. Wiederholt schien es mir, als sei er es, der mich beobachtete. Er verstellte sich, doch ich kannte ihn. Ich wusste, dass er nicht aufgeben würde, nicht vor mir. Deshalb hatte er mich gerufen. Um durchzuhalten. Um mir seinen Wert zu beweisen.

Er hatte schlecht gelebt, hatte vieles falsch gemacht, hatte schlecht gezielt und die besten Leute abgeschossen. Schließlich hatte er sich sogar mit meiner Mutter gestritten. Er machte nicht den Eindruck, als wollte er etwas bereuen. Er beobachtete mich mit der Angst, ich könnte verschwinden. Ich hatte auf ihn gehört und ihn geliebt, ihn sogar verehrt. Hatte ihn verachtet. Er hatte mir viel mehr beigebracht, als ich mir hätte vorstellen können. Die bittere Gabe seines Leidens bot er mir wie ein letztes Geschenk dar.

Er deckte sich auf, und ich sah seinen dicken, jodumrandeten Verband.

»Sieh dir das an, Guido. Sieh nur, wie sie mich zugerichtet haben.«

Im oberen Teil hatte er widerstanden, er wollte partout keinen Pyjama und trug einen seiner alten Kaschmirpullover mit rundem Ausschnitt, dazu an den Fingern seine Ringe und sein armenisches Tattoo am Hals … doch unter der Gürtellinie ein schmerzlicher Anblick, eine gewindelte Babypuppe, die Beinchen eines Gelähmten. Diese Seite zeigte er mir jetzt. Keuchend und mit gespreizten Beinen lag er da wie ein altersschwacher Säugling. Ich spürte einen stechenden Schmerz in den Hoden und presste die Beine zusammen. Was folgte, war ein surrealer Dialog. Ich wusste, dass keine Zeit mehr war, dass meine Worte mit ihm reisen, die Welt verlassen und durch den Tod gehen würden. Ich wusste, dass auch ich, wie jeder Mensch, diese Reise irgendwann antreten würde. Ich wählte meine Worte mit Bedacht, glättete sie genauso wie die Strömung eines Flusses Kieselsteine schleift. Ich begann mit unseren Helden … mit Kleobis und Biton. Auch ihnen fehlten ein Arm, eine Hand, Teile der Genitalien, und trotzdem hatten sie im Museum von Delphi nichts von ihrer Schönheit eingebüßt, im Gegenteil, gerade diese Verstümmelungen machten sie einzigartig, zum Hort der Sehnsucht, unergründlich. Rein, weil lädiert. Ich zog das Betttuch wieder hoch.

Ich kehrte ins Hotel zurück, um zu duschen, und er starb. In jener Nacht dachte ich mit offenen Augen an den Schwanz meines Onkels. Ich erinnerte mich an einen Ausflug an den Sangro. Es war ein heißer Tag damals, die Grillen zeterten ohrenbetäubend. Nach dem Mittagessen gingen wir baden. Wir hatten keine Badehosen dabei, und so tauchten wir nackt ins Wasser. Wir dümpelten in den eiskalten Lachen des Flusses, plauderten freundlich und philosophierten wie Parmenides mit dem jungen Empedokles. Ich fror als Erster. Rasch lief ich hinaus und zog mir sofort meine Hosen wieder an. Ich war schüchtern, in mich gekehrt und wohl höchstens fünfzehn Jahre alt. Onkel Zeno kam erst viel später aus dem Wasser. Er ging langsam, stolz auf seine Nacktheit, legte sich neben mich, redete, rauchte und zog sich lange nicht an … und ich hatte Mühe, meinen Blick von diesem Etwas loszureißen, das wie ein Kind zwischen seinen Schamhaaren schlief. Er wirkte vollkommen entspannt, sein Schwanz bewegte sich mit ihm, atmete mit ihm, und von Zeit zu Zeit fasste er ihn wie selbstverständlich an, so wie man sich am Bauch kratzt oder am Ohr.

Ich fand mich in der Rolle des Türöffners wieder, lief viele Male durch den Flur und bemerkte, dass sie mir wie auf den Leib geschnitten war. Ich servierte Gläser mit Wasser und rückte für diejenigen, die bei dem Toten verweilen wollten, Stühle zurecht. Seltsamerweise war ich der Erbe dieses Sanktuariums und dieses Toten, es war, als täte sich ein großer Raum vor mir auf. Ich kramte in einer Schublade und fand einen Haufen Halstücher, die nach seinem Sandelholzparfüm dufteten, stark und süßlich. Ich suchte mir eins aus und wickelte es mir um den Hals.

Ich hatte nicht geschlafen, meine verklebten Augen bewegten sich langsam zwischen den Wimpern wie eingestaubte Insekten. Er war der Bruder meiner Mutter gewesen. Diese Totenwache erschien mir wie eine zweite Chance, wie die Unterstützung, auf die ich immer gewartet hatte.

Mein Vater erschien an der Tür wie ein Statist, machte ein paar Schritte in den Flur hinein und warf einen verstohlenen Blick ins Zimmer. Sie hatten sich nie leiden können. Zeno hatte Alberto wie einen Kleiderständer betrachtet, wie eine Stange, an die man seinen Mantel hängt.

Wir setzten uns in die Küche und unterhielten uns ein wenig. Seit Jahren war er nicht mehr in dieser Wohnung gewesen.

»Unzufriedene, überhebliche Leute. Nur deine Mutter war anders.«

Ich unterdrückte einen Anflug von Widerwillen, von Auflehnung, und versuchte, ihn mit Abstand zu betrachten. Ich fühlte mich wohl in dieser Behausung, von der ich unabsichtlich Besitz ergriffen hatte. Es war, als hätte ich schon immer hier gelebt, in dieser Wohnung im obersten Stockwerk, der feudalsten im ganzen Haus mit ihrem Erker und ihren hohen Fenstern, die auf die Engelsburg blickten. Allerdings war sie heruntergekommen, die Farbe blätterte von den Rahmen, und im Bad fehlte eine Fensterscheibe, ein mit Klebestreifen befestigtes Plastikteil ersetzte sie. Die Badewanne war voller trockener Pflanzen.

»Zeno hat gehaust wie ein Penner.«

Eleonora hatte mich ungestüm umarmt, um mich mit ihrem Körper zum Schweigen zu bringen und die Gedanken wegzudrücken, die ich hätte haben können, und die Worte, die ich womöglich hätte sagen können. Sie rauchte am Fenster, die Beine übereinandergeschlagen und mit der üblichen Unglücksmiene, obwohl sie gar nicht unglücklich war.

»Den Krankenpfleger hat dein Vater ihm besorgt, aber glaubst du, von deinem Onkel wäre jemals auch nur ein Wort des Dankes gekommen?«

Ich wusste, dass sie recht hatte, doch ich wusste auch, dass sie für das bezahlen mussten, was sie meiner Mutter angetan hatten. Mein Vater starrte mich mit seinen kleinen, hellblauen Augen an, mit den Gedanken offenbar weit weg. Man merkte, dass er noch ins Fitnessstudio ging. Unterm Hals hatte er rote Äderchen, vielleicht vom Gewichtheben. Er war etwas kleiner als früher, trug Leinenhosen und Turnschuhe und hatte seine Gewohnheit, den Kopf zu neigen, beibehalten. Er schaute Eleonora an wie den Beginn eines Hurricans, wie die Wirbel, die sich in weiter Ferne auf dem Meer bilden.

Sie war wirklich eine schöne, blühende Signora, mit zusammengebundenen Haaren und der schmerzlichen Überlegenheit der Frauen aus dem Süden. Mit diesem ertrinkenden, leidenden Blick. Alles Übrige, alles, was sie sagte, war nichts als die Spitze eines Eisbergs, in den sie Warnfähnchen steckte.

Sie gingen wieder. Eleonora blieb an der Tür stehen, trat ein, ging zu dem Toten, betrachtete ihn, schien sich aber vor allem vergewissern zu wollen, dass er wirklich tot war. *Mein Gott, ist der hässlich …* flüsterte sie fast erschrocken vor sich hin. Ich hatte sie trotzdem gehört. Sie bekreuzigte sich und verließ das Zimmer.

»Hast du Costantino gesehen?«

Ich schüttelte den Kopf.

»Willst du mich denn nicht fragen, wie es ihm geht?«

»Wie geht es ihm?«

Sie seufzte, ihre Augen wurden groß und feucht.

»Weißt du, er ist gar nicht glücklich …«

»Das ist doch keiner von uns.«

»Und was ist mit dir, Guido?«

»Hast du mich irgendwann mal glücklich gesehen, Eleonora?«

Sie schüttelte den Kopf und setzte das Gesicht auf, das sie immer machte, wenn sie nichts begriff, aber so tat als ob.

»Warum, also, sollte es mir jetzt besser gehen?«

»Du bist alt geworden, weißt du.«

Ich schob sie aus der Tür, sie wollte mir noch vieles sagen, doch ich ließ ihr keine Gelegenheit dazu, ich legte es nicht darauf an, ihr Freund zu sein.

Ich empfing weiteren Besuch, ein paar alte Nachbarn, die mich erkannten, mich zu fest umarmten und abwegige Beileidsbekundungen murmelten. Ich versuchte, gerührt zu sein, doch es gelang mir nicht. Eine Gruppe schäbiger Leute kam herauf, alte Kumpels aus der Kunstakademie, die eine Weile um sein Bett herumstrichen. Obwohl sie es sehr eilig hatten, wieder zu gehen, waren sie wohl die aufrichtigsten.

Als sich Stille in der Leere ausbreitete und das ganze Haus zu einem Sarg wurde, setzte ich mich erschöpft hin.

Leni zog mit einem Reiseführer in der Tasche und ihrem Strohhut gegen die Sonne durch meine Heimatstadt. Am frühen Morgen hatte ich sie zu den Vatikanischen Museen gebracht, hatte sie kilometerweit herumgeführt, hatte sie von diesem Trauerspiel ferngehalten. Als ich nun anrief, um Bescheid zu sagen, dass ich noch nicht zurückkäme, war sie froh, im Zimmer bleiben und im Bademantel auf dem Bett essen zu können.

Ich hatte das Bestattungsinstitut angerufen und die bedrückenden Details besprochen.

Ich war zum Notar gegangen. Als Alleinerbe hoffte ich auf ein kleines Sümmchen. Doch mein Onkel hatte die Wohnung längst verkauft, und auf der Bank lagen nur ein paar Tausend Euro, gerade genug, um die Begräbniskosten und seine Schulden bei den Händlern im Viertel zu begleichen. Mir blieben nur seine Bibliothek, eine bescheidene Sammlung von Radierungen und *Das Lied des Windes*, ein kleines Ölbild in düsteren Farben aus der flämischen Schule, wie in der Urkunde ausdrücklich vermerkt war. Ich hatte allerdings den Verdacht, dass es sich um das Machwerk eines Künstlers aus der Via Ripetta handelte.

Aus dem Notariatsbüro kam ich ärmer heraus, als ich hineingegangen war, und zudem noch mit einem Haufen Verpflichtungen. Ich setzte mich mit den neuen Eigentümern in Verbindung, einem reichen Ehepaar um die vierzig und ihrerseits beide Notare. Im Grunde war ich froh, dass alles so gekommen war. Ich dachte darüber nach, wie viele Spuren die Wohnungen aufwiesen. Das war das Leben, die friedliche Betriebsamkeit des Backsteins und der Sanierungen.

Trotz der lastenden Schwere des Ortes, trotz der Angst in dieser Stille brachte ich es nicht fertig, aufzustehen und die Tür hinter mir zu schließen. Irgendetwas war da noch, und nun, da die Leute weg waren und die Leere deutlich spürbar wurde, legte es sich auf mich wie nächtlicher Schnee. Jetzt gehörte die Wohnung mir allein. Nur für diese Nacht. Schon am nächsten Tag würde sich alles ändern. Ich ging noch einmal zu ihm und sah ihn an, fahl war er, würdevoll. Man hatte ihn bereits angezogen, seine Napoleonjacke, die er jahrelang nicht hatte tragen können, passte ihm nun wie angegossen. Ich nickte kurz ein. Schwarze Erinnerungsbündel rückten mir zu Leibe, meine Mutter, die auf einem fernen Neujahrsfest mit ihrem Bruder tanzte … sich ziehen ließ, drehen, mit ihren Haaren den Boden fegte, vollkommen hingegeben … Dann zog er sie hoch wie einen aus dem Fluss geborgenen Leichnam und küsste sie auf den Mund wie ein Liebhaber.

Ein Donnerschlag weckte mich, ein Sommergewitter, verworren, aufdringlich. Ich stand auf und schloss die klappernden Fenster. Im Vorzimmer begann ich in den Schubkästen zu kramen. Ich fand ein Fotoalbum und jede Menge loser Bilder in alten, zerrissenen und ausgeblichenen Umschlägen. Ich verteilte alle Fotos auf dem Boden. Als Kind hatte mein Onkel wirklich große Ähnlichkeit mit mir gehabt, groß, dünn, der gleiche Haarwirbel. Mit der Zeit hatte sich die Ähnlichkeit dann verloren, er war dick geworden und hatte schon mit vierzig ein Doppelkinn gehabt, ich dagegen magerte ab. Viele Fotos waren in der Mitte durchgeschnitten oder zerrissen, ganz als hätte mein Onkel einige Menschen aus seinem Leben auslöschen wollen – oder vielleicht auch nur einen einzigen, immer denselben.

Ich ging durch die Dunkelheit, ließ mich von den vorbeifahrenden Autos blenden. Unten war der Tiber, ich hörte sein immerwährendes Rauschen. Auf der anderen Seite der Uferstraße stand ein

Auto. Ein schwarzer Mercedes mit laufendem Motor. Ich lief ein paar Schritte darauf zu, musste aber an der Ampel warten, dann war das Auto verschwunden.

Ich ging über die Brücke, gelangte zu Fuß ins Zentrum.

Ich zog eine Weile durch meine Heimatstadt bei Nacht, durch diesen Stall mit schiefen Mauern, Purpurdächern und Säulengängen, wie ein Tourist, wie ein neuer, staunender Mensch. Die Straßen kamen mir nun dreckiger vor, vielleicht weil es viel mehr Neonlicht gab als früher. Die Altstadt war voller Lärm und zerbrochener Flaschen. Wir waren in unserer Jugend noch in unseren Vierteln und in unseren kleinen Mauern geblieben. Es war ein gewöhnlicher Mittwoch, doch es herrschte ein Treiben wie zu Silvester. Die Buchhandlung Croce auf dem Corso Rinascimento gab es nicht mehr. Stattdessen erleuchtete Eisstände mit zu vielen Sorten und vor den Pizzerien Inder in Latschen. Der alte Gestank nach Katzenpisse mischte sich mit dem neuen nach Hamburger. Doch es war immer noch Rom, dieses alte Spinngewebe aus Verfall und Pracht. Eine Stadt, die niemals europäisch aussehen würde, das Umland war lediglich näher ans Zentrum herangerückt, scharenweise benebelte Gesichter und parkende Geländewagen auf den Pflastersteinen. Der Tiber war voller Möwen, die vom Meer ausgerissen waren, das Licht immer noch das Gleiche, eine ewige Entschädigung für jede Art von Missstimmung.

Ich verlor mich in den Gassen. Gerade als ich kehrtmachen wollte, stand ich unvermittelt vor diesem Restaurant, sah das Schild, sah unter einem Baugerüst zwei Fenster zur Straße.

Ich schob die Tür mit dem Schriftzug auf satiniertem Glas und mit den Kreditkartenaufklebern auf. Viele Male hatte ich mir genau das vorgestellt – ein Flugzeug zu nehmen, mich an einen der Tische zu setzen und abzuwarten, was für ein Gesicht er machen würde. Zu ihm zu sagen: *Da bin ich, und ich habe nicht die leiseste*

Absicht, mich von hier wegzurühren, ich werde jeden Abend wiederkommen, werde hier im Warmen altern, nur wenige Schritte von deiner Küche entfernt, ganz wie deine Stammkunden, Witwen mit einer ordentlichen Pension. Ich werde Minestra essen und das Tagesgericht. Werde Seezunge und Kartoffelbrei essen, weil ich dann alt sein werde.

Ich hatte müde Glieder, mein Hemd war zerknittert. Unsicher trat ich ein, wie ein Tourist, der sich stärken will, und warf einen Blick in die Runde. Ich hatte Hunger, doch es war ein seltsamer Hunger, aufgeblasen mit unzähligen Gedanken.

Ich bezwang meine Aufregung und sah mich in dem durchschnittlich eleganten Raum um wie in einem beliebigen Restaurant. Nur ein Tisch war besetzt, Leute, die im Begriff waren zu gehen, ein Mann, der seiner Frau in den Mantel half. Ein Kellner kam auf mich zu.

»Kann ich was zu essen bekommen?«

»Die Küche hat schon geschlossen.«

Ich warf einen Blick in die Runde. Vielleicht genügte es mir ja schon, den Ort gesehen zu haben, an dem er seine Tage verbrachte. Diesen Ort, den ich mir so oft vorgestellt hatte, die dampfende Hitze, die aromatischen Speisen, die Gerichte der Saison, Spaghetti all'amatriciana, Pasta alla gricia … die Stammgäste, die Touristen, die Bestellungen, das Chaos … die obskuren Abendessen der Politiker und die lautstarken der Sportreporter, die romantischen am Valentinstag und die Sonntagslasagne für die Familien aus dem Ghetto. Stattdessen war dieser Ort von Stille durchtränkt. Leere Tische, mit umgedrehten Gläsern gedeckt.

»Mir genügt auch was Kaltes.«

»Ich frage mal nach.«

Er gab mir einen Platz am Fenster. Brachte Wasser, Brot. Ich nahm die Speisekarte. Von ihm keine Spur, ich ließ meinen Blick umherwandern. Stand auf.

»Wo sind die Toiletten?«

Ich ging hinter der Kasse ein paar Stufen hinunter und betrat ein angenehm riechendes Pissoir. Dann kam ich an einer halb offenen Tür vorbei, dieser Raum musste sein Büro sein, der Ort, von dem aus er mich anrief. Ich sah einen unaufgeräumten Tisch und eine Art Podest, eine liegende Gestalt, zwei große Schuhe. Vor einem Fernseher, in dem Zeichentrickfilme liefen, schlief Giovanni. Ich überlegte, wie alt er inzwischen sein mochte, siebzehn, vielleicht achtzehn … Ich ging zu ihm. In den Mundwinkeln hatte er etwas kalkweißen Speichel, er schnarchte laut, als hätte er Polypen.

Ich schaute zum Fenster, sah einen weißen Rücken. Ich schob eine Tür mit Antipanik-Griff auf. Geriet auf einen Innenhof mit einer Metallfeuerleiter. Neben den Mülltonnen stand Costantino und rauchte. Ich betrachtete ihn, ohne dass er mich sah … den gebeugten Nacken, die Plastiklatschen, sein schmutziges Hemd, seinen entspannten, schwerer gewordenen Körper. Er sah aus wie ein müder Kellner.

»Ciao …«

Er drehte sich um und stutzte.

»Guido …«

Ich trat aus dem Dunkel. Wir umarmten uns. Er war dick geworden, oder vielleicht waren meine Arme noch dünner und schwächer als früher.

»Eleonora hat mir das mit deinem Onkel erzählt.«

Er war verschwitzt, ungepflegt und hatte viele weiße Haare.

»Hast du Hunger?«

»Bloß keine Umstände, es ist schon spät.«

»Das Wasser kocht noch.«

Die Küche war gleich nebenan, ich sah durch die Scheibe. Costantino hatte sich seine Schürze umgebunden und die weiße Mütze aufgesetzt. Er drehte sich um, und ich winkte ihm durch das Fensterchen zu. Er schenkte mir das warme Lächeln eines Gastgebers.

Ich ging in den Gastraum zurück, zog mein Jackett aus, faltete die Serviette auseinander und legte sie mir auf den Schoß. Mein ganzes Leben hatte ich von diesem Augenblick geträumt, doch nun schien es mir zu spät für Träume zu sein. Ich bekam einen Teller Gnocchi, die besten, die ich je gegessen hatte.

Er nahm eine Flasche Rotwein aus dem Regal und wischte sie mit der Schürze ab.

»Flaccianello della Pieve … der ist nicht für jeden.«

Er öffnete die Flasche und roch am Korken.

»Für dich … für uns …«

Wieder erschien er mir wie der liebste Mensch auf der Welt. Draußen hatte ich gemerkt, dass er traurig war, nachdenklich und niedergeschlagen. Jetzt schien er zu neuem Leben zu erwachen, und dieses nur für mich geöffnete Lokal kam mir vor wie eine unverhoffte Belohnung am Abend. Er servierte mir die verschiedensten Speisen, typische Gerichte der römischen Küche des Ghetto-Viertels, Animelle, geschmorte Artischocken. Der Wein hatte seine vierzehn Prozent Alkohol, und nach dem zweiten Glas war ich vollkommen erledigt. Seit Tagen hatte ich nichts Vernünftiges gegessen, und das hier war das reinste Festmahl. Ich ließ mir die altvertrauten Aromen auf der Zunge zergehen. Und dachte an ihn, ganz in der Nähe, an seine Hände, die diese Speisen berührt hatten, sie während des Garens umsorgt und auf dem Teller angerichtet hatten, nur für mich. Während ich aß, wurde mir klar, dass ich dieser Mahlzeit bis in alle Ewigkeit nachtrauern würde. Doch traurig war ich nicht, also veranstaltete ich kein großes Brimborium, sondern aß ganz einfach. Mit vollem Genuss. Ich aß mit einem Bärenhunger und tunkte große Stücke Brot in die Soßen. Schließlich hatte ich mir den Bauch randvoll geschlagen, war beschwipst und selig.

Der Kellner ging, und Costantino setzte sich zu mir, mit einer Flasche Grappa und zwei Gläsern.

»Haben die Gnocchi geschmeckt?«

»Oh ja …«

Er flachste herum, machte die Tür auf, und wir rauchten in der hereinströmenden Abendluft. Wir sahen uns an, der Grappa floss in die Gläser, und wir erzählten uns ein paar Dinge aus unserem Leben. Ich redete über Izumis Krankheit, darüber, wie sich alles um mich her verändert hatte und wie sehr ich das bedauerte.

»Und du?«

»Alles bestens.«

Doch ich hatte einen Blick in sein Büro geworfen … Das zerknitterte Bettzeug auf dem Podest, die herumhängenden Hemden in den Hüllen der Reinigung, das war eine Art Wohnwageneinrichtung.

»Schläfst du hier?«

»Ab und zu, ja … Ich bin zu spät fertig, um noch nach Hause zu fahren.«

Er senkte den Kopf, kratzte sich den Nacken, wir saßen zwischen all den leeren Tischen … Dann gab er auf. Mit einem Lächeln sagte er, dass sein Leben aus dem Ruder gelaufen sei, dass seine Frau ihn verachte und er Fehler gemacht habe. Sein Kompagnon sei wegen irgendwelcher Wechsel in die Klemme geraten. Die Politiker der alten Legislaturperiode hätten viele offene Rechnungen hinterlassen, und keine Sekretärin würde mehr kommen, um sie zu begleichen. Giovanni sei herangewachsen. Und mit einem Erwachsenen klarzukommen, der sexuelle Bedürfnisse hatte, sei etwas ganz anderes. Er habe wieder mit seinen Stereotypien angefangen …

»Ich lasse ihn nur zum Zeitungsverkäufer gehen. Hier in der Gegend kennen ihn alle, trotzdem habe ich Angst, gehe ihm nach.

Jeder x-Beliebige könnte ihm etwas antun, und er könnte kein einziges Wort sagen.«

Mir fiel auf, dass er zitterte, sein Bein schlug gegen den Tisch. Ich streckte meine Hand aus und legte sie auf seinen Oberschenkel. Spürte, wie er ruhig wurde. Wie damals, mir fiel alles wieder ein. Wir schauten in das leere Restaurant, schauten in die Nacht, die uns blieb.

»Hat dein Onkel dir wenigstens ein Vermögen hinterlassen?«

»Nur ein Bild. Eine Fälschung.«

Wir lachten über diesen riesigen Beschiss, der das Leben ist.

»Amüsierst du dich wenigstens manchmal?«

Sein benebelter Blick war schmerzerfüllt.

»Du lebst in der Stadt der freien Ärsche, willst du mir etwa erzählen, dass du nicht manchmal ein bisschen Spaß hast?«

Er war schlaff geworden, hatte dunkle Augenringe, und das Weiße in seinen Augen war gelblich verfärbt. Er kippte noch einen Grappa, wie Wasser. Er verzog den Mund, unterdrückte ein Rülpsen. So hatte ich ihn noch nie trinken sehen. Ich dachte, dass ich allein war, dass ich immer allein gewesen war, dass es falsch gewesen war, herzukommen und ihn zu sehen. Ich dachte, dass er alt und lasch wurde. Das Alter begann unsere verwirrten, unehrlichen Seelen hervorzuholen und auf unsere Gesichter zu zeichnen. Er hob die Flasche und beugte sich mit einem traurigen, flehenden Lächeln zu mir. Ich legte eine Hand auf mein Glas. *Ich hab genug, danke. Ich bin sternhagelvoll.*

Der Leichenwagen parkte vor dem geöffneten Tor des Palazzos. Die Sargträger warteten in der Kaffeebar auf mich. Drei sympathische Jungs, wir redeten ein bisschen über die Wirtschaftskrise. Auch der Spielzeugladen nebenan, wo ich als kleiner Junge Sammelbildchen gekauft hatte, war inzwischen geschlossen, und das war wirklich ein schlechtes Zeichen. Das Bestattungsgewerbe unterlag keinen Schwankungen, im Gegenteil, es konnte seine Umsätze sogar noch erhöhen. *Es gibt 'ne Menge Selbstmorde,* sagten die Jungs fröhlich. Ich bezahlte ihnen den Kaffee. Wir nahmen zusammen den Fahrstuhl, ich stand völlig eingeklemmt zwischen diesen professionellen, gleichmütigen Typen in Matrix-Uniform und hätte auf dem Gipfel meiner stillen Fassungslosigkeit am liebsten laut losgelacht. Auf der Treppe trugen sie mit einiger Mühe den Sarg weg, sie würden ihn mit einer Nummer in Prima Porta abstellen, in der Warteschlange für die Verstreuung. Keine Trauerfeier, ganz wie er es sich gewünscht hatte.

Ich ging auf die Terrasse hinaus. Die Kuppel des Petersdoms wirkte zum Greifen nahe, und ich streckte die Hand mit dem Gefühl aus, ihre weiße Schale berühren zu können. Die Luft war noch kühl, winzige Windklingen zerschnitten die Höhe. Ich war müde. Hatte so gut wie nicht geschlafen. Ich ging wieder hinein. Nahm den Morgenrock meines Onkels vom Haken und zog ihn mir übers Hemd. Ich telefonierte herum, um die Bibliothek zu verschenken, doch keine Institution, kein Kulturverein wollte etwas davon wissen. Viele der Bücher waren wundervoll illustriert, die Seiten vom Papiermesser gezackt. Zeno hatte sie wie Reliquien behandelt, ich hatte nur darin blättern dürfen, wenn er dabei war. Der Gedanke, dass sein Schatz nichts wert war, deprimierte mich. Ich packte in eine Tasche, so viel ich konnte, und über den Rest würde ich mich mit einem der Straßenhändler einigen, bei denen Rentner stehen blieben, die knapp bei Kasse waren. Ich schloss die alten Fensterläden und warf einen letzten Blick auf dieses dämmrige Sanktuarium. Es klingelte. Vor der Tür stand Costantino.

»Ciao …«

»Komm rein.«

Er schaute an mir vorbei.

»Bist du allein?«

»Ja.«

Wir gingen in die Küche.

Er sagte, er fahre gleich weg, er bringe seinen Sohn runter nach Apulien zu seinen Verwandten … die würden ihn für eine Weile nehmen.

»Willst du einen Kaffee?«

Er hatte nasse Haare und roch frisch geduscht.

»Entschuldige kurz.«

Ich schloss mich im Bad ein, ich weiß nicht, warum, wohl einfach, um tief durchzuatmen. Ich setzte mich auf den Rand der Badewanne, neben dieses Gewächshaus verdorrter Pflanzen. Ich hatte Bauchschmerzen. Ich ging in die Küche zurück, da war er nicht.

Er stand vor dem leeren Bett meines Onkels. Breitbeinig, die Hände auf dem Rücken. Wie ein Wachposten vor einem Mausoleum. Der Schreibtisch, die aufgehäuften Medikamente, in den Aschenbechern die beiden weißen Kerzen, die ich angezündet hatte, zerlaufen und fest geworden … Wieder erschien er mir so liebenswert, so vertraut. Er wusste, dass mein Onkel für mich das letzte Blut mütterlicherseits gewesen war.

»Was hast du denn da an?«

»Seinen Morgenrock.«

»Steht dir gut.«

Ich spürte seine Arme, die mich umfingen, seinen Kopf, der sich zu mir neigte, ich wurde plötzlich schwach und leer. Ich drehte mich um und suchte seinen Blick. Er presste mir seine Hand auf den Mund. Drückte meinen Nacken gegen die Wand, kratzte mich. Er glitt hinunter, um mich zu küssen. Ich spürte sein Gewicht, seinen Geruch. Ich erkannte seine Haut wieder, seinen Speichel, alles. Alles. Diese Opferhandlung kannte ich nur zu gut. Ich kannte die Einsamkeit und den Schmerz danach, und traurig dachte ich an dieses Danach. Er hatte diesen Weg so düster und zwanghaft werden lassen, ich war bereit gewesen, ihn zu gehen, vor langer Zeit. Er wollte über mich herfallen, ich stieß ihn zurück. Er war erregt, glücklich.

»Wie du willst, ganz wie du willst …«

Er zog sich die Hosen aus, ging vor mir in den Vierfüßerstand wie damals, als er auf der Straße Esel gespielt hatte, lächelte mich mit seinem schönsten Gesicht an, dem sanftesten und fügsamsten.

»Komm … bitte …«

Ich sah, wie er die Kontrolle verlor, wie sich sein Gesicht verzerrte, seine Nase jede Obszönität einsog, sein ganzer Körper sich wand, wie er erbärmlich litt und gierig wieder auflebte. Ich zog ihn mit wie ein Insekt auf einem anderen, flüsterte Worte von Liebe und Vergewaltigung. Keinen Moment lang schloss ich die Augen. Zum ersten Mal sah ich mir alles an, jeden einzelnen seiner Schweißtropfen, jedes Aufzucken seines Rückens. Ich sah kein bisschen Schönheit. Wieder musste ich an ihn als Messdiener denken, bekleidet mit diesem weißen Gewand, das bis auf den Boden reichte und den Schmutz der Stufen auffegte, wenn er hinter dem Priester die Treppe hochging, um die Häuser zu segnen. Ich spürte die Kraft dieses Dulders, der mich dominierte. Ich kämpfte nicht mehr gegen mich und auch nicht gegen ihn. Hatte keine Angst mehr, ihn zu verlieren, weil ich ihn schon verloren hatte. Weil ich ihn jedes Mal, wenn wir uns liebten, verloren hatte. Er war gar nicht da, er war in seinem harten, felsigen Kern, der immer im Dunkeln bleiben würde. Gern hätte ich ihm eine tiefer gehende Pflege geboten, doch Tiefe war nicht das, was wir in unseren Gliedern zu finden glaubten. Ich erkannte den Geruch seines Herzens nicht wieder, sah nichts als Schattenflügel. Ein Teil von mir blieb klar, wies den Schmerz, der danach kommen würde, zurück. Ich war ein vom Leben gezeichneter Mann, kein Grünschnabel mehr. Ich war ein freier Mann, hätte ich ein schwieriges Leben haben wollen, hätte ich es gehabt. Doch das hatte ich nicht gewollt. Ich liebte ihn, würde ihn bis ans Ende meiner Tage lieben. Aber ich kannte ihn nicht, er war mir fremd. Ich merkte, dass mein Glied nutzlos wurde, leblos.

»Entschuldige, ich kann nicht.«

Ich löste mich von ihm, stand brüsk auf. *Das ist das letzte Mal,* dachte ich, *das ist das Ende.* Ich hatte nicht die geringste Absicht, noch mal von vorn anzufangen. Ich fühlte mich geheilt und wusste nicht, wovon. Ich blieb einfach stehen, gedankenversunken, ungläubig. Nicht wegen dem, was mit meinem Körper passiert war. Sondern wegen dem, was in meiner Seele vor sich gegangen war. Ich wusste, dass er abhauen würde, dass er sich hastig seine Klamotten anziehen und zurückgehen würde, um den Familienvater zu spielen. Ich wartete auf sein wieder gefasstes Gesicht, auf seinen groben Abschied. Es war mir egal. Ich würde ihn gehen lassen, mit nur einer Bitte, nämlich sich nie wieder blicken zu lassen. Ich zog meine Hosen hoch, schloss mich im Bad ein und wartete darauf, dass er verschwand. Ich sah auf den Hof runter und spürte die alte Einsamkeit, den alten Wunsch, mich hinunterzustürzen.

Ich ging zurück, um meine Sachen zu holen. Und fand ihn genau dort vor, wo ich ihn verlassen hatte, mit dem Rücken zu mir, nackt, auch er schaute aus dem Fenster.

»Was machst du noch hier?«

Er zuckte mit den Schultern, schnippte die Zigarettenasche runter und lächelte.

»Du bist impotent geworden.«

»Vielleicht.«

»Meine Schuld?«

»Vielleicht.«

»Heute ist alles vielleicht, Guido … alles vielleicht …«

Er legte sich auf den Boden. Blieb so, mit dem Bauch nach oben, umgeben von der Dunkelheit, wie ein prächtiges, totes Tier.

»Gehst du nicht?«

»Soll ich?«

Er hob die Arme, verschränkte seine Finger und formte zwei kleine Tiere. Ein Schattenspiel, das im Lichtkreis der einzigen noch brennenden Lampe an die Decke geworfen wurde. Er holte zwei Stimmen hervor, eine kindliche, eine grobe. Er begann mit den Fingern zu reden und zu antworten. *Hallo, wie geht's? Ich bin sehr müde. Und warum? Weil das Leben zum Kotzen ist. Was ist denn passiert? Ich bin misshandelt worden. Hast du denn keinen, der dich liebt? Ich weiß nicht, ob er mich liebt. Dann frag ihn doch.*

Er glitt über den Boden, packte meine Beine.

»Komm her, Guido …«

Ich kauerte mich neben ihn. Er weinte, zog die Nase hoch. Ein ersticktes, gequältes Weinen, das aus demselben Abgrund aufzusteigen schien, in dem ich ihn kurz zuvor so verzückt gesehen hatte.

»Liebst du mich?«

Ich streckte eine Hand zur Decke und formte mit den Fingern nun mein Tierchen, ich bewegte meinen wackligen Schatten.

»Ich weiß nicht, wer du bist.«

»Ich bin Costantino.«

»Wer ist Costantino?«

»Das bin ich.«

»Gattung und Art.«

»Mensch. Traumatisiert.«

»Gattung und Art.«

»Mensch. Homosexuell.«

»Ist das das Trauma?«

»Ja.«

»Das ist kein Trauma, das bin ich. Guido.«

Wir vereinigten unsere Finger. Unsere Tierchen kamen zueinander, die Schatten küssten sich, die Finger umklammerten sich. Wir zogen uns wieder an. Gingen über den Hof.

Der Tiber war noch da. Alles war unversehrt, wie es mitten in manchen Sommern geschieht, mitten an manchen Tagen mitten im Leben. Wenn Freude und Schmerz, Elan und Widerwillen, jede Hälfte von uns auf der Linie des Horizonts in vollkommenem Gleichgewicht zu sein scheint.

Leni schlief noch, der Kopf versteckt, die schmutzigen Füße einer Barfußläuferin nicht zugedeckt. Ich beugte mich über das zerwühlte, von ihrem Schlaf durchtränkte Bett und nahm ihre Kamera. Sie hatte mich vor dem Pantheon gefilmt, als ich ihr von Romulus erzählte, der von einem Adler in den Himmel gezogen wird, und später mit meiner Hand in der Bocca della Verità. Ich schaltete die Kamera ein und nahm das Zimmer auf, mit Lenis wunderbarer Gestalt, dem Fenster und der Saat ihrer verstreuten Sachen. Dann richtete ich sie auf mich, auf mein verzerrtes Gesicht.

»Hast du Lust, ans Meer zu fahren?«

Ihr blieb noch dieses Ferienwochenende. Draußen schien die Sonne, die herrliche Septembersonne.

Sie zog sich einen Bikini unter ihr Hippiekleid. Mit Stöpseln in den Ohren krähte sie *Viva la vida*, während sie ihre Fußnägel türkisblau lackierte. Ich zog meine Mokassins und die dunklen Hosen aus und schlüpfte in Jeans und Turnschuhe.

Costantino kam mit seinem alten, von den Jahren verbeulten Mercedes, *Der hat mehr Kilometer runter als ich und du,* das Schiebedach offen. Wir sprangen hinein. Giovanni saß hinten, ich erinnerte mich, wie ich ihn vor vielen Jahren auf diesem Sitz das letzte Mal gesehen hatte.

»Ciao, Giovanni.«

Er trug eine Sonnenbrille mit einem orangefarbenen Gestell und wackelte mit dem Kopf. Er stammelte ein kehliges, lang gezogenes »*Ciao*«. Leni setzte sich zu ihm.

»*Hi, darling.*«

Giovanni stieß einen Seufzer aus und wurde steif. Costantino ließ einen Spruch in seinem miesesten Englisch los. *Er ist nicht daran gewöhnt, neben einem Model zu sitzen.* Leni lachte.

Wir verließen Rom wie eine ruhige Gruppe von Freunden, unwirkliche Augenblicke, völlig losgelöst von allem. Ich betrachtete die Kulisse der Palazzi hinter mir, die sich zusammenschoben wie bei einem Szenenwechsel im Theater. Das Gras kam und die große Verbindungsstraße. Wir fuhren an dem dreckigen Strand vorbei, dem Abschnitt, über den wir dicht nebeneinander hergegangen waren, in Erwartung einer Zukunft, die uns nun anzuspringen schien, in Erwartung eines Friedens, der nun gekommen zu sein schien. Über unsere Köpfe hinweg flog ein Flugzeug.

Wir sahen auf die Straße, auf das, was verschwand.

Dann fuhren wir auf die Autobahn, auf das graue, stille Band, das unter den Rädern wegglitt, Oleanderbüsche auf dem Mittelstreifen, eine geschlossene Raststätte. Und es war, als ließen wir wirklich alles hinter uns.

Mein Ellbogen hing aus dem Fenster, ich betrachtete Costantino von der Seite … diese unerwartete Situation, das, was ich erhofft hatte, vor langer Zeit. Wie oft hatte ich mir eine weiche Flucht vorgestellt.

Die Kinder saßen hinten, ich drehte mich um und lächelte. Unsere Kinder … diese verquere Truppe, Giovanni mit der Brille eines Rockstars, die Dschungelprinzessin mit dem Bikiniband um den Hals … und dazu wir beide, er mit seinen überschüssigen Pfunden, und ich zu dünn, mit meinen spärlichen, rötlichen Haaren, die so windzerzaust wahrscheinlich schrecklich aussahen.

Wir passierten Caianello und waren nun unzählige Jahre jünger. Es war windig, Leni verstand kein Italienisch, Giovanni war in seiner eigenen Welt, und so konnten wir ungestört reden, uns zärtliche, verschwörerische Worte zuflüstern.

»Ich gefalle dir noch …«

Auch er sah gut aus an diesem Morgen, sein Gesicht war entspannt, seine Brust weit. Ich betrachtete seinen starken Arm, seine zärtliche Hand.

Er griff ins Handschuhfach und holte den alten Lou Reed hervor. *Don't you know, they're gonna kill your sons … until they run run run run run run run away* … Sie hatten ihm Elektroschocks verpasst, Lou Reed, als er vierzehn war, um ihn von seiner Bisexualität zu heilen … sein Vater und seine Mutter, gerade die Menschen, die dich lieben, respektieren und niemals verleugnen sollten, wir hatten uns mal darüber unterhalten.

Gern hätte ich ihm meine Hand auf den Nacken gelegt, in die Mulde seines Haaransatzes mit dieser Spitze, wie ein Herz.

Wir halten an einer Raststätte, damit die Kinder ein Brötchen essen können.

Ich gehe zu den Kühlfächern, um Wasser zu holen. Wir sehen uns verwirrt an, Costantinos Wimpern öffnen und schließen sich.

»Ich geh mal zur Toilette.«

Wir folgen einfach unserem Impuls. Truthähne ohne Kopf, die nur mit den Restzuckungen ihrer Muskeln und Nerven weiterlaufen, welche aber mehr als ausreichend sind, um die Treppe runterzukommen. Eine Dicke mit ihrem Wägelchen und blauen Handschuhen sieht uns reingehen. Ich habe einen Euro auf ihr Metalltellerchen geworfen. Die letzte Kabine ist die beste. Wir schließen uns ein. Für einige Sekunden umarmen wir uns nur. Als wir wieder rauskommen, steht Leni da, sie hat Giovanni zum Männerklo gebracht, er ist in einer der Kabinen, in der mit der offenen

Tür. Und so befinden wir uns für einen Augenblick alle im selben Klo.

»He was pissing his pants, Dad.«

Sie lächelt, offenbar ist sie diejenige, die verlegen ist. Ich greife mir ans Herz. Das könnte ein Infarkt sein. Meine Brust ist eine feste Steinplatte. *Gott, mach, dass sie das nicht mitbekommen hat.* Denn nun weiß ich, dass dies meine größte Angst ist, die Angst, dass Leni mich *durchschauen* könnte. Wenn sie mich *durchschaute*, fände ich keine Ruhe mehr. Eine Zeit lang ist die Straße ein Knäuel schwarzer Radspuren, die zusammen mit meinem Entsetzen hochwirbeln.

Wir verlassen die Autobahn, das Meer liegt neben uns. Ein unendlicher, blauer Streifen. Wir halten am Strand, steigen aus. Vor Kurzem hat es geregnet, der Sand hat eine unberührte Kruste und riecht nach purem Meer, nach Natur, die umgeschlagen und dann zurückgekehrt ist. Leni zieht sich sofort aus und läuft mit ihrem Modelkörper ins Wasser, ich bin weiß und verkümmert und friere. Ich lasse mein T-Shirt an, doch sie spritzt mich nass, also gebe ich auf, und wir gehen alle zusammen baden. Costantino springt in die Wellen, ich sehe seinen großen Körper im Gegenlicht und habe das Gefühl, dass jeder Augenblick dieses erfundenen Tages einfach von einem Himmel gefallen ist, der uns endlich alle will, zusammen, jeden von uns mit all seiner Andersartigkeit. Jetzt schwimmt er mit seinem Sohn. Sie tauchen in die vom Unwetter kältedurchtränkte See. Costantino ist der beste Schwimmer, den ich je gesehen habe, ungestüm und leicht fegt er durchs Wasser und scheint sich halb darin und halb darüber mühelos fortzubewegen. Im Wasser ist er ein anderer Mensch, ist er frei. Auch Giovanni fühlt sich wohl, sein Vater hat ihn von klein auf ins Meer getaucht, er schwimmt auf seine Art, schüttelt zu häufig den Kopf und dreht sich plötzlich auf den Rücken, um auf dem Wasser zu treiben.

Sie stoßen weit aufs offene Meer vor, Costantino erscheint nur an der Oberfläche, um Wasser auszuspucken, er ähnelt einem riesigen Delfin, der eine kleine Ente eskortiert. Mit seinem Sohn auf dem Rücken kommt er ans Ufer zurück, der glatte Körper liegt auf ihm wie eine Muschelschale. Auch diese Szene taucht aus einem Leben auf, das ich mir schon tausendmal vorgestellt habe. Er ist nur wenige Schritte von mir entfernt, und ich finde Frieden. Wir baden im selben Meer.

Leni legt sich in die Sonne. Costantino nimmt meine Hand und küsst sie. Giovanni ist bei uns, doch er ist ein stummer Zeuge. Genau das macht ihn für mich liebenswert, dass er zwar sieht, sich aber über nichts wundert. Seine Welt ist besser als unsere. Die Mauer, die er in sich hat, kennt kein Urteil, sondern nur Leidenschaft und Schmerz. Er hat den Blick eines Tiers, das das Leben schon oft gesehen hat. Ich stehe auf und kaufe ihm ein Eis, er isst es auf dem Badetuch.

»Das ruiniert das Abendessen«, sagt sein Vater. »Es ist leicht, ihn erst zu verwöhnen und dann zu verschwinden.«

Er lächelt. Nein, diesmal verschwinde ich nicht, ich habe die Absicht, mit ihm, mit ihnen, alt zu werden. Giovanni fuchtelt herum, reagiert gereizt auf seinen Vater.

»Er ist eifersüchtig …«

Später betrachten wir die Rücken unserer Kinder, die über den Spülsaum gebeugt sind. Leni versucht, Giovanni beizubringen, wie man eine Sandburg baut, doch er trampelt darauf herum. Er buddelt, das scheint ihm Spaß zu machen, also hilft sie ihm, und sie buddeln zusammen. Schließlich legt sich Giovanni in die ausgehobene Grube, und Leni gräbt ihn ein. Sie dreht sich zu uns um, bis zu den Haaren voller Sand.

»At least he'll stay still for a while.«

Langsam wird es zu voll am Strand, deshalb gehen wir. Unterwegs bleiben wir stehen, um Familien aus dem Dorf mit Sonnenschirmen und aufblasbaren Krokodilen vorbeizulassen. Giovanni will nicht laufen, und so nimmt sein Vater diesen zu großen Körper auf den Rücken, schwitzend steigt er nach oben, die Augen auf den Weg gesenkt. Ich bin hinter ihm, und wieder sehe ich seinen Rücken mit den Dehnungsstreifen … Und wieder erzählt dieser Weg, bergauf und gegen den Strom, Costantinos ganzes Schicksal.

Auf Pappe gegessene Pizzen, zwei Bier. Wir haben einen Sonnenbrand. Ich könnte ein Ei auf meinem Kopf braten. Giovanni spuckt durch den Strohhalm. Er hat sich in Leni verliebt. Legt seinen Kopf auf ihren Bauch, wie er es auch bei seinem Vater macht. Sie redet Englisch mit ihm, und er scheint ihr zuzuhören. Jetzt ahmt sie Tierstimmen nach, krächzt wie ein Rabe, blökt wie ein Schaf. Giovanni lacht, jault. Wir sehen den beiden zu, diesem wehrlosen Jungen und Leni, die es versteht, sich verständlich zu machen und völlig mühelos ins Unbekannte zu gleiten. Ich bin schrecklich stolz auf sie, und wieder denke ich, dass sie schon viele Leben vor diesem hier hatte, eine lange Reihe von Weisheit und Liebe. Costantino steht auf, um Leni aus der obsessiven Umklammerung zu befreien. Doch meine Ziehtochter schüttelt den Kopf und drückt den Jungen an sich.

»He's so sweet … leave him be, please …«

Sie überlässt ihm einen Ohrstöpsel, und sich zusammen wiegend hören sie Coldplay.

Giovanni ist müde, er presst sich die Fäuste in die Augen. Wirft Lenis Telefon runter. Sie gibt sich nachsichtig, *if you break you pay, the broken bits you take away …*

Wir haben nur ein Zimmer genommen, ein Vierbettzimmer für Familien. Denn wollten wir uns nicht genau so fühlen, nach Sonne und Spiel? Als Familie. Heute Abend. Eine ängstliche, schräge, zerbeulte Familie, mit zwei Oberhäuptern, zwei Männern, die einen Fetzen Respekt verdienen, ein Trostpflaster. Der Sommer ist vorbei, das Appartementhotel ist fast leer. Uns kommt es vor wie Las Vegas.

Giovanni springt auf dem Bett mit den kaputten Sprungfedern wie eine kaputte Sprungfeder. Costantino trägt ein Unterhemd wie ein zünftiger Arbeiter, trotz seines Bauches und seiner Jahre ist er für meine grenzenlose Fantasie einfach der heißeste Feger, den es gibt.

Leni mit ihren Panties ist schon etwas vergnatzt über dieses Nachtasyl. Sie ist müde, es ist zu viel Radau, und dieser bescheuerte Freak hat auch noch ihr Handy zerdeppert.

Costantino putzt seinem Sohn die Zähne, duscht ihn. Er reibt seinen verbrannten Rücken mit Nivea Creme ein, massiert ihn, schnauft. Ich beobachte die Zärtlichkeit und Fürsorge, mit der er sich um ihn kümmert, ganz wie ein Physiotherapeut mit großen, weichen Händen, der es versteht, bis in die Tiefen vorzudringen.

Wie viel ich nicht von ihm weiß, und wie viel ich an diesem Abend sehe. An diesem Abend sehe ich, dass wir zusammenbleiben werden, was auch passiert, wir werden zusammenbleiben.

Er hat mir erzählt, dass er im Sommer, wenn sie in Anzio im Haus von Rossanas Eltern sind, im Freien auf einer Luftmatratze schläft und dass seine Frau sich nicht mehr um ihn schert. Mutter und Tochter schlafen im Ehebett, gehen spät an den Strand, wenn die Sonne am schlimmsten ist. Giovanni dagegen wacht in aller Herrgottsfrühe auf. Er macht ihm Frühstück und geht mit ihm ans Meer, lange bevor irgendwer sonst kommt. Sie führen ein Leben im Abseits, seine Aufgabe in der Familie beschränkt sich darauf, seine Frau und seine Tochter von der sozialen Last dieses Jungen zu befreien.

»Was wird bloß aus dem Jungen werden …?«

»Er bleibt bei uns«, habe ich geantwortet. »Alles, was du liebst, gehört auch zu mir.«

Und hör auf, dich schuldig zu fühlen, Herrgott noch mal.

Er hat sein goldenes, so typisch italienisches Kreuz um den Hals. Er kniet nieder, um mit Giovanni zu beten. *Vater unser, der du bist im Himmel ... Costantino mein, der du bist auf Erden,* denke ich. Natürlich habe ich ein Gläschen getrunken und bin beschwipst, und ich öffne das Fenster, und draußen ist die Luft des Südens, dieses großen Meeres, das alles verbindet und alles vermischt und nur eines mitreißt, Liebe, meine grenzenlose Liebe. Meine Liebe jenseits aller Unwetter und Träume, meine Liebe jenseits von Monstern und Scham, zärtliche Liebe, heftige Liebe, verletzte Liebe. Liebe.

Als die Kinder eingeschlafen sind, gehen wir zum Rauchen auf den kleinen Balkon.

Die Nacht ist klar, hinter uns die jungen, verschwitzten Körper. Der stampfende Junge liegt nun still. *Komm schon, Costanti', du spürst es, alles schweigt. Das Leben hat uns nichts weggenommen, und selbst wenn es uns alles genommen hätte, heute Abend entschädigt es uns dafür. Diese Normalität hat uns so gefehlt, nach diesem Frieden haben wir uns so gesehnt. Wir sind ein Paar, siehst du? Wir können es sein. Wer auf Erden soll uns anspucken, und wer aus dem Himmel? Dein Jesus? Aber der ist doch auch für uns da. Was macht er denn mit den ganzen Engeln, und warum sind die männlich, haben aber kein Geschlecht?* Er lacht. Ich kann ihn immer noch zum Lachen bringen.

»Du bist verrückt, Guido, völlig besoffen.«

»Sternhagelvoll.«

»Du kommst in die Hölle.«

»Abgemacht.«

»Ich nicht.«

»Na und ob, du bist mir immer nachgelaufen.«

Nur ein Licht brennt. Costantinos Augen füllen sich wie zwei Leuchtquallen, und auch ich muss tief durchatmen, weil ich an unser Zelt denken muss, an all die weggeräumten, fortgerissenen, zerschlagenen Dinge.

Er putzt sich die Zähne, gurgelt mit der Mundspülung.

»Du bist so was von tranig, Mann, das geht einem wirklich auf die Eier …«

»Ich hab eine Zahnfleischentzündung.«

Mit dir alt zu werden wird die reinste Nerverei. Wahrscheinlich muss ich dich füttern und dir die Bettpfanne unterschieben … Vielleicht, vielleicht … In der Stille kichern wir in uns hinein, um die Kids nicht zu wecken. Er kommt mit einem schüchternen, bis oben zugeknöpften Pyjama aus dem Bad. *Heilige Jungfrau, Ave Maria. Du bist so sexy wie ein Betonpfeiler … Glaub nicht, hörst du, glaub ja nicht … Du bist verführerisch und wirst es immer sein. Gute Nacht, mein Held. Gute Nacht, Guido.* Wir legen uns dicht nebeneinander, halten uns bei der Hand.

Am Morgen half Leni Giovanni beim Anziehen, ging ihm beim Frühstück zur Hand, schmierte ihm Butter aufs Brot. Diese widerborstige Faulenzerin, die zu Hause nicht mal ihren Teller in den Abwasch räumte, offenbarte ungeahnte therapeutische Fähigkeiten. Giovanni schlürfte aus seiner Tasse, laut wie ein Spülbecken, verschüttete aber keinen einzigen Tropfen Milch.

Wir stiegen ins Auto, eine Hornisse flog herein, Leni schrie auf, Costantino ließ das Lenkrad los, um sie zu verjagen, und fast wären wir die Serpentinen runter in den Tod gestürzt. Doch da unsere letzte Stunde noch nicht geschlagen hatte, hörten wir wieder und für alle Ewigkeit Lou Reed.

Wir machten Halt in Matera. Es war die letzte Etappe. Bis zu Costantinos Heimatdorf waren es noch etwa fünfzig Kilometer. Ich fühlte mich berufen, ein bisschen den Professor zu spielen und die Reisegruppe in die weiße Schlucht hinunterzuführen, in die *zwei halben Trichter, die durch einen Vorsprung getrennt sind* und die Carlo Levis Christus passierte, bevor er nur bis nach Eboli kam.

Wir schlenderten durch die altsteinzeitliche Höhlensiedlung aus mondbleichem Tuffstein, die uns urplötzlich ansprang und unsere Gefühle auf den Kopf stellte. Und wieder war alles durcheinander und verloren, und wir fühlten uns zurückgerissen.

Höhlen, primitive Löcher in der Felswand. Übereinandergelagerte Architektur, Schicht auf Schicht, von Toten und von Lebenden, die in Erscheinung treten und sterben werden. Und unversehens fragt man sich, wozu denn widerstehen ... Wir alle werden Larven im Dunst der Erde sein, im Öl ihres Schmerzes. Diese Gegenwart ist alles, was wir haben, was wir anfassen können. Wir sind bereits zurückgeworfene Visionen eines anderen Zeitalters.

Wir gingen durch den felsigen Garten von Sasso Caveoso, benommen von der Hitze, die vom Stein aufseufzte, wir gingen gleichsam auf Zehenspitzen, denn dies war ein in Stein gehauener Salon, und wir waren unangenehme, lärmende Gäste ... Oben die Toten, bestattet über den Dächern der Felsenkirchen, unten die Lebenden, das Tröpfeln der alten Zisternen, die Zellen der Benediktinermönche ... all das Lastende unter den Füßen ... Ich hielt meinen Vortrag, doch auf einmal kam mir meine Stimme leer und abstoßend vor. Ich verstummte, und alle schwiegen, innerlich erleichtert und umnebelt von der Atmosphäre all der Terrassierungen der unter uns eingeschlossenen Zivilisationen, die noch voller Glut mit dem Tod rangen.

Die Sonne stach, es war Mittag, die Leute waren wie vom Erdboden verschluckt ... und so gehörte dieses Labyrinth für eine Weile uns allein, und jeder hing seinen Gedanken nach. Leni ging voran, ihre Gestalt zerschmolz geradezu. Für einen Moment musste ich an *Picnic at Hanging Rock* denken, an das Mädchen, das von der weißen Hitze verschluckt worden war. Ich streifte Costantinos

Hand. Alles war da, und alles war schon nicht mehr da, wie alle diese mit dem Stein vermischten Leben, ihre Vergangenheit, ihre Zukunft.

Giovanni war wenige Schritte von uns entfernt. Sein Vater hatte ihm eine Windmühle gekauft, die er wirbeln ließ. Dann hörte er mit dem Spiel auf, zog den Plastikstiel ab und schlug damit gegen die Mauern wie ein Blinder, wie ein Aussätziger. Was weiß ich … doch genau diesen Gedanken hatte ich bei seinem Anblick, beim Anblick seines mythischen Kopfes, der vermauert war wie dieser Stein. Ich dachte, dies sei sein Ort, dieser primitive Keil aus in den Felszeichnungen eingeschlossenem Blut, aus von der Sonne bedeckten Schreien … Doch es waren nur Schatten, nicht mal formulierte Spukbilder, Empfindungen, die diesem umschließenden, einsamen Stein entsprungen waren.

Kurz darauf war Giovanni verschwunden.

»Giovanni! Giovanni! Giovanni!«

Wir riefen ihn, die Trägheit zersprang, die Aufregung holte uns brüsk zurück in die Gegenwart, zu den Tatsachen. Zunächst ohne allzu großen Nachdruck, er konnte ja nicht weit sein. Doch im Nu verloren wir die Kontrolle über unsere Nerven und Gedanken, Panik machte sich breit und versteinerte das Labyrinth.

Wir liefen alle in dieselbe Richtung, verteilten uns in den Gassen, in den Terrassengärten. Leni hatte lange, flinke Beine, sie begann zu klettern, verschwand und tauchte im Laufschritt wieder auf. Nur ein Ruf bewohnte die Stille … unsere hastigen, ungeschickten, aufgeregten Schritte. Ein paar Leute tauchten aus den Totenhäusern auf, die Höhlensiedlung bevölkerte sich mit surrealen Existenzen, kurzzeitig sah es so aus, als würde das ganze unterirdische Leben emporsteigen … und tatsächlich sahen wir das Unterste zuoberst. Die Toten oben, den Himmel unter den Füßen. Costantino beugte sich über die Zisternen, zerkratzte sich die Haut in Brombeersträuchern und Dornengestrüpp, stieg in die Grabkammern … Es war ein kaleidoskopisches Entsetzen, das weit zurückreichte … Ich sah, dass sich die Höhle unter unseren Füßen auftat, wie ein Spiegel, der Bilder übertrug. Wir erblickten uns in einer Zisterne, und das schwarze, schwere Wasser verschlang uns … und ich fühlte mich schuldig, unsagbar schuldig, ich hatte keinen Grund dazu, und trotzdem, ich war schuld.

Dann trennten wir uns, es war eine furchtbare Ewigkeit voller Qual und Angst und Sorgen. Dieser archäologische Ort förderte uralte, psychische Verwicklungen zutage … diese unterirdischen Trichter, diese zusammengedrängten Häuser, in die Erde gesetzt wie Glutstücke einer Hölle, die sich nun offenbarte. Costantino rannte bis auf die Anhöhe von Civita und schrie den Namen seines Sohnes bis zur Erschöpfung, ein Gekläff vor der Murgia-Hochebene. Ich spürte, wenn wir Giovanni verlieren würden, würden wir alles verlieren. Dann wäre unser Leben vorbei. Denn auch wenn ihn anzusehen bedeutete, das Herz in ein Gefängnis zu sperren, herrschte doch außerhalb dieser Gitter die ganze Liebe seines Vaters.

Leni war es, die ihn fand, diesen *fucking idiot*. Er hatte sich nicht weit fortbewegt. Er kauerte nur ein paar Meter von uns entfernt hinter einem Felsen, die Beine fest umschlungen, schwankend wie ein Ei aus Fleisch. Vielleicht hatte unsere Angst ihn erschreckt. Oder vielleicht wollte er mir eine Lektion erteilen. Offenbar besaß er ein hochsensibles Wahrnehmungsvermögen. Er war der Einzige, der verstanden hatte, was los war. Dieses steinerne Ei.

Sein Vater packte seine Hand und hielt sie fest, ärgerlich und grob, wie er es sonst nie tat. Der Schreck ließ nach, verschwand aber nicht, ein schwerer Rest blieb zurück, ein blasses, vielfarbiges Bruchstück, das uns auf viele Ängste zurückwarf – und auf die eine Angst im Leben. Für jeden eine andere und doch die gleiche. Wir gingen einzeln weiter. Und jeder von uns hatte eine Reise gemacht.

Wir verließen Matera, eine Zeit lang herrschte schlechte Laune.

Leni hatte es jetzt eilig, zu ihrer Mutter zurückzukehren.

Costantino fuhr schweigend zum Flughafen von Bari, wie ein Chauffeur. Von dort aus hatten wir einen Direktflug. Er würde zu seinem Dorf weiterfahren, Giovanni bei seinen Eltern absetzen und die Gelegenheit nutzen, um weiter südlich noch ein paar Weingüter zu besuchen, in Melissa, in Crucoli, in Cirò Marina.

Wir steigen aus dem Auto. Diese beiden Tage sind uns vorgekommen wie ein ganzes Leben. Costantinos Augen öffnen und schließen sich. Giovanni, sein Kopf, der sich nicht von Leni lösen will, zuckt darin auf.

Wir mussten noch warten, fuhren mit der Rolltreppe nach oben und setzten uns hin, um etwas zu essen. Ich kümmerte mich um die Bestellung und zahlte, *Was willst du? Pizza? Yes, Dad. Und zu trinken?* Ich kam mit dem Tablett, die Coca-Cola kippte um, ich warf einen Haufen Papier darauf.

Ich schaute zur Glaswand. Nicht weit dahinter war das Meer … Das Telefon brummte. Ich fand meine Brille nicht, hielt mir das Display dicht vor die Augen, um die Nachricht zu lesen. Ich suchte immer noch nach meiner Brille, wahrscheinlich hatte ich sie in Costantinos Auto vergessen, oder vielleicht hatte ich sie beim Laufen verloren. Ich begann zu schwitzen, mich aufzuregen. Im Flugzeug würde ich nicht lesen können, ich fühlte mich verloren. Ich ging in die Open-Space-Apotheke nebenan, suchte den Ständer mit den Brillen, nahm eine und probierte sie an, es war die falsche Stärke. Ich versuchte, sie an ihren Platz zurückzustecken, doch das Preisschild verhakte sich. Ich zog. Ich weiß nicht, wie die ganze Brillenreihe hatte runterfallen können. Ich fand mich auf dem Boden wieder, Leni kauerte sich neben mich, um mir zu helfen, wir waren uns so nahe wie damals, als wir uns kennengelernt hatten, an jenem fernen Tag an der Themse, als ich ihr Täschchen zerrissen hatte und wir auf dem Pier die Perlen aufsammelten. Und wie damals schien mir alles aus den Händen zu gleiten.

»Ich kann noch nicht weg, ich muss noch ein paar Sachen regeln.«

Ich schaute sie an und wusste nicht, was ich da tat, doch sie nickte.

Ich rief Izumi an, erzählte ihr, dass ich ein Bild geerbt hätte und versuchen wolle, es in Italien zu verkaufen. Ich brachte Leni zum Check-in-Schalter, wartete, bis ihr Gepäck durch die Kontrolle war. Wir verabschiedeten uns durch die Scheibe. Sie schaltete die Kamera ein und filmte den Sicherheitsdurchgang … *Take care.*

Ich setzte mich draußen auf einen Gepäckkarren und atmete tief durch. Ich öffnete meine Tasche und holte mein rotes, leicht verblichenes Hemd heraus. Das unserer besseren Kämpfe. Ich zog mir auf dem Boden Schuhe und Strümpfe aus. Ich besorgte mir eine Schachtel Zigaretten und rauchte zwei. Ich ging wieder rein, um mir eine Flasche Wasser zu kaufen, trank sie aus und warf sie in den Papierkorb. Leute strömten herein, zogen Trolleys und vollbeladene Gepäckwagen hinter sich her. Ich sah zu, wie ein Flugzeug abhob. Es dauerte eine Weile, bis Costantino kam, er bremste mit schon geöffneter Autotür.

»Hallo, alter Junge.«

»Du bist nicht abgeflogen.«

Ich will mit dir zusammen sein, hatte er mir in der Nachricht geschrieben.

Ich legte ihm meine Hand zwischen die Beine, er schloss kurz die Augen.

»Auf diese Weise werden wir sterben.«

»Es wäre an der Zeit.«

Das Handschuhfach sprang auf, ein Lippenstift rollte heraus, von seiner Frau. Ich fuhr mir damit über die Lippen.

»Findest du mich noch schön?«

»Viel mehr als das.«

Ich schob sein T-Shirt hoch und drückte ihm einen langen, roten Kuss auf die Brust.

»Liebst du mich?«

»Das weißt du doch.«

»Sag es, schrei es laut heraus.«

Er schüttelt den Kopf, er ist immer noch der Alte, der kleine Bote, der mutige Junge mit dem gesenkten Kopf, dessen Herz beharrlich an den anständigen Prinzipien von Familie und Vaterland festhält. Ich dagegen bin die zärtlichste und liebenswürdigste Hure. Er schreit, er werde von der Straße abkommen, werde wieder einen Unfall bauen, diesmal aber wirklich einen tödlichen. Mit ihm zusammen zu verunglücken und nie wieder aus diesem Auto herauszukommen wäre ein denkbares Finale. Wie bei Thelma und Louise.

»Ich liiiebe dich!«

Er schreit, und ich packe ihn noch fester.

Das Schiebedach ist offen, ich lehne mich mit dem Oberkörper hinaus und schreie es in die Natur, zu den Sträuchern, zum Sand.

»Er liiiebt mich, er liiiebt mich …«

Ich winke einem vorbeifahrenden Laster.

Dann kehre ich ins Innere zurück. Er ist außer Atem. Wir sind wir. Die von damals. Diese kleinen Eidechsen. Er schaltet den Blinker ein, betrachtet mich.

»Ich halte vielleicht lieber an …«

Hätte uns jemand gesehen, er hätte über uns gelacht, hätte uns albern gefunden, sentimental, tuntig. Doch niemand kannte die Wahrheit, nur wir beide wussten um diese schreckliche Sehnsucht nach Liebe, diese Sehnsucht nach uns, nach unserer tiefsten Seele. Das hier waren unsere Flitterwochen, um dreißig Jahre verschoben.

»Wohin bringst du mich?«

»Wohin du willst.«

Wir schaukelten im Auto weiter, ich stieg tänzelnd aus, pflückte eine Blume und klemmte sie ihm hinters Ohr, eine große, welke, duftende Blüte.

Wir schauten uns an und begannen wirklich noch einmal von vorn. Mit einer in der Stille der Natur flüsternden Unberührtheit. Es war Anfang September.

Wir wandern durch Weinberge, von der Sonne gegerbte Männergesichter kommen uns entgegen. Costantino bückt sich, zerdrückt Schösslinge, schnuppert daran, spricht sein Winzerkauderwelsch. Wir kommen an Reben vorbei, die wie Gefängnisgitter angeordnet sind, schlüpfen in feuchte Keller mit großen Fässern, in denen der Wein gärt, und kosten einen Käse, der nach Maden und Substrat riecht, nach uns.

Wir werden miteinander schlafen, nur das geht mir durch den Kopf, es gibt keinen Grund zur Eile, denn wir werden miteinander schlafen. Es ist eine Ewigkeit her, seit wir uns das letzte Mal geliebt haben und seit wir dicht nebeneinander die Augen geschlossen haben.

Ich stelle mir ein sanftes Leben vor, unseres, als Paar. Sich bei der Hand nehmen, anhalten, um ein paar Lebensmittel einzukaufen, auf die Nacht warten. Ich will mich nie wieder trennen müssen. Es ist absurd, das zu tun.

»Komm, wir sehen uns die Bronzestatuen von Riace an, den Bärtigen und den Einäugigen.«

Unsere Hemden in der Nacht waren hell. Costantino breitete die Arme aus wie ein alter Engel.

»Ich fühle mich frei, Guido, frei …«

Wir hatten uns Strohhüte gekauft, warfen sie in die Luft und fingen sie wieder auf. Zum Essen hielten wir in einem kleinen, mit Schwarzbauten verschandelten Badeort. Eine Imbissstube mit einem ausgeschalteten Riesenbildschirm und Spielautomaten, wir landeten ein paar Treffer, lachten, verloren. Wir stiegen wieder ins Auto. Nahmen die Uferstraße, glitten die Serpentinen neben dieser leuchtenden Weite entlang. Der Mond war fast voll, es fehlte nur noch eine kleine Ecke, ein Bissen. Wir fuhren an der kaum vorhandenen Leitplanke rechts ran. Costantino öffnete den Kofferraum, riss das Tesaband von einer der Weinkisten und nahm eine Flasche heraus. Daneben lag ein vergessener Strick, ich nahm ihn auf, untersuchte ihn und erstarrte, es war eine geknüpfte Schlinge.

»Was willst du damit?«

»Jetzt gar nichts mehr.«

Sich an einem Baum erhängen, das hatte er früher oder später tun wollen. Daran dachte er jedes Mal, wenn er ins Auto stieg und losfuhr. Er nahm den Strick und warf ihn mit einem Zyklopenschrei von oben ins Meer.

Wir kletterten auf den Klippen zum Strand runter, liefen im Dunkeln bis zum Wasser. Wir zogen uns aus und badeten. Das Wasser war lauwarm, es hatte ein ganz eigenes Leuchten, man konnte bis auf den Grund sehen. Wir glitten lautlos dahin, wie Fische. Costantino schwamm in die Finsternis, und ich bekam es mit der Angst zu tun. Das Meer stand still. Dann kam er unter Wasser zurück. Er tauchte neben meinen Beinen auf wie ein großer Neptun. Bespuckte mich mit Meer. Wir küssten uns, fielen um. Er klappte den Korkenzieher aus seinem Schweizer Taschenmesser und öffnete den Wein, wir tranken aus der Flasche. Es war nicht besonders kalt, seine Haut war leicht angeschwollen. Er war sehr sinnlich. Die Umrisse seiner Muskeln zeichneten sich noch deutlich ab, und das bisschen Bauch stand ihm gut. Wir hatten gelebt, na klar, doch nicht zusammen.

»Was hast du vor?«

»Nichts, das, was du schon weißt.«

An dem Abend redeten wir lange. Er wirkte unglaublich entschlossen. Der ganze Mut, den wir in jungen Jahren nicht aufgebracht hatten, war nun da, so unverrückbar wie dieses Meer.

Er lebte praktisch schon getrennt von seiner Frau.

»Ich will ich selbst sein, Guido. Jetzt kann ich das.«

Weiter hinten lag Griechenland, nur ein paar Seemeilen entfernt, ein Schiff fuhr vorbei, eine Touristenfähre auf ihrem Weg nach Patras. Wir stellten uns vor, an Bord zu sein, mit Rucksäcken und um viele Jahre jünger ... Wir erinnerten uns an unsere Klassenfahrt, an jene Bucht und den verlassenen Kiosk mit dem Schild ZU VERKAUFEN. Und alles schien uns zum Greifen nahe. Das Meer war unser Freund, mit einem einzigen Kräuseln schwappte es über die Kiesel und schien kein Unwetter mehr empfangen zu müssen. Costantino hatte die Kurzatmigkeit eines Rauchers, ich eine blanke, kahle Stirn. Wir waren nicht mehr die Jüngsten, aber auch noch nicht alt. Die großen Aufregungen hatten sich gelegt, und wir hatten uns endlich gefunden. Es würde ein Weilchen dauern, bis wir uns sortiert hätten, wir würden das Ganze anständig angehen, es bestmöglich regeln. Etwas anderes gab es nicht zu tun, wir waren keine Hunde, waren es müde, uns wie Hunde zu benehmen, uns zu lecken und uns anzuknurren. Wir würden die Menschen, die wir liebten, um Verzeihung bitten, würden nicht stolz auf uns sein, doch auch nicht das Gegenteil. An diesem Strand war kein Zelt, wir standen auf und suchten Zuflucht in den Felsen hinter uns.

Diese Höhle, dieser Frieden. Das Hochzeitszimmer der Lebenden, der dem Tod geweihten Kämpfer. Wir sind zwei Männer, na und? Wer soll denn von dort oben, aus der himmelblauen Kuppel, im Abgrund der menschlichen Bestien diesen kleinen Unterschied bemerken? Ich streichle seinen Rücken. Wir lieben uns wie beim ersten Mal, mit demselben kühnen Erstaunen. Die Gewalt ist tot heute Nacht. Alles schweigt. Er ist wie eine trächtige Jungfrau.

Natürlich erinnere ich mich nicht, seine Brust war ganz einfach der sicherste Ort der Welt.

Später, als ich versuchte, die Einzelteile zusammenzusetzen, sollte ich mich doch erinnern. Die jungen Typen an den Videospielen in der Imbissbude, die euch anstarrten, als ihr reingekommen seid und euch am Tisch neben den Toiletten verkrochen habt. Unter diesem Tisch habt ihr Händchen gehalten. Er wackelte ein bisschen mit dem Hintern, als er die beiden großen Gläser mit den Papierschirmchen und der Ananasscheibe von der Theke holte. Ein tropischer Drink, genauso unecht wie dieses Meer, das nicht in den Tropen liegt, doch ihr wart zufrieden. Bescheidene Flitterwochen, die für euch so etwas wie eine Kreuzfahrt waren, und dieser Dreckstall war der reinste Luxus, voller Glanz und Glamour, weil euer Bund der reinste Luxus war, genauso wie eure Blicke, die sich begegneten und nicht länger schüchtern sein wollten. Ihr habt euch lange in die Augen gesehen, habt die Kulisse ringsumher vergessen … Diese Kerle, die vor dem Videopoker hingen. Vielleicht waren sie es, die euch gefolgt sind. Ohne es zu merken, habt ihr Anstoß erregt. Doch welche Art Anstoß soll das sein, Anstoß an der Liebe? Ihr seid zwei Männer, schon klar, und nicht mehr ganz frisch und knackig, vielleicht seid ihr sogar schwächlich, sie hätten euch Beifall klatschen sollen. Vielleicht wurde er irgendwann sentimental, nämlich als du ihm an diesem dreckigen Tisch ein geflochtenes Armband geschenkt hast. Du hattest es von einem Afrikaner gekauft, der stehen blieb und euch ansprach. Er setzte seine Kamellast ab, seine Socken und seine handgefertigten Strandutensilien, und ihr habt ihn aufgezogen: … *Zeig her, Amigo, was kostet das, Amigo, viel Glück, Amigo* … Zum ersten Mal in all den Jahren, die du ihn jetzt kennst, hast du gedacht: *Er ist er selbst, ist vollkommen er selbst, er ist glücklich.* Und so hast du die Hand ausgestreckt und ihm die Träne abgewischt, hast an diesem schönen Auge innegehalten, von dem nur du weißt, wie schön es ist, das nur du hast sterben und erwachen sehen, und du weißt, dass er nicht viel bekommen hat, dass er aber alles verdient, du weißt, dass ihr nicht mehr jung seid, aber auch noch nicht endgültig aufgeschmissen, und du willst ihm alles geben, weißt aber nicht, wie du es ihm sagen sollst, also bindest du ihm dieses Armband ums Handgelenk und sagst: *Hier an diesem dreckigen Metalltisch erfüllt sich die Liebe, an diesem Meer, das so still und verzückt ist wie wir. Das ist unsere Herrlichkeit.*

Vielleicht sind es diese Kerle mit den geflashten Augen, die euch gefolgt sind, die auf die Idee gekommen sind, mal eben rasch in die Dunkelheit abzubiegen.

Was ist das für ein Ort? Ein Landzipfel zwischen Kalabrien und Apulien, ein Dorf, dessen Namen du garantiert dein Leben lang nicht mehr vergessen wirst. Ihr seid dort, in der abgelegenen Höhle, schutzlos. Das Rauschen des Meeres übertönt die Angst. Das Rauschen des Meeres würde jeden Schrei übertönen. Ihr habt Angst, doch diese Angst gehört zu einer fernen Zeit, zu der jedes Mal wiederkehrenden Angst, euch zu verlieren.

Costantino lag oben, der erste Schlag traf ihn. Ich hatte den Geschmack seines Blutes im Mund. Er versuchte aufzustehen. Wir schrien, schützten uns mit den Ellbogen. Sie zerrten uns nach draußen.

Ich erwachte in einer Blutlache. Schleppte mich zu seinem Körper. Er antwortete nicht, doch seine Brust bewegte sich. Ich versuchte, mich aufzurichten, fiel wieder zurück. Ich kroch über die Klippen bis zur Straße, auf nur einem Arm, den anderen zog ich nach. Ich dachte nichts, nur an Costantino, der im Sterben lag, der vielleicht schon tot war. Ein Auto bremste, ein altes Ehepaar, womöglich Bauern, die aufs Feld fuhren. Der Morgen graute. Der Mann stieg aus und stieß mich mit einem Stock an, wie man es mit einer zerquetschten Schlange tut, wenn man Angst hat, sie könnte noch angreifen. Er sprach Dialekt. Ich hob den Kopf. Sie fuhren weg. Doch wahrscheinlich waren sie es, die die Carabinieri verständigten.

Ich weiß, dass man mich so fand. Wie eine überfahrene Schlange am Straßenrand. Ich hörte die Bremsen, spürte den starken Benzingeruch. Sah verkehrt herum eine verschwommene Gestalt sich mir nähern. Im Krankenwagen kam ich wieder zu mir. Ich schrie seinen Namen, doch sie verstanden mich nicht.

Ich weiß, dass er erst lange nach mir gefunden wurde, dass sie noch mal zurückfahren mussten, um ihn zu holen. Sie gingen zum Strand hinunter und lasen ihn zwischen den Klippen auf, und sie wunderten sich, dass er noch atmete, er sah aus wie ein im Netz verfangener Thunfisch nach dem Gemetzel.

Ich weiß nicht, wie viel später ich erwachte, es war Nacht. Ich war lange auf dem Meeresgrund gewesen, mit Krebsen bedeckt, die mit der Flut aufstiegen, Costantinos Körper schleuderte herum, von den Wellen mitgerissen, die nun in unsere Grotte drangen, ich versuchte, ihn in Sicherheit zu bringen. Seeübelkeit und Blut, das schwallartig aus meinem Magen aufstieg, begleitet von einem beispiellosen Schmerz, der sich bis in den Kopf zog. Ich wurde wieder ohnmächtig. Stundenlang tat ich nichts anderes, als das Bewusstsein zu verlieren und dagegen anzukämpfen, es nicht noch mal zu verlieren. Trotzdem glaube ich, dass ich die ganze Zeit wach war. Meine Anstrengungen waren hauptsächlich darauf gerichtet, mich aus diesem katatonischen Zustand zu befreien. Und ich wusste nicht, ob ich starb oder versuchte, zur Welt zu kommen.

Auf dem schlammigen Grund spürte ich den süßlichen Geruch

der Medikamente, und ich wusste, dass sie versuchten, mich zu betäuben, dass eine Gestalt kam und meinen Arm runterdrückte. Ich kämpfte gegen diesen Anwesenden, spürte seinen Atem, konnte mich aber nicht wehren. Ich sah nur Mörder um mich her. Schließlich konnte ich durch die Schlitze zwischen meinen Wimpern etwas erkennen. Eine stämmige Gestalt, dazu geräuschvolles Atmen. Ich fragte nach Costantino, rief um Hilfe. Eine Hand drückte mich runter. Ich schrie wie am Spieß.

Er lag auf der Intensivstation, noch unter Narkose. Das erfuhr ich am Nachmittag des nächsten Tages. Der dicke Pfleger erzählte es mir, als er mir einen Spiegel brachte. Ich sah eine geschwollene Kröte mit verbundenem Kopf, statt der Augen zwei Testikel.

Ich gewöhnte mich an den Geruch dieses Ortes, an seine Geräusche, an seine Stille. Ich vertraute niemandem, doch ich musste Vertrauen haben. Meine inneren Schwellungen drückten schmerzhaft auf jedes Organ.

Sie hatten mich isoliert, in einem Zimmer mit zwei leeren Betten neben meinem. Das war kein Feingefühl, das war eine Verbannung. Kein Mensch redete mit mir. Leute mit versiegelten Mündern. Natürlich war ich nicht in der Lage, etwas zu essen, und trotzdem brachten sie mir sinnloserweise alle Mahlzeiten. Sie knallten mir das Tablett hin, kamen später zurück und nahmen es unberührt wieder mit, ohne mich eines Blickes zu würdigen. Sie hatten mich operiert, das merkte ich an der Dränage. Der Pfleger kam, um den Beutel auszuwechseln. Als sie meine Vene suchten, hielten sie zu zweit meinen Arm fest, ich begriff, dass sie panische Angst davor hatten, sich an meiner Nadel zu stechen. Das Blut aus meinem Kopfverband tropfte mir ins Auge, sie sahen es, doch keiner hatte Lust, mich neu zu verbinden. Ich versuchte, mich zu beschweren, dann gab ich es auf.

Früh am Morgen kamen drei Leute, zwei junge Männer in Uniform, die aufrecht stehen blieben, und ein Mann in einer langustenroten Wildlederweste, der sich den einzigen Stuhl griff, ihn schurrend über den Boden zog und sich rittlings daraufsetzte wie in einem Western.

Er stützte sein Kinn und beide Ellbogen auf die Lehne, in den Händen eine zusammengerollte Zeitung. Nur mit Mühe konnte ich sein Gesicht erkennen, hörte ich seine eindringliche Stimme, die mich voll unverhohlener Verachtung mit irrwitzigen Fragen bedrängte, auf die ich nicht einmal ansatzweise antworten konnte. Offenbar war er Kettenraucher, in einem fort räusperte er sich, um die belegte Stimme freizukriegen, und die ganze Zeit über hatte ich das Gefühl, er wolle mich anspucken. Bevor er ging, schlug er den Lokalteil der Zeitung auf. Ich sah Fotos von uns und unseren Pässen unter einer diffamierenden Schlagzeile.

Dann materialisierte sich Izumis Gesicht. Ihre Hand hielt meine. Wer weiß, wie lange schon. Ich fragte mich nicht, wieso sie hier war, wie sie wohl hergekommen war. Ich hielt das für normal. Mit ihrem breiten, weißen Gesicht hatte sie das Zimmer betreten, die schwarzen Haare zusammengebunden. Sie hatte ihre Tasche abgestellt und langsam ihr Tuch vom Hals gezogen.

Ich wusste nicht, was man ihr erzählt hatte, sie schien einfach ihre Gedanken zu sortieren. Sie war äußerst beunruhigt, doch nicht fassungslos.

Izumi war eine Emigrantin, ihre Familie war verfolgt worden. Sie hatte eine Art Kompass in sich, den sie in den schlimmsten Momenten einnorden konnte. Sie sah mich an und überlegte sofort, wo in diesem Zimmer Norden war, die Richtung, in die wir gehen würden.

Sie packte ihre wenigen Sachen aus, ihr Täschchen mit der Zahnbürste und den Schächtelchen für die Kontaktlinsen. Der

Krankenpfleger zog eine der Matratzen ab und warf die Laken darauf. Sie machte sich das Bett allein. Aß die Speisen von meinem Tablett. Legte sich ins Bett.

Keiner von uns beiden schlief wirklich. Doch ich glaube, wir träumten zusammen von den Trümmern, über die wir die ganze Nacht liefen. Bei Tagesanbruch stand Izumi am Fenster und sah in ihren Morgenrock gewickelt hinaus. Es herrschte die klare Luft großer Ereignisse, die reinigend wirken und alle sinnlos gewordenen Gedanken und Absichten auslöschen.

Es gelang mir zu sprechen. Ich sagte ihr die volle Wahrheit, dass wir uns abgesondert hatten, dass diese Geschichte schon immer lief.

Sie ließ mich weinen, und ich glaube, sie hatte wirklich Mitleid mit mir. Ich hatte das Gefühl, nicht mehr weiterleben zu können.

Sie ging ins Bad, wusch sich das Gesicht, zog sich an. Und sie blieb bei mir wie eine normale Ehefrau, die ihrem kranken Mann beisteht. Einem Arbeiter, der vom Baugerüst gefallen ist. Ein Arbeitsunfall.

Ihr gerader, unsterblicher Rücken suchte nach einer Hoffnung für uns. Dann, in den folgenden Tagen, sah ich, wie sie in sich zusammenfiel, nicht ganz und gar allerdings. Wenn jemand hereinkam, zog sie sich hoch und stellte die Grenzen wieder her.

Ich war in einen Sexskandal verwickelt, der die Seiten der Lokalzeitungen füllte. Doch sie schien ihrer Tragödie keine Beachtung zu schenken, sie sah viel weiter, nahm das Gebot dieser Stunden ins Visier. Sie stellte sich zwischen mich und die beschränkte Welt dieses Ortes am Ende des Stiefels. Sie plusterte ihr Igelfell auf und fuhr die Stacheln aus, um mich zu schützen.

Der Kommissar kam erneut. Er setzte sich, indem er sich den Stuhl wieder mit der Lehne nach vorn unter seinen Sheriffhintern schob.

Izumi hatte ihre Brille auf der Nase, sie streckte ihm ihre kleine, kalte Hand entgegen.

»Do you speak English?«

»Leider auch kein Japanisch, bedaure.«

Er nahm das Verhör wieder auf, wobei er den zwei Wachposten an seiner Seite verschwörerische Blicke und Anspielungen im Dialekt zuwarf. Er wollte wissen, wie wir gelegen hätten, wer oben, wer unten, und ob noch andere Männer bei uns gewesen seien. Ich versuchte, meine ins Gehirn gesunkenen Augen zu öffnen. Fragte nach Costantino, hatte Angst, er könnte es nicht geschafft haben und sie würden es mir nicht sagen. Der Kommissar steckte sich eine erloschene Zigarette in den Mund, sagte, es gebe noch keine Entwarnung, doch in den nächsten Tagen werde man Costantino verhören.

Izumi sprach nur ein paar Brocken Italienisch, konnte aber jede Gemeinheit dieses scheinheiligen Inspektors entschlüsseln, der sie immer nur beleidigen wollte und am Krankenbett eines perversen Exhibitionisten seine Männlichkeit zur Schau stellte.

Sie ließ sich nicht einschüchtern. Erkundigte sich nach den Details der Untersuchung, danach, ob man die Täter ermittelt habe, ob man nach ihnen fahnde. Sie verlangte einen Dolmetscher, um sich verständlich zu machen. Der Kommissar grinste angesichts der Hartnäckigkeit dieser Japanerin, die mit einer Anzeige und mit schlechter Presse für die kalabrische Küste drohte. Sie taten so, als stimmten sie ihr zu, rieten ihr aber gleichzeitig, etwas zur Beruhigung einzunehmen. Es sei ja klar, warum sie so nervös sei … Weshalb kümmerte sie sich denn nicht lieber um den Hintern ihres Mannes, anstatt ihnen auf den Wecker zu gehen? Das hier sei nicht London. Das hier sei Süditalien, hier seien die Leute solche Sauereien nicht gewohnt.

»Bei uns hier lösen gewisse Vorkommnisse Bestürzung aus …«

Dann erfuhren wir, dass man mich wegen unzüchtiger Handlungen angezeigt hatte. Wir traten den Rückzug an, bekamen Angst. Izumi hustete, öffnete und schloss die Hände, die Krämpfe waren zurückgekehrt, ich machte mir Sorgen um sie. Die Situation war so absurd, so quälend. Ich hätte mich um sie kümmern müssen, stattdessen hatte ich sie mit in den Abgrund gerissen. Ich beschwor sie, abzureisen, mich zu verlassen. Doch sie traute den Pflegern nicht. Also blieben wir isoliert in diesem Zimmer. Ein Fotograf verschaffte sich Zugang, als sie im Bad war, er verewigte mich mit verbundenem Kopf und den Augen eines Irren.

Ich hatte Fieber, schlotterte. Der körperliche Schmerz war nun konkret fühlbar und gegenwärtig. Ich spürte die inneren Hämatome, die Brüche, die in meinem zertrümmerten Bein hämmerten. Ich sah den Stein vor mir, der auf seinen Kopf niederging, und Costantino, der versuchte, sich mit blutenden Fingerknöcheln zu verteidigen.

Izumi war es, die mich mit Informationen versorgte, die zwischen meinem einsamen Zimmer mit dem rissigen Putz und dem Ort hin- und herpendelte, an den man ihn verbannt hatte, zwischen Schläuche und Plastikvorhänge. Sie sagte, er liege nicht mehr auf der Intensivstation. Er sei jetzt in einer anderen Abteilung, auf einer anderen Etage. Sie sagte mir nicht, dass er einen Eingriff am Kopf hinter sich hatte. Ich konnte mich nicht wegrühren, also blieb mir nur, in ihren Augen zu lesen. Ich wusste, dass sie nicht fähig war, mich zu belügen.

Ab und zu schlummerte ich wie ein Kind, ich wusste, dass Izumi da war. Ich träumte, ich sei zu Hause in unserem Bett, umgeben von den rosigen Reflexen unserer Vorhänge aus Wildseide, die die Illusion von Sonne heraufbeschworen und uns vor schlechtem Wetter und Ratlosigkeit schützten. Izumi war so ein Vorhang, ihr leichter Körper filterte den Schmerz und mäßigte ihn. Ich öffnete die Augen, so weit es mir eben möglich war … und sah wieder diese Wände, dieses Eisen, das riesige, schmutzige Fenster und die echte Sonne, die ich schrecklich fand. Es gab Bienen und Fliegen und den Geruch des Meeres, und ich glaubte, in der Hölle zu sein. Ich hatte vergessen, dass ich hier war, hatte den menschlichen Skandal um meine Person vergessen.

Nun rief mein Zustand Empfindungen aus den Tiefen meiner Erinnerung wach, aus der Zeit, als meine Geburt mir die Liebe nahm, die warme Berührung meiner Mutter, und ich mich einsam im künstlichen Bauch eines Brutkastens wiederfand.

Man hatte mich am Bein und an der Schulter operiert. Mein Körper war beschlagnahmt, anästhesiert, aufgeschnitten und wieder zugenäht worden. Ich ließ mich hin- und herschleudern, ohne mich länger zu widersetzen. Ich wollte sterben und kämpfte gleichzeitig um mein Leben, darum, Costantino lebend wiederzusehen. Die Medikamente machten mich schwachsinnig und unbrauchbar. Ich hatte jedes Zeitgefühl verloren und wollte es vielleicht auch gar nicht mehr wiederfinden.

Sie nahmen das Morphium vom Tropf. Ich erwachte mit einem neuen, harten, scharf umrissenen Schmerz. Ich hatte eine Halskrause aus Gips, mein Bein hing hochgezogen an einem Haken, und eine Schulter war bandagiert. Ich wusste, wo ich war und wer ich war. Ich wusste, dass ich eine ungeheuerliche Gewalttat überlebt hatte. Auch wenn von jener Nacht nur Bruchstücke geblieben waren, eingerammt in ein absterbendes Gedächtnis, das mich zurückstieß. Auf der Jagd nach Erinnerungen versank ich in meinem Körper und testete jeden Teil von mir.

Ich wollte mich sehen.

Izumi öffnete ihre Tasche, nahm eine Schminkdose heraus und klappte den Spiegel vor mir auf. Mein Gesicht war geschwollen, an der Nase und unterhalb der Lippe genäht. Ich nahm die Binde von meinem Auge, es war hochrot und sah aus wie zerplatzt. Doch die Netzhaut war gerettet worden. Ich glich einem Monster, aber wenigstens war ich nicht blind, ich wollte die Hand nach meiner Frau ausstrecken, schaffte es aber nicht, dem Impuls folgte keine Tat.

Erst nach einer Woche bemerkte ich, dass ich meine Hoden nicht mehr spürte, sie lagen zwischen meinen Beinen wie abgefallenes Obst. Ich drückte gegen das Skrotum, doch Fehlanzeige, nicht die kleinste Erektion. Ich versuchte es mit einer sexuellen Phantasie. Doch ich hatte keine sexuellen Fantasien mehr. Ich sah nur noch Gewalt, Tritte zwischen die Beine. Das war meine Endstation, die ganze unbesonnene Reise war auf diesen genitalen Eisblock zugelaufen.

Endlich kam der Tag, an dem ich aufstehen konnte. Man gab Izumi einen alten, rostigen Rollator, ich klammerte mich an sie, schleppte mich bis zum Fenster. Meine Lippe war noch geschwollen, so etwas wie eine Orange drückte gegen mein Zahnfleisch mit den abgebrochenen Zähnen, die Wurzeln waren noch drin. Kälteempfindlichkeit, Schmerzen in den verletzten Knochen. Scham über das aufgedeckte Leben. Ich warf einen Blick auf das Land da draußen, auf dieses Golgatha in der Ödnis von Sträuchern und unfruchtbaren Dünen. Was war das bloß für ein Ort? Ich wusste, dass ich ihn nie vergessen würde. Ein u-förmiges Gebäude, ein Parkplatz mit wenigen Autos, ein runder Platz mit einer länglichen Bronzestatue, einem grässlichen, modernen Engel. In der Fensterscheibe sah ich ein Stück von mir, einen entgeisterten Blick in einem kahlen Schädel, die Knochen eines unterernährten Tiers. Nur mit Mühe atmete ich aus. Ich schaffte es bis zu dem kleinen Resopaltisch. Es war eine kurze Reise, doch ich alterte um hundert Jahre. Ich setzte mich ohne das geringste Selbstmitleid oder das Mitleid irgendeines anderen in meiner Umgebung. Mein Leben war ein unermessliches Fiasko, das alle mitansehen konnten.

Später kam die Visite. Ein junger Mann im Kittel sagte, ich hätte eine Beckenvenenthrombose mit einer Penisfraktur erlitten, da ich zum Zeitpunkt der Verletzung wahrscheinlich erregt gewesen sei. Ich fand die Kraft, zu nicken. Er sagte, ich würde wieder gesund werden. Die Krankenschwester neben ihm lächelte mir zu, ich sei am Leben, das sei die Hauptsache. Sie habe für mich und *den anderen Herrn* gebetet. Das waren die einzigen menschenfreundlichen Leute, an die ich mich erinnere, diese Frau mittleren Alters mit dem roten Gesicht einer Köchin und der junge, kalabrische Androloge, der Ähnlichkeit mit D. H. Lawrence hatte. Sie waren aufrichtig betrübt.

»Hat man sie gefasst, diese Bestien?«

Der Kommissar kam wieder, und im Schlepptau hatte er einen dünnen, leichenblassen Mann mit einem verschwitzten Kragen und einer Fliege, einen Porträtzeichner. Der Kommissar zündete sich eine Zigarette an, öffnete das Fenster und lehnte sich zum Rauchen mit seinem überhängenden Hintern ans Fensterbrett, während der Lokalkünstler mich bedrängte, um ein Phantombild zu erstellen. Ich erinnerte mich nur bruchstückhaft. Ich wiederholte, was ich schon oft gesagt hatte, es sei dunkel gewesen, und sie hätten uns von hinten angegriffen.

Der Kommissar hatte das Interesse verloren. An den metallenen Fensterrahmen gelehnt debattierte er mit einem, der unten stand. Sie planten ein Feuerwerk für das Fest des Schutzheiligen und listeten ein ganzes Arsenal auf, Zwiebel-Böller, Mortadella-Bomben, Silberfontänen … Sie hatten vor, bis nach Patras gesehen zu werden. Mir wurde klar, dass sie sie nie fassen würden, dass sie sie wahrscheinlich nicht mal suchten. Sie hatten zwei arschfickenden Schwuchteln eine Lektion erteilt, aber jetzt wollten sie sich an einem Feuerwerk über dem Meer ergötzen. Zusammen mit der schwülen Luft kamen dicke Schmeißfliegen ins Zimmer und fielen aufs Bett. Ich nickte zu allem. Wollte nichts wie weg von diesem Ort. Von dieser Blutspur zwischen den Klippen.

Auch Izumi schien aufgegeben zu haben. Sie brachte mir Informationen über ihn. So erfuhr ich, dass seine Frau aus Rom gekommen war, sie hatten sich gesehen, doch kein Wort miteinander gewechselt.

Ein Stück nach dem anderen, der Körper fügte sich wieder zusammen, begann wieder für seine Ganzheit zu arbeiten. Mein Sehvermögen wurde besser, die Dinge ringsumher bekamen wieder scharfe Konturen. Und alles, was wiederkehrte, tat mir weh. Das Tageslicht drang auf mich ein wie ein Feuer, Stimmen waren unerträglich.

Ich weiß nicht, wie viele Tage wir dort eingesperrt waren. Der einzige Gefallen, den man uns tat, war, dass man sich nicht um uns kümmerte, dass man uns vergaß. Es war eine Ehe, der Mittelteil einer Ehe. Ein kranker Ehemann und eine gedemütigte Ehefrau, die nicht aufhörte, ihn zu pflegen. Izumi hatte einen kleinen Wasserkocher gekauft, um Tee zu machen, aß die Reste von meinem Speisetablett, schälte eine Mandarine, gab sie mir in die Hand. Nachts schlug ich die Augen auf und sah sie mit der Tasse in der Hand dastehen, die Stirn an das dunkle Fenster gelehnt. Eine Zwangsgemeinschaft, mit Schweigen angefüllt, vom Schrecken gezähmt. Zwei Geiseln, die auf die Bestätigung ihrer Existenz warten. Eines Tages würde uns jemand oder etwas aus dieser Beklemmung befreien. Immer wenn die Tür aufging, rechneten wir mit Befreiung oder endgültiger Verurteilung. Ich hoffte, er würde zu mir kommen, würde hereinkommen. Ich wollte ihn wieder auf den Beinen sehen und wäre es nur für ein paar Augenblicke.

Im Halbschlaf bildete ich mir ein, es wäre nichts passiert, danach stürzte ich in die Realität zurück. Meine Hoden hatten zu kribbeln begonnen, und irgendwann würde man mir wieder Zähne in den Mund setzen. Doch nichts würde mich von der Scham befreien können. Ich brauchte Izumi. Und wenn auch nur ihren Schatten. Ich wusste, dass sie nicht mehr bei mir war, dass sie blieb wie die Vögel, wenn sie den Wind über sich ergehen lassen. Eingeschnürt in einen Schmerz, der losgelöst von meinem wuchs. Sie zwang sich, einen klaren Kopf zu behalten. Organisierte meine Verteidigung. Schrieb an den Rektor meiner Universität, schickte ihm die Krankenhausbefunde, die Röntgenbilder mit den Knochenbrüchen, den chirurgischen Bericht. Die Universität war klein, eine Art Zuhause, ich war beliebt, alle schickten mir Grüße, alle sagten, ich solle mir keine Sorgen machen, und beschworen mich, schnell wieder gesund zu werden. Ich dachte an diesen Mikrokosmos taktvoller Menschen, an diese Stadt, in der sich junge Männer ungezwungen neben in Hellblau gekleideten, alten Damen küssten, die die Vögel im Park fütterten. Ich war im Rattenloch dieses feindseligen Ortes gefangen. Jeden Tag fürchtete ich, einer dieser Kerle könnte hereinkommen und mich erledigen, mich abknallen, mit einem Schuss in den Mund oder zwischen die Beine.

An diesem Morgen wählte Izumi Lenis Nummer.

»Dad … I love you so much …«

Ich brachte kaum ein Wort heraus, sog an meinem leeren Zahnfleisch. Ein Genuschel voller verzweifelter Liebe, Erschöpfung und Lebenswillen. Ihre Mutter hatte ihr erzählt, ich sei überfallen und ausgeraubt worden. Es war der letzte Gefallen, den sie mir tat.

Als sie das Gespräch beendet hatte, ging sie zum Fenster, und zum ersten Mal in diesen Tagen der Agonie sah ich sie zusammenbrechen. Sie wollte sich verstecken, doch ihr Rücken bebte. Ich weinte mit ihr, das war unser einziger Dialog. Denn Leni bedeutete Stolz und Reinheit, sie war unsere einzige Zukunft.

Der Wasserkocher stand am nächsten Morgen noch auf dem Resopaltischchen, doch sie war nicht mehr da. Sie hatte ihre Zahnbürste eingepackt, hatte sich die Haare zusammengebunden und war gegangen.

Ich verbrachte einige Stunden damit, sie mir vorzustellen, wie sie auf diesen verwahrlosten Straßen im Taxi saß und später auf dem kleinen Flughafen am Meer. Eine Frau über fünfzig mit flachen Schuhen und asiatischen Gesichtszügen. Meine Frau.

Bis zum Abend kam niemand. Ich verkroch mich in den Betttüchern, in meinem Geruch. Jetzt, da sie weg war, konnte ich endlich dahinsiechen. Das war eine Erleichterung.

Ich klingelte nach einem Pfleger. Sagte, ich wolle ins Bad, man schob mir den Rollator hin. Ich schleppte mich auf den Flur, schrappte mit meiner zerschmetterten Schulter an der Wand entlang. Schaffte es bis zum Fahrstuhl. Fuhr runter in den ersten Stock. Im Schwesternzimmer fand gerade eine nächtliche Gewerkschaftsversammlung statt. Falls mich überhaupt jemand bemerkte, hielt mich doch niemand auf. Ich spähte in jedes Zimmer, Greise, Schultern von Männern im Unterhemd, Geröchel, Fernsehgeräusche. Mir war schwindlig, die Wunde unter meiner Leiste nässte. Ich steckte meinen Kopf durch die schmuddeligen Türen, die Stoßspuren von den Krankenbetten trugen. Suchte seinen Kopf, seine Gestalt in einem der Betten. Ich fuhr hoch in den zweiten Stock, dann in den dritten. Vor der Pädiatrie gab ich auf. Ich fuhr alle Stockwerke wieder runter. Ein junger Bursche stand rauchend vor einem weit offenen Notausgang, in der Fahlheit des Morgengrauens und im eisigen Luftzug. Ich hatte Schmerzen in der Brust und im Mund den Geschmack von Medizin und nüchternem Magen.

»Gibst du mir auch eine?«

Er griff in die Tasche seines Schlafanzugs und hielt mir die Schachtel hin. Wir unterhielten uns ein bisschen. Augen ohne Brauen, die Magerkeit einer Marionette. Er hatte mein Gesicht in der

Zeitung gesehen. Seines war auch nicht gerade eine Augenweide, pockennarbig und erloschen. Eine dieser Blumen, die, kaum aufgeblüht, vom Regen vernichtet werden. Ein Junkie, ein Stricher. Von ihm erfuhr ich, dass Costantino nicht mehr in der Klinik war, seine Frau hatte ihn in einen Krankenwagen verfrachtet und nach Rom mitgenommen.

Ich verbrachte die letzten Nächte im Krankenhaus mit diesem Jungen, wir trafen uns am Ende des Ganges, wenn keiner von uns beiden schlafen konnte. Er wartete auf mich, ohne auf mich zu warten. Wir gingen zum Rauchen vor die Tür. Er erzählte mir eine Geschichte, von einem verwaisten Dorf, in dem das letzte Hutzelweiblein stirbt und auch der Glockenturm verklingt, und zurück bleibt nur ein halb verhungerter, vollkommen verschreckter Hund. Ein weißer Hund. Aus der Ferne ziehen Wölfe heran, in seiner Not wälzt sich der Hund auf dem Boden, macht sich das Fell dreckig und stimmt ein heiseres Geheul an, als sie bei ihm ankommen. Und so nimmt das Rudel ihn auf. Später stoßen sie auf eine Schafherde, der Hund sieht ein Lämmchen und tut so, als würde er es anknurren, dabei warnt er es: *Los, hau ab, weg hier.* Er ist ein Hütehund, das ist seine Natur. Die Wölfe kriegen das mit und ziehen nun durch den Fluss weiter, absichtlich, denn so wird das Fell des Hundes im Wasser wieder weiß. Dann greifen sie ihn an und töten ihn.

»Als Schwuler in Kalabrien bist du wie ein Hütehund unter Wölfen.«

Auch er färbte sich sein Fell, allerdings blond. Er hieß Nuccio Surace. Er zeigte mir die Wunde auf seiner Brust. Sein Vater hatte in einem Familienstreit auf ihn geschossen.

Ich schrieb viele Briefe, alle an Costantino, und ich zerriss sie alle wieder. Eine Woche später verließ auch ich das Krankenhaus. Eine Schwester half mir, meine Sachen anzuziehen, die Izumi mir gebracht hatte. Ohne sie zu lesen, unterschrieb ich die Krankenhauspapiere und auch sämtliche Papiere des Kommissars, alle, die er mir unter die Nase hielt. Ich wusste nicht, wohin, ich hatte ein Gipsbein, und meine Jacke hing über meiner bandagierten Schulter. Ich nahm einen Regionalzug, dann einen Schnellzug. In einer Stadt, in Caserta, verließ ich ihn. Ich hätte umsteigen müssen, doch ich blieb dort.

Ich ließ mich zum Schloss fahren, ein Ausflug, den ich mal mit meinem Onkel und meiner Mutter gemacht hatte, ein langer Tag in dieser riesigen, barocken Residenz, wir drei ganz allein. Er vor mir mit seinem tabakbraunen Panamahut. Meine Mutter mit der Umhängetasche samt Fotoapparat. Sie gingen Hand in Hand.

Ich ging nicht hinein, blieb draußen im Park, humpelte durch die gepflegten Rasenanlagen. Ich drehte mich um und genoss den Anblick des Schlosses, seine Pracht, seine Ordnung. Ich atmete tief durch. Genau das brauchte ich jetzt. Eine Ansichtskarte aus der Erinnerung. Ich kam an den Wasserfällen und den Marmorstatuen vorbei und blieb vor der Figur des Aktäon stehen, den die Hunde umringen, um ihn zu zerfleischen. Nuccio Suraces Geschichte fiel mir wieder ein, der Park war menschenleer, und plötzlich packte mich die Angst, doch schnell laufen konnte ich nicht. Während ich den Gips hinter mir herziehend flüchtete, wurde mir klar, dass diese Angst nicht normal war, sie war ungewöhnlich heftig, sie grenzte an Panik.

Ich ging in eine Trattoria. Mein Blick fiel auf den Wandkalender neben einem heiligen Sebastian und den Korbflaschen mit Wein. So wusste ich wieder, welchen Tag wir hatten. Ein Datum in der Welt, in meinem Leben. Nie hätte ich gedacht, dass es so weit mit mir kommen könnte. Das Gesicht zusammengeflickt, der Kopf kahl, eine Landkarte aus Schorf, der spannte. Ich hatte keine Zähne mehr und verlangte eine Muschelsuppe, schlürfte etwas Brot mit

Soße. Ich bestellte Wein, und er fiel ins Leere. Der erste Wein nach so langer Zeit, wie die erste Milch nach jenem Tod und jenem Mund. Nur ein Raum mit wenigen, zweckmäßigen Tischen, von Gästen mehrfach bevölkert und wieder verlassen, nur ich bewegte mich nicht vom Fleck. Das hier war das Leben, das Leben von Leuten, die ihre Jacke nahmen und das Trinkgeld unter dem Glas liegen ließen, von Leuten, denen beim Eintreten vor Appetit das Wasser im Mund zusammenlief.

So etwas wie Erholung setzte ein. Ich suchte mir eine Pension. *Für eine Nacht,* sagte ich. Sie lag an der Straße, und die Fenster waren dünn. Man hörte die Autos, und das Bett ließ auch zu wünschen übrig, es war durchgelegen. Doch einen Fernseher gab es, ich schaltete ihn ein und ließ ihn die Nacht hindurch laufen, mit den Teppichen, dem Schmuck und den Stripteasenummern auf Telecapri. Ich schlief und schlief nicht. Im Bad klebte der Plastikvorhang der Dusche an der Kloschüssel. Ich ließ die Hosen runter und sah mich an, mein Penis krumm und schwarz verfärbt. Ich pinkelte und ging wieder ins Bett. Am nächsten Tag verschlang ich auf der Straße ein Sahnetörtchen, sein Duft war verlockend.

Ich betrachtete die Leute, die herumtollenden Kinder. Die Sonne brannte mir in den Augen. Ich ging wieder in die Trattoria. Mit einer Gabel, die ich in mein Gipsbein steckte, versuchte ich, mich zu kratzen. Allein schon das Anziehen war Schwerstarbeit, auch das Waschen Stück für Stück, mit der einen, gesunden Hand.

Ich hatte kein Handy mehr. Ich kaufte Telefonmünzen und rief an. Wäre mein Vater rangegangen, hätte ich sofort aufgelegt. Doch Eleonora meldete sich.

»Ist das alles wahr?«

»Ja.«

»Und wann hat das angefangen?«

Sie dachte jetzt sicher an sich selbst damals, an dieses eine Mal, als wir auf der Treppe geknutscht hatten und Costantino dazugekommen war und zu ihr gesagt hatte: *Na los, rein mit dir, Papa sucht dich schon.*

»Er ist nicht so wie du.«

»Und wo ist er?«

»Du hast ihm das Leben versaut, reicht dir das nicht?«

Ich wurde laut, flehte sie durch den Hörer an, denn ich wusste, dass das nicht stimmte.

»Eure Familie ist das Letzte, Guido, nur dein Vater hat die Kurve gekriegt.«

Ich setzte mich auf den Fußabtreter, hinter der Tür winselte der Hund. Izumi kam zusammen mit der Dunkelheit, sie fand mich dort auf der Stufe. Sie machte Tee, und wir tranken ihn. Der Schorf auf meinem Kopf war abgefallen, jetzt hatte ich leicht hervortretende, rosige Flecken, die wie der Hautausschlag ihres Lupus aussahen. Das Unglück machte uns sehr ähnlich, und wir rissen ein paar Witze darüber. An schwarzem Humor mangelt es in Londons Häusern nie. Ich ging mit Nando raus, doch mein einziger gesunder Arm war zu schwach, um seine Freude zu halten. Dann beruhigte er sich, und ich merkte, dass auch er alt geworden war.

Ich schlief auf dem Sofa. Am Morgen machte ich Toast und goss Orangensaft in die Gläser. Izumi kam in ihrem Morgenrock mit den Störchen darauf runter, ihr ausgeruhtes Gesicht wie das eines kleinen Mädchens. Ich hatte ein Smiley aus Medikamenten auf ihren Teller gelegt. Damit fing sie an. Sie steckte sich die blaue Kapsel in den Mund, schluckte sie aber nicht runter, sondern spuckte sie weit von sich. Dann nahm sie sich die Toastscheiben vor, zerbröckelte sie zwischen den Fingern. Sie stand auf, als wäre sie fertig mit dem Essen, riss dann jedoch das Tischtuch runter. Ich blieb, wo ich war, in dieses Getöse vertieft und froh darüber, dass sie so fit war. Sie hob den Arm und verwüstete die Konsolen. Es ist unglaublich, wie viel Kraft ein sanfter Mensch entwickeln kann. Ich hätte erschrocken sein müssen, doch ich ließ sie machen, ich versuchte nicht mal, sie aufzuhalten, ließ sie ihre Beute zerstören, die sie im Laufe der Jahre zusammengetragen hatte, auf Märkten, in Museumsshops, in Designläden. Wut ist immerhin eine Form von Leben. Über meine Sachen fiel sie nicht her, sie achtete sogar sorgfältig darauf, sie auszusparen. Das genaue Gegenteil dessen, was jede vernünftige Ehefrau getan hätte. Sie schwamm schon immer gegen den Strom, doch heute übertraf sie sich selbst. Sie tat mir schrecklich leid. Sie war eine verzagte, destruktive Frau. Mit dieser Aktion zeigte sie mir, was ich ihr angetan hatte. Ich verstand, dass sie vor allen Dingen sich selbst loswerden wollte und alles, was sie respektiert, gepflegt und geliebt hatte. Sie griff sich meinen Golfschläger und ging nach draußen. Schlug ihren *niwa*, ihren geliebten Garten, kurz und klein, in dem sie das Leben reproduziert und vereinfacht hatte, damit sie es immer vor sich sehen und anfassen konnte. Sie hatte es nicht verstanden, die Zeichen zu lesen, sie konnte sich keinen Frieden gönnen.

Sie zerschmetterte alles, was da war, ohne mich zu berühren, alles, was sie um mich her aufgebaut hatte. Dann zog sie sich ihren Poncho über, nahm ihre schwarze Aktentasche und ging. Ich blieb allein in den Trümmern zurück. Wäre Leni zu Hause gewesen, hätte ich sie gebeten, einen schönen Film daraus zu machen und bei jeder einzelnen Scherbe zu verweilen, bei jedem verbeulten Topf, bei jeder ausgerissenen Pflanze. Ich hatte nur meine Augen, und mit denen fotografierte ich alles. Die Dinge so vieler Jahre, zerstört von einer kühnen, stolzen Hand. Ich machte mich mit dem Arm am Hals an die Arbeit, wobei ich den Besenstiel mit der Spitze meines Kinns festhielt. Ich füllte mehrere Müllsäcke. Am Nachmittag war es wieder einigermaßen ordentlich. Ich packte meine Sachen und ging.

Ich rief Geena an.

»Ich bin zu Hause rausgeflogen.«

Ich hörte diese Stimme, die wie ein liebes, freundliches Schwert in meine Qual glitt.

»Guido, aber du hast ein Zuhause.«

Geena, so vieles müsste ich dir sagen, wirklich vieles, doch manches haben wir uns schweigend gesagt, und so verging die Gelegenheit. Erinnerst du dich noch an unseren Seneca? *Ich spreche nicht für viele, doch für dich …*

Sie holte mich vom Bahnhof ab, kahlköpfig und zusammengeflickt, wie ich war, und so geistesabwesend wie ein Kriegsheimkehrer. Sie schnupperte an mir, um mir wenigstens einen Geruch zurückzugeben. Sie machte einen *apple pie* und ein Bett. Sie ging raus, und ich blieb in dieser Wohnung zurück, schob die Gardine zur Seite und betrachtete die Helligkeit draußen im Garten, einen Hund aus Stein und einen einzelnen Baum, eine rötliche Ulme. Ich betrachtete die Blätter auf dem Boden und den Wind, der sie tanzen ließ. Eine Woche später gingen wir aus dem Haus, ich schlurfte Geenas himmelblauem Haar hinterher in einen großen Concept Store. Ich kaufte nur das Beste. An der Kasse ließ ich mir Geenas roten Filzstift geben, mit dem sie sonst den großen Vorlesungsplan ausfüllte. Unter das Wort ZERBRECHLICH, das auf dem mannshohen Karton stand, der Izumi zugestellt werden sollte, schrieb ich einen ihrer Lieblingssätze. *Ein Samurai hat nur ein einziges Wort.*

Kaum waren wir aus dem Geschäft, wollte ich umkehren, um diesen Blödsinn durchzustreichen, doch Geena klammerte sich mit ihrer hauchdünnen Gestalt an meinen Arm und hielt mich zurück.

Ich wurde meinen Gips los und begann mit der Physiotherapie. Mein Penis blieb krumm, aber ich hatte eine Morgenerektion. Ich ging zum Zahnarzt, und nach nur wenigen Tagen besaß ich neue

Zähne, wesentlich weißer als die alten, mit denen ich ziemlich viel gekaut und geraucht hatte.

Doch die Spuren des Überfalls würde ich für immer mit mir herumtragen. Mein Rücken schien im Inneren zu pfeifen, als wäre dort ein Loch geblieben, in das sich unaufhörlich eine lange Nadel schob, die jeden Tag ein Stück tiefer in meine Schmerzzentren vordrang. Meine Psyche trabte ziellos weiter wie ein Pferd, das einen Leichnam auf dem Rücken trägt.

Ich hielt es noch ein paar Tage bei Geena aus, dann wurde ich wirklich depressiv vor diesem Schrank mit den alten, gepolsterten Kleiderbügeln und umringt von Katzen, die nachts von einem Möbelstück aufs andere wechselten wie unheimliche Schatten. Der große, kastrierte Siamkater schlief am Fußende meines Bettes auf einem Kissen, er wärmte mir die Füße, doch manchmal biss er auch hinein, wahrscheinlich um zu spielen. Aber was wusste ich schon von ihm, von seinem Wesen, von seinen Gewohnheiten? Ich fürchtete, er könnte mir ins Gesicht springen. Er war ein altes, impulsives Tier, wenigstens so heruntergekommen wie ich, und das hier war sein Revier.

Ich hätte angstlösende Medikamente nehmen sollen, das hatte mir Doktor Spencer geraten, doch ich wollte es ohne schaffen. Ich hatte chemische Sünden im Blut, fürchtete mich vor dieser Kapitulation. Ich wollte keine Gefühlsblocker. Wollte ich selbst bleiben, katatonisch, aufbrausend, morsch, aber ich selbst. Ich hatte die Wirkung von *Stimmungsaufhellern* auf den benommenen Gesichtern von Leuten wie Betty und Jonathan gesehen, das schien mir nicht der richtige Weg zu sein. Das Leben auf bessere Zeiten zu vertagen, die nie kommen würden.

Ich hatte versucht, ihn anzurufen, Dutzende Male. Sein Telefon war tot. Im Restaurant hatte eine Frau geantwortet, eine Architektin, das Lokal hatte den Besitzer gewechselt. Eleonora sprach wie eine Stimme vom Band. Er hatte drei Operationen hinter sich, war in einer Rehabilitationsklinik, seine Frau war immer in seiner Nähe.

Ich dachte an diese Orte, an diese Krankenkassenkliniken … an den Gestank nach Desinfektionsmitteln, nach Chlor, an die gedämpften Geräusche. Ich sah seinen Körper vor mir, in eine Schwimmhalle geschleppt, dann im Trainingsanzug auf einem Laufband, die entsetzliche Anstrengung, um einen Schritt zu schaffen, seine weißen, dünnen Glieder. Vielleicht hatte er sein Gedächtnis verloren, seine Sprechfähigkeit, seine Gefühle. Seine Frau daneben wie die böse Krankenschwester aus dem *Kuckucksnest*. Ich träumte davon, sie umzubringen, sie mit einem Kissen zu ersticken.

Ich pilgerte zu Knut, hoffte, ein bisschen von der alten Aufmunterung wiederzufinden, von der alten Ausgelassenheit. Natürlich war alles ausgesprochen trostlos und schal. Knut kannte die Tortur sexueller Erniedrigung nur zu gut. Wir legten unseren Boy George auf, sein *Crying Game*, und ich war nur am Heulen. Ich ging zum Schlafen hoch in die Dachkammer, zu jener Matratze auf dem Boden. Costantino sprang mir ins Gesicht, zuerst mit einem Fuß, dann mit dem anderen, er zertrampelte mich, zerstampfte mich wie Weintrauben. Verstört kam ich zu mir, einen bitteren Geschmack im Mund und mit dem unerträglichen Gefühl, zu fallen. Knut war bei mir. Ich hatte geschrien. Meinen Kopf in seinem Bauch vergraben. Er ließ seine chinesischen Pantoffeln auf dem Boden stehen und legte sich zu mir, er hielt mich im Arm wie eine männliche Mutter und wiegte mich mit einem *bånsull* in seiner norwegischen Sprache.

Ich habe eine kleine, möblierte Wohnung in einem anspruchslosen, aber vor Kurzem renovierten Wolkenkratzer in Tottenham Hill gefunden. Nur ein Zimmer, im neunten Stock, doch die Fensterfront nimmt eine ganze Wand ein und reicht bis zum Boden. Sie gibt einem das Gefühl, in der Luft zu hängen, eine Schachtel über dem Abgrund. Ich kaufe nur Handtücher und Kerzen. Zünde am Abend eine Kerze an und stelle sie auf den Boden, vor den Himmel, der das gesamte Fenster versperrt. Eine Menge Farben wechseln sich hier oben ab, Wolken jagen vorbei. Der Himmel ist ein riesiger Kamin. Er brennt und beruhigt sich. Ab und an höre ich, wie eine Sirene durch die Afrozone schneidet, Jamaikaner und türkische Mafiosi sind am Werk. Ich betrachte meine Fingernägel und die lange Blässe meiner Gliedmaßen. Der Himmel versinkt in der Tiefe und leistet mir hinter den ausgefaserten Wolken verborgen Gesellschaft, der Wind vom Golfstrom lenkt mein inneres Durcheinander. Ich gieße mir Roten aus einer Flasche ein. Der Friedhof, sage ich mir, ist ganz ohne Frage im Himmel.

Ich bleibe bei den Schreihälsen stehen und rede ihnen laut dazwischen. Ich bin der ideale Stichwortgeber. Ich nehme den umgestülpten Eimer und klettere selbst hinauf. Ich halte einen Vortrag über Francis Bacon, über seine ästhetische Pathologie, seine deformierten, geknebelten Gesichter, seine zerlegten, verstümmelten Gestalten, seine Fleischstücke aus dem Schlachthaus … Jemand bleibt stehen, ein junger Grufti starrt mich fasziniert an. Ich saufe, wie ich noch nie gesoffen habe. Nachts spüre ich, wie der Dunst des Alkohols aus meiner Haut aufsteigt und das Zimmer erfüllt. Ich rauche im Bett und hoffe auf einen Wohnungsbrand.

Nach dem Tod des sterblichen Kastors bat Pollux Zeus, ihn wie seinen Zwillingsbruder sterben zu lassen und ihn nicht zu ewigem Leben zu verdammen. Ich schaue auf den Kalender. Welcher Tag ist heute? Datum und Augenblick. Um einen Nagel einzuschlagen, um mein Spukbild daran aufzuhängen. Willkommenes Nichts. Erzähl mir, ob es ein anderes Zeitmaß und einen anderen festen

Raum außerhalb dieses Orbits geben wird, wo ich jeden Moment noch einmal erleben kann, ohne so viel falsch zu machen und alles zu verlieren. Ich lebe auf dem Fußboden, schlafe zwischen den Flaschen. Meine Wohnung sieht jetzt aus wie Bacons Atelier, eine künstlerische Konstruktion flehentlichen Verfalls.

Ich ziehe mir die Schuhe aus und den Rest auch, laufe nackt über meine Sachen. Ich zünde eine Kerze an, stecke sie mir in den Bauchnabel. Ich starre sie lange an, dann nehme ich sie und fahre mir damit an den Beinen entlang, verbrenne mir die Härchen. Das heiße Wachs tropft auf meine Haut. Ich rieche nach abgesengtem Huhn. Ich kratze die Wachskrusten ab. Beobachte die Flamme, ihr abnehmendes, schlagendes Leuchten, doch dann erwacht sie im Knistern des Wachses zu neuem Leben. Im Zentrum ihres Lichts gibt es einen weiteren Feuerschein, einen flüssigen Funken, der blass und eisig wirkt.

Die Finsternis verschlang die Fensterfront, der Mond ging auf, schief, doch ungewöhnlich scharf umrissen, ein kurz über den Antennen und den Roof Gardens hängender Stern. Ich stand auf und ging im Zimmer auf und ab. Da bemerkte ich meine nassen Füße. Der Teppichboden stand komplett unter Wasser. Im Bad war ein Leck, unter dem Waschbecken. Ich bückte mich, versuchte, das Rohr mit einem Handtuch zu umwickeln. Nach kurzer Zeit war das Handtuch durchgeweicht, und ich heulte.

Ich zog meinen Mantel an. Gelangte zum Laden an der Ecke, das Gesicht des Pakistaners an der Kasse, der Gestank nach vergammeltem Grünzeug. Ich ging rein und kaufte zwei Flaschen Gin, eine Dose geröstete Erdnüsse und einen Vitaminriegel. Erst nach einer Weile merkte ich, dass ich unter dem Mantel nackt war, die Kälte tanzte in meinen Hoden.

Ich machte die Flasche auf der Straße auf, trank und holte mir ein Maschinengewehrfeuer in meinen eisigen Magen. Der

Vitaminriegel fiel runter, ich hob ihn nicht auf. Auf der Brücke blieb ich stehen. Ich dachte, wenn die Strudel des Lebens erschütternd sind, ist die Gewalt der Dämme gegen sie entsetzlich.

Vor der U-Bahn-Station herrschte das übliche Hin und Her hässlicher Gesichter. Um nichts in der Welt hätte ich Vertrauen haben sollen. Doch der einzige Mensch, dem ich nicht mehr vertrauen wollte, war ich selbst. Ich ging zu den auffälligen Importwracks. Erkundigte mich, was für Stoff sie denn hätten. Ein Typ mit Basecap betete seine Liste runter. Ich kaufte ein bisschen Gras und zwei gut getränkte Blotter. Er ahmte eine startende Rakete nach und machte ein zischendes Geräusch. Sein Blick fiel auf meine nackten Beine unter dem Mantel. Er lächelte, *take care*. Doch als ich mich umdrehte, hörte ich, dass sie sich über mich lustig machten.

Ich legte mich wieder vors Fenster, trank die Flasche aus und begann mit der zweiten. Griff zur ersten Pappe.

Ich wusste, dass ich nicht hätte trinken dürfen. Trips brauchen Regeln, eine würdige Vorbereitung, ein gutes Set und gute Freunde, die sich um dich kümmern. Doch ich hatte nicht die geringste Lust, mich an irgendwelche Regeln zu halten. Eine Weile lang merkte ich nichts. Nur ein kleines Wackeln, die Wände, die sich ein bisschen verschoben, das Licht, das ein bisschen tropfte. Ich dachte, sie hätten mich reingelegt und in diesem beschissenen Super Hofmann wären nicht mehr als fünfzig Milligramm Acid.

Ich nahm die zweite Pappe, die buntere. Ich hatte einen verdammt bitteren Geschmack im Mund, meine Pupillen pulsierten. Eine halbe Stunde verging. Die Dinge glitten ans Ende des Zimmers, und ich schwebte auf einer Querfläche, ringsumher Leere. Eine Art fliegender Teppich, weich, aber eiskalt. Langsam fühlte ich mich besser, ich zitterte, ging aber vollkommen angstfrei herum. Ich hatte eine extreme Lust, in eine andere Welt einzutauchen. Mein Blut pochte in zahllosen Bahnen, leuchtende Arterien einer versunkenen Stadt. Meine Haut war ein hauchdünner Film, und meine inneren Organe wogen nicht mehr als meine Seele. Ich berührte meine Arme, meine Beine, streichelte meinen Bauch, kniff mich heftig. Ich spürte nichts, nicht den geringsten Schmerz in dieser Fleischmasse, die ich kannte und die ich gern in einen Schredder gesteckt hätte. Und ich spürte alles, tief unten, als lägen meine Gefühle auf einem jungfräulichen Grund. Ich kenne mich ziemlich gut aus mit Drogen und weiß, dass der einzige gelungene Trip der seltene ist, bei dem ein verborgener Wille bestehen bleibt, um über dich zu wachen wie ein exzellenter Anästhesist, sodass der berauschende Stoff exakt den Anordnungen deiner Bedürfnisse folgt und die schmerzhaftesten Regionen erreicht. So kann das Fest auf die beste kreative Art beginnen. In der Stille betrachtete ich selig meinen großen Zeh, der Schmerz schrumpfte zu einem mikroskopischen Kügelchen zusammen, das in einen weichen, glatten Samt glitt. Ich spürte ein Kitzeln, und so krümmte ich mich vor Lachen wie damals als kleiner Junge. Das Fleisch hatte kein Gewicht mehr, ich verwandelte mich in unzählige Schmetterlinge, und aus dem Körper jedes einzelnen entstand der nächste, unberührte Schwingblättchen, die ich entfaltete und im warmen Wind eines weit zurückliegenden Sommers trocknete.

Mein Körper reinigte sich, leerte sich. Was blieb, waren sanfte Bewohner, meine Wimpern wie Bürsten am Eingang eines trockenen Kanals, meine Zunge wie ein Kissen, auf dem mein ganzer Kopf schlief, eingesperrt im Sarg meines Mundes. In einer Ecke krächzte eine Stimme, wie ein Radio, das nicht abgeschaltet worden war. Es war der Wetterbericht, es ging um Meere und Winde, um atlantische Strömungen. Doch dann war es die Stimme meiner Mutter am Telefon. Sie bestellte Lebensmittel, gekochten Schinken,

Brot, Emmentaler. Der Ton klar, jede Frequenz verständlich. Dann war ich plötzlich im Dunkeln, die Farben verschwanden von der Bühne, die Mikrofone verstummten. Doch mir war nicht kalt, es war ein milder Sommerabend, ich schlief im Freien auf der Terrasse auf einer Luftmatratze. Ich erreichte eine Insel, kam direkt an Land, wie ein Torpedo der Flotte Ihrer Majestät vor den Falklandinseln, fand dort ein großes Schaufenster von Harrods, eines mit Bademänteln und Badartikeln. Ich setzte mich neben die Rasierpinsel mit Silbergriff und einen großen Spiegel, der von einem Scherengelenk gehalten wurde. Da war Costantino, eine große, sonnengebräunte Schaufensterpuppe in einem königlichen Bademantel, er rauchte und schnippte die Asche auf den Boden. Ich fragte ihn nichts, wir blieben eine ganze Weile dort, im selben Schaufenster. Dann öffnete er ein Badschränkchen, das eigentlich eine Monstranz war, und begann Hostien zu zerkauen und zu verschlingen. Auf dem Boden stand eine leere Metallschüssel, die sich irgendwann mit Wasser füllte. Darin schwamm etwas, ein Glied, doch es war nicht gruselig, ein Karnevalsscherz. Auf der Straße ging manchmal jemand vorbei, den ich kannte. Londoner, aber auch Leute aus früheren Zeiten. Der Hausmeister unserer Schule kam vorbei, er hatte einen Korb mit Salamibrötchen bei sich, die er in der Pause heimlich verkaufte. Er blieb länger als die anderen, weil ich ein Brötchen kaufen wollte, doch er kam nicht durch die Scheibe. Ich spürte, dass auch Costantino Hunger hatte, dass da aber einfach nichts zu machen war und wir deshalb nichts essen würden. Der Hausmeister ging wieder, und schlagartig verschwand unser Hunger. Da merkte ich, dass nichts und niemand, der vorbeikam, etwas zurückließ. Mein Vater und meine Mutter blieben stehen, Eleonora war bei ihnen, sie sprach freundlich und zeigte auf ein paar Waren, sie war noch recht hübsch, aber verlebter als meine Mutter, die vielleicht dreißig Jahre alt war. Ich hielt ihnen ein Rasiermesser mit Elfenbeingriff hin, doch mein Vater konnte sich nicht entscheiden, so gingen sie weiter, zum nächsten Schaufenster, das ich aber nicht sehen konnte. Mein Onkel kam auch, und seine Hand konnte mühelos durch das Schaufensterglas greifen, ich schüttelte sie und merkte, dass er eine unglaubliche Kraft hatte und fast hinfiel, da ließ ich ihn los. Später kam ein Hund mit Haarausfall auf dem Rücken, einem rosaroten, ziemlich ekligen Ekzem, neben ihm erkannte ich einen Gigolo mit dem Gesicht von Grace Jones, er war ungeschminkt und spindeldürr, trug ein ausgeblichenes Jackett, vergrub seine Hände in den Taschen, sah mich durch das Fenster an und klebte etwas darauf, ich glaube, einen dieser NO-SILENCE-NO-AIDS-Sticker, der Hund hob das Bein und pinkelte. Das Licht ging aus, doch ein bisschen Helligkeit drang noch von der großen Leuchtschrift herein. Costantino legte sich in die Badewanne. Ich atmete unentwegt gegen das Schaufenster, bis die Straße menschenleer war.

Viele Stunden später wanderte ich durchs Hochgebirge und wollte zu einem Nest in den weißen Felsen. Ich spürte, wie mein Atem in mich drang und mit immer größerer Mühe wieder ausströmte. Jetzt war mir heiß, ich schwitzte, und mein Schweiß bestand aus Tassoni Soda. Genauso schmeckte er auch.

Da begann der eigentliche Trip. Eine höhere Intelligenz, die wie eine Kugel in einem kosmischen Flipperautomat rollte. Ich sicherte mir unendlich viele Punkte, sprengte die Bank. Nun schlug ich mit dem Kopf gegen die Scheibe, um herauszukommen. Ich begann sie abzulecken. Costantino stand auf der anderen Seite des Schaufensters, und die einzige Möglichkeit, dass er nicht fiel, bestand darin, die Scheibe dort zu lecken, wo seine Stirn und seine Hände sie berührten. Hätte ich damit aufgehört, wäre er garantiert gestürzt. Ich weiß nicht, wie viele Stunden ich damit verbrachte, nackt und wie verrückt dieses Fenster abzulecken. Ich fiel auf den Boden.

Ich wusste, dass es Zeit war, zurückzukehren, das Telefon klingelte. Ich versuchte zu antworten, doch die Reise zu meiner Jacke war unglaublich lang und kompliziert, sie führte über eine Brücke, auf der gerade ein Unfall passiert war, ein Körper in einer Blutlache, ein umgestürztes Auto, eine Nonne, die zwischen umgekippten Obstkisten herumlief, wegrollende Orangen. Doch das alles war nur eine Theaterfiktion, man wartete auf mich, um die Szene zu wiederholen. Und das geschah unzählige Male. Da begriff ich, dass ich gar nicht rauswollte. Ich hatte den Ort, von dem ich abgefahren war und zu dem ich theoretisch hätte zurückkehren müssen, gut im Blick, doch ich war noch auf Reisen, ich kreiste um meinen Körper. Die Landung war sehr nahe, doch unerreichbar. Die Zeit hatte sich verlangsamt und war schließlich stehen geblieben. Und ich erkannte, dass ich meinem eigenen Tod beiwohnte. Ich hätte aufstehen und ihn mir ansehen können, hätte die Seelenkrämpfe und die Luft spüren können, die sich ringsumher und in der Tiefe verdichtete, und den Kampf in diesem Sumpf, während mich der Himmel endlich ermunterte, Mut zu haben und das schlaffe Leichentuch zurückzulassen. Währenddessen unterwies mich meine Musiklehrerin aus der Mittelschule in sanftem Flötenunterricht, sie solfeggierte die Noten des Triumphmarsches – re-sol-la-re-la-si-si-si-si-do-sol-si-la-sol …

Ich schwankte weiter durch dieses weiche Aggregat überdrehter Empfindungen, von mir losgelöst, in einer unglaublichen, angehaltenen Zeit und in Erwartung des Endes. Eine verlorene Raumkapsel, die unaufhörlich in der kosmischen Leere kreist. Der Trip ließ jetzt unangenehm nach. Die verschärften Sinne nahmen nichts als einen stechenden Schmerz auf. Ich hatte das Gefühl, einen riesigen Kaktus an mich zu pressen. Jedes innere Organ war nun wieder groß und eisenschwer. Das Klappern meiner Zähne war unvorstellbar hart. Die Angst war wie eine Zeitbombe, deren Ticken in meinem Kopf dröhnte. Zahlreiche Mikroexplosionen folgten aufeinander. Rupturen über Rupturen, gespannte Gummibänder, die eine grausame Hand auf meine Haut zurückschnipsen ließ. Ich fing an mich zu kratzen, mir die Haut zu zerfetzen. Der ganze Schmerz des Lebens war da, in seinen verschiedenen Formen. Ein von einer Motorsäge zerlegter Baum, ein mit einem Stacheldraht gequälter Hund, ein Im-Stich-Lassen, die Angst vor der Nacht, die weiche Gewalt menschlicher Beziehungen, das Tropfen in einer Zisterne, in der sich ein Kind versteckt. Ich war am Ende eines Tunnels, mitten in einer Scheißparanoia. Ich brauchte eine Umarmung. Nur eine einzige Umarmung. Eine große Welle erhob sich vom nassen Teppichboden und zertrümmerte die Fensterfront. Alles, wirklich alles, wurde zu Panik.

Eine Woche später saß ich ruhig in einem Pub. Ich hatte Geburtstag, und Geena gab mir ein kleines, symbolisches Geschenk, *The Dream of a Ridiculous Man*. Auf dem Buchumschlag war Dostojewski zu sehen, mit eingefallenem Gesicht, einem langen Bart und einem alten, zu weiten Mantel. Ich las die Widmung in hellblauer Schrift.

Schäme dich der Reise nicht.

Ich lachte laut auf.

Es gab Musik, jemand tanzte, jemand knallte Gläser auf den Tisch, und das Leben war wieder da, für ein paar Pfund Sterling, mit ein paar Bier. Geena wollte über die Zukunft sprechen. Doch ich hatte keinen Plan.

»Jeder hat eine Zukunft, Guido.«

»Selbstmörder auch?«

»Auch die stellen sich etwas danach vor.«

»Und was?«

»Vielleicht ja einfach die Wirkung, die ihr Tod auf die Lebenden haben wird.«

»Eine komische Wirkung.«

»Jedes Leben hat eine Flaschenpost in petto.«

Unsere Pints waren noch halbvoll, doch da gleich Ausschankschluss war, bestellten wir noch eine Runde. Das Mädchen ließ das Guinness schäumen und schob Bierdeckel unter die noch tropfenden Gläser.

»Was willst du den anderen sagen?«

»Die Wahrheit.«

Ich kehrte an die Universität zurück, und alle waren sehr freundlich. Der Rektor empfing mich in seinem Büro, vor der Wand mit den vergilbten Ehrungen für längst begrabene Akademiker. Mark hielt sich eine Hand vor den Mund und hüstelte. Ich sagte ein paar deutliche, für einen muschifixierten Hetero vermutlich unappetitliche Worte. Doch es ging mir sofort besser. Es war das erste Mal, dass ich es laut aussprach, *Ich bin homosexuell,* dass ich es mir selbst sagte. Ich war nicht mal angespannt, auch nicht unterwürfig. Diese Worte lösten nichts bei mir aus, als hätte ein enger Freund sie für mich gesagt. Ich war tot, und jetzt genoss ich die Wirkung, die mein Tod auf die Lebenden hatte.

»Das ist ein Skandal … das ist schrecklich.«

Ich nickte und war im Begriff, aufzustehen und meinen Stuhl sowie mein Amt unter seiner Leitung zu verlassen. Doch dann wurde mir klar, dass sich Mark auf den Umstand bezog, dass es keine richtigen Ermittlungen gegeben hatte, keinen einzigen Angeklagten und keinen Prozess. Ein Ding der Unmöglichkeit für ihn. Mir fiel ein, dass er der Sohn eines Friedensrichters war und selbst auch Jura studiert hatte. Er war verlegen und wollte mich nicht beleidigen.

»Ehrlich gesagt, Guido, das hätte ich nie gedacht.«

»Ich, ehrlich gesagt, auch nicht.«

Er versuchte, ernst zu bleiben, doch er prustete los. Dieses College war randvoll mit augenscheinlichen *fags*, aber ausgerechnet ich … Studentinnen schlenderten am Fenster vorbei, andere lösten sich hinter der Hecke auf dem Tennisplatz ab.

»Dir gefallen diese Röschen da draußen also nicht, willst du mir das erzählen?«

»Nicht in diesem Sinne, nein.«

Er lachte erneut, seine verrückten Augen blitzten auf und erloschen schlagartig.

»Ich hätte gedacht, dass du sie alle flachgelegt hast.«

»Ich?«

»Ja, du hast da so was, mit deiner Sonnenbrille, so was von einem Zuchthengst.«

Dann schob ich die Hose hoch und zeigte ihm die Wunde an meinem Bein, ich ließ ihn die Eisenplatten und die Nägel betasten.

»Und was ist mit deinem Partner?«

Bei dem Gedanken an Costantino als meinem *Partner* musste ich lächeln. Doch dann erschien mir dieses Wort derart britisch, derart weit weg von Italien, von ihm, von allem … und ich begann zu schniefen, zu zittern.

»Es ist aus.«

Er drückte den Knopf der Sprechanlage und bat seine auch schon sechzigjährige Sekretärin Cindy, der er aus Dankbarkeit und um der guten alten Zeiten willen noch sporadisch aufwartete, uns Tee zu bringen. Er beendete das Gespräch, drückte die Taste aber erneut.

»Bring uns auch was gegen Schnupfen.«

Wir ließen den Tee stehen und genehmigten uns einen Old Pulteney. Wir genossen den rauchig-torfigen Abgang, den Geschmack nach Karamell und Trüffel. Mark war in Bekennerlaune. Das sollte mir noch oft passieren, die gierige Sehnsucht in den Blicken von Menschen zu sehen, die auf meinen Zug aufsprangen. Mark hatte einen drogensüchtigen Sohn und eine Frau, die

die Schotten dichtgemacht hatte, er fing an, mir was von Mösen und nächtlichen Rettungswagen zu erzählen.

Die Nachricht sprach sich herum, zog zusammen mit dem herbstlichen Getrappel im Collegepark mühelos weiter und bohnerte jedes Loch wie ein gutes Schmiermittel, Genuss und Lust schwangen sich auf … Natürlich waren nicht alle so verständnisvoll wie Mark, es gab interne Intrigen, die alten akademischen Unken. Frida und Nathan verschwanden von der Bildfläche, und Ted richtete es so ein, dass er im Fachbereichsraum nie mehr allein mit mir war. Die Studenten aus meinem Kurs drückten mir die Hand, gratulierten mir zu meinem Mut und verliebten sich in meine Gesichtsnarben. Obwohl ich alles tat, um sie umzustimmen, erwählten sie mich zu ihrer Leitfigur. Mein Hinkebein, mein irres Lächeln und sogar meine plötzlichen Aussetzer verwandelten mich in einen reizvollen Überlebenden. Meine Vorlesungen waren überfüllt, und ich genoss eine Berühmtheit wie nie zuvor. Wenn ich den Saal betrat, umgab mich ein engagiertes Schweigen, wenn ich meinen Vortrag beendete, toste der Applaus. So erfuhr ich gleichzeitig mit meinem seelischen Kummer die charismatische Macht eines homosexuellen Geistes. Meine Worte funkelten im Sieb des Kultes, und meine Intelligenz ging gestärkt daraus hervor. Sie imitierten sogar meine Kleidung. Ein dürftiger indischer Schal, den ich in Geenas Haus gefunden hatte, hing mir schief um den dürren Hals … und schon trugen alle Jungs ähnliche Schals über ihren Jacken. Ich hätte anfangen sollen, meine Glatze unter täglich wechselnden Perücken zu verstecken wie Elton John. Ich ließ die Dias durchlaufen, setzte mich neben Masaccios *Kreuzigung.* Jenseits des Todes hatte ich nichts zu lehren. Offen gestanden glaube ich, auf diese Weise wahrhaftige Lektionen in Kunst gegeben zu haben. Doch manchmal war es stärker als ich. Verstummen und in der Stille Wörter verschlingen, die ich verloren hatte, alle auf einmal, urplötzlich, als hätte sich unter meinen Füßen eine Falltür aufgetan. Jede Nacht schrieb ich meine Kündigung an Mark. Ich unterbrach die Vorlesung, um meine Studenten zu fragen:

»Was erwartet ihr von mir?«

Sie hoben einer nach dem anderen die Hand, vorzügliche Antworten. Doch Lisette gab die beste.

»Ich hoffe, dass Sie wenigstens bisexuell sind.«

Viele Mädchen begannen mehr oder weniger unverhohlen mit mir zu flirten, als wäre ich ein Vogel, den man den Brombeersträuchern entreißen muss, sehr zum Nachteil der sexuell erregteren und frustrierten Kollegen. Auch Mark bedachte mich nun mit argwöhnischen Blicken, wie einen dieser Kriegsveteranen, die ihr Ansehen Medaillen verdanken, Medaillen, die sie durch Heldentaten errungen haben, bei denen faktisch niemand dabei gewesen war. Er fing an zu glauben, dass das Ganze nur eine Show gewesen sei, ein Riesenschwindel, und nannte mich freundschaftlich *»du verdammter Theater-Makkaroni«*.

Ich hatte mindestens eine Handvoll geouteter schwuler Studenten und noch einmal so viele, die für schwul gehalten wurden. Sie begannen mich mit den Augen des Syndikats anzusehen. Dust, der mit dem Bus vom Lande kam, passte mich am Bahnhof beim Zeitungsverkäufer ab, wo er zwischen den Skandalgeschichten von *Sun* und *Daily Mirror* auftauchte und sich an meine Fersen heftete. Wir unterhielten uns ungeniert. Er wäre gern Bildhauer, seine sexuellen Obsessionen intensivierten sein ganzes künstlerisches Schaffen. Doch sein homoerotischer Eifer war Lichtjahre von mir entfernt.

Ich begegnete Heerscharen von *light in the loafers*, die ich nie für schwul gehalten hätte, und so warf die Welt sich auf den Bauch und präsentierte vor lauter Verlangen und mit brutaler Obszönität ihren sehnsüchtigen Hintern. Ich entdeckte, wie viel versteckte Homosexualität es unter meinen männlichen Freunden gab. Und dass sie alle gern *Dorothys Freund geworden wären*, die Hintertür benutzt hätten und groß mit mir herausgekommen wären.

Ich versuchte, meine Würde wiederherzustellen, und natürlich gibt es nichts Übertriebeneres als einen Menschen, der mit der Wiedererlangung eines tragischerweise inneren Wohls beschäftigt ist. Um mich zu erschrecken und mich zurückweichen zu lassen, genügte es schon, dass mich im Park eine Ente ansah.

Der Trip beherrschte mich immer noch. Ich wurde nie wieder genau so wie vorher. Manche Türen hatten sich geöffnet, so passiert das eben. Mein Gehirn war weicher, die Dinge ringsumher bewegten sich langsam, besonders morgens. Ich ging duschen und sah, wie die Fliesen in den Abfluss glitten.

Am Ende ging ich doch zu der Verabredung. Wirklich nervös ist man nur an dem Tag, an dem man merkt, dass man noch etwas beweisen muss. Ich wechselte zwei Mal das Hemd. Das erste schwitzte ich schon zu Hause durch, beim Rasieren und als ich mir die Schnürsenkel band. Ich war bereits an der Tür und kehrte wieder um. Ich entfernte das Cellophan der Reinigung und zog ein neues Hemd an, diesmal ein himmelblaues. Hoffen wir, dass sich das nicht auch in ein Schweißtuch verwandelt, wenn ich in die U-Bahn steige, sie wieder verlasse und meine Schritte beschleunige.

Ein kleines Restaurant mit Innenhof, aus grauen Klinkern, leblos, doch sehr *trendy* mit seinen kleinen Tischen und den Klappstühlen im Stil von Iss-und-verschwinde. Sie ist schon da, mit dem Gesicht zur weiß gestrichenen Backsteinwand. Vor ihr ein Buch und ein Glas buntes Wasser. Sie wirkt locker, zu locker. Es wirkt wie eine einstudierte Pose. Auch ich habe ein Buch bei mir, für den Fall, dass ich vor ihr da gewesen wäre, ich hätte meinen Kopf auf genau die gleiche Weise an die Wand gelehnt. Ich komme näher.

»Hallo …«

Sie hebt den Blick. Ich senke meinen. Ich setze mich, die Tasche fällt mir aus der Hand, beinahe klappt der Stuhl zusammen. Es ist ein Rendezvous. Ich bin so aufgeregt wie ein besiegter Liebhaber, der im Fallen noch einen letzten Anlauf nehmen will. Ich brauche sie nur anzusehen, um das zu erkennen. Ich liebe sie. Keine Erschütterung wird je so sein wie diese, weil sie eine bildschöne Göttin ist und ich ein Mann bin, dessen Reize vergangen sind. Weil Leni jung ist, jung wie ein Körper, der wie volle Weinbeeren am zarten Rankenwerk emporstrebt, und ich einer welken Traube von Leidenschaften ähnle. Ich bin hier, um ihr zu sagen, dass ich immer noch alles für sie sein kann, dass ich immer noch und bis in alle Ewigkeit das Schwert aus dem Stein ziehen werde, um sie zu verteidigen.

Träume, formuliert in der Unbestimmtheit weniger Wimpernschläge. Tatsächlich ist sie blass und unsicher, es ist nicht zu übersehen, dass sie nicht gerade erpicht darauf ist, hier zu sein. Sie will am liebsten weg, doch wer von uns beiden will denn nicht weg und zurück? Zu den tausend Orten, die unseren gemeinsamen Erinnerungen zugänglich sind … zu der Grundschule, zum Beispiel, zum Tag der *masquerade party*, zum Beispiel, ihr langes Kleid aus Futterstoff, das unter dem Mantel hervorschaut, der Zauberstab in ihrer Hand mit dem kleinen Wollhandschuh, die geschminkten Augen, die goldene Plastikkrone auf dem Kopf. Die feierliche, verwirrte Miene großer Ereignisse, die Thronbesteigung meiner Königin, ein elisabethanisches Kasperle. *Als was gehst du denn?*, fragt ein Stimmchen sie, eines jener kleinen Mädchen, die die Welt schon jetzt in eine Höhle der Ratlosigkeit verwandeln. *Als Königin*, gibt Leni prompt zurück. *Und warum hast du dann einen Zauberstab?* Leni schweigt. Tatsächlich haben wir keinen klaren Kurs verfolgt, sie und ich, wir wollten beide zu viel auf einmal, und das Ergebnis ist nun dieser verblüffende Mischmasch. *Weil sie auch eine Fee ist. Sie ist eine Feenkönigin. A little fairy queen.* Leni schaut mich an, verschwörerisch wie ein Straßenganove drücke ich kräftig ihre Hand. Das skeptische Mädchen reißt die Augen auf, denn das ist ja wohl unglaublich, das sind Dinge, die nicht so sind, wie es sich gehört.

»Wollen wir bestellen?«

Ich schlage die Karte auf und nehme nicht das Erste, was ich lese, auch nicht das Zweite, aber das Dritte ist in Ordnung. Sie sieht nachdenklich aus. Überlegt ernsthafter als ich, doch später, als die Kellnerin unsere Bestellung bereits auf ihren kleinen Block geschrieben hat, entscheidet sie sich plötzlich um, so wie ich zuvor mit dem Hemd.

Die Frau vor dem aufgeklappten Notebook am Nebentisch hätschelt das Hündchen auf ihrem Schoß. Am liebsten würde ich es auch so machen wie dieser Yorkshireterrier, meinen Kopf heftig an Leni schmiegen und mich streicheln lassen. Doch ich bin hier, um sie aufzumuntern.

Ich bin ein Überlebender, das Unglück hat meinen Blick verändert, mein Gewicht ist fast wieder das von früher, doch ich werde nie wieder wie früher sein. Meine Kiefer sind sonderbar, sie wirken markanter, angespannter. Man sieht, dass irgendwas an meiner ganzen Gestalt anders ist. Nur wer mich vorher gekannt hat, kann das erkennen. Ich habe mich ausgeleert und neu aufgebaut. Aber das zweite Fleisch ist niemals wie das erste. Der Nachhall der Leere ist geblieben, in mir wohnt ein Jenseits. Auch meine Stimme hat sich leicht verändert. Die Angst ist das größte Gedächtnis des Menschen.

Ich kratze mich am Arm, rede im selben Tonfall wie immer, schlicht und herzlich, wandere dabei ein bisschen zu viel mit dem Kopf herum, doch insgesamt bewahre ich Ruhe. Ich frage sie nach dem College, und wir reden auch ein wenig über Politik, bald sind Wahlen, im Fernsehen ist von nichts anderem mehr die Rede. Ich versuche, mich über Wasser zu halten. Schwitze schon wieder und werde weiterschwitzen. Ich trage viele Verkleidungen, viele Masken übereinander, so wie sie damals, mag sie entscheiden, welche bleiben soll.

Königliche Fee, ich bin ein schwuler Vater.

Gern würde ich ihr etwas aus meiner Kindheit erzählen, wie ich zum jungen Mann heranwuchs, von meinen Problemen mit den Hoden. Allerdings weiß ich, dass das alles wie eine absurde Rechtfertigung klingen würde, und das ließe jedes einzelne Wort heikel werden. Ich bin nicht stolz auf mich, doch ich will mich nicht für das entschuldigen, was ich bin.

Izumi hat den besten Weg gewählt, glaube ich. Aber gibt es überhaupt einen besten Weg für so eine Nachricht? Ich habe keine Ahnung, wie sie in ihr aufgelodert sein mag. Ich habe gelogen. Und doch weiß ich, dass nicht einmal das stimmt, ich bin ein aufrichtiger Ehemann und Vater gewesen.

Der Tisch ist wirklich winzig und exakt in zwei Hälften geteilt. Wir essen wohlerzogen, ohne die Ellbogen vom Körper zu lösen, zwei Badende an zwei verschiedenen Ufern, zwischen uns ein stiller, verschleiernder See. Ich strecke meine Hand in ihre Richtung aus, um an den Brotkorb zu kommen, und bleibe so, mit dieser Hand, die außerhalb ihres Geheges bettelt.

»Wo wohnst du jetzt?«

Ich sage, sie könne mich jederzeit besuchen kommen, ich hätte ein Bett für sie und eine Schlafcouch für mich.

»Dann hat sich ja nichts geändert.«

»Alles hat sich geändert.«

Mit ihren großen, unglücklichen Augen wirft sie einen Blick in die Runde. Das Hündchen unserer Nachbarin sitzt jetzt unter dem Tisch, und wieder möchte ich in seine Haut schlüpfen, mich auf die Erde werfen und den Boden beschnüffeln. Ich möchte ihr sagen, dass das hier bloß ein schräger Tag ist, dass aber auch wieder andere kommen, normalere. Ich bin ein Überlebender und möchte sie nicht erschrecken. Ich habe diese Aura an mir, die der geschminkten Kranken. Die eines Freddie Mercury, der sich in einem zu weiten Jackett und mit dem Lächeln eines Toten den letzten Brit Award abholt.

Zwei junge Schwule mit Umhängetaschen und Halstüchlein sind hereingekommen und haben sich an einen Tisch in der Mitte des Innenhofs gesetzt. Ich lasse sie hinter meinem Rücken leben, ohne sie ein einziges Mal anzusehen, doch ich spüre, wie sich in jener Region meines Körpers Spannung ausbreitet, wie sie meinen Nacken erstarren lässt, in meine Knochen fährt und an meinen Wunden zerrt. Lenis Blick streift sie kaum, sie ist an den bunten Hühnerhof der Jugendszene gewöhnt, an die Unterschiede in der Kleidung, in der Hautfarbe und in den sexuellen Vorlieben. Dann schaut sie mich an. Vielleicht sieht sie mich jetzt und *erinnert sich*. Nun spüre ich, dass sie meinetwegen verlegen ist.

Ich nehme ihre Hand, und die Worte kommen unschuldig, heldenmütig, als Teile eines langen Kampfes. Ich bewege mich zwischen den tausend Körpern, die ich gewesen bin, seit dem ersten Mal, seit Costantino den achäischen Krieger für mich aufhob und zusammensetzte, den Sexappeal von einem, der einfach so ist, wie du selbst gern wärest. Sie nickt, ist aber immer noch auf der Flucht, unablässig kratzt sie sich die Arme. Ich erzähle ihr, dass ich mich mein ganzes Leben lang geschämt habe.

»Und jetzt schämst du dich nicht mehr?«

»Doch, sehr, aber nicht für das, was ich bin, Leni.«

Es ist spät, sie nimmt ihre Tasche, steckt das Buch ein. Ich stehe auf, um ihr in den Mantel zu helfen, und hebe ihre Haare an, sie tut so, als merkte sie es nicht, doch ich weiß, dass es ihr gefällt. Ihre Generation besteht aus Jungs, die wenig charmant sind. Ich schnappe nach jedem Krümel, den ich kriegen kann, wie jeder Vater.

»Und wie geht's Giovanni?«

Das ist ein Schlag in die Magengrube, natürlich. Auch ich habe kürzlich an ihn gedacht, an dieses wunderschöne, leere Gesicht, an diesen Kopf fest auf Lenis Bauch am Flughafen von Bari.

Jedes Leben hat seinen Weg, auf dem Lämpchen verlöschen. Und ich hatte mich aufgemacht. Hinter mir schnitt ein Sakristan mit dem Küster Kerzen ab. Gern hätte ich mich an einen Geburtstag erinnert, an dem alle Lebenslichter für mich brannten, um mir zu erlauben, mit meiner interessanten, misstönenden Stimme zu singen, doch ich erinnerte mich nicht, dass es je einen solchen Tag gegeben hatte. Nur Elmsfeuer, zarte, elektromagnetische Entladungen in einem alten, langweiligen Unwetter.

Auf dem Heimweg zur Stainby Road in Monument Way betrachtete ich die Reihe stotternder Lichter, und ich wusste, dass genau so das Leben ist, eine schmutzige Glühbirne an einem Stromkabel, deren einziger Generator die Liebe ist.

Ich ließ mir die Haare schneiden, begann anthrazitgraue Hemden bis zum obersten Knopf zu schließen und schwarze Pullover mit hochgeschlossenem V-Ausschnitt zu bevorzugen. Ich achtete penibel auf mein Äußeres, darauf, wie ich auf andere wirkte, sorgfältig und fast schon obsessiv bei der Pflege meiner Person, in der Wahl der Details meiner Garderobe, meiner Haltung. Ein Bein war etwas kürzer als das andere geblieben, doch mit einer Einlage konnte ich mein Hinken fast vollständig kaschieren. Ich gewöhnte mir an, mich möglichst so neben meinen Gesprächspartner zu setzen, dass ihm meine bessere Seite zugewandt war, diejenige, die vom Überfall weniger in Mitleidenschaft gezogen worden war.

Ich war ein anerkannter Homosexueller, und doch machte dieses Outing mein Verhältnis zu mir selbst nicht natürlicher und unbeschwerter. Ich wurde alt, spürte die ätzende Zersetzung der Materie, die sich hinter dem Rücken des noch pulsierenden Geistes ins Fäustchen lachte. Ich näherte mich nur dem an, was ich war, dem launischen Schatten, der mich seit Langem erwartete, ausgestreckt auf einer Chaiselongue wie eine Dirne, die ihr letztes Kleingeld zählt. Und so sah ich wieder einmal, wie trügerisch meine Natur war. Ich hatte das chemische Delirium gesucht, die Abspaltung des unechten Ichs, hatte beschlossen, in die Luft zu fliegen wie ein dummer Pfau, dem man mit einem lauten Gewehrschuss eine Ladung Schrot aufgebrannt hatte. Innerhalb von zwei Jahren sah ich aus wie ein Funktionär der Evangelischen Allianz. Auch mein Benehmen war strenger, weniger geschmeidig, vielleicht war ich nun ein Kontrollfreak, um der Seelenangst etwas entgegenzusetzen.

In einem gewissen Alter allein zu leben macht kleinmütig, man fängt an, mit Federn zu spielen und sogar seinen Atem zu sparen. Ich hatte mich in einem Sportzentrum angemeldet. Ich öffnete meine Tasche, holte mein akkurat gebügeltes T-Shirt heraus und legte ein kleines Handtuch auf die Bank, bevor ich mich setzte. Ich wurde recht versiert im Einkaufen, im Einsortieren von Lebensmitteln, ich räumte sie in die Hängeschränke, in die Kühlschrankfächer. Ich begann auf meine Ernährung zu achten, wie ich es noch nie getan hatte. Stets hatte ich geglaubt, sterben zu wollen, und jetzt, da ich langsam alt wurde, tat ich alles, um das leere Feld zu verlängern, das mein Leben war. Das Spiel mit dem Tod war Teil der Liebe gewesen. Ich musste es nicht mehr mit dem großen Schmerz des Lebens aufnehmen. Ich konnte einfach ein bisschen an der Oberfläche kratzen.

Zu Hause lief ich nackt herum. An eine Wand gelehnt sah mich die Spiegeltür eines alten Schranks an. In der Beleuchtung, die ich stets auf ein Minimum beschränkte, sodass der schwache Schein so etwas wie Ungewissheit vermittelte, war mein Körper dünn, sehnig und noch immer kräftig. Meine vom Lesen jahrelang überbeanspruchten Augen waren nicht mehr die besten, ich hätte jedes beliebige Alter haben können, hätte noch glauben können, in diesem Aquarium einen jungen Mann zu erblicken. Für ihn erhielt ich mich, um die Erinnerung an eine Zeit zu bewahren, als mein Körper noch ein Werkzeug der Liebe gewesen war. Doch ich war nur der Mönch eines Tempels, in dem es keine Gläubigen mehr gab, in dem er aber weiterhin Ordnung hielt und jeden Morgen frische Blumen hinstellte, einfach so, in Erwartung eines Besuchers, der niemand anderes war als er selbst.

Ich kochte für mich. Kleine, erlesene, kalorienarme Speisen, und stets ein schönes Glas Wein dazu. Ich trank wenig, war dafür aber wählerischer, kostete langsam, nahm Schlucke, deren Körper und Aroma ich festhielt, bevor ich sie durch meine Kehle rinnen ließ. Der Mund ist das erste und das letzte Fach des Genusses. Es ist nicht schwer, in einem Leben, in dem es keinen Plan mehr gibt, das, was übrig bleibt, zu sezieren und in immer kleinere Häppchen zu zerlegen. Bei der Aufnahme jedes Vergnügens war ich stets neurotisch und ungeduldig gewesen, hatte fantasiert, die Vorfreude verlängert, mich dann jedoch abrupt beeilt, häufig mit Schmerzen. Den Geschmack der Enttäuschung kannte ich nur zu gut. Nun lernte ich eine andere Lebensregel kennen.

Ich verschrieb mich dem System einer fiktiven Gemeinschaft, einem verborgenen Blick, vor dem ich mich noch immer tipptopp präsentierte. Ich deckte jeden Abend für diesen ständigen Gast, kaute mit geschlossenem Mund, furzte nicht, weinte nicht. Ein einsamer Trinkspruch zur gedämpften Stimme von Johnny Cash, *You are someone else, I am still right here …* Der Vulkan hatte sich wieder verschlossen, ich bewegte mich vorsichtig auf seiner Nekropole.

Meine kleine Wohnung war inzwischen mit allem Nötigen ausgestattet und das Leben darin recht angenehm. Mittwochs kam ein farbiges Mädchen, das bügelte und die Gläser polierte, mit dem Rest kam ich allein zurecht. Alles exakt so vorzufinden, wie ich es hinterlassen hatte, war ein Vorteil, meine Unordnung hatte System. Früher war mein Leben stets angetastet gewesen, Izumi hatte die Angewohnheit gehabt, unser häusliches Durcheinander ständig umzuräumen. Jetzt war mein ungemachtes Bett ein Bild der Verlassenheit, des Tages, der ohne menschliche Fürsorge verging.

Mein Aktionsradius war kleiner geworden. Ich versuchte, schon der geringfügigsten Unannehmlichkeit vorzubeugen. Ich trieb es auf die Spitze regelrechter Hysterie. Ich presste eine Orange, und schon hatte ich die Schalen weggeworfen, ich trank etwas und spülte im Nu das Glas ab, ich zog das Laken auf dem Bett sofort glatt, schraubte die Zahnpastatube zu, drehte mich um und kontrollierte, ob alles an seinem Platz war, bevor ich aus dem Haus ging. Ich warf den Müll in nie zu schwer werdende, makellose Tüten, hatte einen kleinen Holzkasten fürs Brot und einen Thermobehälter für den Käse. Ich stellte meine Pantoffeln dicht nebeneinander unters Bett. Trotzdem hatte ich für den Rest des Tages die fixe Idee, dass etwas nicht am richtigen Fleck sein könnte. Ich kam zurück in eine ordentliche Wohnung, machte Licht, und alles war sauber und stilledurchtränkt. Dann fand ich mich plötzlich nicht mehr zurecht, suchte stundenlang nach meiner Brille, hatte Lust loszuschreien.

Von Zeit zu Zeit kam Leni vorbei, ihr Leuchten ließ meine Hütte erstrahlen. Ich hatte mich von ihrer Mutter getrennt, und nun stand diese in ihrem Schweigen übermächtige Gestalt nicht mehr zwischen uns, vor der wir uns häufig gefühlt hatten wie zwei Figuren, die an derselben Seidenschnur hingen. Unser Verhältnis war sporadisch und vollkommen ohne Fesseln. Meine Sinnlichkeit erwachte, durch Leni angeregt, zu neuem Leben. Ich war ein dünner Single und sexuell extravagant, ich turtelte mit meiner Ironie, reizte ihre kulturelle Neugier. Stets hatte ich kleine, kostbare Geschenke für sie, erlesene philosophische Breviere, Kataloge von Privatsammlungen in verschwindend kleinen Auflagen. Ich lief barfuß herum, bot ihr sofort ein Glas Wein an. Sie warf ihre nassen Damenschuhe oder ihre Kriegerboots von sich, winkelte auf dem Sofa ihre Beine unterm Hintern an, griff sich an die Füße, ins Haar. Sie provozierte mich mit ihrer Intelligenz, berichtete aufgeregt vom World Social Forum in Dakar. Sie brachte mir Neuigkeiten von den Possen der neuen Welt und einen Flyer des ersten schwulen Reisebüros, das über der Ku Bar aufgemacht hatte, erzählte vom Coming-out von Crispin Blunt. Ihre Urteile waren messerscharf, ihr Humor ausgesprochen bissig. Wenn sie nasse Haare hatte, holte ich ihr schnell meinen Föhn, ich bewunderte ihren neuen Ohrring, ihren neuen BH in Orange. Sie hatte immer einen Riesenhunger.

»Wie gut das riecht, Dad.«

Sie staunte, dass ich so gut kochen gelernt hatte. Ich sah ihr beim Essen zu, mit verschränkten Armen wie eine alte Amme, deren Busen schlaff und dürr war, doch deren Herz überquoll.

Sie holte ihre Kamera heraus und filmte mich, während ich die Küche aufräumte und beim Reden mit meinen seifigen Hausfrauenhandschuhen herumfuchtelte.

»Was willst du denn mit dem ganzen Material machen?«

»Einen Dokumentarfilm.«

»Und was für einen?«

»Was Anthropologisches.«

»In der Art *Wir alten Bären des Londoner Zoos.*«

»So in der Art.«

Manchmal kam sie mit ihrem neuen Freund, Thomas, ich kochte auch für ihn und hörte mir bis in die Nacht seine fragwürdigen Reden an. Ich musste mich damit abfinden, dass Leni offensichtlich eine Vorliebe für eine bestimmte Sorte von Idioten hatte, für solche, die, einigermaßen schmuddelig, unter ihr standen, geschwätzige Dumpfbacken, mit denen sie sich vermutlich stundenlang im Bett vergrub. Jedenfalls war ich missgünstig und voreingenommen, ihre Mutter hatte recht. Aber war es denn meine Schuld, dass sie ein so erstklassiges Mädchen zur Welt gebracht hatte? Ein Geschöpf, das sich in die Welt bohrte, um sie zu neuem Leben zu erwecken.

Leni erwarb den Ph. D. in Anthropologie und Ethnologie. Sie war nun Aktivistin in einer Organisation, die gegen die Beschneidung von Frauen kämpfte, sodass sie im darauffolgenden Jahr, nachdem sie sich von Thomas getrennt hatte und irgendein Paco wie ein Meteor am Himmel erschienen und wieder verschwunden war, den englischen Boden verließ und zu einer langen Reise nach Afrika aufbrach. Mir blieben nur ihre von der Entfernung attackierte Stimme einmal in der Woche und lange E-Mails, in denen sie mir von ihrem humanitären Engagement schrieb, von ihren Tagen in den Dörfern, von der Dunkelheit der Nacht und den Geräuschen der Wüste.

Ab und an gehe ich mit meinen alten Freunden aus. Es gibt nichts Schlimmeres als eine ganze Generation, die altert. Du siehst sie einen nach dem anderen an, und wirklich niemand um dich her ist mehr jung. Dein Blick ist aber auch nicht besonders wohlwollend. Und tatsächlich ist keiner von ihnen besser geworden, keiner ist gewillt, sich auf bescheideneres Terrain zu begeben. Wenn sie reden, wollen sie immer recht haben, sie glauben, das stünde ihnen zu. Wenn sie schweigen, heißt das nicht, dass sie mehr nachdenken als früher, sie sind nur viel trübseliger und argwöhnischer. Keiner hat etwas an seiner Garderobe geändert, es ist, als käme man in einen Secondhandshop, der gleiche Gestank nach ins Fleisch eingewachsenen Stoffen. Manche Freundinnen sind einfach verblödet, sie haben nun lockergelassen und sitzen auf den Sofas wie dicke, bettelnde Hühner, andere sind durchgedreht, wie Vögel, die lebend aus einem Backofen entwischt sind, sie tragen Sadomaso-Stiefel und bestürmen dich mit ihren Offenbarungen. Alle bilden sich ein, etwas begriffen zu haben, doch keiner kann sagen, was das sein soll, und so gehen sie schnell zum nächsten Drink über. Alle haben Angst vor Krebs, doch alle saufen und qualmen, weil die Nacht die Falten verwischt und weil es das Einzige aus ihrer Jugend ist, woran sie sich erinnern. Wo sind die großen Alten in diesem Schafstall voller Plüschleichen? Alle spielen sich als weise auf, doch ich sehe nichts als hinfällige Grünschnäbel. Journalisten, Akademiker, Schriftsteller, Leute, die ihr seniles Gewicht auf der öffentlichen Waage gut zur Geltung bringen und im Bett die Gesellschaft von Menschen suchen, die noch auf dem Kindergartenstuhl saßen, als sie selbst schon in vollen Zügen Sex hatten. Garrett hat Bess und die vier Kinder für die junge Tochter seines Zahnarztes sitzen lassen, der seinerseits seine Frau für ein dreißigjähriges Sahneschnittchen sitzen ließ und seiner Tochter einen so großen Vaterverlust bescherte, dass er sie damit direkt zwischen die Beine des alten Garrett trieb. Uptown ist die Stadt voll mit solchen Geschichten. Eine virtuose Kette überspannter Fluchten und Verbindungen. Es scheint der letzte Schrei zu sein, weit nach dem Zeitlimit sein Leben zu verspielen, alte, mit Potenzpillen gefüllte Truthähne. Man lacht, täuscht angesichts einer Languste oder einer Neonlicht-Installation Erstaunen vor. Die soliden alten Paare fahren in ihrem Auto nach Hause, ihre trübseligen Gesichter hinter den Scheibenwischern reglos, ihre noch trübseligeren Gedanken warten auf die Ampel. Es gibt eine Zeit der Hoffnung und eine Zeit der Ampeln im Regen.

Izumi und ich sehen uns jetzt wieder mit einer gewissen Regelmäßigkeit. Sie trägt einen weißen Mantel und schwarze Lackschuhe. Sie ist fast sechzig, hat sich aber nicht verändert, nur ihr dünner Hals hat ein paar Jahresringe, wie eine Pflanze. Manchmal gehen wir in die Oper, wir sind Musikfanatiker geworden. Wir reden über die Leichtigkeit der Streicher und der Bläser in der Ouvertüre zur *Zauberflöte*, über den etwas eintönigen Tenor. Ich reiche ihr die Hand beim Überqueren der Straßen, auf denen die Autos zu schnell fahren. Das Rad eines Ferraris spritzt uns nass, wir schimpfen auf die Brutalität der aus dem Osten herbeigeströmten Neureichen. In den Ethno-Restaurants, in die wir hin und wieder zum Essen einkehren, helfe ich ihr mit dem Mantel. Ich setze sie vor ihrer Haustür ab, nehme Nando an die Leine und drehe eine langsame Runde mit ihm. Er ist fast blind, sein Fell ramponiert. Wir überqueren die Themse, er zieht mich zu den Dämmen, schnüffelt an den Ecken, an den von anderen Hunden angepinkelten Mauern. Er forscht in den dreckigen Schichten nach Gerüchen, doch es ist nur der Rest eines Instinkts. Ich warte geduldig, bis er mit dieser für einen Hund wichtigen olfaktorischen Arbeit fertig ist.

Die Gespräche mit Izumi sind immer anregend, ihre Neugier ist bei Weitem lebhafter als meine. Sie geht in alle interessanteren Ausstellungen, kennt die neuen Dichter, begeistert sich für die Werke skandinavischer Filmemacher.

Wir sind die Waisen eines Bundes, den wir für vollkommen hielten. Der Umstand, dass wir nicht mehr dazu verdammt sind, den Frust einer Ehe miteinander zu teilen, macht uns unbeschwerter. Izumi ist viel sympathischer geworden. Sie nimmt sich die Freiheit, mir auf die Nerven zu gehen. Manchmal streiten wir uns, doch vor allem, um noch unsere Kraft zu spüren. Sie gestikuliert gern auf der Straße wie früher, und ich sehe ihr gern zu. Sie wünscht sich einen Zuschauer, jemanden, der sie an die Ungewissheit der Jugend erinnert, als noch alles möglich war.

Ich glaube, es war mein Geschenk an sie, nie aufgehört zu haben, sie mit einer bestimmten Untertänigkeit anzuschauen, wie ein Liebhaber, der fürchtet, verlassen zu werden. Irgendwann hatte sie gesagt: *Der Gedanke, dass niemand mehr Überraschungen von dir erwartet, dass dir niemand mehr Bewegung zutraut, ist deprimierend.*

Der Sommer kam, und sie fing an, das Haus seltener zu verlassen und nicht mehr ans Telefon zu gehen. Ich ging jeden Tag am späten Nachmittag bei ihr vorbei, mit den Tüten vom Gemüsehändler und vom Fleischer, klingelte, wartete. Mir fehlte Nandos Gewinsel hinter der Tür. Er war im Garten begraben, gleich neben dem abgedeckten Grill. Izumi trug ihren Morgenrock mit den Störchen offen über einem weißen T-Shirt. Ich lächelte an der Tür, *Hallo, herrliche Yuki*. Sie ließ mich notgedrungen ein, wie einen Evangeliumsvertreter. Ich verstaute den Einkauf im Kühlschrank. Sie setzte sich aufs Sofa, oft lief der Fernseher, doch sie sah nicht hin.

Als sie unablässig wiederholte, ich solle nicht kommen, verstand ich, dass sie sich über meine Besuche freute. Ich deckte den Tisch und kochte den Reis so, wie sie ihn mochte, mit Essig und einigen angeschnittenen Vanilleschoten. Ich kannte mich gut aus in ihrer Küche, kannte jeden Handgriff. Ich konnte den Herd bedienen, die Blätter vom Stängelkohl abschneiden, den Tisch decken, ohne die Messer zu vergessen, ganz wie eine perfekte Ehefrau. All diese Dinge, die ich nicht gelernt hatte, als wir noch zusammenlebten und ich ein miserabler Ehemann war. Manchmal fing ich ihren Blick auf, wie eine Feder, die an mir vorbeiflog. Der Abend kam, vor den Fenstern sanken feuchte Fetzen Dunkelheit herab, der Sieben-Uhr-Verkehr staute sich an der Kreuzung, und für einen kurzen Moment wurden die Erikablätter violett.

Wenn ich daran zurückdenke, bleibe ich noch heute mitten auf der Straße stehen und frage mich, warum diese Zeit nicht ewig währte. Vielleicht ist die Ehe genau das, die gegenseitige Fürsorge im Wechsel der Jahreszeiten.

Im Garten gab es eine kranke Pflanze, den ganzen Sommer über kümmerten wir uns um sie. Die Sonne war wie der Teufel, der vor der Tür lauert. Zum Glück hatten wir einen schattigen Garten. In all den Jahren zuvor waren wir jedem einzelnen Sonnenstrahl nachgejagt. Geschützt durch einen Hut und eine große Sonnenbrille gab mir Izumi Instruktionen, die ich genau befolgte, ich schnitt tote Äste ab, hob die Erde rings um einen Baum aus, düngte seine Wurzeln mit revitalisierenden Tropfen. Der botanische Eifer lenkte uns von ihrer Krankheit ab.

Die Verschlechterungsphase kam viel plötzlicher und war schmerzhafter als zuvor. Über Nacht kehrten die Flecken auf Izumis Gesicht wieder und verschwanden nicht mehr. Irgendwann setzte ich mich verschwitzt nach der Gartenarbeit mit freiem Oberkörper aufs Sofa, und als ich aufstand, war mein Rücken mit den Haaren bedeckt, die sie verloren hatte.

An jenem Abend blieb ich dort, um bei ihr zu übernachten. Ihre inneren Schmerzen waren zurückgekehrt, und es fiel ihr wieder schwer, zu urinieren. Ihre Stimme hatte sich verändert, sie klang belegt und wie von einem Band. Ich gab ihr eine Kortisonspritze, doch die Wirkung war gleich null.

Sie wurde nachlässig und wortkarg. Der Wolf hob die Käfigtür aus den Angeln, zerbiss die Gitter, die ihn gefangen hielten. Izumis Augen waren gerötet und voller Entsetzen. Ihre Hände wie Haken verkrümmt. Nie zuvor hatte ich sie vor Schmerz weinen sehen. Ich half ihr beim Anziehen, beim Gehen. Ich räumte den Schreibtisch im Schlafzimmer leer und baute einen Medikamentenaltar. Der letzte Akt einer gelungenen Ehe.

Ich bringe Chandra Niral zur Tür, werfe einen Blick auf die dunkle Treppe, nach oben, dorthin, wo Izumi liegt, wir reden leise über eine Nierentransplantation.

Ich hatte keine Zeit mehr, um Pläne zu machen, um irgendwas zu entscheiden. Wir konnten nicht mal eine klare Therapie beschließen. Die Ordnung war über den Haufen geworfen, die Symptome überdeckten die Beschwerden, beide überschnitten sich. Wir liefen ihnen einfach hinterher, mischten Arzneien und Wundermittel.

Ich ließ Izumi nur wenige Stunden allein, ging nach Hause, nahm die Post raus, hörte den Anrufbeantworter ab, duschte und kam wieder zu ihr.

Unsere Freunde fuhren in die Ferien, wir blieben mutterseelenallein zurück. Ich packte einen Koffer und zog wieder in das alte Haus. Sie zitterte im Halbdunkel, eingehüllt in ein Winterdaunenbett. Es war Hochsommer, ich ging im T-Shirt zum Markt für Krustentiere und für tropische Früchte, um sie mit einigen Leckerbissen zu verlocken.

Natürlich war ich dran. Wer denn sonst? *Werde ich den Mut haben?* Und *werde ich den Mut haben? Schließt die Türen dieses Hauses. Zieht die Vorhänge zu. Hier haben wir gekämpft und geträumt, haben wir geschwitzt. Wir sind aufgewacht und haben uns in Bewegung gesetzt.* Eines Nachts sagt sie: *Jetzt büßt du deine Strafe ab, du alte Queen.* Sie lächelt, und das ist nicht gut, das ist schon der Wolf. Die fernen Strände, die vollgepackten Autos auf den sommerlichen Autobahnen. Ich bin eine Haushälterin, die ihre Arbeiten wiederholt, ich fahre mit dem Schwamm über den Tisch. Izumis Fleisch ist weich und gelblich, ich setze die Spritze neben einem Knochen.

Ich möchte ihr sagen, dass ich ihr gern das Paradies auf Erden geschenkt hätte, dass ich gern ein richtiger Ehemann gewesen wäre und nicht so ein schüchterner Perverser. Ich schlafe nicht mehr in Lenis Zimmer, ich lege mich neben sie, habe Angst. Diamanten fallen vom Himmel. Ich schlafe, solange sie schläft, wenn sie aufwacht, werde ich ihr den Hals waschen. Auch Chandra ist verreist, sie hat jetzt einen Mann und ein Kind. Ich gehe nicht mal mehr zum Einkaufen raus. Ich hole die Milchflasche und gehe wieder rein. Sie weint. Ich weine. Sie lacht. Ich lache. Ich lege *La Cumparsita* auf, nehme sie in die Arme, wiege sie. Wir haben jetzt den gleichen Geruch. Die Flügel des Todes gehören einer Möwe, die zu einem wirklich fernen Meer fliegt.

Sie pinkelt Blut, sagt, das sei schon öfter vorgekommen. Doch ich renne kopflos auf die Straße, schleppe einen Doktor an.

Dann die Kampfpause, sie erwacht ohne Schmerzen, frühstückt. Erkundigt sich, wie es mir geht. Seit Monaten hat mich das niemand mehr gefragt. Und der Tag gleitet dahin, glatt wie ein Seidenfaden in einem Webstuhl. Ich lese ihr ein Haiku vor, *Das Dach ist verbrannt, jetzt kann ich den Mond sehen.*

Es ist der sechzehnte September, ihr Geburtstag, die Sonne scheint nicht, es regnet. Sie will ausgehen, bittet mich, sie nach Greenwich zu bringen. Ich fahre bis zum Landungssteg. Unsere Körper überwinden das Drehkreuz. Die Fähre ist fast leer, Windböen masern die Themse.

Der Anblick der sich entfernenden Stadt ist majestätisch, geisterhaft. Izumis Familie kam hier aus Amerika an, auf der Flucht vor den Verfolgungen nach dem Angriff auf Pearl Harbour. Ihr Vater war ein ausgezeichneter Augenarzt, er fand einen Job als Verkäufer in einem Brillenladen, sie wohnten in einer bescheidenen Unterkunft. Izumi besuchte eine öffentliche Schule, in ihrem Haori und ihren Söckchen mit separatem großem Zeh, eine Orchidee in einem Feld grober Kohlköpfe. Sie hängten ihr Spitznamen an, pinkelten in ihren Schulranzen. Ein paar Jahre später demonstrierte sie in Jeans und Römerlatschen an der Seite der Bergarbeiter und weinte, wenn sie *Riders on the Storm* hörte.

Izumi trägt ihre senfgelbe Regenjacke, es ist kalt, doch sie will draußen bleiben. Sie hat die Flecken auf ihrer Nase und den Wangen abgedeckt, auf ihrem Gesicht liegt eine feine Schlammschicht. Wir gehen in einen Pub neben dem *Vascello*, dort spielt eine Live-Band.

Ich sehe sie an und begreife, dass ich an diesem Tisch schon allein bin. Dass ich irgendwann ohne sie herkommen werde und mich genau dorthin setzen werde, wo wir jetzt sitzen. Ich höre mir ihr Testament an. Sie zählt mit ihrer leisen Stimme und ihrem wachen Verstand eine Reihe von Kleinigkeiten auf. Ein Fach, das geöffnet werden muss, ein Bankkonto, das geschlossen werden muss, die Bezahlung der Putzfrau. Dann seufzt sie, verjagt die Luft weit nach hinten, bringt jede sinnlose Oberfläche zum Schweigen. Ihre Stimme kommt aus der Tiefe ihres Bauches. Sie sagt den Namen ihrer Tochter und schaut sich dabei um, als suchte sie Leni, als rechnete sie damit, dass sie gleich auftauchen werde. Ihre Stirn legt sich in Falten, ihre Nase ist die eines gebärenden Tiers, die sich feucht kraust, schnieft. Ich begreife, dass der Tod für eine Mutter lediglich bedeutet, sich von ihren Kindern zu trennen. Ebendiese Schmerzgrenze zu überschreiten.

»Du kümmerst dich doch um sie, ja?«

»Musst du mich das wirklich fragen?«

Da fällt mir ein, dass dieser Ausflug nach Greenwich der erste war, den wir drei gemeinsam unternommen hatten, an dem Tag, als ich Leni kennenlernte, als ich versuchte, den Leben der beiden gewachsen zu sein.

»Du hättest mich nicht heiraten sollen.«

»Ich konnte nicht anders, auch Leni war auf der Stelle verliebt in dich. Alle, die dich kennenlernten, haben sich in dich verliebt, Guido.«

»Das habe ich nie gemerkt, ich dachte immer, ich wirke abweisend.«

Ich senke den Kopf, bitte sie um Verzeihung für das, was ich ihr angetan habe.

»Und er, wo ist er?«

»Vielleicht hat er mich nie geliebt.«

»Aber du hast ihn geliebt … Das kann genügen, glaub mir.«

Wir fuhren mit dem Bus nach Hause, Izumi legte ihren Kopf an meine Schulter und schloss die Augen. Ich sah mir diese Rückreise allein an, die Lichter, die oben auf den Wolkenkratzern funkelten, die Bewegung der Straßen. Erst als der Bus hielt, merkte ich, dass sie bewusstlos war.

Sie starb fünfzehn Stunden später im London Bridge Hospital. Ich konnte gerade noch Leni benachrichtigen, dann vollzog sich alles schweigend und in Weiß. Ich war nicht fähig, dieses Geschehen zu ertragen. Ich schaffte es nicht mal, sie anzusehen, setzte mich ans Fußende des Bettes und hielt ihre von der Krankheit verkrümmten, verhärteten Füße. Sie hatte einen Schlaganfall gehabt und erlangte das Bewusstsein nicht noch einmal wieder. Die Kami tanzten rings um sie her und beschützten sie. Und es geschah. Irgendwann in der Nacht trat eine unglaubliche Kraft ins Zimmer, und ich sah buchstäblich, wie sich die Welten verkehrten. Izumi war viel lebendiger als ich. Da stand ich auf und küsste sie auf den Mund. Leni kam im Morgengrauen mit einem Flug aus Casablanca. Sie legte ihren ausgeleerten Körper auf den ihrer Mutter, sie hörte nicht auf, ihr das Haar zu streicheln.

Wir verwahrten ihre Asche in einer roten Urne. Sieben Tage später veranstalteten wir eine Trauerfeier mit Azuki und Spaghetti. Wir kauften alles Nötige ein, Bindfaden, buntes Papier, Sperrholz, und bauten eine große Laterne. Wir schrieben viele Gedanken auf das Papier, und Leni malte unzählige Kreuze für unzählige Küsse, dazu das Lieblingsmotto ihrer Mutter: *Fragen bedeutet*

Scham für eine Minute, Nichtfragen bedeutet Scham für ein ganzes Leben.

Wir gingen ans Themseufer, Wind wehte, es war nicht so einfach, unser Licht zu entzünden und es aufs Wasser zu setzen. Wir befürchteten, es könnte sofort untergehen, könnte sich im faserigen Schlamm verfangen, im Dreck. Es kam mehrmals zurück, schien umzukippen. Doch dann machte es alles allein, es fand seinen Weg auf dem Fluss und taumelte unter der Waterloo Bridge langsam davon, ohne zu verlöschen. Leni filmte dieses kleine Londoner Obon mit ihrer Kamera. Später sangen die Doors *Riders on the Storm*, und wir beide wiegten uns aneinandergeklammert im Wohnzimmer. Izumi überquerte den Fluss und erreichte das Jenseits von Himmel und Bergen.

Wenn repräsentative Menschen sterben, übernimmst du natürlich ihre Lehren. Und du begreifst, dass dies der Sinn ist, dass alte Handschuhe stets eine neue Hand finden. Leni und ich begannen ihr Andenken aufmerksam und fast schon paranoid zu pflegen. Wir konnten uns unsere kleinen Spielchen nicht mehr erlauben, schmeichelten uns plötzlich nicht mehr. Wir unterhielten uns, als säße Izumi vor uns, als könnte sie uns sehen und alle unsere künftigen Absichten beurteilen. Wir verbrachten ganze Tage damit, uns zu Hause einzuschließen und uns die Filme anzusehen, die sie von der Elfenbeinküste mitgebracht hatte, die Polio-Kinder, die Malariaflüsse, die animistischen Riten, den Gesang der jungen Seminaristen bei Sonnenaufgang. Diese urtümliche, tragische Welt, die so dicht am Wesentlichen war, erhöhte unsere Trauer. Ich sah Leni an und spürte den Rausch ihres jungen Lebens, und diese Blüte linderte meine Kapitulation. Sie hatte das Angebot erhalten, ihren Dokumentarfilm in New York zu cutten, doch sie konnte sich nicht zu der Reise entschließen. Sie hatte eine absurde psychische Blockade. Ihre Großeltern waren in Amerika in einem

Gefangenenlager gewesen, und sie wollte das Andenken ihrer Familie nicht verraten. Auch Izumi hatte stets hartnäckig an ihrer antiamerikanischen Einstellung festgehalten. Wir stritten uns heftig, zum ersten Mal in all den Jahren. Ich wollte nicht ihre Freundschaft, ich wollte ihren Erfolg. Sie beschimpfte mich, sagte, ich hätte ihre Mutter reingelegt, meinetwegen sei sie vor Schmerz gestorben, ich sei der Letzte auf der Welt, von dem sie einen Rat annehmen würde, ich sei ein Fremder, eine Tunte – und obendrein ein Mörder. Das alles war absolut vorhersehbar und romantisch. Wir versöhnten uns bei einem Tandoori-Hähnchen. Leni bestieg einen Jumbojet, und ich vertraute das Haus einer reizenden Gebietsvertreterin von Foxtons an, die sich um die Vermietung an Touristen kümmerte, sodass Leni Filmkunst studieren und ihrem Geist freien Lauf lassen konnte, ohne sich um regelmäßige Monatseinkünfte sorgen zu müssen.

Zum allgemeinen Erstaunen verließ ich die Universität auf dem Höhepunkt meiner akademischen Karriere. Ich nahm meinen alten Job im Auktionshaus wieder an. Es gefiel mir dort, diese Welt war durchmischter, reizvoller. In einem gewissen Alter fängt man an, kleine Eskapaden außerhalb der Stadt zu bevorzugen, Orte, die weit weg von den Universitäten liegen. Jedenfalls hatte ich nichts mehr zu lehren, die pulsierende Ader des gebildeten Menschenfreunds war schon seit geraumer Zeit verödet. Ich ließ alle meine Vorlesungsmanuskripte zurück, suchte nur ein paar Notizen und kleine Andenken zusammen und warf alles in eine Tasche, die ich später abholen wollte.

Es gab die übliche Feier, die üblichen Abgesänge. Ich überließ meinen Lehrstuhl der provisorischen Regentschaft der jungen Olivia Cox, doch es standen auf jeden Fall schon viele Gladiatoren bereit, um sich um diesen Posten zu schlagen. Geena kam nicht zu meinem Abschiedsfest, sagte mir aber, dass sie jeden Freitag gegen sieben zwei Gläser an unseren Platz vor dem erloschenen Kamin stellen werde.

Inzwischen war die schreckliche Wirtschaftskrise ausgebrochen, die Finanzwelt schlitterte auf schmelzenden Gletschern umher, ihre pomadisierten Köpfe glichen den unwiderstehlichen Schurken von Gotham City aus dem letzten Batman-Film. Irland und Spanien waren übersät mit modernen Ruinen, hübschen Einfamilienhäusern, die düsteren Betonskeletten gewichen waren.

Das Auktionshaus war eine interessante Beobachtungsstation des sozialen Nährbodens. Es herrschte ein Klima von verzweifelter Nachkriegsraffgier. Meine Arbeit war sauber und still, ich fertigte Gutachten an, schrieb meine Expertisen. Unbeirrt wohnte ich dem Abbauprozess bei, der sich in den Häusern halb Europas vollzog.

Ich kaufte mir ein Motorrad, eine Lederkombi und einen funkelnden Helm. Ich war kein großer Rennfahrer, ich fuhr vorsichtig. Meine dünne Gestalt in den eng anliegenden Sachen gefiel mir, auch wenn ich darunter ein altes Männlein war. Ich konnte mich wie der Protagonist eines anderen Films fühlen, wie ein junger Zentaur, der sich immer mehr von der Zivilisation entfernt, um ein mutiges Leben zu führen. An guten Tagen fuhr ich bis Whitstable, wo ich Frutti di Mare aß. Ich legte meinen Helm auf den Stuhl neben mir, genoss das Licht und den Wein, dann fuhr ich wieder zurück.

Ich litt unter Schlaflosigkeit. Nachts um drei war ich wach und fit, als hätte ich gerade ein Bad in den Fluten des Atlantiks genommen. Im Sattel meiner Harley Davidson glitt ich mit bedecktem Gesicht durch die von den nächtlichen Lichtern eingeschnürten Straßen. An manchen schwulen Montagen kam es vor, dass ich vor dem *Heaven* bremste, wo junge Männer verkehrten und Unentschlossene sich neugierig umsahen … Doch auch wenn ich mehr als einmal ins *Freedom* ging, ins *Barcode* oder in einen anderen Schwulenklub in Soho, so doch nur, um ein bisschen mit Freunden zu plaudern, die etwas zügelloser waren als ich. Es gefiel mir, ihre Küsse zu sehen, ihre Hände zwischen den Beinen. Das war meine Welt, doch ich konnte nicht mehr dazugehören. Es war zu spät.

Ich lernte einen Italiener kennen, Donato. Er hob die Hand, um ein kleines Gemälde des sowjetischen Realismus zu kaufen. Obwohl ich ihn nicht kannte, unterstützte ich ihn instinktiv, diesen graumelierten Kopf, das dunkle Hemd und die Hand, die sich hinten in dem lauten Saal zurückhaltend hob. Er bekam den Zuschlag für das Bild nicht. Eine Woche später machten wir einen Motorradausflug nach Canterbury. Er war ein exzentrischer, doch taktvoller Mann. Er sprach langsam, mit einer weichen, beruhigenden Stimme, und wenn ich an der Reihe war, hörte er mir aufmerksam zu. Er wurde rot, wenn ich zu lange schwieg. Ansonsten war er sehr maskulin, er scharwenzelte nicht herum, kam ohne überflüssige Gesten aus. Er war kurz mit einer Engländerin verheiratet gewesen, hatte keine Kinder. Obwohl er an die zehn Jahre jünger war als ich, hatte er die Unbefangenheit eines Menschen an sich, der seine Ziele schon erreicht hatte und nun weiterschaute. Er hatte einen Sinn für Vergnügungen, war aber durchaus nicht oberflächlich. Mir gefielen seine Augen, seine Scott-Fitzgerald-Krawatten. Für eine Weile gelang es ihm, mich von meiner Fäulnis zu befreien. Wir waren so etwas wie ein Paar, zwei intelligente, doch schüchterne Männer, verbunden durch eine gewisse Liebenswürdigkeit und ein bisschen außerhalb der Zeit. Ich war wirklich froh, einen neuen Freund zu haben, der auf die Flügel meiner müden Mühle blies.

Irgendwann begann er, sich über mich lustig zu machen, über meine Abneigungen herzuziehen, mich samtweich zu misshandeln. Da wurde mir klar, dass er in mich verliebt war. Ich wollte mich fallen lassen, wollte ihm wenigstens eine Chance geben, Donato hatte es verdient, und auch ich hatte kurz mit dem Gedanken gespielt, einen milden Lebensabend zu verbringen, mit einem Gefährten, mit kulturellen und kulinarischen Exkursionen, doch eigentlich stand ich mit einem Fuß draußen. Ich begann ihn mit Abstand zu betrachten. Ihn durch *diese* Brille zu analysieren. Ich sah seine Fehler, die Dellen eines Schwulen. Begann ihn für meine psychischen Störungen zu benutzen wie Fliegenpapier. Ich sah Flashs aus meiner Vergangenheit. Die dumme Macht eines Menschen auskostend, der nicht liebt und weiß, dass er nie wieder lieben wird, erzählte ich ihm, ich sei impotent, und er blieb trotzdem. Ich hielt ihn hin und nahm ihm dann jede Hoffnung. Es war noch keine Affäre, und es war nicht mehr nur Freundschaft, es war eine Konfrontation mit mir selbst, und er war der, der alles abbekam, der Crashtest-Dummy.

Ohne es mir anmerken zu lassen, zerfleischte ich ihn. Spuckte die Knochen weit von mir. Er versuchte, mit mir zu reden, war aufmerksam und ergeben. Ich täuschte eine Nacht der Wahrheit vor. Ich war in Stellung gegangen, um die Szene zu beobachten, um zwei Männer zu begutachten, den scheinbar Starken und den scheinbar Unterlegenen. Er schlug eine Reise nach Indochina vor. Er sah unglaublich gut aus, wie aus dem Bilderbuch. Er versuchte, mich zu küssen, schloss die Augen. Ich wollte bleiben. Wäre er eine Frau gewesen, wäre ich vielleicht geblieben. Aber er war ein Mann. Und er war nicht er. Und er würde es auch nie sein können. Ich wurde grob, trotzdem blieb er mein Freund. Er rief mich auch weiterhin an, machte sich Sorgen um mich. Er empfahl mir einen Psychoanalytiker, und ich erklärte ihm, dass ich nicht die geringste Absicht hätte, auch nur ein Wort zu sagen, wenn ich dafür bezahlen müsste.

Überall in der Stadt gab es Baustellen. East End war unpassierbar, der neue Shuttle-Zug war in aller Munde, und alle waren von der Ankunft der Olympiade sportlich elektrisiert, sogar die Säufer machten Kniebeugen oder gingen zum Inlineskaten an den Serpentine-See, und der Sicherheitsalarm machte Nachtschwärmern das Leben schwer. Ich wollte weg. Hatte vor, einen Koffer mit Büchern vollzupacken und ins Warme zu entfliehen, zum Meeresrauschen.

Zu Neujahr machte ich etwas wirklich Gutes: Ich nahm Donato mit einer Flasche Champagner mit zu Knut. Noch in derselben Nacht landeten die beiden zusammen im Bett. Im Juni, als sie heirateten, erinnerte ich in meiner Trauzeugenrede mit einer Rose im Leinenknopfloch daran, dass Knut mich mit Izumi bekannt gemacht hatte. Ich spürte, wie ein großes Lächeln aus dem Leben zurückkehrte. Es war eine dieser Hochzeiten mit Konservendosen hinten an einem alten, lachsroten Auto und mit vielen freien Leuten, die mit Blütenblättern um sich warfen.

Costantino sitzt im Auto, er fährt. Dann hält er an. Es ist Nacht. Ein niedriger Mond schwimmt am Himmel, eisig und tröstlich. Einer dieser Monde, die alles umschließen und den Kreislauf des Schmerzes für einen Augenblick unterbrechen. Ein solcher Mond lässt auch die Oberfläche eines Traumbilds mondähnlich werden. Costantino öffnet den Kofferraum des Autos, rückt eine Kiste Wein beiseite, nimmt einen Strick heraus. Er geht barfuß über den nackten Boden. Im Traum kann ich die weiche Bewegung seiner Schritte spüren. Er kommt zu einem Olivenbaum, schaut zur Krone hinauf. Sein Hemd ist vorn offen, und ich schmiege mich in die Atemzüge seiner Brust, löse mein Ohr eine Weile nicht von dort. Ich denke, ich könnte mit ihm reden, ihn vieles fragen. Doch diese Brust bringt meine ganze Neugier zum Schweigen, als hätten mich alle Antworten schon erreicht. Es gibt wirklich nichts, was ich wissen möchte und was ich nicht schon weiß. Er zündet sich eine Zigarette an, ich rieche den Tabak in seinem Atem. Sehe die Glut, die bei jedem Zug aufleuchtet. Seinen feuchten Mund, das Kohlschwarz seines Kiefers. Die Zigarette ist aufgeraucht, und er nimmt den Strick. Alles Übrige geht schnell, mechanisch. Er ist geschickt und stark, er weiß, wie man Knoten knüpft. Und wie immer in extremen Situationen macht er keinen Fehler. Mit seinen nackten Füßen klettert er den Stamm hinauf. Er wirft das Seil, trifft sofort den Ast, den er anvisiert hat, vergewissert sich, dass er auch hält. Er steckt seinen Kopf in die Schlinge, lässt sich bedenkenlos fallen, als hätte er bereits alles durchdacht und als bliebe nun nichts mehr, als es zu Ende zu bringen. Ich spüre den Ruck, das Knacken der Knochen. Keinerlei Widerstand, alles fließt und muss sein. Costantinos Körper schaukelt vor meinen Augen. Der Tag bricht an, der Mond hat sich mit seinem weißen Licht auf die andere Seite der Erde zurückgezogen.

Seit vier Jahren hatte ich nichts von ihm gehört.

Ich erwachte mit einem steifen Nacken, brachte nicht die kleinste Drehung zustande. Ich blieb im Bett, viele Stunden lang war mein Kopf komplett vom Rest meines Körpers losgelöst, ich war stranguliert von einem Halsband aus purem Schmerz. Der Traum verblasste. Ich bekam Angst, das Wirbelsäulentrauma könnte mein gesamtes Rückgrat erfasst haben. Ich nahm eine Schmerztablette, später konnte ich mir Kortison spritzen.

Am Nachmittag ging es mir schon viel besser und ich setzte mich ein bisschen in Bewegung. Ich schlenderte an den tropfenden Ständen des Blumenmarktes entlang und suchte nach Mimosen. Es war der achte März, doch in London Mimosen zu finden ist jedes Mal eine ziemlich große Herausforderung. Mein Handy vibrierte.

Miriam war dran, die Vertreterin von Foxtons. Sie ist ein sympathisches Mädchen, studiert Schauspiel und möchte Schauspielerin werden. Ich frage sie, welche Rolle sie gern spielen würde.

»Jetzt und immerdar Lady Macbeth.«

»Und warum?«

»Weil sie böse ist.«

Dabei ist sie ein richtiges Schmusekätzchen, milchweiße Schenkel, regennasse Pumps, in der Hand jede Menge Schlüssel, so ist sie unterwegs in diesen zu vermietenden Wohnungen mit der angesammelten Post auf dem schmutzigen Teppichboden hinter der Tür.

»Warum nicht Hamlet?«

Sein oder Nichtsein, das ist hier die Frage: Ob's edler im Gemüt, die Pfeil' und Schleudern des wütenden Geschicks erdulden oder, sich waffnend gegen eine See von Plagen, durch Widerstand sie enden? Sterben – schlafen – nichts weiter! …

Sie lacht. Sie erinnert mich an meine Post. Bei jeder neuen Vermietung nimmt sie sie an sich und steckt sie in einen Umschlag. Die Kosten übernehmen sie, es ist eine alte Adresse, es kommen nur Broschüren, Werbung, verfallene Einladungen.

»Schmeiß alles weg, Miriam.«

Da ist auch ein Brief, sagt sie. Wahrscheinlich ein verspätetes Beileidsschreiben aus Japan. Sie sagt, er sei auf Italienisch geschrieben.

Die Welt aus Wasser und Schnittblumen, aus tropfenden Stängeln, zerfällt und steigt auf. Sie ist plötzlich ein glitzernder Friedhof. Wieder spüre ich meinen steifen Nacken und meinen Körper, der blockiert ist wie ein Auto mit grellgelben Parkkrallen, mit diesen *tyre clamps*, wie diese Arschlöcher von Verkehrspolizisten sie anbringen. Auch meine Kehle ist aus Metall, wie das Abflussrohr eines alten Waschbeckens, durch das zusammen mit dem Wasser der Rost rinnt. Schwarze Hände recken sich aus den Mauern der Vergangenheit.

Ich stehe vor einem *bow window*, in dem ein herrlicher Olivenbaum-Bonsai ausgestellt ist. Entzückt betrachte ich die Vollkommenheit der Äste, der kleinen Blätter. Der Stamm ist zweigeteilt, wie eine zum Himmel geöffnete Hand, eine mineralisierte Klaue. Ich muss an den Olivenbaum mit dem Strick denken.

Die Nackenschmerzen verzerren nicht nur meine Bewegungen, sondern auch meine Gedanken, ich fühle mich wie ein Roboter aus dem Mechanical Theatre, mit einer fernen, inneren Stimme.

Ich verließ den Markt und hielt ein Cab an. In der Wardour Street gerieten wir in eine Frauendemonstration, junge Mädchen mit geschminkten Gesichtern, Araberinnen mit Schleier, Delegationen von Frauen aus Darfur, aus dem Kongo und Ägypterinnen mit Gasmasken gingen fröhlich singend und in die Hände klatschend hinter einem Spruchband mit der Aufschrift NO MORE SILENCE NO MORE VIOLENCE her. Ich blieb stehen und betrachtete diesen Zug bunter, energischer Frauen, die mich elektrisierten … ein starker, emotionaler Stromschlag. Ich ließ mich von dieser Energie anstecken. Plötzlich war ich all diesen Rebellinnen dankbar, die ohne Groll gegen jegliche Gewalt in der Welt demonstrierten. Am liebsten hätte ich ihnen Beifall gespendet … Sind denn nicht auch die Erde, die Sonne und die Familie weiblich? Und es gibt keinen Mann, auch nicht den miesesten, einsamsten Frauenfeind, der nicht zumindest einmal in seinem Leben den Wunsch verspürt hätte, vor einer Frau niederzuknien. Für all die aufgewandte Mühe im großen Geflecht des Lebens.

Es dunkelte, als ich mich dem Gedränge an der Victoria Station überließ und einen Zug in Gegenrichtung zu den Pendlern nahm. Ich landete in einem leeren Wagen, in einer rasanten Fahrt, von der ein gewisser Schrecken ausging.

Ich musste den Papierkram abholen, den ich in meinem alten Universitätsbüro zurückgelassen hatte, doch vor allem lag mir an einem Paar alter Trekkingschuhe, mit denen ich bei schönem Wetter in den umliegenden Wäldern gewandert war. Ich hatte sie in einem kleinen Laden gekauft, ohne genauer hinzusehen, doch dann hatten sie sich als leicht und zugleich ungewöhnlich haltbar erwiesen. Diese alten, praktischen Schuhe fehlten mir. Vielleicht gerade deshalb, weil sie, wie alles Kostbare, zufällig in mein Leben geraten waren und ich sie erst sehr viel später zu schätzen gewusst hatte, als ich sie nämlich durch neue Schuhe mit allem technischen Drum und Dran ersetzt hatte, die sich letztlich als Reinfall erwiesen hatten und nie wirklich mit mir gelaufen waren. Nein, Schuhe hin oder her, ich war eigentlich wegen Geena da, ich wollte sie überraschen, wollte mich vor dem erloschenen Kamin zu ihr setzen.

Schließlich hatte ich doch noch Mimosen ausfindig gemacht, ich hatte alle, die es gab, aus dem Eimer genommen. Im Zugabteil breitete sich ihr schwerer, süßlicher Geruch aus, der mir in den Kopf stieg. Noch nie war mir eine derart stinkende Blume untergekommen. Geena würde vor Rührung fast in Ohnmacht fallen, wenn sie mich mit diesem zitternden, gelben Strauß auftauchen sah wie einen ehemaligen, nostalgischen Studenten. Ich stieg aus dem Zug und stolperte, einem jungen Burschen ähnlich, gedankenverloren durch die Gegend, schüchtern, fast schon lächerlich, gefangen in einem zerfließenden Netz von Emotionen … Ich sah schon Geenas entgeistertes, errötendes Gesicht vor mir und ihre zarten, veilchenblauen Augen, die zwischen den Äderchen aufleuchteten. Der Gedanke an diese Gabe erfüllte mich mit Freude und Stolz. Während dieser wenigen Schritte fühlte ich mich wie ein anderer Mensch, zu wahrer Liebe fähig und linkisch wie ein unverdorbener, naiver Junge.

Der Pförtner öffnete mir. Er nickte mir zu, *Ach, Sie sind's,* er war fast taub und presste ein kleines Kofferradio ans Ohr, in dem bei voller Lautstärke ein alter Sketch von Monty Python lief.

Die Computer in den Hörsälen waren ausgeschaltet, und es herrschte die übliche Freitagabendunordnung, die Papierkörbe quollen über. Ich blieb vor dem Hörsaal C stehen und warf einen Blick hinein, die gepolsterte Wand, die vom Abwischen weiß verschmierte Tafel, das Podium, auf dem ich fast zwanzig Jahre lang Schuhe verschlissen hatte, während ich mit großen Bewegungen auf und ab gegangen war. Ein abgestandener Geruch lag in der Luft, noch voller Körperwärme. In ein paar Stunden würden die

Mädchen von der Putzkolonne die Fenster aufreißen. Ich trat ein und setzte mich, betrachtete den Halbkreis der leeren Bänke. Ich hörte das Herumflattern meiner Worte aus der Vergangenheit zurückkehren, sie rauschten wie ein heftiger Regen in der unwirklichen Stille. Wieder spürte ich das fruchtbare Vergnügen, das mich all die Jahre in diesem Hörsaal begleitet hatte … die Brutstätte neuer Geister, die Entwurzelung junger Persönlichkeiten. Und nun füllte sich der Saal vor meinen reglosen Augen, Ströme von jungen Leuten kamen und gingen. Trisha Owen, John Savage, der kleine Soloma Begum und seine Zwillingsschwester Patty, Jerry Cook, der Gelähmte … und viele andere, alle, die Überflieger und die Faulenzer, die Schildkröten und die Falken. Unzählige Jahrgänge in einem einzigen Blick zusammengefasst. Selbst die farblosesten Persönlichkeiten tauchten kurz wieder auf, um sich ins Gedächtnis zu graben. Jetzt warfen sie alle ihre Hüte in die Luft, alle sahen mich an, ohne mich zu bemerken.

Als ich auf den Flur trat, spürte ich das Gewicht dieser Leerung, Fluten junger Menschen, die turbulent umherwogten und dann verschwanden, von den Stützen der Gesellschaft verschlungen, ein kanonischer, doch brutaler Zyklus. Für sie alle war der Weggang leicht gewesen, zwei Krokodilstränen, ein Trinkspruch in einem Pub. Lebenshungriges Gesindel wedelte mit seinen Zeugnissen über meinem Kopf herum. Es jagte mich weg, eine aus den Annalen der akademischen Gesellschaft ausgeschnittene Gestalt.

Eine kleine Gruppe Studenten saß um einen Tisch herum noch bei der Arbeit, ich erkannte niemanden wieder, brauchte also nicht stehen zu bleiben, nicht zu grüßen.

Der Fachbereichsraum war leer, ich legte die Mimosen auf den niedrigen Tisch vor dem ewig erloschenen Kamin. Ich betrachtete die Vitrine, den Schlüssel mit dem Satinband, der in dem kleinen Schloss steckte, und unsere beiden Gläser neben der Flasche.

Wahrscheinlich drehte Geena gerade im anderen Flügel des College ihre Runde, um das Licht auszuschalten. Ich wartete am Fenster auf sie, die Dunkelheit war noch weich und kein bisschen trübe. Ich sah die Gestalten auf dem Tennisplatz, den geglätteten Boden, die Grasbüschel entlang des Netzes bewegten sich kaum. Die letzten hellen Fenster verloschen eines nach dem anderen.

Maureen kam herein, mit ihren schlurfenden Schritten unterbrach sie mein Warten. Sie war eine der vielen Aushilfskräfte, eine zusammengeschusterte Kreatur, vielleicht auch etwas zurückgeblieben, eine von Marks verzweifelten guten Taten. Sie erkannte mich erst, als ich mich umdrehte, ihr Gesicht hing schlaff herab, wie bei diesen Hunden mit zu viel Haut. Sie presste ein großes Aktenbündel an sich mitsamt ihrer Tasche und ihrem Regenschirm. Sie drohte alles fallen zu lassen, deshalb eilte ich ihr zu Hilfe. Sie schnaufte. Dann begann sie sich über ihren täglichen Opferdienst zu beklagen. Sie fragte mich nicht, warum ich gekommen war, wahrscheinlich hatte sie noch gar nicht bemerkt, dass ich das College vor nunmehr zwei Jahren verlassen hatte. Geräuschvoll öffnete sie eines der Schränkchen und blieb davor stehen.

Ihr Atem ging laut, so als machte er dem Leben selbst Vorwürfe bis in alle Ewigkeit. Sie fing an, mir auf die Nerven zu gehen, mich mit einem sonderbaren inneren Alarm zu beherrschen. Sie entdeckte die Mimosen auf dem Tisch, obwohl ich versuchte, sie mit meinem Körper zu verdecken. Sie waren nicht für sie, doch immerhin war sie eine Frau, und niemand dürfte ihr jemals im Leben auch nur eine einzige Mimose geschenkt haben, daher geriet ich, obwohl sie mir von Grund auf unsympathisch war, doch in Verlegenheit. Ihre Stimme bekam einen gedehnten, falschen Klang.

»Das ist aber eine Überraschung! Für wen sind die denn? Für ein schönes Mädchen?«

Sie waren für eine alte Dame ohne Rang und Namen, was mich entlastete und mir die Gewissheit gab, sie nicht allzu sehr vor den Kopf zu stoßen.

»Die sind für Geena Robinson.«

Sie trat dicht an mich heran, sehr dicht. Sie starrte mich an, erforschte mich mit ihren stumpfsinnigen, hinter Brillengläsern vergrabenen Äuglein wie ein Monster. Vielleicht wurde ihr gerade erst klar, dass ich schon eine Weile nicht mehr kam. Sofort fühlte ich mich wie ein Geist, wie eine entschwindende Erscheinung. Ich wollte plötzlich weg, mich in die Wälder verziehen. Instinktiv trat ich einen Schritt zurück, um mich diesem dummen Blick zu entziehen.

»Sag nicht, dass du es nicht weißt.«

Ich schluckte, denn plötzlich wusste ich es. Auch im linken Seitenflügel war nun das letzte Licht gelöscht worden, ein Herzschlag in der Dunkelheit.

»Sie ist tot. Schon seit zwei Monaten.«

Ich duckte mich nicht weg, steckte den Schlag auf die Rüstung ein, scheinbar ohne ihn zu spüren. Ich musste leicht aufstoßen und bat um Verzeihung.

Befremdet sah ich Maureens Strahlen, sie hatte jetzt Farbe bekommen und war unglaublich aufgekratzt. Die ihr unvermutet zugefallene traurige Aufgabe erhob sie in den Rang einer sophokleischen Botin. Die Schwertklinge ihrer Erzählung war gründlich und erbarmungslos.

Ich ging zu meinem Spind, nahm meine Tasche, fand meine alten Schuhe und warf sie hinein. Die Schlüssel ließ ich auf dem Tisch liegen.

»Du kannst Mark ausrichten, dass ich ihn leer geräumt habe.«

Er hatte mich wer weiß wie oft unter diesem oder jenem Vorwand angerufen, um dieses stinkende Metallfach zurückzubekommen.

Ich ließ Maureen die Mimosen da, denn was hatte es für einen Sinn, sie wie einen Trauerschmuck bis zum nächsten Müllcontainer mitzuschleppen? Es war nicht besonders höflich, und vielleicht schämte ich mich auch für diese etwas makabre Geste.

»Möchtest du sie? *Take them!*«

Ich gab ihr den Strauß, der die Luft peitschte, das war die Ohrfeige, die ich ihr kurz zuvor nicht gegeben hatte. Maureen fuhr sich mit der Hand zum Mund, um ein verschämtes Staunen zurückzuhalten, so als wäre ich extra in einem Londoner Blumengeschäft gewesen und von der Victoria Station gekommen, um ihr dieses Geschenk zu bringen. Sie tat so, als wäre all die Liebe, die sie wohl nie bekommen hatte, jetzt hier bei ihr, in diesen welken, gelblichen Blütenresten.

»Are you sure, my dear?«

Ihr Shar-Pei-Knautschgesicht ließ ein schmachtendes Leuchten erkennen, von der schönsten, glücklichsten aller Frauen entlehnt. Graziös nahm sie den Strauß entgegen und hielt ihn im Arm wie ein Neugeborenes. Da wurde mir klar, wie groß ihre Sehnsucht war und wie groß die Hinfälligkeit des Lebens, wenn sogar so eine Erdkröte in ihrer schrecklichen Stille sich traute, sich nach dem Unendlichen zu sehnen, das ihr nie zufallen würde.

Ich kehrte nach Hause zurück. Stellte zwei Gläser auf den Boden und goss sie voll. Ich trank sie aus, indem ich mal aus dem einen, mal aus dem anderen einen Schluck nahm. Dann schenkte ich nach und trank erneut abwechselnd aus ihnen. Geena saß vor mir und sah mich mit dem üblichen Verständnis an, ein Gassenmädchen, das die Straße kennt. Ich zog mich nackt aus, zog den Gürtel aus der Hose, legte ihn mir um den Hals und schob ihn in die Schnalle. Zwischen einem Glas und dem nächsten zog ich immer fester zu, ich würgte mich ein wenig.

Sie hatte sich erhängt.

Dass eine alte Frau stirbt, ist einigermaßen vorstellbar. Dass sie sich die Pantoffeln auszieht und sich an dem einzigen Baum in ihrem Garten erhängt, ist eher ungewöhnlich. Vielleicht hatte sie erfahren, dass sie krank war, *In der letzten Zeit war sie ein bisschen durcheinander gewesen,* hatte Maureen geflissentlich gesagt, um das Unglück abzuschwächen. Geena war mit einem Knalleffekt aus ihrem Leben gegangen, mit einer ätzenden Überraschung. Für alle, doch nicht für mich. Ich kannte ihre große Vorliebe für Outlaws.

Nun war also sie der Gehenkte.

Ich hatte bei Miriam vorbeigeschaut, um Costantinos Brief abzuholen. Ich hatte ihn in die Tasche gesteckt. Erst jetzt fand ich den Mut, ihn zu öffnen. Nur wenige Worte. Er entschuldigte sich für sein langes Schweigen. *Sich mit der Schwere der Ereignisse auseinanderzusetzen,* sei keineswegs leicht gewesen, doch nun gehe es ihm gut. Er wolle mich wiedersehen, die Verbindung zu mir wiederherstellen. Dann seine Unterschrift und eine Adresse, eine kleine Gemeinde auf dem Lande.

Ich erkannte seine bauchige Schrift, ohne Widerhaken. Unwillkürlich roch ich an dem Brief, steckte mir das Papier in die Nasenlöcher. Er war vollkommen geruchlos und klang wie diktiert. Wie damals, als er Soldat gewesen war, ließ er nicht die kleinste Gefühlsregung erkennen. Vielleicht saß er ja im Rollstuhl, verblödet und zehn Kilo schwerer. Oder er hatte Krebs, einen von diesen schwarzen Flecken. Es schwang ein Endstadium mit in diesem Brief, das las ich in der unsichtbaren Tinte … doch ich konnte nicht sagen, was für eins. Ich zündete eine Kerze an und verbrannte den Brief, die Asche erhob sich und flog noch ein Stück.

Alle Mütter aus meinem Leben waren nun jenseits des großen Flusses … Georgette, Izumi und jetzt auch Geena … In den Wassern der weißen Schatten wuschen sie gemeinsam Wäsche. Ich war todmüde. Ich hatte zu viele Verluste erlebt.

Mein besonnenes, greisenhaftes Leben gründete sich auf eine Art Wahnsinn, der jetzt den Wahnsinnigen entblößte. Mir war danach, mich zu Hause einzuschließen und wieder herumzukriechen wie ein Tier, wie ein Fixer. Ich war es leid, alles zu überleben. Wem würde meine Abwesenheit auffallen? Niemandem mehr. Es war an der Zeit zu gehen und die Zahnbürste ihrer Zahncreme zu überlassen, den Kamm seinem Etui und die Ordnung ihrem Wahnsinn.

Ich öffne meine Tasche und kippe den Inhalt auf den Boden, ich ziehe meine Trekkingschuhe an, an denen noch Dreck klebt. In dem Haufen unnützen Papiers taucht *The Dream of a Ridiculous Man* auf, das symbolträchtige Buch, das mir Geena zum Geburtstag geschenkt hat, erst vor wenigen Jahren, doch es kommt mir vor, als wäre es Jahrhunderte her. Ich habe es nie gelesen, jetzt nehme ich mir die ersten Seiten vor. Ich lese von dem Stern, den Fjodor sieht und der ihn zum Selbstmord zu verleiten scheint … Und ich frage mich, ob Geena in ihrem Garten auch so einen Stern gesehen hat und ob ihr Tod nicht nur ein Traum ist. Doch jetzt bin ich der lächerliche Mensch, ich weine, als ich die alte Widmung lese. *Schäme dich der Reise nicht.*

Ich betrachte mich im Spiegel, nackt, nur mit Schuhen an den Füßen. Ich bleibe so stehen und sehe mich weiter an wie einen prachtvollen Wicht. Ich versuche meine Gedanken zu sortieren, doch das Schlachtfeld ist wüst, und die Gesichter der Toten ähneln denen der Lebenden allzu sehr.

Bei Tagesanbruch ziehe ich mich an. Mir kommt ein absurder Gedanke.

Ich sehe die Glaswand und stelle mir vor, einen Waschbeckensockel herauszureißen, damit zum Fenster zu laufen, es zu zertrümmern, mich hinauszustürzen und mich von diesem Wahnsinn zu befreien.

Ich betrachte mein lahmes Alter. Betaste meine zarten Ärmchen, sehe meine mageren Schultern, meinen kleinen Säuglingsbauch und meinen wirklich winzigen und blauen und verlorenen Penis, der zwischen seinem Schnauzbart aus Schamhaaren hängt wie ein Füller ohne Tinte. Die Lederkombi hängt im Schrank, hart wie der Harnisch einer Marionette. Ich glaube nicht, dass ich es mit meinen Beinen noch schaffe. Trotzdem habe ich nicht vor, mit einem Regenmantel und einer wollenen Krawatte aus einem Taxi zu steigen … Ich weiß, das wäre meinem Alter angemessener. Doch ich will eine richtige Rüstung.

Es ist eine langsame Vorbereitung, die Socken, das Unterhemd aus Seide, es ist die Vorbereitung eines Kriegers. Ich sehe viele Lebensalter, und keines ist das richtige. Ich bin unpassend, natürlich. Ich betrachte mich im Spiegel und sehe einen geharnischten Tattergreis, doch es gelingt mir nicht, mich lächerlich zu fühlen. Unzählige Male bin ich lächerlich gewesen, doch jetzt bin ich es nicht. Meine Beine sind schwarze Lederstäbchen, meine Haare sind grau, und seit Kurzem lasse ich sie ein bisschen länger wachsen, es sind nicht viele, aber sie sehen nicht schlecht aus. Ich betrachte meine hohe, holzige Stirn, ich könnte auch als Skulptur durchgehen. Ich habe zwei Ohrringe im Ohrläppchen und einen alten, vor einer Ewigkeit tätowierten Affen auf dem Rücken. Der scheint mich jetzt zu beißen.Ich ziehe den Reißverschluss zu, lege den Nierengurt an. Ich schaue in den Spiegel, in Erwartung dieses Augenblicks habe ich gelebt.

Mein Telefon dudelt los, ich gehe zu spät ran, am anderen Ende ist niemand, nur das Dunkel der verpassten Dinge. Ich bleibe so, wie mit einer Muschel am Ohr, auf ein kosmisches Rauschen im iPhone horchend. Jetzt denke ich, das ist Geena, die den Sirius passiert und den Garten Eden erreicht hat, wo es keine Höfe gibt und weder sexuelle Schranken noch schmerzhafte Fesseln, sie ruft mich aus dem Jenseits an, um mir eine gute Reise zu wünschen.

Ich habe mein Motorrad »River« getauft. Nach dem Fluss des Lebens und zum Gedenken an den Schauspieler Phoenix, der in der Sekte Children of God aufgewachsen und durch einen Speedball gestorben war, den er an jenem Abend eigentlich nicht hatte nehmen wollen, er wollte nach Hause und einen Song schreiben.

River steht seit einer Weile wie ein eingestaubtes Insekt in der Tiefgarage unter dem Supermarkt. Wegen meines Rückens bin ich lange nicht mehr damit gefahren. Ich brauche eine Weile, um die Maschine nach draußen zu bugsieren, sie ist ein schweres Geschoss, irgendein ölverschmierter Typ hat seinen bescheuerten Pick-up davor geparkt. Da steht River nun eingezwängt und lächelt mich mit ihren seit Monaten dreckigen Augen an. Froh, dass ich sie raushole. Ich starte den Motor und schalte die Scheinwerfer ein.

»Na dann mal los, old River.«

Ich höre ihren Sound. Dieses Blubbern lässt viel altes Wasser überlaufen. Den Ruck nach oben und das Gas, das ich gebe, gebe ich mir selbst, es ist ein satter, fantastischer Start.

Natürlich hätte ich mich auf so eine Reise gut vorbereiten müssen. Warten, bis die Geschäfte öffnen, eine dieser Apps fürs iPhone runterladen. Mich auf einem Blog mit anderen Bikern kurzschließen, die Maschine durchsehen. Wenn ich bedenke, dass ich River schon verkaufen wollte, dass ich eine Anzeige schalten wollte. Doch ich habe es nicht getan, in dem Winter damals war ich bei Glatteis gestürzt.

Unter meinem Helm sehe ich die Straße im Morgengrauen. London ist menschenleer und zartblau. Eine in Wasser geprägte Stadt. Ich merke, wie sie von mir abfällt, wie sie zurückbleibt. Als wäre der ganze Hintergrund ein Film und nur ich wäre real. Wie in den Studio-Autoattrappen mit Rückprojektion und mit Wind aus Ventilatoren. Die Hände in den Handschuhen am Lenker. Ich sehe Ecken, Kreuzungen, bekannte Orte, Restaurants, in denen ich gegessen habe. Ich habe das Gefühl, nichts als Randgebiete hinter mir zu lassen.

Ein Junge ist an meinen Körper geklammert, er sieht die Straße durch meine Augen, zumindest genauso ungläubig wie ich, während ich mich von London entferne. Der Himmel ist ein großer See, er fließt zurück, zurück in den Fluss.

Quer durch Europa zu reisen ist keine Spazierfahrt. Ich hätte mich zumindest über das Wetter informieren sollen, doch ich hatte keine Zeit. Ich habe eine gute Kombi mit dem entsprechenden Schutzzubehör und einen Integralhelm. Wichtig ist, dass du dich entscheidest, danach brauchst du nur noch Gas zu geben.

Ich heize über die Straßen wie noch nie. Nach dem Abzweig nach Canterbury kommt mir auf dem Asphalt etwas entgegen, ein abgefallenes Autoteil, ich kann nur knapp ausweichen. Eine Zitterpartie, doch eine glimpfliche.

Als mir der Gedanke kommt, dass das hier Wahnsinn ist, dass mein Rücken das nicht mitmachen wird, dass ich den Weg nicht kenne und dass ich auf Schnee, Wölfe und Gespenster treffen werde, ist es schon zu spät. Ich stoße einen Schrei aus. Für wichtige Reisen gibt es keine Abkürzungen. Die Serpentinen sind Sphären des Schicksals. Hufeisen, die vielen Pferden abgefallen sind. Lichtflecke hinter den Wäldern. Das Rad ächzt, ich lege mich schräg in die Kurve, fast bis zum Boden. Antriebsriemen, Muskelfasern, noch nicht zum Wegwerfen. Todesrausch, Lebensrausch. Hunger, so viel Hunger. Und in mir wieder diese Unruhe. Ich habe mich gut gehalten. Ein Turm, ein Wappen, eine Burg, alte Leben, alte Geschichten von Rittern und Edeldamen, von Kampf und von Liebe. In diesem Wald. Was hat uns das Leben denn noch nicht offenbart? Eine Quelle wird kommen, ein weißes Einhorn wird erscheinen. Feen und Elfen und Odin und Thor, ein tief liegendes Dorf und ein windzerzaustes Mütterlein, das seine Tiere melken geht.

Von den ersten hundert Meilen habe ich so gut wie nichts mitbekommen. Ein leichter Regen, dann wieder Sonne. Nur einmal nehme ich den Helm ab, um Luft zu schnappen und pinkeln zu gehen. Der Wind riecht nach Niederwald und nach Hirschen. Ich sehe die Klippen von Dover, ihre Vorsprünge wie weiße Papierseiten aus Fels. Ich denke: *Ich möchte ein Seil haben und mich hinunterlassen, möchte etwas schreiben, eine Nachricht, die man nur vom Meer aus sehen kann.* Doch natürlich habe ich kein Seil und auch keine Nachricht.

Ich verfrachte River auf die Fähre, um den Ärmelkanal zu überqueren, lasse die Maschine unten im Dieselgestank stehen und steige rutschige Treppen nach oben. Ich bleibe an Deck. Es dunkelt, das Weiß des alten Schiffes ist blau, der Rost ist rot. Ich vertrete mir die Beine. Trinke ein Bier. So etwas wie Glück pocht in meinen schmutzigen Händen, die eine salzverschmierte Stange umklammern. Ich sehe violette Fransen, und das Meer gleitet in den großen Tod des Meeres. Denn das geschieht in der Finsternis. Ich denke an nichts. Ich habe den Stecker gezogen, England ist zurückgeblieben. Addio, du glorreiches British Empire.

In Calais suche ich mir ein Hotel, das erstbeste, nur wenige Meter vom Hafen entfernt. Ich esse eine große Seezunge, einen köstlichen Kadaver mit Kräuterbutter. Dann verlange ich eine Flasche von ihrem Weißen und nehme sie mit aufs Zimmer. Ich breite die Landkarte auf dem anonymen Bett aus und sehe mir kurz die Reiseroute an. Ich folge ihr mit dem Finger, zeichne sie mit dem Stift nach. Eine Weile fühle ich mich wie Bruce Chatwin. Ich öffne das Fenster, lasse eine Schicht französische Luft herein. Ich grinse wie ein kleines Nagetier, das auftaucht und genießerisch etwas Neues schnuppert, ein Geruchs-Highlight. Ich schlafe traumlos, und mein Rücken macht keine Probleme.

Im Morgengrauen grüße ich Rodins *Bürger*, im Bauch ein schönes Frühstück im Warmen. Ich betrachte mein Gesicht im Rückspiegel, die Schultern mit schwarzem Leder gepolstert. Ich bin immer noch aus einem schönen Stück Holz, es wäre ein Jammer, es ins Feuer zu werfen.

Asche folgt mir eine Weile, man verbrennt Äste und Laub. Ein wohlriechendes Feuer.

Ich komme an Windmühlen vorbei. Klar, zylindrisch und schneeweiß ragen sie in der Landschaft auf, die Wiesen bekommen Wind ab, Heilkräuter bilden Wellen und Wirbel. Die Mühlenflügel dort oben setzen Illusionen in Gang, mischen sie mit anderen Illusionen, und im Wind erhebt sich eine goldene Stimme. In diesem einen Augenblick bist du nur das, was du zu sein glaubst.

River ist, nach meiner Frau, die beste Beziehung in meinem Leben. Du musst nur den Zukunftsdurst dieser Maschine stillen, und sie bahnt dir den Weg durch die Welt, du kannst dich benehmen wie ein Außerirdischer, wie ein kosmischer Tourist. Absteigen und fremde Landschaften preisen. Für einen Tattergreis ist es großartig, so einen jungen Motor unterm Hintern zu haben. Frankreich gefällt mir, es weckt eine sympathische innere Eitelkeit in mir.

Die Temperaturschwankungen sind beängstigend, tagsüber schwitze ich, mein T-Shirt unter der Kombi ist klitschnass, und die nächtliche Kälte ist schwer zu ertragen, sie kriecht dir in die Knochen und sprengt sie, zwei Pullover und das Ölzeug reichen nicht aus. Mein Helm ist innen schmutzig, meine Augen sind rote Scheinwerfer. Insekten schlagen wie Hagel auf, kleben wie Spucke.

Ich schaue nach vorn, auf Dinge von mir, von denen ich weiß, dass ich sie noch nie gesehen habe. Ich kann schlafen, ohne von River abzusteigen. Brauche nur die Beine rückwärts auszustrecken, auf die hinteren Pedale. Wieder sehe ich Teile, die ich nicht zusammensetzen kann. Doch vielleicht schlafe ich auch beim Fahren. Ich träume. Jetzt weiß ich, dass ich mir diese Maschine gekauft habe, um diese Reise zu machen.

Ich halte an einer Tankstelle, ein Hund bellt. Ich habe Angst, nicht mehr absteigen und die Beine nicht mehr strecken zu können. Mein Körper ist steif geworden, nie hätte ich gedacht, mal so viele Stunden zu fahren. Mein Kopf ist leicht, Stücke fallen von mir ab, von dem alten Hampelmann. Ich höre R.E.M. und die Red Hot Chili Peppers, zu Ehren von River.

In der Hochburg des Champagners mache ich Rast, um meinen Durst zu löschen. Ich betrachte die Bläschen, trinke sie aus, nehme sie wie Schmetterlinge in mir auf. Neue schäumen in den Kelch. Jetzt lässt mein Körper wirklich locker, ein Fetzen Sonnenuntergang wischt den Horizont violett. Jetzt kann ich den Kreis gut erkennen. Ich bin in der Mitte. Das ganze Leben ist beisammen, in dieser Hand, in einem Auge, das warm und wässrig niedersinkt. Ich bin das Feuer. Ein unbekanntes Hotel, mit unbekanntem Charme, eine kleine Kuppel wie ein Heuschober. Allein in den Betttüchern, die Kombi auf dem Stuhl. Ich müsste erledigt sein, verrostet, hundemüde. Aber ich fühle mich wie ein Engel. Ich drehe mich im Bett um. Wird er alt sein, fett, dem Tode nah? Ich werde zu ihm sagen: *Komm, alter Junge, wir drehen eine Runde, es ist Zeit, abzuhauen,* und ich werde ihn hinter mir aufsteigen lassen.

Ich fahre an einem Atomkraftwerk vorbei, die Kühltürme wie auf den Himmel gerichtete Waffen.

Ich ziehe durch bis zur Grenze, und das Schild, das Frankreich von Italien trennt, ist wie eine Fahne auf dem höchsten Gipfel deines verwahrlosten Herzens, das nun wirklich atemlos ist. Ich klettere die Kurven des Kleinen Sankt Bernhard hinauf, die Luft zerfetzt mir die Brust, die jetzt eine aufgerichtete Steinplatte ist, an der Gedanken hochranken, so rein wie der frische Sauerstoff, den ich atme. Auf dem Gipfel sind noch andere Motorradfahrer und zwei Wohnmobile. Familien beim Essen. Ich betrachte den Gletscher, er sieht aus wie das Auge einer kopfstehenden Welt, und du denkst, dort unten könnte es viele Geschichten wie deine geben. Und du fragst dich, wie es gewesen ist und wie es wohl ausgehen wird.

Ein Adler ist zu sehen, einer der letzten Vögel, die die Gipfel lieben. Du denkst an seine Augen, an eines seiner Augen ganz aus der Nähe, die Wimpern, die Bewegung der Pupillen, das Zittern des Lids.

Zähe Kilometer, beharrlich wie mein Wille.

Und immer noch viel Autobahn vor mir. Lastwagen und Tunnel wie Lichterketten, Windschocks. Du hast Angst, bist kurz vor dem Ziel und willst langsamer werden, und zugleich ziehst du durch, solange du kannst. Wieder spürst du diese widersprüchliche Regung. Du kommst ihm näher, das muss es sein. Wieder der Tod und das Leben, dann nur noch der Puls, du schaust auf die Uhr. Ein Lastwagen verhält sich vollkommen idiotisch, du erhaschst das Gesicht des Fahrers, er telefoniert, trinkt Bier, holt sich einen runter … Das Gesicht eines Typen, der Lichtjahre von jedem Gewissen entfernt ist.

Es regnet. Du hast das Ölzeug auf den Beinen und auf dem Visier Wasser, das sich wie ein Meer teilt. Du fährst auf einer schwammigen Schnellstraße. Hinter einer Kurve liegt ein Motorrad. Ein umgestürztes Tier. Dir läuft ein Schauer über den Rücken, ein Peitschenhieb des Teufels. Der letzte, vielleicht. Das da könnte deine River sein, das könntest du sein, doch nein, das ist noch nicht dein Schicksal. Obwohl du einen Moment lang denkst, dass dies wieder eine verpasste Chance ist, dass es schön wäre, jetzt den Löffel abzugeben, so kurz vor Idaho. Wieder denkst du über das Schicksal nach, an diesen Mantel, den wir uns alle anziehen, und nie weißt du, wie kurz er sein wird. Wie auch immer, du hast es geschafft, alt zu werden, in jungen Jahren hast du das nicht geglaubt, aber du hast dich geirrt. Du dachtest, die Götter liebten dich und du wärest auserwählt für den Triumph.

Du denkst an River Phoenix. *My Private Idaho* war einer der ersten Filme, die du in London gesehen hast, Knut hatte dich dorthin mitgenommen. Du denkst an die beiden Jungs, die eng aneinandergedrückt auf einem Motorrad ihrer großen Illusion entgegenfahren. Sie sitzen mit dir auf deiner River, du nimmst auch sie mit. Du nimmst so viele Jungs mit, alle, die ihr eigenes Idaho gesucht haben. Und es ist immer die gleiche Geschichte, die sich da wiederholt. Doch im Grunde lebt man gerade für sie.

Dir wird klar, dass dieses Motorrad auf dem Asphalt, zwischen Rücklichtern und im Regen, eine Theateraufführung ist. Eine Szene, die sich dir zeigt und die dein sehr müder, aber noch sehr starker Geist sich ausdenken und zerlegen und zusammensetzen kann. Diese Szene sagt dir etwas. Doch auch das ist nicht wahr. Und selbst wenn es wahr wäre, es interessiert dich nicht. Du hast alle nur möglichen Vermutungen angestellt, jetzt weißt du es, du bist ein lausiger Detektiv, Bruder.

Noch zweihundert Kilometer, und es ist schon Mitternacht, du übernachtest in einem Motel. Klaust dir im Dunkeln einen Buondì-Snack aus dem schon vorbereiteten Frühstückskörbchen. Düsternis ist überhaupt der bestmögliche Ort. Truckfahrer, die Frauen aus Nicht-EU-Ländern vögeln, Leute und Orte dieser Art. Fleisch, das hungrig ist, Fleisch, das mit Strapazen gespickt ist. Deine Kombi auszuziehen ist ein Problem, du bist fix und fertig und nass wie ein Taucher. Du klemmst sie auf den Heizkörper, merkst, dass er kalt ist. Du siehst fern. Legst dich aufs Bett und siehst einen Engel, der sich über dich beugt, ein weißer Schatten, der deinen Körper bewacht.

Das Dorf ist aus Tuffstein, mit Gemüsegärten und Käfigen, Blech auf den Hütten. Eine Kaffeebar, ein Zeitungsverkäufer, eine Ölpresse. Das letzte Stück Weg, der letzte Insektenmatsch. Ich halte an einer Bar, trinke einen leider Gottes grauenvollen Kaffee, gehe zum Klo, wasche mir das Gesicht, die Achseln. Mache eine Art Toilette. Nehme ein Hemd aus dem Rucksack. *Das* Hemd. Das, was ich für ihn aufgehoben habe. Das ausgeblichene, rote, das jetzt fast rosa ist und zerknittert von der Reise, doch diese Knitterfalten machen es nur noch schöner. Wird er es wiedererkennen? Wird er mich wiedererkennen? Ich betrachte mein müdes, mitgenommenes Gesicht, darin die Spuren der Brille und der Kilometer. Die Spuren dieser Reise, dieses Trips, der schon unzählige Jahre dauert. Die Fliesen verschieben sich, verfärben sich. Meine Augen flimmern, flackern zwischen fern und nah. Das bin ich. Eindeutig ich. Ans Waschbecken geklammert werde ich von Rührung übermannt. Das hier ist meine letzte mutige Tat. Und natürlich entspringt sie einer grenzenlosen Angst. Leer und leicht überschreite ich die Schwelle. Ich bin bereit, vor ihn zu treten wie beim ersten Mal. Ein alter, doch noch weißer Körper, auf den sich noch viel Spektakuläres schreiben lässt. Ein offenes Gittertor. Ein Hof zwischen den Feldern, den man von der Straße aus sieht. Eine Allee, ein Obstgarten.

Ich nehme den Helm ab. Schweißnass auf der Stirn und zwischen den Beinen. Ich schaue auf zu den Feldern, ein sich weithin erstreckender Lichtraum, ein maßvoller Horizont.

Ich stehe vor einem großen Steinhaus mit Nebengebäuden, einem ländlichen Gehöft. Über den Kiesvorplatz gehen ein paar Leute und reden. Ein Hund kommt mir bellend entgegen, dann wedelt er mit dem Schwanz, ich halte ihm meine Hände hin, streichle ihn. Ich gehe ein paar Schritte. Kinder spielen auf einem Spielplatz, klettern verkehrt herum eine matschverschmierte Rutsche hoch, darunter ist eine Pfütze vom Regen, der Boden unter den Schaukeln abgewetzt. Eine gebückte Frau bindet einem Querschnittsgelähmten die Schuhe zu. Um einen Steintisch sitzen einige Leute, die mich nicht kennen, und grüßen mich. Ich winke, bleibe stehen. Ein Mann in einem schwarzen Pullover kommt auf mich zu. Ein verwittertes Gesicht, das an Charles Bronson denken lässt.

»Ciao, ich bin Alessio.«

Er lächelt mich an, scheint zu wissen, wer ich bin, man erwartet mich. Er sagt: *Ach ja?*, und schaut zu meinem Motorrad. Ihm ist unvorstellbar, dass ich eine so lange Fahrt hinter mir habe. Er stellt mir einige Fragen. Unter dem Pullover trägt er den weißen Halskragen eines Priesters. Auch die Kinder stehen um meine River herum. Der Priester bückt sich und nimmt das kleinste auf den Arm, die anderen laufen ihm nach wie Hühner den Beinen eines Bauern. Wir kommen in einen nüchternen Raum, der Backsteinboden ist stumpf vom Salpeter, ein angenageltes Holzkruzifix, mannshoch, füllt die Wand aus. Wir gehen durch einen Flur, bleiben in einem großen Speisesaal stehen, Kinderzeichnungen an den Wänden. Mit Filzstift gemalt, mit Aquarellfarben. Schiefe Häuser, lange Körper, nicht mittig. Padre Alessio bittet mich zu warten. Mir knicken die Beine ein, ich höre das Knacken der Gelenke, ein regelrechtes Krachen.

Ich erkenne ihn schon von Weitem … erkenne seinen Körper. Ich versuche, mich aufrecht zu halten, fülle meine Brust mit Luft, dann stoße ich sie aus.

Costantino tritt durch die kleine Tür ein, das Licht im Rücken. Er sitzt nicht im Rollstuhl, er kommt auf seinen Beinen auf mich zu.

»Guido.«

»Hallo …«

Er bleibt stehen, sieht mich an, ruckt kurz mit dem Kopf zurück, lächelt.

»Wie geht's dir?«

»Ich lebe noch, ja …«

Er breitet die Arme aus, eine feste, kräftige Umarmung. Ich lehne mich an ihn. Alles in meinem Körper zieht nach unten. Ich bin vollkommen leer. Für einen kurzen Moment liegt meine Nase an seinem Hals. Ich komme nicht dazu, einen deutlichen Geruch zu erhaschen. Er macht sich los, sieht mich erneut an. Meine Lederkluft eines alten Rockers, meine Falten, mein erschöpftes Lächeln.

»Bist du mit dem Motorrad gekommen? Aus London?«

»Ja …«

»Wie viele Kilometer sind das denn?«

»Zweitausend.«

»Kaum zu glauben.«

Glaube es ruhig, Costantino. Glaube es, meine einzige, große Liebe. Du Schmerz und Spiel verbotener Nächte, angstvoller Tage. In mir rollt eine Flipperkugel los, eine Kugel, die unbeirrt alle Ziele und leuchtenden Pilze trifft … all die letzten Jahre, die Särge, die ich gesehen habe, die Liebe, die ich verloren habe …

»Ich habe die Wohnung in London aufgegeben, weißt du?«

»Ach wirklich?«

Ich möchte ihn einfach mitnehmen und mit der noch warmen Maschine wegbringen. Was ist das hier, ein Hostel, ein Ferienbauernhof? Er soll zum Packen in sein Zimmer gehen, und dann nichts wie weg hier, wir werden zusammen weitermachen, von dort an, wo unser Leben abbrach, wir werden dieses verfluchte Schiff nehmen und unser Idaho erreichen. Ich erinnere mich an seine Hand beim ersten Mal, erinnere mich an seine Brust und an seine Träume. Wir sind eine Weile um uns herum gekreist, aber hier bin ich, wie viele Jahre sind vergangen? … Fast vierzig, aber verdammt, was macht das schon? Was macht das schon, du Schwuchtel?

»Wie alt bist du?«

»Genauso alt wie du, alter Junge.«

Ich sehe ihn an, er ist noch ein wenig dicker geworden, ist alt geworden, doch nicht sehr. Er ist ein bisschen verlottert, er ist er. Er ist hier bei mir. Die Zeit ist nicht vergangen, sie hat einfach ausgesetzt. Ich kann all seine Gesichter ausgraben. Ich bin der Einzige, der das kann.

»Ciao, Costanti'.«

»Herzlich willkommen, Guido.«

Er begrüßt mich wie ein Pfadfinder, benimmt sich genau so, wie ein zu Großer in einer zu kleinen Rolle. Doch ich kann ihn nicht richtig sehen, weil mich noch immer Vergangenheitsböen bestürmen. Jetzt widme ich mich dieser Arbeit, dem Mosaik, den Teilen, die sich wieder zusammenfügen. Planlos, ungestüm.

Er streckt mir die Hände entgegen, sie sind grün. Er arbeite gerade im Gemüsegarten, sagt er, darum sei er so verschwitzt … Ich atme den Geruch von Tuffstein und kaltem Herd. Den Geruch dieses Ortes.

Es sieht aus wie eine Abendschule oder ein Freizeitheim, wie einer dieser traurigen Vereine von namenlosen Leuten, die zusammenkommen und so tun, als würden sie auf Abenteuer ausziehen und in Begeisterung ausbrechen. Ich suche etwas persönliche Vertrautheit in seinen Augen, doch er wendet sich ab … Ringsumher sind andere Leute, er stellt sie mir vor, Freunde, sagt er, Männer und Frauen, ziemlich junge Pärchen. Leute, die mir schnurzegal sind, die ich nicht mal sehe. Sie lächeln mich an, ich lächle zurück, verstimmt, alarmiert, denn jetzt sehe ich doch etwas, aber ich weiß noch nicht, was … Auf einem Feld ist ein Netz, ein kleines Volleyballturnier …

Ich betrachte Costantino, während er mit all diesen Leuten spricht … Ich höre nicht, was er sagt, sehe nur seinen Mund, der sich bewegt … Sein Gesicht ist pausbäckig, seine Züge sind weicher, nicht mehr so scharf. Ich betrachte seinen Kopf. Seine Haare sind nachgewachsene Haare, sind anders, glatter und weniger dicht. Ein heller, rosiger Hautfleck umspült sein Ohr. Ich höre diese Brandung … unsere Nacht der gegen die Klippen geschleuderten Kraken. Ich denke an den Augenblick davor, an jenes Versprechen. Ich senke den Kopf.

»Fass ruhig an.«

Er nimmt meine Hand und führt sie über seine Haut. Ich spüre die Klümpchen der Narben unter den dünnen Haaren. Er legt mir seinen Arm um die Schulter.

»Komm, ich zeig dir den Gemüsegarten.«

Er ist nachlässig gekleidet, ein Pullover über lockeren Jogginghosen. Seine Hand pendelt neben seinem Bein.

In der Mitte des Gartens steht ein großer Olivenbaum, und den sehe ich mir an, die Zweige mit den kleinen, silbernen Blättern. Der gewundene Stamm gabelt sich in zwei dicke, aufstrebende Äste, er sieht aus wie ein Tor. Am liebsten würde ich es mit ihm durchschreiten und verschwinden. Ich muss an den Olivenbaum-Bonsai am Blumenmarkt denken, zweitausend Kilometer von hier entfernt.

»Von diesem Baum, diesem Olivenbaum habe ich geträumt, glaube ich …«

»Wirklich?«

»Ich habe geträumt, dass du diesen Strick genommen hast.«

»Ich habe auch von dir geträumt.«

»Hast du dich umkrempeln lassen?«

»Ich habe meinen Weg gefunden, natürlich.«

Ich will ihm sagen: *Nur die Ruhe, ich bin nicht gekommen, um dich durcheinanderzubringen, sondern um unser Versprechen zu erneuern.* Doch er ist ja ruhig, geht mit leicht wiegendem Schritt. Ein paarmal hebt er die Hand, um mir was über diese bestellten Beete zu erzählen … Artischocken, Disteln, Kürbisse …

»Du kennst dich mit Gemüsegärten nicht aus, oder?«

»Nein.«

»Sie geben dir Frieden.«

Dieses Wort kommt mir auf einmal unsagbar tief und entsetzlich vor. Denn alles hier erscheint mir festgefahren, eingeschlossen in einem Gletscher. Ich erzähle ihm von dem Gletscher, den ich gesehen habe. Auch er liebe die Berge, sagt er. Er sagt, das Gebirge sei der Ort, an dem Franziskus mit den Wölfen gesprochen habe.

Ich erzähle ihm, dass meine Frau an einem Lupus gestorben sei. Dass ich Witwer sei. Er bleibt stehen, ist bewegt. Erinnert sich an unser Abendessen damals, an die Gastfreundschaft.

»Du ahnst nicht, wie oft ich an dich gedacht habe.«

»Ich habe auch an dich gedacht.«

Wir schlendern immer noch zwischen niedrigen Trockenmauern und kleinen Gewächshäusern umher. Dicke Zucchini sprießen zwischen den Blättern hervor wie grüne Schwänze, und ich denke daran, dass sie früher unser Leben angeheizt hätten, wir hätten gelacht wie die Bekloppten. Ich nehme seine Hand, er lässt es zu, hebt meine hoch und küsst sie, doch dann gibt er sie mir zurück.

»Guido, ich bin fast gestorben, damals in dieser Nacht.«

Er lächelt seltsam distanziert, als spräche er über jemand anderes. Das Geräusch der weichen Erde unter den Schuhen.

»Aber vielleicht wollte ich ja auch sterben, weißt du, so ist das.«

Ich bin zu perplex, um etwas zu sagen, stelle meinen Blick scharf. Visiere die Zweige des Olivenbaums an, die sich sacht bewegen wie Meeresschaum. Ich möchte ihm sagen: *Ich werde auf dich warten, wir müssen nichts überstürzen, ich habe vergessen, was Zeit ist.*

»Das habe ich hier begriffen, hier bei ihnen.«

Eine Stimme ertönt aus einem Lautsprecher an der Mauer, dann schallt Glockengeläut vom Band auf die umliegenden Felder.

»Was ist das hier?«

»Eine Glaubensgemeinschaft.«

Es gebe auch ein gut gehendes Restaurant, sagt er.

»Wir sind kurz davor, einen Stern zu bekommen ... einen Stern in dieser Einöde.«

»Was denn für einen Stern?«

Ich denke an den Stern des lächerlichen Menschen.

»Na, einen Michelin-Stern.«

Jetzt im März ist es nur am Wochenende geöffnet. Er ist der Chef, neben dem Gemüse haben sie auch Vieh. In der Küche viele Jugendliche, die er ausbildet.

»Du wohnst hier?«

Er will mir unbedingt die Pferde zeigen und die Kaninchenställe. Er nimmt ein kleines, weißes hoch und drückt es mir in die Hand, er lacht.

»Als ich hier ankam, war ich völlig am Boden zerstört und durcheinander. Denk nicht, dass das hier ein abgeschotteter Raum ist ... nichts in der Art ... Das sind bloß alles Leute, die sich zusammengetan haben, um sich gegenseitig zu helfen.«

Wir gehen wieder rein. Drehen eine Runde durch die Zimmer, sie sind klein, mit zwei Doppelstockbetten, dort schlafen die Gruppen, die zur Lebensberatung kommen.

»Die ersten Abende waren furchtbar.«

Er erzählt mir, dass er mit einem jungen Priester geschlafen hat, auch dieser unsicher und verletzt. Er erzählt mir von diesem Weg. *Der Rekonstruktion der eigenen sexuellen Identität.*

Ich weiß nicht, wovon er da spricht. Doch jetzt sehe ich sein pausbäckiges Gesicht und alles Übrige ganz klar, sein Körper ähnelt einem großen, weichen Sack, und die Gefühle scheinen aus dem Innern zu treten wie Daunen aus einem Federkissen. Ich schaue genauer hin, da ist ein trübes Licht, das ich schon mal gesehen habe … Er wirkt wie aus einem Koma erwacht oder wie ein Narkoleptiker, wie einer, der spricht, aber dabei schläft und anderswo lebt. Seine Stimme ist verfremdet … auch sein Lächeln wirkt künstlich, es ist so steif wie sein ganzes Gesicht. Ich sehe, dass seine Brauen nicht mehr an ihrem Platz sind, offenbar sind sie schief nachgewachsen, zwei merkwürdige, verblüffte Zacken. Auch alles andere gehört zwar zu ihm, aber doch nicht so ganz, alles wirkt aufgesetzt, unecht.

»Weißt du, man kann wieder zurück …«

»Wohin denn zurück?«

Ich höre einen Schuss hinter mir, drehe mich zum Fenster um.

»Das sind Jäger«, sagt er. »Es ist Wildschweinzeit«, sagt er.

Ich denke an unsere gemeinsamen Momente. Suche seinen Blick. Er lässt sich ohne Weiteres anschauen. Dieser Hampelmann, dieser blöde Heilige gefällt mir nicht. Der Schmerz muss ihm den Verstand vernebelt haben.

»Ich glaube nicht ein Wort von dem, was du da erzählst, Costanti'.«

»Guido …«

Plötzlich versuche ich, ihn zu küssen. Ihn aus dieser trüben Starre zu wecken, aus diesem makabren Bann. Er öffnet seine Lippen nicht, stößt mich aber auch nicht weg. Er hält mich mit meinem offenen Mund eng an seiner Brust. Auch sein Geruch scheint nicht mehr derselbe zu sein.

»Na komm, beruhige dich …«

Ich lache, schüttle den Kopf.

»Hast du alles vergessen? Willst du mir erzählen, dass du alles vergessen hast?«

»Natürlich habe ich nichts vergessen.«

Er kneift die Augen zusammen und zieht die Nase kraus, seine typischen Ticks, seine Art, sich abzureagieren. Er ist immer noch er, sage ich mir. Sie haben ein Weißwaschmittel über ihm ausgekippt, doch das hat nicht gereicht. Ich betrachte die Madonna im Schrein, fern und unangenehm. Betrachte seine Schultern, möchte hochklettern und auf ihnen reiten, wie damals im Gymnasium.

»Kennst du mein Hemd noch?«

Wie könntest du das vergessen haben, Häuptling?

»Ich bin geheilt, Guido.«

»Geheilt wovon?«

»Ich habe aufgehört, mir Schaden zuzufügen, anderen Schaden zuzufügen ...«

»Verdammt, was redest du denn da, Costantino? *You fuck around with the wrong people ...*«

Ich habe die Kontrolle verloren, spreche jetzt Englisch, gebe ihm einen Tritt in den Hintern, stoße ihn. Ich will nur, dass er reagiert, dass er aufhört, den Hampelmann zu spielen. Die anderen kann er von mir aus verarschen, aber nicht mich. Ich habe ihn gesehen, erinnere mich an den Bruchteil jeder Sekunde, die er mit mir verbracht hat ... und in der er alles und nur eines von mir verlangte, nämlich ich selbst zu sein. Ich muss ihn aus diesem Gefängnis herausholen, muss einen Waschbeckensockel herausreißen und die Glasscheibe dieser Lobotomie zertrümmern.

Häuptling, antworte mir, nur ich allein weiß, dass du nicht stumm bist und dass du mich hören kannst.

Er ist ganz einfach zu lange von mir getrennt gewesen ... Er scheint ein Koma hinter sich zu haben, eine Amnesie ... Doch ich werde ihm die Erinnerung an alles zurückgeben … werde viel besser sein als jedes Ätzmittel … werde die Tore seines Gehirns weit öffnen … und werde ein für alle Mal wieder das Leben hineinlassen …

Im großen Saal wird die Vesper vorbereitet, auf zwei Stützen eine lange Tafel mit Papierdecken. Neue Leute kommen herein, junge Menschen, Pärchen, alle umarmen sich. Jeder legt etwas zu essen auf den Tisch, zu Hause zubereitete Speisen, Gemüsetorten, mit Folie abgedeckter Reissalat. Noch zieht sich niemand den Mantel aus. Das hier ist so was wie das Vorzimmer. Der Priester mit dem Pullover hält eine kleine Festansprache. Alle erheben ihre Plastikbecher. Ein Toast auf Luisa. Wer ist Luisa? Ach ja, das Mädchen mit den wenigen Haaren und dem Anorak, der so verdreckt ist wie ein Taubengefieder.

Ich verliere sie aus den Augen, weil sie zwischen den anderen verschwindet. Das ist wohl auch der Sinn dieser Gemeinde, sich zu vermengen und zusammen ans Ziel zu kommen. Eine Piazza voller Vögel, die sich alle unisono bewegen, auffliegen und sich zerstreuen. Costantino geht an mir vorbei und trägt zusammen mit einem jungen Mann eine Bank. Ich sehe ein Stückchen Haut unterhalb seines zu kurzen Pullovers. Ich weiß, dass er dort Dehnungsstreifen hat, weiß, dass ich mit meiner Zunge darübergefahren bin. Doch das war in einem anderen Leben. Die Türen stehen offen. Es ist kalt, aber das scheint kein Mensch zu bemerken. Man hört ein in einem Lautsprecher vergessenes *Miserere*.

In kürzester Zeit räumen sie alles auf und werfen die schmutzigen Teller in große, graue Müllsäcke. Die Speisereste werden gesammelt. Ich bleibe allein in einer Ecke sitzen, auf einem Schülerstuhl. Jemand kommt auf mich zu und nennt mich beim Namen. Rossana streckt mir die Hand entgegen. Sie umarmt mich, zieht mich an ihren parfümschweren Körper. Sie ist eleganter als die anderen, trägt einen figurbetonten Nylonmantel und dazu eine Sonnenbrille auf dem Kopf wie einen Haarreif.

»Danke, Guido. Du ahnst ja nicht, was für eine Freude du ihm mit deinem Besuch machst.«

Ich sehe Giovanni hinter ihr. Er ist beachtlich gewachsen. So hoch aufgeschossen wirkt er beängstigend. Er hat einen Bart, boxt sich gegen den Kopf. Er hat die ungeputzten, großen Zähne eines Kindes. Und immer noch denselben reinen Blick. Er scheint der Einzige zu sein, der sich nicht verändert hat.

»Kennst du Guido noch, Papas Freund? Sag ihm Guten Tag, na los, sag ihm Guten Tag! Und gib ihm einen Kuss, mach schon, einen Kuss!«

Rossana schreit, und ich weiß nicht, warum sie das tut. Giovanni presst sich die Hände auf die Ohren und schlenkert mit dem Kopf wie ein frisch aufgezäumtes Pferd. Auf diese Art haben sie ihn wohl dressiert. Ich gebe ihm einen Kuss. Er riecht nach Spucke. Auch ich habe Lust, mir die Ohren zuzuhalten und den Kopf zu schütteln.

Doch ich spüre, dass ich Ruhe bewahren muss. Ich bin allein in einer verdrehten Welt. Alle rings um mich her sind Insekten. Aber sie wollen mir einreden, ich sei das Insekt. Ich muss die Nerven behalten. *Man kann wieder zurück …* Es gibt nur einen Ort, an den er und ich zurückkehren können.

Costantino kommt heran, legt seiner Frau den Arm um die Taille, sie geben sich einen schnellen Kuss. Da stehe ich mit meiner um die Taille geknoteten Motorradkombi und meinem verblassten, roten Hemd. Ich bin unscharf, alles ist unscharf. Warum bin ich hier? Wozu herbestellt? Was habe ich mit diesem Affentheater zu tun?

Giovanni schmiegt sich eng an seinen Vater, und Costantino lässt es selbstverständlich zu. Doch es ist eine andere Selbstverständlichkeit. Er streichelt seinen Sohn, wie er kurz zuvor die

Kaninchen gestreichelt hat. Ich fühle mich von Zwiespältigkeit umzingelt. Alle an diesem Ort legen dieses Benehmen an den Tag, sie sind entgegenkommend und legen ihre Hand auf eine Schulter, einen Kopf. Doch echte menschliche Wärme sehe ich nicht, nur das Sich-Scheuern von Tieren, die in den Stall kommen, sich wärmen und sich zusammendrängen.

Irgendwann habe ich aufgehört zu leiden, hat er zu mir gesagt. Und das hier scheint die Methode zu sein, wie man nicht leidet und sich vor Obszönität schützt. Man befreit sich von jeder Vertrautheit, nimmt zärtlichen Gesten jede Intimität und dehnt sie auf jeden x-Beliebigen aus. Man verzichtet auf seine sexuelle Persönlichkeit, auf jede schöpferische Energie.

Ich sehe unzählige weit offene Arme im Versammlungsraum, wo es ein Podest mit Mikrofon und einen Tisch gibt, der vielleicht als Altar dienen soll. Wirklich viele Körper drängen sich wie bei einem Rockkonzert zusammen, viele müssen stehen, die Jüngsten sitzen im Schneidersitz auf dem Boden.

Ich habe einen ganz passablen Ehrenplatz, in der ersten Reihe. Ich lasse mich ansehen. Das hier scheint eine Sekte zu sein, irgend so ein Zwinger wie die Children of God ... Man hat ihm eine Gehirnwäsche verpasst. Zwei junge Männer mit umgehängter Gitarre spielen einen Gospelsong, den Blick in Anrufung eines Geistes der Liebe zur Decke gerichtet. Ich werde ihn nicht diesem Zirkus überlassen. Ich bin da, mit meinen Jahren, mit meiner Rebellenuniform. Er hat mich ausgelacht, *Du siehst aus wie Lou Reed,* hat er gesagt.

Ich strecke die Beine aus. Der Pullover-Priester nimmt das Mikrofon, reißt Witze. Er hat einen emilianischen Akzent und die fleischliche Seligkeit einer Nudeltasche, die in ihrer Suppe schnattert. Er hält eine kleine, aufrichtig anrührende Predigt, sagt, dass zu lieben einfach nur bedeute, anderen Gutes zu tun. Dann bittet er ein junges Mädchen auf die kleine Bühne. Eine Förmlichkeit, nicht echt, Bekenntnisse als Therapie. Leidgeprüfte Gestalten wechseln sich auf dem Stuhl ab, sie leiern menschliche Leidenswege herunter, wobei sie ungeniert auf ihre Fantasie von Überlebenden zurückgreifen.

Costantino steht auf, wischt sich die Hände an seiner Hose ab, als wären sie verschwitzt, lächelt dem Jungen zu, der vor ihm dran war, und nimmt in diesem Staffellauf nun das Mikrofon.

»Ich bin erkältet, also entschuldigt meine Stimme.«

Giovanni ist bei ihm. Noch nie habe ich Costantino öffentlich sprechen gehört. Ich hätte nicht gedacht, dass er das überhaupt kann, noch dazu, ohne den Blick zu senken. Er schaut ins Publikum, klammert sich wie seine Vorgänger daran fest, empfängt die Aura dieser versammelten, gierigen Masse, die, eingemummt in eine verschwommene Süßlichkeit, unter einem ganz bestimmten Eindruck zu stehen scheint. Die Gutmütigkeit von Drogensüchtigen, von Leuten, die die Nerven gekappt haben. Nerven, die die Verbindung zum Schmerz sind, doch auch zum Leben.

Seine Stimme ist dumpf, ohne Ausdruck. Das ist keine Beichte, das ist ein Bandwurm, ein großer, weißer Wurm, der in ihm anschwillt, der für ihn frisst und leidet.

»Ich war der Sohn des Portiers.«

So fängt er an. Seine gefalteten Hände formen ein Gehäuse, vorn auf dem Hosenschlitz. Ein langer Fluss von Worten ohne jedes Feuer, ohne jeden Sog, so als wären sie schon oft wiederholt worden, eine durchgekaute Lektion. Sein fett gewordener, unbekümmerter Körper wirkt artig, Wachs einer dicken Kerze, die friedlich vor sich hin tropft.

»Ich half meinem Vater nach der Schule mit kleinen Besorgungen für die Bewohner …«

Er erzählt von seiner Kindheit, von seinem Vater und seiner Mutter, von seinem verschlossenen Wesen. Er hält inne, spannt den Kiefer an, öffnet den Mund und atmet schwer, wie einer, der was in die falsche Kehle bekommen hat.

Jetzt ist er andersherum, das ist die Inversion, der Weg zurück, die psychische Umkehrung. Ich sehe seinen Namen rückwärts geschrieben vor mir ... *onitnatsoC*.

Er erzählt von einem Sommer.

»Ich war vierzehn und kam von der Mittelschule in die Oberschule ...«

Ich muss nicht erst in meinem Gedächtnis graben. Er redet über jenen einen Sommer. Wie könnte ich den vergessen? Den einsamen Strand, den nackten Mann, der mich rief. Den Umsturz ... Du kannst alles im Leben vergessen, aber nicht den Kerkermeister, der dir die Türen des Kerkers geöffnet hat.

»Ich wurde missbraucht.«

Ich presse die Beine zusammen. Krabben und schwere See, trübe von Algen und Blut, von versunkener Schändlichkeit.

»Er war Kunstkritiker, ein großer, eleganter Mann ...«

Und nun ist alles verkehrt herum geschrieben ... Ich konzentriere mich auf einen fernen Punkt ... auf den achäischen Krieger ... auf Costantino, der mit der Pinzette die Steinchen des Mosaiks zusammensetzt, das ich aus dem Fenster geworfen habe ... Ich sehe das fehlende Auge auf mich zurollen.

Er geht ins Detail, ohne Aufregung, ohne dass ihm je die Stimme entgleitet. Das muss die Technik sein, die er gelernt hat. Er ist sehr klar, sehr deutlich. Er scheint gar nicht über sich zu reden und auch nicht über einen Nahestehenden. Sondern über einen weit entfernten, sonderbaren Jungen, der in einem anderen Leben festsitzt. Ich dagegen bin so präsent wie mein Blick, der versucht, standzuhalten und bei der Sache zu bleiben, als er von den Unterhosen erzählt, als er erzählt, wie er sie sich ausgezogen und heimlich gewaschen habe, damit seine Mutter nichts merkte, er habe sie auf die Heizung gelegt. Ich bin der einzige Zeuge. Ich kenne diese Heizung, kenne diese Mutter, kenne diese ärmlichen, in den *Magazzini allo Statuto* gekauften Unterhosen.

Schlimme Trips können noch nach Jahren wiederkehren. Können die kleine Kugel einwerfen, die dann in deinem Körper rollt und die Bank sprengt. Das ist der Jackpot. Die Hand greift rein und zieht, sie holt alles raus, was du bist. Du siehst das Tier an, das jetzt deine auf die Straße geworfenen Eingeweide frisst. Sie sind die Teile eines organischen Mosaiks, voller Blut und Nerven. Du bist ein Kind, das auf dem Fensterbrett steht, du springst ins Leere.

Eine Vogelscheuche, nicht mehr und nicht weniger, die im Wind von den Kleidern des Lebens in Bewegung gesetzt wurde und die schiefe Ähnlichkeit mit einem Menschen erhielt. Das bin ich. Ein dürrer Stock mit dem Strohkopf eines umgedrehten Besens, der in einem Feld voller kleiner, hungriger Vögel steckt.

Sie schenken ihm einen langen, tosenden Applaus. Rossana trocknet sich eine Träne, die offenbar viele Male hervorgequollen ist. Costantino bedankt sich. Keinen Moment lässt er die Hand seines Sohnes los, als suchte er Kraft bei diesem armen Kind. Das wird wohl das nächste Wunder sein, das er vom lieben Gott erbittet, Giovanni aus dem Land der Starrheit zurückzuholen. Doch vielleicht, das wird mir jetzt klar, ist es gar nicht so. Keiner von ihnen will zurück, sie wissen, dass das nicht möglich ist, und so reicht es ihnen, das Mantra ihres guten Willens zu wiederholen und in dieser Kette zusammenzurücken. Viele weinen. Im Gemeinschaftsgarten geht die Hacke nieder, sie lockert die Erdschollen für das Mulchen auf. Frei sei der Schmerz.

Vom Rest bekomme ich nicht viel mit. Obwohl es mich betrifft. Costantino erzählt weiter. Von unserer Geschichte, von unseren

Begegnungen als Erwachsene. Von dem Überfall, vom Koma und von dem Wunsch, nicht mehr zurückzukommen.

»Doch ich bin zurückgekommen.«

Seine Stimme, die mich beim Namen nennt, seine seelsorgerische Hand, die mich bittet, aufzustehen und den Beifall entgegenzunehmen, der für mich bestimmt ist.

»Also, das ist Guido, den wollte ich euch vorstellen.«

Er sieht mich an, ich bin ein ausgestopfter Vogel, hier ausgestellt, um an seinen Tod und an die Jagd auf ihn zu erinnern. Er bittet mich vor allen um Verzeihung. Dafür wollte er mich hier haben.

»Mein ganzes Leben lang habe ich versucht, mich zu rächen.«

Doch ich weiß, dass das nicht wahr ist, ich war nicht das Ziel einer Rache, sondern einer Liebe. Ich betrachte die Hosen seines weichen Jogginganzugs. Ich stehe auf, und ich weiß nicht, mit was für Beinen, ich möchte mich in Brand stecken. Ich versuche eine kleine Verbeugung. Da stehe ich nun, mit meiner Bikerrüstung, mit meinem Festtagshemd. Ich falle zurück auf meinen Stuhl. Sie machen weiter. Andere junge, gequälte Gesichter greifen zum Mikrofon, um ihre traurige Geschichte zu erzählen. *Gott, der du uns beschwörst und errettest, Gott, der du unser Schicksal wendest, das Verbrechen in Liebesbeute. Gott, der du wieder Hoffnung gibst. Du strahlender, ewiger, menschlicher und dreieiniger Gott, Versuchskaninchen deiner Herrlichkeit werden wir sein.*

Und schließlich sehe ich sie, diese glanzlose Herrlichkeit, wie sie vor mir niederkniet und mich tauft. Alle haben begonnen, sich gegenseitig die Füße zu waschen, sich für dieses Ritual der Unterwerfung, der Demut die Schüsseln zu reichen. Costantino zieht mir die Schuhe aus, rollt meine Socken über die Knöchel und streift sie ab. Er fährt mit seinen Händen zwischen meine Zehen, mit dem Schwamm über die weiße Wunde meines dünneren Beins, an dem ich den Gips hatte.

»Danke, Guido.«

Keine Offenbarung in seinen Augen, und ich sehe, wie sich sein Tod und seine Asche zusammenscharren und dann wieder zu seinem Körper werden. Also ist es wahr, er ist tot. Um mich nicht mehr zu lieben. Und ich begreife den Kampf, den er geführt hat, allein, in jener Nacht und sein ganzes Leben lang. Es war ein Fehler, dass wir nicht schon auf der Schwelle gestorben sind.

Ich schaue seinen gesenkten Nacken an, während er mir die Füße wäscht … Wie oft hat er mich gebeten, ihn bei der Liebe zu würgen. Wie oft hat er mich um Hilfe gebeten, und ich habe es nicht bemerkt.

Sie machen mit den Hostien weiter. Er öffnet den Mund und schließt die Augen, wie er es bei mir nie getan hat, als bekäme er nun wirklich etwas Unerreichbares, die Essenz des Lebens selbst. Eines anderen, gesäuberten, jungfräulichen Lebens, ohne dieses tragische Kind, ohne diese Vergewaltigung. Etwas, das ich ihm niemals würde bieten können.

Draußen wird es dunkel, wir gehen noch einmal im Gemüsegarten spazieren. Und wieder sehe ich den Olivenbaum.

»Hat meine Mutter es je erfahren?«

Er macht einen kleinen Schritt zurück, dreht sich um.

»Sie hat uns gesehen, Guido, sie platzte ins Zimmer. Sie hätte uns gar nicht übersehen können … Ich betete, dass sie es meiner Mutter erzählen würde, dass das aufhören würde. Dann wurde sie krank.«

Er stützt sich am Olivenbaum ab, an diesem offenen Stamm, an diesem Tor.

»Deine Mutter war eine Trinkerin, Guido.«

Ich weiß nichts zu sagen, nichts, was möglich oder menschlich wäre, tiefe, ferne Schatten ziehen vorbei, im Rahmen eines untergegangenen Schiffsrumpfes. Meine Mutter, die die Flaschen unter dem Spülbecken versteckt. Das Hausmädchen, das sie beobachtet und sich über sie lustig macht. Ihre immer mit Pfefferminzbonbons gefüllte Handtasche, ich wühlte in ihren Tiefen, ein Geschenk für mich, dachte ich, dabei kaschierte sie nur ihren Atem.

Costantino bringt mich zurück, erzählt noch ein bisschen, greift sich an den Kopf. Sagt, manchmal tue er noch weh. Er erkundigt sich nach Leni. Seine Tochter hat ein Kind, er ist Großvater. Mit seiner Frau ist er im Reinen, sie war sein Schutzengel. Wir gehen zu River, zu ihrem glänzenden Gerippe.

Er lächelt, zum letzten Mal sehe ich im Blau unter der Krone des Olivenbaums seinen weißen Atem. *Ciao, onitnatsoC.*

Ich fahre bis Rom. Morgens um drei bin ich an der Treppe des Altars des Vaterlands, nur wenige Meter entfernt von den beiden reglosen Wachen neben dem Lorbeerkranz, der auf dem Sarkophag des unbekannten Soldaten liegt. Die ewige Flamme flackert, sie zerrt an ihrem schwarzen Rauch. Ich betrachte die zwei blutjungen, unbeirrbaren Soldaten, die mich vielleicht auffordern wollen, zu verschwinden, jedoch ihren Posten als Schutzpfeiler aus Fleisch und Blut nicht verlassen dürfen. Ich denke an ihn in Uniform, an jenen langen Tag, den wir zusammen im Nebel verbracht hatten. Er hatte sich immer gewünscht, ein unbekannter Märtyrer zu sein.

Die Nacht weicht langsam den Dingen, und die Sonne tritt aus der weißen Molke der Morgendämmerung. Eleonora hält ihr Auge an den Spion, öffnet mir in der Stille. Mein Vater schläft noch. Sie sagt nichts, ist ein bisschen schlaftrunken. Sie nimmt die Türkette ab, ich folge ihr kraftlos wie ein Arbeiter, der von der Nachtschicht kommt.

»Ich mach dir einen Kaffee.«

Im Hof breitet sich das strotzende Licht dieser frühen Stunde aus, man hört die Vögel. Auf der Straße am Tiber tröpfelt der Verkehr. Eleonora stellt eine Espressokanne auf den Gasherd.

»Warst du bei ihm?«

»Ja.«

»Es geht ihm gut, hast du gesehen?«

»Das habe ich.«

Doch sie scheint mich das eher zu fragen, auch sie wirkt nicht sonderlich überzeugt davon.

»Er hat sich befreit, am Ende hat er es geschafft, sich zu befreien.«

Der Kaffee ist fertig, sie gießt ihn ein. Ich starre auf den Hof.

»Er hat mir nie was gesagt.«

»Wie hätte er es dir denn sagen können, Guido?«

»Nur mir hätte er es sagen können.«

Sie legt mir eine Hand auf die Schulter.

»Deine Mutter hat uns diese vielen Geschenke gemacht, hat mir Arbeit besorgt … Und überhaupt, wer hätte ihm denn geglaubt? Das war doch nicht wie heute … Und wir waren auch viel stärker, kann sein, dass es eine Kindheit für uns gar nicht gab.«

Mein Vater kommt in die Küche, im Unterhemd unter der offenen Schlafanzugjacke. Eleonora drückt meinen Arm, sie flüstert.

»Er weiß nichts von dieser Geschichte, ich hab sie ihm erspart. Er hat zwei Herzschrittmacher, weißt du …«

Ich habe diese Frau lange gehasst, habe sie verachtet.

Als er mich sieht, streicht er sich sofort die Haare glatt, er setzt seine Brille auf. Ich umarme ihn. Fühle sein achtzigjähriges Gerippe.

»Ciao, Papa.«

Georgette Ida Leonetta Salis, das war der Name meiner Mutter. Ich sitze zusammen mit meinem Vater unter ihrer Grabnische, es ist ein Ausflug, den er und ich zusammen unternommen haben. Er freut sich über diese Motorradtour mit mir. Er ist leicht auf dem Rücksitz. Er redet. Erzählt mir, dass er vor dem Supermarkt zwei römische Mumien gesehen hat, man hatte die Straße aufgerissen, und darunter war eine kleine Totenstadt, die ziemlich lange von niemandem angerührt worden war.

»Da geht man einkaufen und sieht dann diese beiden da unten, unversehrt, mumifiziert, ein Paar, ein Mann und eine Frau, ein bisschen kleiner als wir … Sie haben mir Gesellschaft geleistet. Das ist Rom …«

Ich kann mich nicht erinnern, ihn je so gesprächig erlebt zu haben, doch vielleicht habe ich ihm nur nie die Gelegenheit dazu gegeben. Ich bin ein Richter, der ein Fehlurteil gefällt hat. Dieser kleine, eitle Mann ohne besonderen Scharfsinn und ohne Orden an der Brust ist der einzige Unschuldige.

Georgette Ida Leonetta Salis, du hast Benjamin Franklin zitiert, *Lehre dein Kind schweigen. Reden lernt es von allein.*

Georgette Ida Leonetta Salis, du hast zugelassen, dass man meinem Liebsten an die Kehle ging.

Wie viele Wege gibt es auf der Welt, wie viele Sperren und Steigungen, wie viele sanfte Abstiege. Wir hätten uns in einen Fantasieturm einschließen und dort bleiben sollen, denn im Leben haben wir zu viel Schaden genommen.

Ich frage meinen Vater, was er den ganzen Tag über so treibt.

»Manchmal gehe ich noch in die Praxis.«

Ich frage mich, was für ein Verhältnis zur Zeit ein Mann in seinem Alter wohl hat, ob er weiterhin in Erwartung von etwas lebt oder ob seine Tage lang ausgerollte Mullbinden werden.

Georgette Ida Leonetta Salis, deine Grabnische. Deine armseligen Überreste. Ich sehe, dass Papa oft herkommt, dass er dich nie allein gelassen hat, nie vernachlässigt hat. Die Blumen im Glaskelch sind noch ziemlich frisch.

»Wie schön sie war, Guido … Ihr Hals, erinnerst du dich noch an ihren Hals?«

Ich sehe, wie sein armes Gesicht zerfließt und sich wieder zusammensetzt, es ist wohl der gleiche Ausdruck wie damals, als er sie im Kaufhaus *Sorelle Adamoli* vor den Taucheranzügen kennenlernte.

In meinem ganzen Leben hat er mir nie einen Rat, nie einen Hinweis gegeben. Ich habe es nicht zugelassen. Ein Hautarzt, einer der weiter nicht geht. Ich habe wirklich kein enges Verhältnis zu ihm. Es ist etwas Unwillkürliches, aus dem Inneren, ein anderer Geruch, glaube ich. Empfindungen, die sich nicht an einem halben Vormittag zurechtrücken lassen. Es fällt mir schwer, doch ich zwinge mich, es ihm zu sagen.

»Ich hab dich lieb, Papa.«

Auch wenn es jetzt, in diesem konkreten Augenblick, nicht wahr ist, weiß ich doch, dass es wahr sein wird. Dass er mir irgendwann fehlen wird.

»Für mich spielt es keine Rolle, was du bist …«

Er sucht meinen Blick mit seinen winzigen Äuglein.

»Es tut mir nur leid, dass du dich so quälen musst, Guido. Alles andere ist deine Sache.«

Nun sehe ich seine Tränen.

»Wer weiß, wie viel du gelitten hast, und ich habe es nicht bemerkt … Du warst ein so fröhliches, so aufgewecktes Kind.«

»Ich?«

»Ja, du hast uns oft zum Lachen gebracht. Du hast Freude in diese Familie voller Mumien gebracht.«

Er spricht von einem Kind, das ich nicht kenne, das es aber vielleicht wirklich gegeben hat. Seine alte Hand auf meinem gealterten Gesicht ist für einen langen Moment wieder väterlich.

Ich müsste Sehnsucht nach allem haben, nach jeder verpassten Gelegenheit, nach jedem Streich. Doch ich spüre nichts. Ich habe ihm nie wirklich eine Chance gegeben, und jetzt bin ich zu weit weg von der Liebe, um der seinen nachzutrauern.

Er bückt sich, um ein Grasbüschel von einem anderen Grab abzureißen, und wechselt ein paar Fußballworte mit dem Friedhofswärter, *Mit so einer Abwehr können wir unmöglich spielen.* Dort, zwischen den Eimern mit den Chrysanthemen und Nelken der Blumenhändler auf dem Campo Verano, lasse ich ihn zurück.

Der Junge kreuzt meinen Weg. Er ist aus dem Nichts aufgetaucht. Schleppt einen halbvollen Rucksack, wahrscheinlich ist er gar nicht erst hingegangen, in die Schule. Der Kopf gesenkt, eine verstörte Gestalt, die die Bewegung des Lebens simuliert. Eine kleine Ratte, die aus einem der vielen verseuchten Hochhäuser entwischt ist. Kästen über Kästen der Wut.

Es ist die Straße zum Meer. Neben dem Asphalt verlaufen Schienen. Abgelegene Bushaltestellen. Halbwüchsige, die morgens aus Löchern ohne Liebe kriechen, sich im Kalten ihre Jeans anziehen und ohne einen Abschiedsgruß, ohne einen Segen aus dem Haus gehen.

Er bleibt stehen und kratzt sich am Arm. Er schiebt den Ärmel hoch. Weiter hinten ein Würfel aus schwarzen Würfeln, eine Industriehalle mit einem dicken Aluminiumrohr, die rote Zeichnung eines blutigen Muskels, dazu ein witziger Spruch, MENSCHLICHES GEHIRN ZU VERKAUFEN, WENIG GEBRAUCHT. Eine geschlossene Diskothek.

Er ist sehr jung, ein sanftes Gesicht, das außergewöhnlich schön sein könnte, wenn es nur Trost bekäme. Vielleicht will er sich ein bisschen Stoff besorgen. Ich habe gesehen, wie er in seinen Taschen gewühlt und sein Kleingeld gezählt hat.

Er hat eine Kapuze auf dem Kopf, seine Nieren liegen frei, einer dieser jungen Körper, die sich an jeden Temperaturschock gewöhnen. Die Wut hält ihn warm, dieses innere Brodeln, das ihm jede physische Empfindlichkeit nimmt. Ich sehe ihn einsam schäumen, im Vorbeigehen reißt er Fetzen von Plakaten ab. Als wollte er etwas aufscheuchen, den Klumpen von Larven, die seine kleinen Eingeweide zerfressen.

Er verpasst einem herrenlosen Müllcontainer einen Tritt, ein Checkpoint zwischen dem Sand und den Wohnblocks.

Der Kopf gesenkt, das weiche Schwänzeln eines Ertrinkenden.

Er dreht sich mit einem im Schmerz durchtriebenen Blick um, so als würde ein Teil seines Bewusstseins ihn noch veranlassen, rings um sich her etwas zu suchen. Er scheint mich nicht zu sehen.

Was gibt es Traurigeres als einen Jungen, der allein an der düsteren Mauer eines verlassenen Fußballplatzes entlanggeht?

Bestimmt hat er Hunger, während des Wachstums haben Jungs immer Hunger. Gern würde ich ihm ein Brötchen ausgeben, mich neben ihn setzen und seiner nuschelnden Stimme zuhören, seinen jugendlichen Prophezeiungen. Ihm einfach sagen, es gibt rein gar nichts, was deinen Schmerz wert ist, mein Junge. Könnte man die Verletzungen der Seele auf unseren Gesichtern sehen, dann wärest du ein hässliches Monster, das weiß ich, voller Krater und blutender Pusteln.

Jetzt geht er sehr schnell, in einem irrwitzigen Tempo, es ist nicht direkt ein Rennen, wohl aber der unfreie Marsch der Verurteilten. Zwischen seinem Fleisch und allem anderen gibt es keine Barriere. Ohne aufzupassen, überquert er die Bahnschienen.

Ich biege ab, fahre durch die Unterführung. Der Geruch nach Meereskloake.

Es ist ein Weg mit flachen Felsen, mit dreckigem Ginster. Ich schlängele mich durch, holpere, möchte bis zur Wasserlinie kommen, würde im Sattel von River gern bis ins Meer gelangen. Doch der Sand hat Mauern, weiche, vom Unwetter aufgehäufte Dünen. Das Rad sinkt ein.

Ich halte vor dem Blau.

Blau meines Herzens, Blau meiner Träume, sagte Derek Jarman in seinem blauen Film. *Dreimal verleugnet, ehe noch der Hahn kräht im Morgengrauen des nächsten Tages. Du hast deine Sachen falsch rum an.*

Außerhalb der Saison der Strand, das Leben.

Ich schaue zurück, auf das Linienwerk meiner Schritte, wie Sandkäferspuren, es weht ein regnerischer Wind. Eine lange, reglose Algenwelle zieht sich längs über den Strand. Schaumkronen rollen, das Meer kräuselt sich. Wegdriftendes Wintermeer. Die Luft ist salzgesättigt.

Eine Raupe zeichnet kleine Spiralen in den Sand, Grübchen. Diese kleine Arbeit ist eine große Arbeit. Meine Hand spielt mit ihr, ich fahre mit den Fingern ringsherum.

Ich lese etwas auf, einen kaputten Seestern, seine rosa Hülle ist getüpfelt. Dann ein Stück Qualle, wabbelig. Eine Zigarettenschachtel.

Der Junge hat sich am Strand neben ein umgedrehtes Boot gesetzt, die weiche Kapuze auf dem Kopf. Ich sehe nur seine Umrisse, den gekrümmten Rücken. Eine winddurchwehte Gestalt. Wie ein Fohlen, das gerade erst stehen lernt, das Fell verklebt, die Beine zu lang. Vielleicht hat er einen Trip eingeworfen, eine kleine Pappe, er sitzt da und wartet darauf, dass die Welt besser wird, dass die Farben zurückkommen, dass sich alle auf ihn zubewegen, ihn umringen wie Engel. Und ihn wie einen Engel hochheben und wiegen. Er ist einer dieser Jungen, die schlecht in der Schule sind, die zurückbleiben, die stören.

Keine Störung für das Meer.

Ich gehe an ihm vorbei, er hebt kaum das Kinn. Ich sehe seine zarten Augen. Vielleicht ist er nur ein verliebter Junge, der vor seinem Hunger sitzt.

Ich war auch schon als Junge an diesem Strand.

Vor diesem Hunger.

Ich müsste alles von oben sehen, das ist es, was nach dem Sturm geschieht. Ich betrachte die Wolken, ihre leuchtenden Haufen. Neues Wasser wird fallen.

Ich sehe der Brandung zu, Plastikzipfel ragen aus dem Sand und flattern hin und her. Eine verteerte Waschpulverpackung, ein verrosteter Sonnenschirmstiel.

Ich habe meine Stiefel ausgezogen, starre sie an. Sie sind einigermaßen erschreckend. Alles, was am Strand zurückgelassen wurde, macht Angst.

Ich sehe meinen Weg von oben, Füße am Spülsaum, die auftauchen und verschwinden, Spuren. Ich betrachte das brodelnde Salz. Das Wasser ist eisig und angenehm. Die Füße sind arktische Fische.

Ich sammle Holzstücke, ein Feuer, das ist es, was ich jetzt machen möchte. Ein alter, ausgefranster Reifen, den könnte ich anzünden. Sich hinsetzen wäre nicht schlecht, im Rücken das Feuer.

Es gibt einen Ort, jenseits des Meeres.

Ich werde auf die Schiffe warten, in einer der Hafenbars, ein weiß gekalkter Hof, Ouzo und Mezedes und Kekse aus Honig und Mandeln … ich werde die süßen Aromen schmecken. Und warten. Auf einem blauen Stuhl sitzend werde ich warten. Mit einem offenen Buch auf dem Herzen werde ich sehen, wie die Jahreszeiten des Himmels wechseln. Dicht am Meer verändert sich der Himmel rasch. Vor diesem weit geöffneten Tor verdichtet sich das Leben.

Kennst du Griechenland, mein Junge? Wahrscheinlich denkst du an das schmutzige, unterlegene Bild, das die Europa-Experten im Fernsehen verbreiten, aber glaube ihnen nicht. Griechenland ist der Angelpunkt und der Weg. Und du machst dir keinen

Begriff vom Leuchten der Vegetation, Orangen, Oliven, Granatäpfel.

Dort gibt es einen Ort, eine kleine Bucht, ohne Attraktionen, am Ende des Peloponnes, zu kahl für den großen Tourismus. Kinder werden dort zu Klassenfahrten hingekarrt. Nur wenige, weiß getünchte, schiefe Bauten, übereinander, als hätte der Wind sie alle auf derselben Seite angeweht, mit dem Blick aufs offene Meer, den Orient.

Der Sand ist ein Krater des Lebens, Krümel von Muscheln und fossilen Fischen, doch auch Knochen von urzeitlichen Menschen und Seeungeheuern. Ja, dort unten riecht alles nach Legende. Weißt du, was eine Legende ist, mein Junge? Fantasie, die zu einem irdischen Segen wird. Meeresgrotten glühen von Seeanemonen wie rote Unterwasserfeuer, verschwiegene Wege führen zu einem Seeamphitheater. Der Wind hat Gesichter aus den Felsen gemeißelt, und sein Klang ist in manchen Nächten so tief und einschneidend, dass er die Menschen über sich selbst erhebt. Ich weiß nicht, wie der Winter dort sein wird, doch ich stelle ihn mir mild vor, vom Salz abgerutscht. Ich erinnere mich noch an den Frühling, an den fasrigen, honigschweren Wind.

Zum Strand gelangt man auf einem offenen Weg durch die Macchia, betäubend von Düften und Zirpen. Ein rauer Strand, ein grauer Eselsrücken, ein antiker Landstrich, die Form eines schneeweißen Kieferknochens. Auch die angrenzenden Felsen sind glatt und zusammengekauert wie Tierskelette: zwei Hippogryphe, die Wache halten.

An diesem Strand gibt es einen Schuppen, einen Ausschank, der viele Monate im Jahr leer steht, eine Gasflasche, einen Generator. Ich werde ihn wieder aufmöbeln, ein kleines, einfaches Lokal für unkomplizierte Touristen, Naturliebhaber, Reisende mit Geist. Ich sehe die Tische am Strand, den Bambuszaun, den Kühlschrank mit den Getränken. Costantino wird fett sein, mein Junge, er wird ein altes Dickerchen sein, mit einer kleinen Schürze, auf der ein ausgeblichener Fisch zu sehen ist. Wir werden Tomaten und Feta schneiden, werden Blattlosen Spargel sammeln. Am Strand ein altes Schlauchboot ... Bei Sonnenuntergang werden wir in zerrissenen T-Shirts durch ruhiges Wasser dem Kurs der Sonne folgen, wir werden Angelschnüre auswerfen und uns in Erwartung von Üppigkeit über Kochtöpfe recken. Er wird kochen, schwitzend, mürrisch, wir werden uns streiten, mein Junge, und wie wir uns streiten werden, er ist furchtbar empfindlich. Wir werden am Stock und mit kleinen Rentnerstrohhüten durch den Sand spazieren. Mitten in der Nacht werden wir angesäuselt rausgehen und Kalmare fischen. Wir werden die Lichter auf dem Grund sehen, die unsere Gesichter anstrahlen. Der Winter wird kommen, ein Pullover über den Leinenhosen wird uns genügen, wir werden knochenweiße Holzstückchen suchen und ein Feuer machen, werden die Hängematte hereinholen, werden uns ausruhen wie Tiere und Bücher lesen wie Menschen. Wir werden leben, ganz einfach leben.

Der Junge sitzt reglos neben dem Boot, er sieht mich an.

Vielleicht hat er Angst vor mir. Vor diesem Mann, der sich auszieht und dem Märzmeer trotzt, außerhalb der Badesaison.

Es gibt einen Ort, jenseits des Meeres.

Weißt du, er wird kommen, mein Junge. Ich werde in der Nähe des Hafens warten, bei diesen unsteten Leuten, die nach dreckigen Netzen riechen, nach Meeresgrotten, Leuten, die Schlauchboote an Touristen vermieten ... Schlauchboote ohne Luft im Winter, Grotten, die du besuchen kannst, um ein bisschen übers Wetter zu plaudern, über das, was von einem rüstigen Leben noch bleibt. Zwischen diesen weißen Wegen wird meine Gestalt, die bei Sonnenuntergang schief und noch immer verträumt nach Hause geht, ziemlich gut aussehen. Noch immer kühn. Der Mond wird kommen. Dieses Anhängsel an einem schwarzen Hals. Es werden Stürme kommen und Wasser, so reglos, als wären sie tot.

Und eines Tages wird er kommen. Er wird von Bord eines dieser Schiffe gehen, wird ein alter Mann mit zerknitterten, vom Schiff fleckigen Leinenhosen sein, und er wird einen Rollkoffer über die Eisenbrücke ziehen, rostig wird sie sein. Er wird mir seine von harten Adern durchzogene Hand geben, sein Körper wird unsicher sein, er wird aufgehört haben, sich Fragen zu stellen.

»Hallo, alter Junge.«

Wir werden zusammen von der Eisenbrücke gehen. Ihn zu sehen wird keine Überraschung sein, sondern normal. Wir werden uns in eine Bar setzen und was trinken. Ferne Lichter, zusammengeflickte Schaltkästen. Ein Vogel wird kommen, um von unserem Tisch zu fressen, er wird ordentlich reinhauen, viel kräftiger als wir. Ein Vogel mit den angespannten Muskeln der Jugend, des Kampfes am Himmel.

Er wird kommen, mein Junge. Nichts wird das Blau daran hindern, zu uns zu gelangen. Er wird von Bord dieses Schiffes außerhalb der Saison kommen, von einem leeren Landungssteg, er wird einen Blick in die Runde werfen. Wird sich nach mir erkundigen, dem Professor, der in der Hafenbar hockt. Er wird mit meinen Freunden sprechen … mit der Frau, die den Teig für die Kekse knetet, mit dem Zyklopen, der die Netze knüpft, mit dem kleinen griechischen Jungen, dem ich im Tausch gegen Eier und Honig Kunstunterricht gebe. Sie werden es sein, die ihn zu dem blumenbedeckten Ort bringen, zu dem salzigen Felsvorsprung. Er hat den Platz ausgesucht, werden sie sagen. *Weil man von dort die Schiffe in den Hafen einlaufen sieht.* Sie werden ihm sagen, ich hätte auf einem der bunten, kahlen Stühle gesessen, immer auf demselben, und diskutiert, philosophiert, sie werden sagen, ich hätte sie zum Lachen und zum Weinen gebracht und ich sei auf dem Schlachtfeld gefallen, mit einer Leberzirrhose und mit einer Zigarette zwischen den gelben Fingern, mit einem geleerten Glas und die Augen starr auf den Pier gerichtet, auf das offene Tor des Meeres.

Es gibt nichts Besseres als vor einer lebenden Schranke haltzumachen.

Der Junge ist ein winziger Punkt. Meine schwarze Kombi auf dem Strand ist eine Hülle, eine abgelegte Rüstung. Neben den Schalen verzehrter Muscheln. Oben auf den Dünen sieht River meinem Einmünden ins Meer zu.

Ich habe eine Flasche Sambuca getrunken, mein Junge, und um die Wahrheit zu sagen, ich habe in einer Spelunke haltgemacht. Doch ich bin nicht betrunken. Ich habe nur etwas Hitze in mir. Und wenn ich ein bisschen taumele, dann nur vor Glück.

Seit jener Nacht war ich nicht wieder im Meer. Ich behalte die Augen offen, und auch die Netzhäute sind voller Klingen.

Es ist ein Handschuh aus Eis. Er umklammert mich, und meine ganze Hülle zieht sich zusammen, während sich alles dehnt. Mir ist kalt, doch ich kann es schaffen. Ich kann in meine weiße Schale kriechen, die Schale meines weißen Kükens.

Mein Herz schlägt heftig.

Es gibt einen Ort, jenseits des Meeres.

Ist es nicht das, wovon wir immer geträumt haben? Das, wonach alle Jugendlichen streben, bevor sie verderben, bevor die Welt sie in ihrem Netz gefangen hält. Meereskosmonauten werden wir sein. Das Flüstern der Wellen, so diszipliniert. Es wird eine neue Ordnung kommen. Ich drehe mich um und verabschiede mich vom Strand. Ach, wenn doch Leni an diesem Strand wäre, um die Szene zu filmen, mein runzliger Körper im Wasser wie der eines dünnen Äffchens.

Wir müssen immer an einem fernen Ort des Universums wiedergeboren werden.

Diese großen, geschmeidigen Hände, diese Hände, mit denen er Fahrräder reparierte, mit denen er knetete, hegte und pflegte … Diese Hände drücken mir die Kehle zu.

Das Wasser ist eisig, doch ich kann bis auf den Grund sehen. Weißt du, die Natur, ein ursprüngliches Stückchen Fleisch, ist mir lieber als alle Kunst, die ich gesehen und von der ich gezehrt habe.

Was ich spüre? Nichts, glaube ich, da ist nur ein lahmes Lippengeflüster, und der letzte Lichtstrahl ist verschlüsselt. Die schwache Lügerei jedes Lebens, das sich zurückzieht. Die Wörter schweigen, verkehrt herum. Ich sollte zu dem Punkt zurückkehren, an dem mein Leben begann, das Schloss nachgab und die Tür sich öffnete. Zum Sommer der Schönheit. Ich sehe einen Strauß Mimosen, nur den sehe ich am Ende des Raumes, in dem die letzten Dinge kommen und gehen, hysterisch wie Frauen vor der Abreise. Weißt du, wie man die Mimosen nennt, mein Junge? Blümchen Rühr-mich-nicht-an. Dem, der zu einer Reise aufbricht, bringen sie Glück. Jetzt sinken sie ins Wasser, taufen das Blau. Du aber schäme dich der Reise nicht. Glaub mir, das Leben ist kein Strauß verlorener Hoffnungen, kein stinkender Mimosenschmuck. Das Leben röhrt und galoppiert in seiner unablässigen Herrlichkeit.

Danksagung

Ich danke meinen Kindern, ich habe euch viel Zeit vorenthalten, euch in aller Eile bekocht.

Und ich danke Giulia Ichino (mit Alessandra und Paolo), Antonio Franchini, Renata Colorni, Cristiana Moroni und Rosaria Carpinelli. Danke, meine Freunde, für diese Herrlichkeit.